明月夜 短松冈
甲辰中元節
孔一平

仙姿妙品舞娉婷
羞借梧桐展尾翅
未到相知心動雲
從無向雲亂開屏
甲辰昊龍詩
凡一平

知命樂天
且飲美酒
甲辰六旬生日
九一平

落花人独立
微雨燕雙飛
甲辰
凡一平

地遠松石古
風楊弦管清
甲辰凡一平

南山松鶴

甲辰 凡一平

蝶戀花　甲辰凡一平

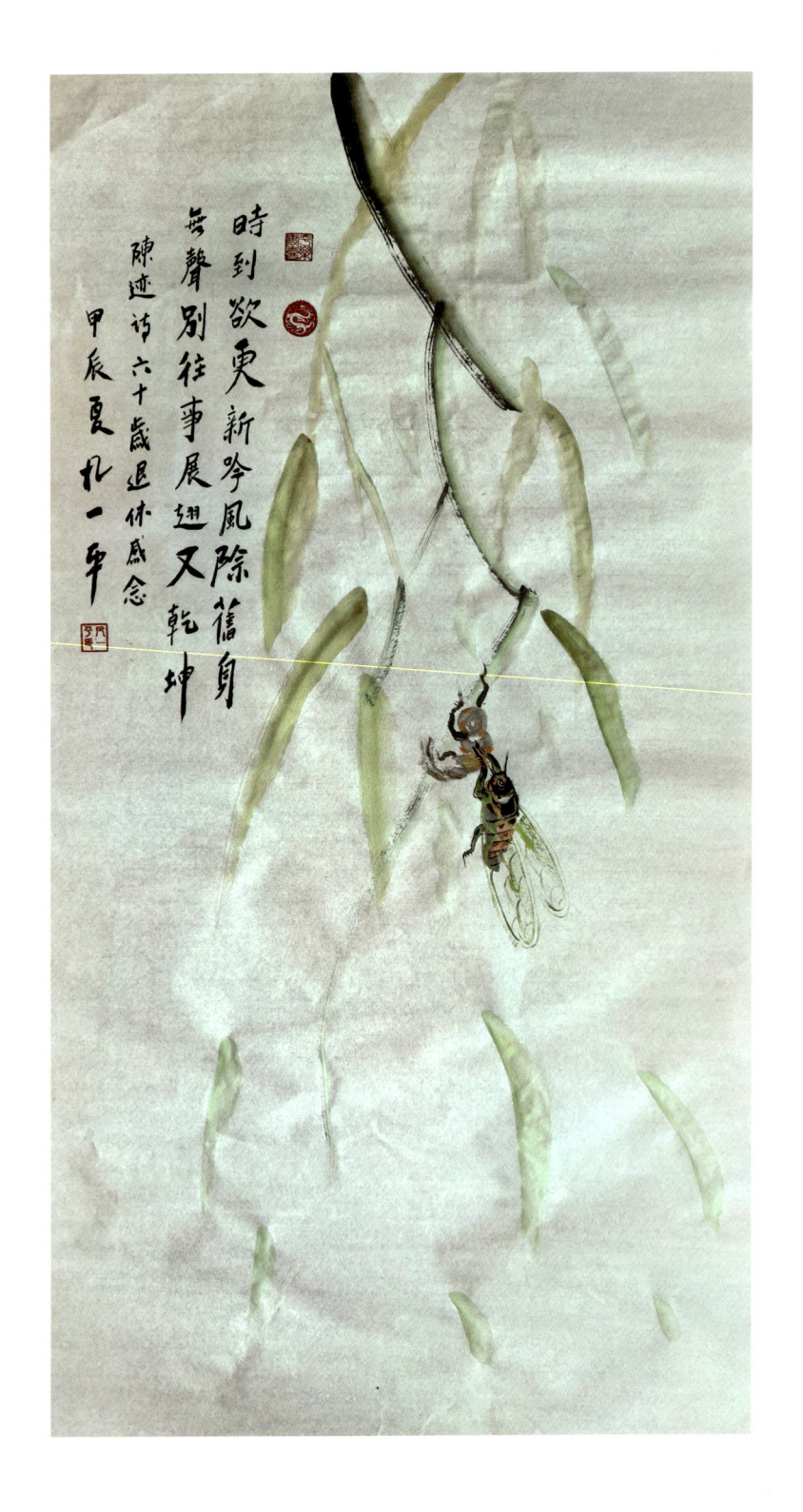

時到欲更新吟風除舊身
無聲別往事展翅又乾坤
陳迹詩六十歲退休感念
甲辰夏孔一平

龍行天下
甲辰二月 凡一平

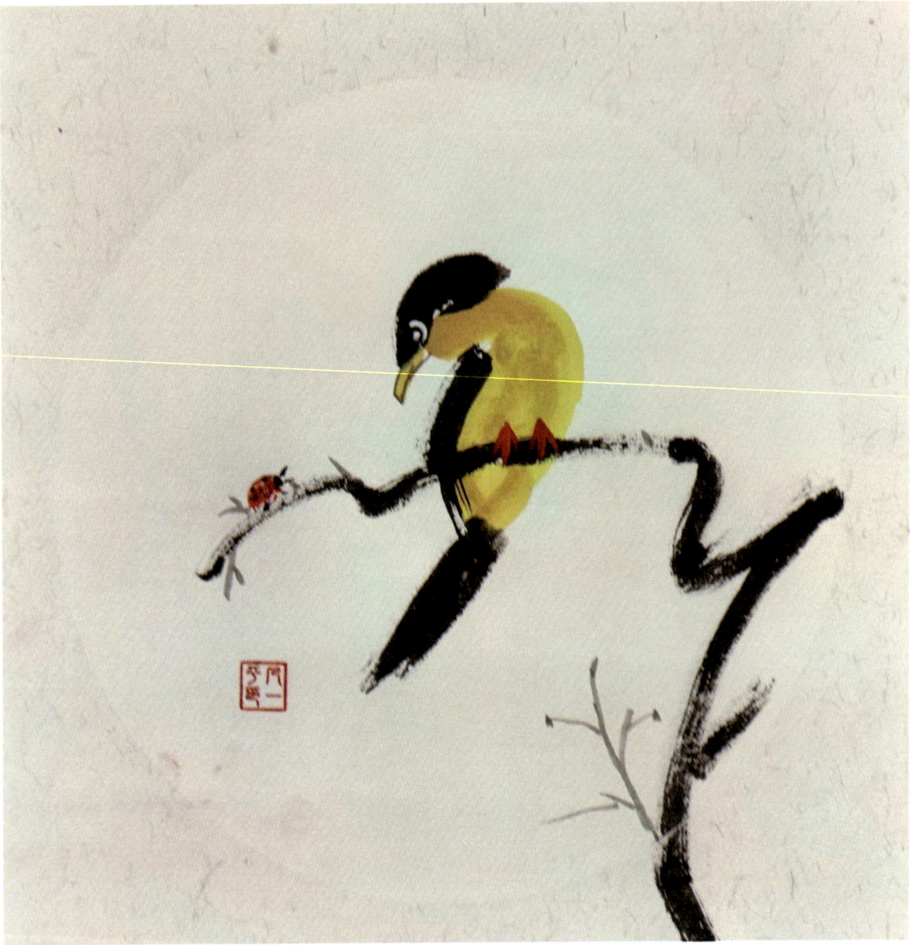

老叟青夢倚
甲辰夏
凡一平

蝉始鸣半夏生
壬寅
九二平

路

壬寅 凡一平

赶圩归来

壬寅春

凡一平

春風燕子来
癸卯凡一平

一地榴蔭

癸卯 凡一平

春夏秋冬向陽紅
壬寅凡一平

濃綠萬枝紅一點
動人春色不須多
王安石句
癸卯孔一平

節節高 甲辰 凡一平

傲雪
癸卯
凡一平

見南山
癸卯秋
凡一平

温馨馨　甲辰
凡一平

風動蓮生香
甲辰 凡一平

雨霖铃 柳永

寒蝉凄切对长亭晚骤雨初歇
都门帐饮无绪留恋处兰舟催
发执手相看泪眼竟
无语凝噎念去去千里烟波
暮霭沉沉楚天阔多情自古伤离别更那
堪冷落清秋节今宵酒醒何处杨柳岸晓风残月此去经年应是良辰好
景虚设便纵有千种风情更与何人说 父親去世六年母親去世五十天感念 甲辰 孔一平

凡一平作品精选

随风咏叹

凡一平 著

广西师范大学出版社
·桂林·

随风咏叹
SUI FENG YONGTAN

图书在版编目（CIP）数据

随风咏叹：凡一平作品精选 / 凡一平著. -- 桂林：广西师范大学出版社，2024.9. -- ISBN 978-7-5598-7223-4

Ⅰ. I217.2

中国国家版本馆 CIP 数据核字第 202424MU43 号

广西师范大学出版社出版发行

（广西桂林市五里店路 9 号　邮政编码：541004）

网址：http://www.bbtpress.com

出版人：黄轩庄

全国新华书店经销

广西民族印刷包装集团有限公司印刷

（南宁市高新区高新三路 1 号　邮政编码：530007）

开本：880 mm × 1 240 mm　1/32

印张：14.25　　字数：300 千

2024 年 9 月第 1 版　　2024 年 9 月第 1 次印刷

定价：78.00 元

如发现印装质量问题，影响阅读，请与出版社发行部门联系调换。

目　录

- 1　　随风咏叹
- 53　　一千零一夜
- 67　　操　场
- 82　　寻枪记
- 121　理发师
- 172　烟　头
- 189　撒谎的村庄
- 256　扑　克
- 328　我们的师傅
- 377　两个世纪的牌友

附录：

- 421　献给上岭村男人的一曲悲歌，或一杯甜酒
- 440　重返阳间的父亲（10首）

随风咏叹

黑米向我打听堕胎的医院不是在电话里。他亲自跑来。其实他的"大哥大"就捏在他手上,我以为坏了。我说:"你不能打电话吗?"

黑米说:"哪有打胎的医院?"

我说:"这个世上除了疯人院,所有的医院都打胎。"

黑米说:"耐安怀孕了。"

"是吗?"我说。我望着黑米。他的脸冒着细汗,是从楼梯上楼或骑着摩托车飞驰的缘故。我说:"耐安怎么无缘无故就怀孕了?"

黑米说:"她想要个孩子。"

"说明她很爱你。"我说。

"我让她把胎儿打掉,她不打。"黑米说。

"所以你就来找我。"

"是的。我知道你一定能帮我的忙。"

我说:"我一直想帮你忙,就是没机会。"

黑米说:"童贯,我知道你们俩好过,她一定会听你的。"

我说:"我试试看。"

"不是试试看!"黑米说,"你一定要说服她把胎儿打掉,要多少钱我都给。"

"耐安也有钱,"我说,"没钱的只是我。"

黑米说:"我给你钱,说吧,要多少?"

我说:"如果你真的想用钱雇我的话,我要一百万。"

黑米给我一本存折。那上面果然写着一百万!

这是我第一次被有钱人慷慨地对待。我感激地望着黑米。我说:"谢谢你这么看得起我。黑米,你的钱我心领了。等到我需要用钱救命或者饿得两眼昏花的时候,我再向你要钱。"

黑米把存折收回去。我说:"我知道你很有钱,黑米。但我没想到你有一百万。"

黑米说:"这只是其中一本。我每年都能赚一百万。"

我细想黑米成为一名红透半个中国的歌星已有三年。也就是说,他现在是三百万富翁。

我说:"三百万,黑米。即使有上百名中外美女怀上你的孩子,你都能使他们生下来,并且养活他们。或就是,统统把胎打掉。"

黑米笑。"你怎么也认为钱是万能的?"

我说:"钱是人人钟爱的一种纸张。钥匙打不开的门,钱都能打开。"

黑米说:"没想到你比我更理解钱。"

我说:"因为我没钱,黑米。没钱的人往往对钱最理解,就像发现真理的人常常不是掌握真理的人一样。"

黑米说:"你是发现真理的人。"

我说不是,我只是热爱真理。

黑米说:"耐安交给你了。"

我说行。

黑米压了一下我的肩膀。"我走了。"他说。

我说走吧。

黑米走了。

黑米走的时候,阳光从窗户照进来,这是上午的阳光。一天里明亮的时光开始了。我坐在窗明几净的工作室里,默默地抽着早晨的第一支烟。在报纸没送到的那段时间里,烟是我最好的朋友。我明白在我没做出深刻检查之前,我不会有任何工作。

我的工作是写检查。

经理说,周恩来的"来"字怎么看都像"米"字。

那是我的错误。

电影《周恩来》的广告海报,是我写的。

"来"字写成了"米"字,经理说。"这是严重的宣传事故,童贯,你要做检查。"

我说:"我不做检查。我写的是'来'字,不是'米'字。"

"你写的是'米'字。"

我说不是。

"很多人说是。"

"很多的人说是就一定是吗?"

"问题就在这里,"经理说,"为什么很多人说是,就你说不是?"

我说:"'来'字是我写的,我能不懂吗?我写的是草体字,看着有些像'米',但不是。"

"你写的就是'米'字,错了还不承认?"经理说,"如果是在'文革',你早被当反革命抓起来了!"

我说:"我宁可当反革命,也不愿意承认自己写了一个错字,经理。"

经理说:"从今天开始,停止你的工作。你非得做检查不可!"

我说:"你的意思是,我可以不用上班了?"

"不。"经理说,"你得坐在工作室里,反省检查。除非你不要工资。"

为了那份可怜的工资,我还得坐在工作室里。

我现在抽着烟。烟头已接近我的手指,我甚至已感觉到比阳光还温暖的灼热正炙烤我的肌肤。我没等烟火烧伤我的皮肉就把烟丢掉了。

后来我又抽了一支烟。抽这支烟的时候,报纸送来了。送报纸的是一个比我奶奶还年轻的阿姨。她知道我所犯的错误,电影院的人都知道我正在接受审查。少阿姨今天给我送来了两份报纸，都是别人不读或者读剩了的。那些《电影明星报》《生活导报》之类的报纸从来轮不到我读，或者轮不到我先读。但是有一份报纸人们是万万不敢和我抢的，我总能当天读到，那就是《××日报》。

他们知道我需要看这份报纸。

少阿姨把报纸交给我，认真地看了我一眼。她每天都这么认真地看我一眼，那锐利的神情分明在告诉我：幸亏我不是她的儿子！

如果我是她的儿子她一定仁慈地问我：儿子呀，你还有什么想不通的？你就向周总理认个错吧！他在天之灵一定会原谅你的，因为你不是故意把他名字写错的。

但是她没问。

我说："阿姨，读了你每天送的报纸，我现在是一天比一天进步。我发现《××日报》一个错字也没有，令我忒感动。"

少阿姨不搭理我，她好比是给犯人送饭。她只管送饭。

事实上她给我送的也是饭，只不过这饭与众不同。她送的是精神食粮。

我把这食粮从头到尾一字不漏读了个精光，我的脑里塞满了文字，这些文字像米一样，一天比一天多，充塞着我粮仓般的头颅。

我的脑袋里全是米！

经理说："米"给电影院造成了很坏的政治影响，你要为"米"向组织、向群众认错。

"米"是我写的？如果我不承认我写的是"米"，像经理所说，"如果你想离开电影院，我想我是不会反对的"。

我没有承认我写的是"米"。

我也没有离开电影院。

如果耐安或者黑米知道我这么固执，他们会怎么看我？

黑米不知道。

耐安大概也不知道。

和黑米会面的时候，他连问都不问，他肯定不知道。

耐安或许知道，只有她还在关心我。她和黑米上床被我知道后的一天，她说，童贯，我永远祝福你，希望你活得好。

现在耐安立在我的面前。我到时装公司找她，光亮华丽的排练厅里，一群灿烂的模特正在走路。后来有一个袅娜的人儿直直朝我走过来，我认出是耐安。

耐安没有做出惊讶和兴奋的神态，使我感到很正常。她没有摆出终于把我盼来的架子，使我欣慰。

"你来了。"她说。

"我来了。"我说。

我们相对默立了许久，双方都找不出第二句话。后来还是我说："我们找个地方谈谈吧？"

耐安说："楼下有间水吧。"

于是我们就到水吧去。

闲适、幽雅的水吧容纳着我们。一种夜晚的感觉涌上来。耐安唤来两杯咖啡，数碟瓜、糖果。我说够了。耐安停止点唤。

"黑米说你怀孕了。"我说。

"你是来当说客的？"

"是的。"我说，"他让我劝你把胎打掉。"

"我不打胎。我要这个孩子。"

我说："你不打胎等于损害了黑米的利益。黑米是不容损害的，他现在正在走红。"

"我爱黑米。"耐安说，"我想要这个孩子，这是他的精血。"

"你指望黑米同你结婚吗？现在？"

"不。"耐安摇头，"即使他不和我结婚，我也要把孩子生下来，养育他！"

"你保证是个男孩？"

"保证，像黑米一样。"

"未婚生育，这对你影响很大。"

"我只要这个孩子，就一个。"

我说："孕育孩子你就不能当模特了。你是个很好的模特。趁着现在肚子还没大，把胎打掉吧？"

耐安说："不。"

我望着耐安。我望着她如月似的脸庞，一地月光漫上来。那是我心中的一地月光。月光之上，站着我和黑米，还有耐安。

耐安踏着月光走向黑米。

耐安在一次庆祝黑米连续两次捧回通俗歌手电视大奖赛第一名的晚宴上，说："黑米是你同学，怎么现在才说？"

我说："因为晚宴的请柬有两张，我总不能让握另一张请柬的人无缘无故感觉纳闷地去吃饭。"

耐安说："黑米是你同学这件事之前你为什么一直瞒着？"

我说："我不想借别人的光辉炫耀自己，我也是人。"

"你是嫉妒。"

"可以这么说。"我说，"我还恐惧，黑米太有钱了，他还有魅力。征服一个女人光凭他一头漂亮的卷发就够了，何况他还有钱。总之，他浑身上下，内外都是魅力。"

"他名字也很有意思。"耐安说，"他生来就叫黑米吗？"

我说不，他生来不叫黑米。"黑米是他浑名，当他没有钱或者菜票便只管朝同学要的时候，我们才叫他'黑米'。'黑米'是他决意要当歌星时才使用的。"

"他原来家里很穷？"

"是的，比我还穷。"

"在那些施舍救济他的同学中，有你吗？"

我说："没有。"

"那他干吗还要请你吃饭？"

我说："不知道。"

耐安后来在跟了黑米之后，才知道黑米请我吃饭的真相：

在学生时期经常救济黑米的同学中，不仅有我，而且仅仅只有我一个人！

耐安说："你为什么要骗我，说你没有帮助过黑米？"

我说，我是没有帮助过，至少是，我没有乐意帮助过黑米。我没有乐意给过他钱、饭菜票，一次也没有。每一次都是他张口朝我要的，有时候干脆就自己拿。你不知道我一样很穷，黑米拿了我的饭菜票，每一餐我就只能吃二两米饭和一毛钱青菜。

耐安说："实际上你就是帮助了黑米，你还说不。"

我说："我不想充当黑米的恩人。再说，我现在不也经常吃他的？每次都是山珍海味。过去我很瘦。"

"黑米现在是报答你。"

耐安望着我，漂亮的眼睛里充满感激。

那时候，她已经爱上了黑米，或者说被黑米爱了。

黑米在那次晚宴后对我说："你女朋友真美。"

我说："她不是我女朋友。她不过是陪同我来吃饭的，因为你给了两张请柬。"

黑米说："早知道这样，那天晚上我就应该请她跳舞。"

我说："你请吧。只要你喜欢，你请她上床都行。"

黑米说："你不要把我想得很卑鄙。我不是那种随便和女人上床的男人。"

"我知道，"我说，"现在想和你上床的女孩多得像牛毛，排着队，争先恐后。你并不是一个个都能满足她们。你还是有选择的。"

黑米说:"我是真喜欢她。她叫什么?"

"耐安。时装公司模特。"

黑米后来真的和耐安上床了。那是在耐安的卧室里。

那天我去找耐安,我不知道因为什么事。洗完澡我就去了。我通常是在睡前洗澡,那天晚上我睡不着。那晚有月光,还有蝉鸣,但是一丝风也没有。我感到闷热,我忍受不了洗澡后仍在涔涔冒出的汗滴。我像一口出水的活泉。于是我就出去。我朝有树的地方走,那时候我并不想找耐安。这个城市没有树,没有树林,只有一本本书和画册,写满树的名字和画满树林。我走到一个被人们认为是树林的地方——一片突击培育的灌木丛。这里塞满了人。我想找一个不妨碍我的地方。后来我终于找到这样的地方。灌木丛八十米深处,我像一棵矮树和三蔸不修剪的冬青站在一起。我立在它们之前,抑或之后,总之我站在它们的一面。这一面没有人,只有孤立的我。

但是,这个时候,我突然听到一阵鲜明的声音,从冬青的另一面,骚扰我。

是一对男女做爱的声音。

声音穿过零乱的枝叶,像节奏强烈的音乐刺激我,挑逗我。我没想到有人在这地方做爱。

我没看见冬青那面正做爱中的男女,但是我想象得出两个交拥在一起的身体在月光之下灌木之翼吟唱歌舞的情景。

他们做爱的姿势一定很美。

后来，我发现在灌木丛中做爱的男女不止一对，灌木丛里贯彻着爱的交响曲。

他们在争分夺秒寻欢作乐，而我却在虚度年华。

这个时候，我非常地想见耐安！

我跑出灌木丛，我像一匹快马奔向耐安的住所。我从来没有任何时候像现在一样如此强烈地需要和耐安在一起，并得到她。

我敲耐安的房门。那门很久才开。耐安露出头脸的时候，我忽然不想进去了。

我感觉黑米在里面！

耐安说，进来吧。

我进去。

黑米没有在耐安的卧室里躲着我，听出我来了，便出来会我。

我们三人坐在客厅里。

耐安说："童贯，这么晚了，你来……"

我说："我来是想对你说，我爱你！但我发觉已经晚了。"

"童贯……"

"我走了，再见。"

耐安站起来。

黑米也站起来。

黑米一个人送我出屋。

我们肩并肩走着。黑米说："我不知道你爱着耐安，对不起。"

我说:"你比我更适合。知道有一个比我强的人占着耐安,我比你还幸福。"

"你为什么要说占?"

我说:"耐安现在不是属于你了吗?"

黑米说:"我一定好好待她。"

"那我就放心了。"

黑米手揽过来,箍住我的肩。"你还是我的朋友。"他说。

我说:"我经常在想,你是不是我的朋友。"

"是吗?"

我说是。

黑米抱我很紧。

现在黑米结了果。果子孕育在一棵叫耐安的树上。黑米不想要这只果子,但是耐安想要。

耐安说她不打胎。

我说:"你不打胎我没法向黑米交代,我是他派来的。"

"你是他什么人?"

我说:"我只是替他解决困难的人。黑米现在有了困难。"

耐安说:"我们的事不用你管。告诉黑米,我不连累他。我不告诉任何人,这是他的孩子。"

我说:"天下没有不漏风的墙,你能瞒得住吗?"

耐安摇头:"不,不会。"

我说:"会。"

"不会。"

"会。"

"你不要再说了!"耐安说,"你为什么不说说你自己?"耐安盯着我。

我说:"我自己有什么好说的。我很好。"

"不,你不好。"耐安说。

我说:"好。"

"不,"耐安说,"听说你出事了。"

"我没出事。"

"你出事了。"耐安说,"'周恩来',你写成了'周恩米'。"

"你听谁说的?"

"很多人。"

"我没写错。"我说,"我写的就是'周恩来'。"

"但是他们为什么说你写错了?"

"不知道。"

耐安望着我。我说:"你相信我能把我们最敬爱的周总理的名字写错吗?"

耐安说:"我不相信。"

我说:"到目前为止,你是唯一不相信我把周恩来的名字写错的人,谢谢你。"

"他们会把你怎么样?"

我说:"他们会把我怎么样?如果倒数上去二十年,他们会把我打成反革命。现在他们只能审查我,停我的工作。"

耐安说:"你还有工资吗?"

我说有。

"你不能骗我!"

"我不骗你。"我说,"每月我还领九十元工资,但是奖金一分也没有了。"

耐安把咖啡的杯子端到唇边,没有抿,又放下来。她想说点什么,一直没说。

后来她把咖啡的账结了。

申淼茫然无措地告诉我,关于举办我的墨展一事,现在遇到些麻烦。这麻烦直接来自书法家协会。书法家协会的主席通知申淼,他不同意以书法家协会的名义举办我的墨展。他说,童贯的书法有争议,这种情况下以书法家协会的名义举办墨展是欠妥的。申淼说,他还说,童贯现在还犯了错误,这个时候举办墨展更是应该慎重。

我说:"他也认为我把字写错了?"

申淼说:"不。也许。"

"不,还是也许?"

"不。也许。"

我说很好。

申淼望着我:"童贯,你看……"

"你是不是想说,墨展不搞了?"我说。

申淼说不,"我是想说,失去书法家协会的支持,墨展的规格就会降低许多。因此……"

我说:"我不需要书法家协会抬举我,我谁也不要!我以我自己的名义办墨展。"

申淼说:"这样一来,墨展的意义就小了。"

"那你说怎么办?"我说。

申淼注视我的眼睛冷淡如霜。"不知道。"他说。

我说:"你可以走了。"

申淼问:"为什么?"

"为什么?"我说,"因为你没用了,你一个书法家协会的秘书长。现在你可以走了。"

申淼说:"我是想帮你的。"

我说谢谢,"你已经帮了。你帮我认识了书法家协会里的一群老的和小的混蛋!以后,你不要再找我妹妹。"

"这不公平!"申淼叫起来,"我爱你妹妹,你不能阻止我找她!"

我说:"我妹妹不爱你。从今天起,我宣布你们一刀两断!"

"你没有权利!"

我说:"我有。"

申淼悲伤地望着我。"想不到你还是一个卑劣的人,童贯。"他说。

我说:"谢谢你客观地评价我。我是一个卑劣的人,我还是个狂妄的人。这个世上只有像你这样既不卑劣又不狂妄的人，才算是好人，正常人。"

申淼说："你怎么挪揄挖苦我，都不能使我对童丹变心，我爱她。"

童丹是我妹妹。

我望着申淼，我还从没有像现在这样严肃认真地看过申淼。我从头看到脚，我发现申淼居然是一个彻头彻尾的正人君子，凛凛一表。他的身上没有任何蚁鼻之缺可寻，连一根杂毛也找不到。当初，申淼喜欢上我妹妹的时候，我还以为癞蛤蟆想吃天鹅肉。现在，我觉得我妹妹并不是一只天鹅。申淼每次赞扬我的书法独树一帜别具风格的时候，我妹妹总是十分激动。她以为世界上推崇我书法的人，不仅有她，还有申淼。所以当申淼说争取以书法家协会的名义举办我的墨展的时候，我妹妹差点亲了他。

申淼没有争取到书法家协会的支持，但是他却想争取我妹妹。

我说："你听着，申淼。世界上没有无缘无故的爱，也没有无缘无故的恨。如果你爱我妹妹，你不能再在她面前谈论我的书法，我不允许你以谈论我书法的借口亲近我妹妹。你凭你自己的本事得到她，我祝福你。我和你之间，谁比谁更卑劣？我妹妹不久将会做出判断。"

申淼说："我不怕你！"

我说："我不需要你怕我。我也不需要你尊重我，或者承认我。我们同是书法家，对不？但你这个书法家是被人承认的，而我没有。你的书法被人们认为是正统的标准的书法，而我的连字都不是。"

申淼说："我没有认为你的书法不行，童贯。什么时候我都认为你的书法是一流的，真正有创造性和有价值的。我只是说你为人卑劣！"

申淼走了。

剩下我一个人坐在杯盘如花团锦簇的酒店里。我的桌上堆着菜，还有四瓶啤酒。我们根本没有吃喝就吵起来，申淼空腹离开了我。我望着满满一桌酒菜不知所措。后来我把酒喝了，把菜倒进服务员提供的塑料袋里。菜装了满满四个塑料袋。我把四个塑料袋一分为二，用两只手提着。后来我把右手的两袋送在酒店门口像弃猫一样伶仃孤苦的老乞丐。老乞丐涕泪横流望着我，感动得我真想把左手的两袋也给了他。但是我没给。我离别老乞丐，用空着的一只手报答他遥送我的目光。

后来我就是用这只手打了我妹妹一记耳光。

华灯初上。我的脚走过城市一组比一组灿烂的楼群。千万只脚缩在楼里，千万只脚走在楼外。我经过电影院门口，我看见至少有一千只脚从映厅里面走出来，又有一千只脚正准备从映厅外面走进去。电影的片名正是被人们认为是我写错了的《周恩来》！这部电影已经放了两个星期，并没有因为我写了"错"字而影响票房。相反人们越来越多地拥进电影院。人们的泪水在影院里流成了河，我甚至还听见悲恸的啼哭声响亮在外出的人群里。

于是我干涩的眼睛,也不禁流出酸楚的泪水。我听见我紧迫的心跳,如十六年前中国失去一位慈厚的伟人那个凄风苦雨的夜晚急骤的雨点。那晚我十岁的心灵扑棱在雨点里。我敲打雨点,雨点也敲打着我。我幼稚的小手指向夜空,天空现出三个苍茫的大字——周恩来!那个夜晚,我学会了写这个名字。我敬爱这名字,十六年来我反复吟诵这名字,我绝不会写错它。

这个时候,我看见了我妹妹。

还有申淼。

申淼和童丹仿佛一棵橡树一棵柳树植在一起。柳树偎着橡树。柳树是我妹妹。我走过去,我很远就叫:"童丹!"童丹和橡树分开,向我跑来。"哥哥!"她说。我看着我妹妹欢喜的脸庞,说:"跟我回家,妹妹。"

童丹摇头:"不嘛,我要看电影。"

"和谁?"我说。"那个家伙吗?"我望着申淼。

"他是申淼。"

我说,我知道。"现在你已经没有必要和他来往。"

"为什么?"

"因为,"我说,"他是一个混蛋。"

童丹:"你们吵架啦?"

我说没有。"我们只不过商定把友谊的岁月转移到下一个世纪或者来生。"

"你们就是吵架啦。"

我说是的，他骂了我。

"他骂你什么？"

"他骂我是个畜生。"

"不会的，"童丹说，"他不可能这么说你。"

我说："我是你哥哥，你是相信我，还是相信他？"

童丹不回答。

我说："跟我回去。"

童丹说："不，我要看电影。"

我说："我不同意你和那个家伙在一起。"

童丹说："我喜欢他。"

"你没必要喜欢一个心黑如墨的小人，妹妹。"

"他不是小人。"

我说："你回不回去？"

"不。"

"那么，你不要叫我哥哥。"

"哥哥！"

"我不是你哥哥。"

"你不喜欢周恩来，我喜欢！"

我看着童丹。

"你把周恩来的名字写错了，"童丹说，"把气撒在我身上，我不理你！"

然后，我一巴掌扇过去。

"你……打我？"

"我打你了。"

童丹扭头跑向申淼,申淼拥抱她。她是抹着泪水走进电影院的。电影还没看,她先哭了。

我激动地看着我的手掌,那时候,我的整个愠怒运集于我的手掌之上。我的眼光守着它。我长长地盯着每一根都曾在我妹妹脸上留过印痕的手指,我听见手指发抖的声音如旋荡空谷的排箫幽婉地飘入我的耳际。那时候整个世界都在跟着我的手指颤抖。我听见万物的声音。我打了我亲爱的妹妹,我甚至还听见击打的声音如山河断裂的巨响骤然在我的脑海里大震荡。

我的手耻对妹妹。

但是我不做写字状的手依然悬在半空,五根手指笔直地举着。

我的另一只手提着食物。

黑米不可名状地质问我,耐安怎么还不打胎?

我说:"我怎么知道?"

"你怎么做的工作?"

我说:"我怎么做的工作?我对她说,你不打胎黑米就要上吊。他太爱你了,他不希望怀孕破坏你的体形。耐安,你太美了,他想让你永远美丽下去!"

黑米:"你怎么能这么说?"

我说:"我还能怎么说?难道让我说你害怕负责任、惧怕父亲的帽子像黑锅一样扣着你?你是个有影响有身价的人,一派壮男少女崇拜的偶像,你一旦结婚,将有多少女人为你自杀?"

黑米说:"也不能这么说。"

我说:"所以,我只能那么说。"

黑米说:"你不能换一种说法吗?比如说,只有你打胎,黑米才会和你结婚。因为你不能腆着大肚子和一个著名歌星举行婚礼呀!"

我说可以这么说,但是我没时间。

"你怎么啦?"黑米困惑地望着我,像盯着一个将他的签名吃进嘴里的观众。"你什么时候紧张得连耍弄一下嘴皮子的时间也没有?"他说。

我说现在。

"你真的不能再帮我一次忙?"

"是的,"我说,"黑米,你可以雇别人。天下靠卖嘴皮子吃饭的人有的是,你不能老用我。"

"耐安最信任的人是你。"

我说:"还有你。"

黑米笑。"她怀疑我不爱她。"他说。

我说:"但是她认为世界上最可爱的人是你。"

黑米说:"怎么样才能令她将肚里的胎儿打掉?你应该出个主意。"

我说:"你给计生委打个电话,或者写封匿名信,告诉那里的干部,有个叫耐安的女孩未婚先孕,并且她想要这个孩子。"

黑米揪着我的脑袋，拨弄着："你真聪明，童贯！"

我要回自己的脑袋，注视黑米抽走但仍在抓握的双拳。我说："我不是生来就有智慧的人，黑米。就像你不是生来会唱歌跳舞的人一样。我们都是后天的米养的，一种米养出两种人。我们是米的成就。"

黑米说："真是的，像你这样聪明绝顶的人，应该很有钱才是。怎么我就那么富，而你怎么就富不起来？"

我说："因为这个社会需要低级趣味的人，黑米。就像做菜需要味精一样，你是调剂生活的味精。所以，你比较畅销，我比较滞销。我的字难卖得出去。"

黑米说："那是因为你的字没有大众化。你应该像饭店或宾馆的招牌一样，字写得让人认得清，看得明白。或者像我的歌，字字句句都吐得十分通俗易懂。"

黑米像撒下一串珍珠玛瑙。然后，黑米就走了。

那时候我俩坐在可以鸟瞰城市的三十一层高的楼顶旋宫喝着早茶。黑米走之后我还坐了很久。我孤独地品着早春的新茶，玩味着黑米留下的茶钱和语言。我俯瞰用钢筋和水泥建立起的城市，我的视野扑朔空蒙。这个早晨有雾。我在无雾的房里想着第一个把混沌的气体命名为"雾"的人，那个人是不是无名氏？

我没有想通。

后来，我离开茶桌和桌上的茶钱，在旋转的房宫里缓缓走动。我在出入口等电梯,一个如我妹妹般漂亮的女招待追上来。"先生,找你的茶钱。"她说。她把剩余的钱递给我。我说:"不要了,赏给你。"她说:"谢谢,我不能收顾客的小费,先生。"我说:"这不是我的钱。这是刚才那位歌星的,黑米,知道吗?""知道!"她说。我说:"这是他赏给你的,他想你还可以化妆得更漂亮些,这些小钱给你买美容品。"她说:"真的?"我说:"我什么时候骗过你?"她说:"你是黑米的朋友?"我说:"我是他妈的朋友。"

女招待还想问一句什么,电梯上来了。我进了电梯,我感觉女招待仍不无遗憾地看着我。我的项背瘙痒燥热。

不久,我走上清凉、有雾的大街,我朝有吃有穿的地方走。我在每一个热闹的饭馆和商店都作短暂的停留,我看见每一个匆忙的老板和经理。我询问他们的第一句话总是:有工作吗?十块钱以上一天的?

回答总是没有。

后来我发现我之所以找不到工作,是因为我条件太高,再就是,我不是女的。

这个买卖的街市更需要女人。

现在我需要一笔钱。

很需要。

我继续在繁华的大街上寻找,我沉重、疲惫的双脚像走过沼泽的牛的两只前蹄。我不知道哪里有草,哪里有草绿色的平原。我走啊,走到一个卖鲜菜的市场。我劳累的身子靠在一面斑驳的墙壁上。

后来我发现这是厕所的一面墙壁。

这个厕所没有收费的守卫,只有匆匆走进悠悠走出的男女。

我奇怪这个厕所怎么没有守卫。

我找到管理市场的工商员。我问他:厕所没有人管吗?他说,管厕所的人死了,前两天。是个老头。我说,难怪厕所这么脏。他说,你是谁?我说,一个想走出象牙塔体验生活的作家。作家?是的,就是用笔在纸上编故事的较有智慧的那种人。他说知道,什么事?我说,我现在正在写一部小说,其中有一章写到厕所,找不到感觉,想体验体验。他说,不行不行。我说怎么不行。他说,作家怎么能干这个?我说你不懂,作家要创造什么人物,他就得过什么人物的生活。假如我写一位商人,我就得假定自己是位商人。这样写出来的人物才能真实可感、栩栩如生。现在我写的是一个看厕所的青年,我得是这个青年。这个青年的父亲恰好也是看厕所的,也死了。我是他的儿子,接他的班来了。工商员说,我懂了。

"理解一个作家不容易,你能理解我很高兴。"我说。

"你看吧。"

"看厕所多少钱一天工?"我说。

"只要保持厕所清洁,收入全归你。"

我说:"不交公?"

"连税也不用你交。"

"为什么？"

"因为，你是个作家呀。看得出来，你是个好作家。作家现在都关在屋子里胡编乱造，而你没有。尤其青年作家深入生活更是不易。"工商员很懂文坛的样子，流利地说。

我说谢谢。

进厕所的人一人一毛，他说。"你给他（她）一张纸，厕所分男厕所女厕所……"

我说懂了。

"一天大概有三百人从这里进进出出，各色各样的人都有。"他说，"你都可以观察他们。"

"我正为此而来。"

"那么，你就辛苦吧。"

我说："我什么时候可以开始工作？"

"如果你乐意，现在就可以。"

我乐意。

于是，工商员移交给我一张桌子，一张凳子。我坐在凳子上，看着桌子。我拉开桌子的抽屉，看见一把剪刀，一沓沓剪得方方正正的草纸。这是逝去老人的遗物。我拿起剪刀和草纸，我把草纸分放在两边的桌面上，剪刀搁在桌子中间。我抚摸着那把剪刀。

我在厕所门口掂量我坐定之后收入的第一毛钱。

这一毛钱是一个女人给我的，一个三十岁的少妇。她走过来，牵着一个小男孩。母子俩走进厕所，在我守候的桌子前面,少妇给了我一毛钱。然后,小孩进去了,少妇没进去。那时候,整个世界的空气都凝固了。我感觉少妇仿佛认识我似的,她立着不动。我尽量把脸往下压,几欲埋进抽屉里。我回忆着我与生俱来认识的所有年轻女人和所有如果活着也都变成女人的女孩,我的脑海像过电影似的掠过她们的名字和面貌。越想我的头埋得越深,我觉得一个个都像是这位少妇,她们正排着长队,朝着我看管的这个厕所纷至沓来,并呼唤着我的名字——那时候整个社会仿佛律动着她们的步伐和充盈着她们的声音。我坐对她们,收她们的钱。然后她们鄙夷的目光烧着我,我像一堆木炭,在料峭的春寒中寂静地焚烧。

事实上我想错了。

没有谁看我或认识我。

少妇是在等她的儿子。

小男孩出来了,跑向他的母亲。少妇牵着她的儿子,掉头走了。

我望着离去的少妇,一种如目睹海豚的感觉涌上心头。她很像是一只海豚,婀娜地,游进人海里。

一毛钱这个时候在我手上,已经捏出了汗水。

后来,我又收入第二毛钱,第三毛钱……一块……两块……十块!

等到二十块钱像一堆树叶积累在我眼前的时候,我的睫毛如沾满露水的黑草,潮湿泽润。

我无法漠视金钱。

天黑了，我清洁完厕所，把钱带回家。我妹妹接过我轻盈而饱满的口袋，以为是毛线。她说过要为我织一件毛衣，但是我说毛线我要自己买。她以为我把毛线买来了。她打开口袋，看到了零碎的纸钱。她发傻地看我。

"哥，哪来这么多钱？"

我说："单位发的。"

童丹不再问我。她默默地把饭菜端出来，饭菜的香味飘进我的鼻孔。我说，我要洗个澡。妹妹把菜放进暖锅里。我进了洗澡间。水管的水哗哗奔流，我任冰凉的水清洁着我的肌肤和毛发。我奇怪春水洗濯我身躯的时刻，我居然不感到寒冷。

后来，吃饭的时候我妹妹问我：今天怎么回来这么晚？

我说，加班。

童丹说，加班有加班费吗？

我说我拿回来的就是。

以后的数天里，我每天都回来很晚。每次，我都带回一包钱。童丹说："哥，单位发给你的怎么尽是零钱？"我说："不知道，他们大概认为零钱能增强富足或丰收感，所以他们都把零钱给了我。"

"太欺负人了！"

我说，能得零钱就不错了，妹妹。"难道你不知道现在我在单位里是需要改造的人？改造我还发给我奖金，这在以前是没有的。零钱也是钱，只要是真的。"

童丹看着我，缄默。

直到有一天，妹妹在市场的公共厕所找到了我，她哭了。她发出了如手足被斩断般的号叫。她推翻了我赖以生存的桌子，撕扯着从桌面上飘散在地的落叶般枯黄的草纸。我抓住她悲愤的手指。我警告她不要胡闹。"妹妹，不要胡来！"我说。

童丹的手在我手里扭动挣扎，不想作罢。

我说："你觉得我很丢人，是吗？我使你失去了在这个世界上做人的面子？那么，以后你不要到这地方来。"

童丹说："我要你回家，马上回家！"

我说不。

"你为什么要干这个！为什么？"

我说："因为这个工作有意义，它比把我关在屋子里写检查有意义。我需要改造，这个地方能改造我的思想，净洁我的灵魂。这个工作使我自身有了价值。"

"没有人要你干这个！"童丹说，"单位只让你写检查，没叫你看厕所。我到你单位去过了，他们说你……辞职了！"

我说："我没辞职，是他们把我开除了。因为我不听组织的话，不坚持上班、读报。更重要的是，我没承认我写错了字。"

童丹说："你为什么不承认？"

我说："因为我没有写错字。这个问题我已经反复跟你和很多人声明过了，我没有写错就是没有写错。就像有人如果认为你设计的服装扣子的位置标错了，可是你根本就没有错，你怎么办？"

童丹说:"如果这个人是我的经理或者买主,我就承认我错了并改动它。"

我吃惊地望着童丹,就像吃惊地望着艺坛上展露风华的一位新人。我说:"你令我刮目相看,妹妹。"

童丹说:"做人有时候就得放聪明点,不能太固执。"

我说:"我没有你聪明,妹妹。所以这么些年来,我老是受难吃亏。"

"你需要钱,我给你,哥哥。只求你别干这下贱的活。"

我说:"我不能听你的,妹妹。"

"你怎么像耐安一样执迷不悟?"童丹说。这是童丹在耐安甩了我之后,第一次和我谈起耐安。

我说:"耐安怎么了?"

"她怀孕了,而又拒绝流产。"童丹说,"时装公司把她开除了。"

我说:"是吗?你知道她怀的是谁的孩子?"

"黑米的,还有谁?"

我说:"她一定是很爱黑米,才不肯把胎打掉。"

"她是想诈黑米的钱,"童丹说,"或逼他和她结婚。"

"不是的。"

"你怎么知道不是?"

我说:"我了解她。"

"了解?"童丹笑,"难道你比我还了解耐安?"她说:"我认识她多久?你认识她才多久?难道我不比你更了解她?"

我说是啊,说得对。"你认识耐安十年了,就像我认识黑米的时间一样长。我认识耐安才一年多,还是你介绍认识的,而且刚认识几个月,就被黑米看上了。"

童丹说:"所以你没资格说你了解耐安。"

我说:"是的,就像你没资格说你了解申淼一样。"

童丹说不。

我说:"我们谁也别说谁掌握别人,也别说谁比谁高贵或低贱。人没有贵贱之分,只有男女之别。"

"所以童丹,"我说,"别以为你的看法是正确的!耐安拒不流产是想诈黑米的钱,我看厕所是堕落。我们谁也说不明白谁谁这样做究竟为了什么,谁谁怎么做为什么这样做,只有谁谁自己心里明白。"

"那么,你这么做为了什么?"

我说:"我自己心里明白。妹妹。"

有一天,我在去美术馆交钱的路上遇到耐安。我的墨展需要交四千块钱场租费,我去交钱。这是整座城市最宽阔、自由的路。我在路上如一名弃暗投明的青年,我的衣兜里都是钱。现在我的积蓄都带在身上,我的双脚如一匹驮着物品的马的铁蹄,稳健地走在夏日的上午温热的道路上。

这样的时刻耐安竟还在腆着五六个月的孕肚坚持散步?她从我的前面走来,撑着一把蛋黄色的阳伞。阳光洒在伞上,伞和伞下的身材像一株茁壮的蘑菇活动在一片阴影之上。阴影接近我。我不敢相信即将与我擦肩而过的臃肿的孕妇是昔日我倾心爱慕的娉婷艳丽的耐安?

"耐安,你好。"我招呼道。

耐安说:"你好。"

"你变得使我差点不敢认了。"我说。

耐安说:"是吗?"

我说:"你变得很……雍容。"

"你为什么不说臃肿?"

我说:"臃肿是贬义词。"

"你不想贬我?"

"是的,不想。"

"我被时装公司开除了,你知道吗?"

"知道,"我说,"我妹妹告诉我的。"

"童丹还说了什么?"

我说:"她除了说你勇敢、可尊可敬外,什么也没说。"

"你怎么看我?"

"你希望我怎么看你?"

"我希望你和别人不一样。"耐安说,"别人都以为我是想诈黑米的钱,我希望你不是。"

我说:"是的,我不一样。"

"计生委的人三天两头来找我。"耐安说,"我快要……塌了,童贯。"

"你阻挡不过别人,耐安。"我说。

"你知道是谁告诉他们说我怀孕了吗?"

我说:"是我。"

"不。"耐安摇头,"不是你。"

我说:"真的是我。是我唆使黑米这样干的,我出的计策。"

"为什么这样?!"耐安瞪着我。

我说:"我不知道。也许是为你好,也许是为黑米好。"

"不,你不是为我好。"耐安说,"为我好你不会出这种毒计让他们三天两头来烦我……"

我说:"我以为这是两全其美的办法,耐安。因为我不愿看到你做未婚母亲,也不愿看到黑米如无毛之犬。黑米是一只万人宠爱的狮子狗。他要是容忍你把孩子生了,就像一只狗被人拔了毛。"

耐安说:"我就要生,偏要生!而且我还要向人宣布,这是黑米的孩子!"

"你这是何苦,耐安?"

耐安的眼睛湿成泪湖。

后来,我跟耐安说我得去美术馆了。耐安说:"是你的墨展快开幕了吗?"

"你知道我要搞墨展?"

"我刚从美术馆那边过来,我想你的墨展快开幕了。"

我说:"交了钱就可以开幕。我现在去交钱。"

耐安说:"墨展还交钱?"

我说:"你说现在办什么事不花钱?"

"要交也用得着你交吗?"

"我不交谁交?"

耐安说:"主办者呗。"

"主办者是我自己。"

耐安苍凉地看着我,像看一只狗。我说:"我真可怜,是吗?那么庞大的中国居然没有一家单位肯为我主办一次墨展。所有的机构都拒绝我,袖手旁观。好像我所做的一切不是为了弘扬中国书法和传统文化似的。"

耐安说:"那你干吗还要办墨展?既然他们不承认你。"

我说:"这个问题就像你为什么一定要未婚生育一样。"

"你相信墨展能成功吗?"

我说:"我没想过我会失败。"

"那预祝你成功,童贯。"

我说谢谢。

我们分手。耐安的孕肚从我眼下晃动经过,如同一只丰腴的天鹅游过深沉潋滟的湖水。我的眼睛静止,而目光荡漾,我感觉仿佛正有一名老练的渔民站在结实的船上,张网而待。

谁是那渔民?

我来到美术馆,那名虚幻的渔民还在令我思考着:何人能捕获耐安,并钳住她美丽的羽翼,解剖她孕着生命的母腹?

后来,当我把钱掏出来,想交给一名出纳的时候,我的思想仍在脑里回旋。

出纳说:"展厅的租金已经有人替你交了。"

我说:"是谁?"

"他们没有留下名字。"

"他们?"

"一男一女。"

"那男的是不是很温恭敦厚?"我说。

"是的。"

"那么,那个女的一定是很漂亮清纯了!"

出纳说:"你知道是谁了?"

我说:"女的是我妹妹,男的是我妹夫。"

"你妹夫真不错。"

"是呀,他使我省掉了一大笔钱。"

"四千元。"出纳说。

我按着交不出去的钱钞,望着表示祝贺的出纳,说:"你遇到过像我妹夫这样或比我妹夫更真诚朴实的人吗?"

出纳说:"少见。"

我说:"我此生也只遇这么一人。"

"你妹夫是不是很爱艺术?"

我说:"他第一爱艺术,第二才爱我妹妹。"

出纳说:"爱屋及乌。"

我望着很有文化内涵的出纳,羞涩地收起了钱。后来,我把钱存进银行。存折上写的是我妹妹童丹的名字。

我把存折交给童丹是在晚上。整个夜晚我妹妹没有离开家门。我跟她说，我有一件重要的事情要让你懂得。童丹说，什么事情？我说，吃完饭我告诉你。吃完晚饭，我还是没有把事情告诉童丹。童丹期待着，那种期待只有背着人做了好事而又不甘不被人知道的人才会有。她不满十秒钟看我一次，那眼神很希望我已经知道她和申淼做了一件好事，她希望我告诉她的就是这件事情。我偏偏不说。我想我不说她一定会自己说出来，那么我妹妹在我心目中至少还是个纯洁的人。但是她也不说。我等了她四个小时。后来我取出存折，交到我妹妹手上。我说，我想你该出嫁了，妹妹。这些钱给你买嫁妆，随便你嫁给谁。

"哥，你这是什么意思？"

我说："我的意思是，你的婚姻你可以自由做主了，我不干涉你。"

"真的？"

我说："你要嫁给谁都行，只要你愿意，而对方也想娶你。"

童丹说："我要嫁给申淼！"

"那你就嫁给申淼吧。"我说。

"童贯墨展"四个耀眼的大字是我自己题的。我把字写在纸上，然后用剪刀剪，贴在一块红布上。红布招展出去那天，艳阳高照，灿烂的阳光映在红布上。

这样的日子应该有许多人像会聚在旗帜下一般同我站在一起,我头顶上的红布——艺术的旗帜也同样染着生命的风采飘扬在城市的天空!

没有人像水一样朝我涌来。因为我不是名流。黑米如是说:"如果你是名流,就会有大大小小的溪河朝你涌来,抬举你,壮大你。但是你不是。"

我给上百个名人发去了请柬,除了黑米和申淼,一个也没有来。

黑米是来人中最著名的。

我说:"你的到来,给我的墨展增添了喜剧的色彩,黑米。一个歌星尚且喜欢书法,何况别的什么人?"

黑米说:"你是真糊涂,还是装蒜?我来是为了欣赏你的字吗?"

"那你来干什么?"

黑米说:"我是来给你擦眼泪的,我想你可能会哭。"

我看着申淼:"你也是来看我哭吗,申淼?"

申淼说:"我是来给你当帮手的。我想你应该有个帮手。"

我说:"不该帮的你帮了,该帮的就不用你帮了。"

黑米说:"话怎么能这么说?"

我说:"你不明白,但是申淼明白。"

申淼说:"对不起,童贯。书法界的前辈们我都一一去请了,但他们都不肯来。"

"因为我没有钱请他们是吗?"我说。

"不完全是这个原因。"申淼说,"因为平时你对他们的门徒隔三岔五去拜望他们一次很不屑。是不是?"

"是。我不像你。"

"我不这么做我还能像你这么做?"申淼说。

我说:"是啊,所以你的墨展开幕的时候所有的名人都来了。所有的名人都是你的老师,你也因此成了他们的名徒。"

申淼说:"我有我的法则,你有你的法则。别以为你的法则是对的,而我的法则是错的,童贯。"

"不,"我说,"你的法则是正确的,因为你的法则是现实的。"

申淼说:"既然你认为我正确,那么你不应该藐视我。"

"我错了。"

我正视申淼,那时候,白亮的阳光使每一个站在天底下的人变得鲜明。我看着鲜明的申淼,至少他的脸是鲜明的,因为那时候他正仰望着一只鸟。鸟使一张景仰它的脸,洒满了阳光。

黑米看看我,又看看申淼,突然大笑。

我说:"你笑什么?"

黑米说:"墨展没人来不就是因为没钱吗?我给你钱,童贯,别气馁,我资助你把墨展办到北京去。只要你在北京出名,就是全国出名了!"

我说:"你能吗?"

黑米说:"我能。"

我相信黑米能,因为他有钱。他足以支持我把墨展办到北京去,请来著名书法家们或名星给我题词,把墨展搞得轰轰烈烈。

我说:"你能给我多少钱,黑米?"

黑米说:"你想要多少给你多少。"

"我想要十万。"

"那就给你十万。"

黑米脸上露出喜悦的神色。

黑米又一次把十万挂在嘴上,是在某些观看墨展的小观众提出要我现场表演书法之后而还没有看到之前。申淼去准备纸和笔墨。黑米把我拉到一边,说:"说定了,十万?"

"十万,"我说,"现在只取决于你给不给。"

"我能不给吗?我们朋友这么多年,你还是第一次张口朝我要钱。"

我说:"不是张口,而是伸手。"

黑米说:"这么说,你很需要这笔钱了?"

我说是的。

"我可以提个条件吗?"

"你提吧。"

黑米说:"其实我不说你也明白。耐安的事你还得亲自出马,跑一趟。"

"如果我不干呢?"

"那十万元钱就不给你。"

我说:"你有点像布什,黑米。"

"耐安拒不流产很使我烦恼,你知道我不想做父亲。"黑米说,"耐安私自怀孕是想诈我的钱,或逼我和她结婚,我绝不能迁就她!所以请你不管采取什么方法,也一定要使得她堕掉肚里的胎儿!"

我说:"那也是你的胎儿呀,是你的种。而且胎儿现在已经成熟,快要出世了。"

黑米说:"正因为是我的种,我才坚决要堕掉他!为此我可以不惜重金。"

"你以为我会领受你的钱吗?"

黑米说:"你会的,你不会不领受。因为你想出名,想成功。你敢说你不想吗?"

我说我想。

"只要你想,就没有你不想领受的钱,也没有你想干而干不成的事。"黑米看着我,像看着一名贫穷的士兵。

我说:"我接受你的条件和钱,黑米。"

申淼这时候已准备好纸和笔墨,远远地召唤我进展厅去。我走进展厅,我的书法作品挂满四面五十米长三米高的墙壁,寥若晨星的观众阅览着它们。后来,把人们吸引过来的,是地面上铺开的八尺长五尺宽的宣纸,宣纸旁是一杆如帚的大笔和一盆墨水。我没有操起大笔,我端起那盆墨汁。我看着如雪地的宣纸,我手上的墨汁像一股黑瀑泼出去,泄在纸上。墨汁像海潮一样在纸上漫开,我扔了墨盆,操起大笔,这时候许多热烈的目光凝聚在笔上。笔像一条游龙在纸上肆意腾挪滚拉，这时候我已不知道是笔带着我走，还是我牵着笔动。但是我必须奔跑，才赶得上如龙蛇运行的大笔。

后来，笔戛然终止在某一点上。

一片黑茫呈现在人眼前，一个随心所欲的字跃然纸上。

有人说："这是什么书法？"

"意象派书法。"

"谁创造的？"

"我。"

"这是什么字？"

"这是'海'字。"

"'海'有这么写的吗？"

"有，我就是。"

"你是谁？"

"我是童贯。"

"为什么这么写字？"

"因为，我是童贯。"

"童贯，你什么也不要说。我知道你想说什么。你每次找我除了说因为你关心我，不想让我做未婚妈妈，你还能说什么？"耐安坐在一张沙发上，为了舒服我特意找了座席是沙发的酒楼，那时候耐安的肚子已经十分硕大。她的眼睛凹陷，脸上长着雀斑。我奇怪曾经多么动人的脸和眼睛，为什么在数月之间衰变得如此之快。

我说:"我找你不是因为我关心你,这次不是。我找你是为了我自己。有件事我想让你知道。"

"什么事?"

"我失败了。墨展。"

耐安望着我。

"我真傻。"我说,"其实我早应该料到,几千块钱办一个墨展,而且想获得成功,简直是无稽之谈!"

"是你的作品本身不好,还是钱不够?"耐安说。

我说,是我不好。"我太天真,我以为只要作品写好就够了。结果没有一个人肯为我的作品叫好,名人们不肯,记者更不肯,他们连来看一眼都不肯。名人们因为平时我对他们不恭敬,记者因为我太吝啬。如果我要是识相一点和出手大方,情况就会不一样。可是两点我都做不到。"

"为什么?"

"因为我没有拜师的习惯,第二因为穷。这一点你懂。"

耐安说:"我懂。"

"所以现在有一个人要出资十万,赞助我重新办个墨展,到北京去办。"

"谁?"

"黑米。"

"黑米?"

"是的,他想报答我。"

"报答？"

"是的。"我说，"我替他除掉了心腹之患——使得你打掉了肚里的胎儿，如果你愿意。"

耐安呆呆地瞪着双眼。

我说："你一定不会愿意的。黑米以为只要钱能诱惑我，我就一定能说服你。他是做梦，十万元钱对我来说如一堆粪土。耐安，我宁可从厕所里赚钱，一毛一元地日积月累，也不要黑米甩给的十万！"

"不，我……愿意。"耐安声泪俱下。

"耐安，你怎么了？"

"我没什么，我明天就去引产！"

我说："你如果是为我做这种牺牲，我承受不起。但如果你是为你自己，或者黑米，我同意。"

"我不是为你。"

"那么由你吧。"我说。

"你能陪我一起去引产么，童贯？"

那时候，一顿丰盛的酒宴只有我一个人在吃，耐安无动于衷。

我们离开我们居住的城市。耐安说，她不愿意她腹中的生命，死在城市。

耐安和我乘上下乡的汽车，是在她决意堕胎两天后的上午。

老旧的汽车在没有柏油的道路上奔跑,车子载着我们,也载着下乡的旅客。旅客大部分是乡下人,从他们的衣冠和行囊看得出来,多数人以汗巾为扇,采着风凉,或以斗笠为屏,遮挡从窗外灌进的阳光和尘土。我们没有汗巾和斗笠,我们有伞和报纸。伞和报纸都折叠在包里。局促的车厢里不能撑伞,后来我把报纸掏出来,作屏扇两用。耐安手持的报纸是屏,我持的报纸是扇。屏扇遮挡着阳光、尘土并纳风扇凉,伴随着我们行进在颠簸的长途。

后来,我们看见河流。

再后来,我们就看见山。

爬上一座山,再穿过一条深长的峡谷,我们就到了一个乡。

这个乡是我们在地图上随便选的。

这个乡叫百马乡。

我没有看见马,但是我看见了马一样勤劳和繁忙的人们,在圩场上运动着,干活或者交易。

这时,已经是下午时分。就在耐安说如果车再不到她就要死了的当口儿,车子到了。

我向街口一个拎着大概有三斤瘦肉的乡干部模样的人打听。我说,卫生院在哪?他用空着的一只手为我指明了方向。他说,倒回去,过了乡政府,山坡下一排青砖红瓦的房子就是。我说谢谢。然后,我们跟着瘦肉走。瘦肉走在我们前面,耐安看见肉就要呕吐。我说,往上看,别平低着头,仰望。耐安仰望,但是西斜的阳光又正好照在她的脸上。耐安头晕目眩,趔趄着即将歪倒。

我扶着她。

现在,等待瘦肉消失或者走远,成了我唯一的盼望。我让耐安靠在我的肩上合一下眼。后来瘦肉进了乡政府。我说,耐安,现在好了,我们走吧。耐安说,不。我说,目标不见了。耐安前望,果然乡道清白。于是我们接着行走,过了乡政府,果然看到一排青砖红瓦房,坐落在山坡下。

为耐安诊疗的,是一位女医生。或者说,是一位姑娘。她年轻,但是不漂亮。

耐安说:"我要引产。"

"姓名?"

"耐安。"

女医生在一张单子上记着。

"省城来的?"

"是。"耐安望着我。"我未婚夫。"她说。

女医生轻蔑地看了我一眼。"职业?"

"我?"我说。

"不,她。"

"模特,"我说,"过去是。"

"年龄?"

"二十四。"

"妊娠?"

我问耐安:"妊娠?"

耐安说:"九个月。"

女医生在单子上记着。后来,她把单子递给我。"交钱!"她说。

我接过单子,看是张住院通知单。单子上角"非婚孕"三个字,比任何字都大。我不知道这么写意思是什么,后来我不出所料被缴了五百元钱,我明白与"非婚孕"有很大的关系。

我把手续办完转到妇产室看耐安的时候,耐安已经被注射了催产药,把衣裙整好了。

针剂是直接从腹部插入注进子宫的,耐安后来告诉我,那时候她已经被安顿在大病房里。病房里大概有十五张床,每张床上都躺着一个待产的孕妇。隔壁还有很多。"医生说得过了十小时,"耐安说,"或许更长一些。总之在天亮前我就产了。"我说是吗,待产罢你我就轻松了。

"童贯,对不起。我说你是我未婚夫。"

我说:"没关系。本来我就一直渴望着做你未婚夫,只是没机会。"

"不,"耐安说,"我已经不配。"

我说:"耐安,你以为只有处女才配得上我吗?对我来说,或者说在我心目中,你是最贞洁的女人。没有谁比你更具有贞操了!"

"你真的是这么看我?"

我说:"我什么时候用别的眼光看过你?"

"你没有。"

耐安搂抱我。那是我们相识以来第一次拥抱。"我爱你。"耐安说。

我说:"我也爱你。"

那时候,病房像教室一般肃静,所有的孕产妇注视着我们,像凝望老师上课一样倾听我们的交谈。她们是多产或满生的女人,丈夫使她们又怀孕了,于是乡(村)干部催她们到这里来,她们就来了。她们不需要男人陪同,所以她们一眼就认出我们是城里人,而我是使耐安怀孕的男人。但她们不明白,城里人怀了孕,为什么要到乡下来?这是使她们感到迷惑的,所以她们很关注我们。

后来,我告诉女医生说,我们之所以从城里到乡下来,是因为我们觉得乡村宁静。

女医生冷冷地笑道:"我懂。"

我说:"我以为你不懂。"

那时候,我就在女医生的房间里,我去向她借一样东西,准确地说,是借一只脸盆。病房里的脸盆都很脏,而且只有三个。我们想医生的脸盆可能干净些,于是我就去向认识的女医生借。女医生的房间就在离病房不远的相对独立的一排平房里。她独居一室。

"肖大夫,你好像不是本地人?"

"你知道我姓肖?"

我说:"我还知道你叫肖凤华。"

"我告诉过你?"

我说:"你在缴费住院单上的签名很漂亮。"

"噢,"她说,"我不是本地人。"

"分配来的?"

"是。"

"在学校表现不好?或者是,表现太好?这两种情况都有可能分配到最艰苦的地方来。"

"你叫什么?"

"童贯。"

"干吗现在才来?"

"借脸盆吗?"

"不,引产。"

我说:"耐安很任性,她不想做模特了,所以任由胎儿孕这么大。"

"为什么不结婚?"

"结不了。"

"没房子吗?"

我说:"没爱情。"

"是她不爱你?或你不爱她?"

我说:"是将她肚子搞大的人不爱她。"

"这个人不是你吗?"

"不是。"

"我以为是你。"她说。

然后，她把脸盆借给我。

临走的时候，我说："耐安不会有什么……危险吧？"

她说："你放心，我们妇产室六个人，有四名大学生。我本人中山医科大学毕业，七年制。"

我说："难怪，你那么有魄力。我是真的，由衷钦佩你，肖大夫。"

肖凤华说："耐安宫缩的时候，把她送到产室去，今晚我值班。"

我说谢谢。

耐安开始规律地宫缩，是在我苦苦等待的下半夜。那时候我坐在耐安床前一只小矮凳上，坚守着。蚊虫已吸饱了我的鲜血。耐安曾要求我到床上去，我不肯。我说，床太小，容不下两个人。耐安说，挤嘛。我说挤不了，蚊帐太窄。耐安默默不再言语。后来，她就在蚊帐内睡着了。微弱的灯光下，我在看着一本书。这是一本名叫《兔子跑吧》的小说。我看书的时候，蚊子就在我浑身上下嗡嗡飞舞。它们扑到我皮肤上，吸我的血。我曾一度试图驱赶它们，但是我发觉驱赶是徒劳的。于是我不再对蚊子动手。任由蚊子咬我，我默默地读书。《兔子跑吧》原来是一部写人的小说。"兔子"是一个人。"兔子"为什么跑？人为什么叫"兔子"？

我一面读着"兔子"，蚊子一面在吸我的血……

蚊子吸饱我血的时候，耐安宫缩了。那时候我即将读完《兔子跑吧》这本小说。"兔子"在和一个妓女幽会，他的妻子就在家里酗酒。"兔子"的妻子把三个月的婴孩放进澡盆里以后,就把什么事都给忘了。她烂醉如泥。等到她醒来的时候,她的儿子已经像一条死鱼泡在水里。"兔子"的妻子大惊失色。

于是,我仿佛听到"兔子"妻子失声痛哭的哀鸣从书本里传入我的双耳。书本是不会哭的,但是我分明听到嘤嘤的呻吟声来自我手中的书本。我抛开书本,声音忽然拉开距离,从我过去端着书本的位置,退到床上。

这无疑是耐安的呻吟声。

我掀开蚊帐。我说:"耐安,你怎么了?"

耐安说:"我要生了!"耐安说着抓住我。"好疼!"她说。

我说:"这是宫缩。宫缩说明可以进产室了。我送你到产室去。"

耐安说:"我会死吗?"我说:"你不会死。"我搀着耐安走。临到产室的时候,耐安说:"我怕。"我说:"怕什么?产室里有最好的医生,有齐全的设备,还有血库里的血。"耐安说:"我不输血!"我说:"不输,万一输血,就输我的。"

耐安进了产室。

肖凤华指引耐安上了产床,协助她的还有一名护士。然后肖凤华说:"你可以走了。"

肖凤华是在说我。

我说是。

"童贯你别走！"耐安说。

我说我不走。

肖凤华说："请你出去。"

我说是。

"童贯，别离开我！"

我说："我不离开你。我就在产室外面。"

我走。肖凤华随后关上了产室的门。

我孤立门外。

自始至终，我没有再进那扇门一步。耐安在门内生产，我在门外踱步。整个生产过程就像一幕广播剧。产室像一个庞大的音箱不断地传出耐安撕心裂肺的嘶叫声。我期盼那声音赶快停止，或稍微减弱。那声音折磨着我。我想象着耐安在产床上拼命挣扎的情景，也想象着二十八年前我母亲生我和二十四年前她生我妹妹时的痛楚。我母亲生下我妹妹以后就死了，那年我四岁。那时候我也是站在门外，我听到邻居的张婆婆呼唤我母亲用劲的叫声。我母亲使不出劲，张婆婆就使劲地叫："用劲！用劲啊，再不用劲孩子就死在里面了！"我母亲突然迸发撕肝裂胆的叫喊。我感觉到门狠狠地震了一下，那是我生平听到的最惨烈的叫声。后来我听到有人说死了。仅仅是一瞬间，屋里传来了一声嘹亮的啼哭，那是一个小于我的婴儿的哭声。我知道母亲死了，哭她的，是过后我认识的妹妹。

现在耐安的嘶叫声持续不断，使我感觉她比我母亲有力量。她不会死。那门不会因为她的嘶叫而发生震颤。唯一振动门的,唯有手。我期待启动门的那只手。谁将打开这扇门?

后来耐安的嘶叫终于停了,我对门的注意就愈加专注。我等待凝重的门豁然打开。我期望着进门去,把耐安抱出来。如果她需要,我还可以吻她。

门开了。

开门者,是肖凤华。

肖凤华说:"你不要进来。"

我说为什么。

"产妇还需要清宫。"

"那你为什么开门?"

肖凤华表示她手中有一个纸盒:"为这个。"

"这是什么?"

"棺材。"

"棺材?"

"一个男婴,死了,在里面。"

"你想把它……给我?"

"是的。"

"干什么?"

"埋了。"

"为什么?"

"因为,你没有交消埋费。"

"五百块钱不包括消埋费?"

"不包括。"

"你是作践我。"

"不。"

"你经常这样作践人吗？"

"不。"

"我告诉你，我不是使耐安怀孕的那个人。"

"这个我不管。"

"好。我埋。"我说。

纸盒放到我手上。我说："哪埋？"

"坡上，那风水好。"肖凤华说着给了我一把铁锹。

我接过铁锹，又抱着纸盒。这个时候我感觉我有点像在天光熹微的拂晓，去埋一颗地雷。

这是埋葬爱情的地雷。

我走上山坡，泛白的天空像尸布挂在山顶。死气弥漫的天空下，我是一个不戴孝的掘墓人。我为无辜的婴儿挖掘一个坟墓。这是黑米的儿子，是黑米和耐安的骨肉。黑米现在在哪？他的儿子已经死了。他八斤重的大儿子现在就躺在纸做的小棺材里。我将亲手埋葬他的儿子。

后来，我掘地三尺。我渴望的深度如期而至。

后来，黑米对我说："干得漂亮，童贯！"

我没表态。

1994 年

一千零一夜

陈宝国觉得在电话那头的女人，算是给他抓住了。她就像在黑夜里飞翔的风筝，虽然遥远和看不见形体，但实际上却并无虚无缥缈之感。因为每一个风筝的后头都拴着一条线，维持着与人间的联系，就像现在把女人和陈宝国纠结在一起的电话线路。

陈宝国在电话这一头意识和感觉到电话那一头的女人，有着和他完全一样的心态，两颗心灵之间的微妙感应使陈宝国心旷神怡。陈宝国觉得他已经深深吸引住了一名宅电号码为5474244的女人——"5474244，你好！"陈宝国问候居住在另一座城市的女人。那座城市与陈宝国居住的城市相距遥远，但是当陈宝国拨打那座城市5474244电话的时候，两座城市就像两张版次和面额相同的钞票，重叠在陈宝国的意识和感觉中——因为陈宝国在他居住的这座城市里使用的电话号码也是5474244。

"5474244，你好！"这是那座城市的女人传来的问候。陈宝国觉得这声问候就像鹦鹉学舌或空谷回音，因为他适才在电话中说过的话，又悦耳悠扬地反馈回自己的耳朵。

陈宝国想不到这个遥远神秘的女人，给他的感觉，竟然是这么美好——他给很多的城市打电话，除了城市的区号不同之外，他往每一座城市拨打的号码都是5474244，因为他的电话号码也是5474244，所以他就想和其他城市的和他使用同一电话号码的用户通话——他往一个又一个城市拨打电话，而且大部分都拨通了！陈宝国惊讶那么多的城市都拥有这个七位数的电话号码，就像一座城市竟有那么多个陈宝国使他惊讶一样。但最使陈宝国惊讶的还是在他所拨通的各个城市的5474244电话里，居然会有一位用户不仅欢迎他打去的电话，而且还在电话里表示问候和期待友谊。这一姿态令陈宝国始料未及，大喜过望——因为在这之前，那些使用5474244电话号码的用户，凡接到他的电话的，无不斥责他的无聊和骚扰，而陈宝国自己也认定他的做法不会被人欢迎和理解。陈宝国在这些用户的心目中，是十足的无赖和疯子。唯独这位用户不这样认为，从声音判断，这位用户是位女士，当有一天陈宝国忽然接到这位女士向他问安的电话时，他不禁热泪盈眶，彻夜难眠！以至这天成了陈宝国念念不忘的日子——1993年7月24日，对于陈宝国来说可谓激情如炽、刻骨铭心，就像一个人美好幸福的生日。

"今后打电话，我们不称呼5474244了，而互相称呼对方名字，好吗？"在若干次通话后，陈宝国说。

"不好。"女人说,"我喜欢5474244,并且你第一次给我打电话,就是这么叫我的。"

陈宝国说:"可我们通话都一年又三个月了,你为什么还不告诉我你真实的名字?"

女人说:"假如我告诉你我的名字,我们的联系或者关系也就不存在了,对吗?我们是因为电话号码的数字相同才联系在一起的,所以我的名字叫5474244,你的也是。这个问题我不知已经重复跟你说了多少遍了,请以后不要再问了,好吗?"

陈宝国说:"好。"

陈宝国每次答应不再问女人名字的时候,总是十分干脆,就像一个人向人举债时总是很爽快地承诺苛刻的条件一样。陈宝国为了博得女人的喜欢和信心,不断地答应她严肃的要求但又不断地出尔反尔。女人的名字对陈宝国是一个诱惑,当然她的容貌、年龄和寓所等等对他更是一个又一个的诱惑,这一切竟像云雾或烟雨笼罩在陈宝国的心田。因为他和女人从未谋面,只能通过电话中的交谈了解和想象对方——十五个月来陈宝国通过电话里女人的自我流露和声音可以判定她是一个绝对不超过三十岁的未婚女人,甚至可以想象出她的名字!而且女人最守口如瓶的也是她的名字。陈宝国不明白为何想知道一个女人的名字竟这么难?!他以为人类最随便和最易公开的就是名字,像陈宝国这个名字一样,不仅不是不可告人,而且叫陈宝国的人比比皆是。1992年11月,陈宝国在邮局购买的电话号码簿上,就发现有十九个陈宝国!他们像十九条同宗或同类的昆虫，排列或拥挤在一起，而且这十九个陈宝国还仅限于一座城市也就是东海市的电话用户内。那时候陈宝国还想，在这本电话号码簿之外，在其他城市和地区，不知还有多少个陈宝国。陈宝国弄不明白但又想弄明白，为什么有那么多人愿意或喜欢叫陈宝国？他按照电话簿上的号码一一给陈宝国打电话。在通话过程中他发觉每位陈宝国都无法接受和不能容忍别的陈宝国的存在。他们冷漠的语言和不容人的口气下面饱含着的恶意，就像溶进饮料中的毒素。此陈宝国幻想或巴望彼陈宝国顷刻间便化为青烟和灰烬，像扑向烈火的飞蛾。同胞的兄弟姐妹名字各异，无数非亲非故的人却使用着同一个名字——陈宝国对此大惑不解。他时常想到这个世界有很多和他同名同姓的人存在，但他却和他们毫无交情和来往——由此陈宝国想到了在不同城市里是否都有相同的电话号码数字的对应性的存在？电话号码相同的用户之间是否愿意互相沟通和交流？也就是说5474244是否也像名字陈宝国一样无处不有并且不计其数？还有5474244用户之间是否也像陈宝国们一样相互之间冷漠隔阂、互不容忍？对陈宝国们深感失望的陈宝国积极地对5474244进行臆想，这个普通的号码或数字像一簇火苗，在陈宝国心中闪光——但是根据后来的情形陈宝国的理想之光眼看就完全地熄灭了，如果没有那座远方城市的女人报以神奇的火花的话。

陈宝国对那个陌生城市里的女人的追寻和思念与日俱增。

"真想能见到你。假如人有翅膀的话，我现在就飞过去。"陈宝国说。这同样是一句不知重复了多少遍的话，像几代人的信条,被陈宝国一次又一次地道来。

"我也是。"女人说。这是女人第一次针对陈宝国上一句话的正式回答。

"你说什么?"

"我也想你,假如人有翅膀的话,我就飞过去见你。"

"太好了!"陈宝国说。"你终于想见我了,噢!噢——"陈宝国捧着话机朝话筒大声呼喊。他的喊声穿山越岭,像滚过天上的雷霆,使几千公里外的女人,都听到了他亢奋的声音。

"别大声,你会惊醒你的邻居的。"女人说。

"我不怕,我就要喊。"陈宝国说。

但陈宝国没有再喊。他听从劝阻他呼喊的女人,压抑住内心的狂喜。

"我想见你,你也想见我,可是我们都不长翅膀呀。"女人说。

陈宝国说:"只要心诚,总有一天我们会相见的。我会动身去找你,亲眼看看你。"

"不要!"女人说。

"为什么?"

"因为我们最好的交往方式是在电话中交谈。想了,你就打电话给我,或我打电话给你。"女人说。

陈宝国说:"但是这样我们没法相见呀。你看不见我,我也看不见你。我们总不能不见面吧?"

女人说:"我们就在电话里相见。"

"电话?"陈宝国说,"电话里怎么能相见?"

"能。"女人说,"只要我们用心去想,你就能看见我,我也能看见你。"

"你能看见我吗,现在?"陈宝国说。

"是的,我能。"女人说。

"但是我看不见你呀!"陈宝国说。

女人说:"你把眼睛闭上,就能看见我了。"

陈宝国把眼睛闭上,但还是看不见女人。"你能不能告诉我你的模样?兴许这样我很快就能看见你了。"他说。

女人说:"你说呢?"

陈宝国说:"你是不是很年轻?"

女人说:"是的。"

"你的身材窈窕?"

"是的。"

"你的脸又圆又白,眼睛明亮?"陈宝国说,"你的头发乌黑,眉毛弯弯,唇红齿白?"

"是的。"

"我看见你了!"陈宝国激动地说,又激动地站起来。他手忙脚乱,他的眼睛始终闭着,因为他的心灵亮堂并且有一个女人站在面前。他不能睁开眼睛让心上的女人顷刻间消失掉。他喜爱这女人,因为她美丽、羞涩、善解人意。她穿着一条白色的连衣裙,裙胸上绣着一朵紫色的丁香花,就像陈宝国梦中情人的衣裳。但陈宝国认为自己不是在梦中,因为他醒着。而她也不是他的梦中情人，因为这女人有鼻子有眼睛，容貌活灵活现，而梦中情人从来就不肯露出脸孔。当然，你也可以这样认为，这个女人就是那位梦中情人——她终于撩开神秘的面纱了，从虚幻的梦境，走入了陈宝国的现实！

"5474244，到说再见的时间了。"女人说。

陈宝国看见女人的一双眼睛紧盯着墙上的挂钟，挂钟那儿时针、分针已重叠在一起了，只有秒针朝着顺时的方向前进着。啊，午夜已经来临了，这是又一个凌晨的开始，而女人和陈宝国终止通话的时间到了。他们约定每天晚上的交谈都要在零点前后两分钟结束。几百个夜晚以来他们就是遵守这个约定把一声又一声再见送给对方，也送给午夜，却又把问候、倾听、诉说、笑声或叹息留给期待着的明天——而明天又很快成为今天，今天又成为昨天。日子滚雪球似的，就像循环往复的再见、再见！现在是零点，他们必须再见了。

"再见。"陈宝国说。

"再见，5474244。"女人说。

陈宝国想象自己离开女人和她的房间，从路上返回来——这是一条信息高速公路。因为他只需一眨眼工夫就返回了他生活的城市，或者说他一睁眼就看到自己站在自己的房间里。他的房间简洁明了，孤身一人，像一个装着精品的玻璃盒子。

陈宝国感觉到落在自己肩膀上的手掌，像一根负重的扁担，狠狠地压着他。谁会对他下手这么狠？陈宝国转过脸去，看见他的同学翁亮。

陈宝国连忙转体九十度,这样翁亮就在自己的前面了。但是在往电话收费处的窗口循序渐进并被公众严格监督的队列里,陈宝国始终排在翁亮的前面。因为翁亮被迫站在队列的外面并且也没有插进来的可能。翁亮既无法插队又不到后面去排队,但是他看见了自己的同学陈宝国,他一把抓住了同学的肩膀。

陈宝国紧张地面对翁亮,但是却领会翁亮同学把手搭在他肩膀上的用意——在大学时代翁亮也常常这样指使自己的同学,当他不想排队买饭的时候。只要他的手掌落在陈宝国的肩膀上,陈宝国就会默契地接过他的饭盒——陈宝国想不到在参加工作以后的今天,还得继续为同窗效劳。他对翁亮的手语心领神会,一句话都不用说。但是他竖起一根手指,那手指先是直的,然后才弯下来,像一个问号。翁亮瞄着那根悬而未决的手指,眨了眨眼。陈宝国看到翁亮眨眼,就从衬衣的口袋里掏出一支圆珠笔和一张名片大的纸,然后在那张已写过一组阿拉伯数字的纸上,再写上一组阿拉伯数字。

翁亮亲眼看见陈宝国把那张纸和至少一千元人民币递进窗口,却只有不到五元的零钞退出来——巨大的差额使他通体透凉、面如土色。陈宝国刚离开收费处窗口,立即又被翁亮抓住。"多少?"翁亮迫不及待地问。陈宝国说:"一千零九十七,一共。"翁亮说:"我的多少?"陈宝国打开抓着零钞的手,把夹在零钞中的两份单子抽出来,边看边说:"5474244,

这是我的,一千零三十二元。"然后,他把另一张根本无须再看的单子递给翁亮,说:"5623302,你的,六十五块。你看对吧?"

虚惊一阵的翁亮痛快地吁出一口长气。激动而关切地看着陈宝国说:"他们一定是搞错了!去查一查,你?"陈宝国说:"不查。"

翁亮说:"一个月一千元电话费,不查?"

陈宝国摇头。

"你搞什么鬼?"翁亮说。

陈宝国说:"我打的长话很多,每个月话费基本上都是一千元左右,我心里有数。"

翁亮拽着陈宝国,那时候他们已走出营业大厅,他们就在电信大楼外止步。"告诉我,你正在做什么生意?"翁亮说。

陈宝国说:"我没做生意。"

"不做生意?"翁亮说,"不做生意打那么多长话?鬼才相信,你一定是在做大生意!"

陈宝国说:"实话告诉你,我正在谈恋爱,和我谈恋爱的女人住在一座十分遥远的城市,我每天都要给她打电话,当然有时候她也打给我。我们每次通话的时间都很长,电话费自然就高了。"

"你受得了吗?"翁亮说,"你一个月领多少工资?"

陈宝国说:"四百三十元。但是每天下班后我都开摩托车去拉客,能挣三十元,恰好够开支一天的长话费。"

翁亮说:"你为什么不用单位的电话?"

陈宝国说:"单位的电话都上了锁,打不了长话。"

翁亮说:"我操,你以为上锁以后就无可奈何了吗?"

陈宝国说:"当然,没有钥匙开不了锁,你怎么打长话?"

翁亮说:"我教你一个不用钥匙的方法,但是你要请客。"

陈宝国说:"可以。"

翁亮说:"我这个方法也是请别人吃一餐饭学来的,你别舍不得,到时候你就觉得值了。"

陈宝国说:"请吧。"

两人立即动身,上了各自的摩托车。翁亮带领陈宝国东奔西跑,最后进了城西一家海鲜餐馆。

鱼虾螃蟹和酒送将上来,吃饱喝足之后,翁亮才开始传授空手开启电话锁的方法。他告诉陈宝国开锁的步骤:先把话筒拿起来,用食指或中指把叉簧摁住,而拇指对准话机上的"R"键或"#"键;当食指或中指松开叉簧的时候,拇指立即摁下"R"建或"#"建,然后拨号。假如从话筒里听到"嘟——"的响声,就表明锁打开了,然后就可以拨城市的区号和电话号码。但是翁亮强调,这些步骤必须在一秒钟之内完成,否则锁是打不开的。"你练两下就会了,除非你很笨。"翁亮说。陈宝国说:"我今晚就到单位去试打,看通不通。"翁亮说:"不通你找我,我赔你这顿饭钱。"陈宝国说:"通了,我还请你吃饭。"

陈宝国送别翁亮后,最向往的地方,竟然是单位,他驱车朝单位奔去。天色已晚，不夜的城市人车游动，光芒四射。若在平时，陈宝国还在专心地用摩托车载客，但是今日陈宝国决定给自己放假。他不去挣钱，因为他要去单位打电话。假如按照翁亮教的方法把锁打开拨通城市的长途电话，这样的话他再也不必去挣钱了——数不清是多少个月了，陈宝国每个月电话费扶摇直上，就像他对女人的思念和感情与日俱增一样。一开始的时候，他十天给女人打一次电话，接下来是一个星期打一次，然后是三天打一次，一直到现在他每天都打。而通话的时间则由开始的五分钟，增长到十分钟、三十分钟，一直到目前的一个小时！而且这还不算女人打过来的。陈宝国对女人一往情深，随之带来的是高昂得难以支付的电话费。可没有电话，他水深火热的感情，该怎么表达呢？于是，在语委工会上班的陈宝国，每天一下班便骑着摩托车出去拉客，仿佛从乡下进城的打工仔。——然而在今天，陈宝国似乎不必辛苦地挣钱了，因为他的同学翁亮教给了他一个机巧的方法，假如他能成功地使用这一方法偷单位的电话拨打长途，他就再也不用花自己的钱了！

兴致勃勃的陈宝国来到单位。现在是晚上，正儿八经的单位人去楼空。下班了的陈宝国像是破例加班重返单位。他进入办公室，把灯拧亮后首先跳入眼帘的竟是一部平日他最疏远的电话。他向电话走去，像是徒手摆弄一把大锁——事实上他就是在开锁，因为这部电话锁住了除本市外所有城市和地区的大门，从来就没有对陈宝国开放过。但此刻陈宝国就要把锁打开——他果真把锁打开了！因为在完成步骤或规定动作后，他忽然听到"嗒"的声音，这声音使陈宝国激动和颤抖。而更使陈宝国激动和颤抖的是在他把号码拨完后电话"嘟——嘟——"的响声。他打通了他向往城市的大门。他期待那位朝思暮想的女人听到铃声后，身心投入，和他相会。

"喂，你好。"果然是那女人的声音。

"亲爱的，是我。"陈宝国说。

"亲爱的，我真高兴你这么早就打电话来。"女人说。通常她都是在晚上十点以后才接到陈宝国的电话，因为陈宝国在十点以前通常是在外面忙乎，而现在还不到十点。

"我现在是在单位给你打的电话。"陈宝国说。

"单位？"女人说，"你从来不在单位里给我打电话呀。"

"是的，那是因为单位的电话机上了锁，打不了。"

"那你现在怎么能用单位的电话打给我呢？"女人说。

"因为我能把锁打开了呀。"陈宝国说，"我的一个朋友教会了我打开电话机锁的方法，不用钥匙就能打开，直拨长途。"

"是吗？"女人说，"你的意思是说，你今后再不用自己的电话打给我了？！"

"因为可以用单位的电话打给你了呀！"陈宝国说。

"是吗？"

"是呀！我们通话快三年了，我才第一次会用单位的电话打给你。"

"这三年，你都是用自己的电话打给我。5474244打给

5474244，我们都是用同一号码的电话通话和交谈。但现在变了，你变了。"

"亲爱的，"陈宝国说，"这有什么不好吗？"

"好，"女人说，"用单位的电话，每个月你就可以节省很多的电话费。这两年多来，你因为给我打电话把钱都花光了。我知道你日子很难受，我也难过。你现在大概受不了啦。"

"不，我受得了！"陈宝国说，"我只是想试一试，我觉得用一用单位的电话也未尝不可。我不怕花钱给你打电话，真的。我只是想能用单位的电话打给你，又不花自己的钱，为什么不用呢？"

"我没说你不能用。"女人说，"我只是觉得这样一来，你再也不是5474244了，你也不是原来的你。"

"不，我还是！"陈宝国说，"我还是我！"

"不，你不是了。"

"我错了，亲爱的。我一时糊涂。我现在就赶回去用自己的电话打给你，好吗？"

"不用了。"女人说。

"为什么？"

"因为你已经打过单位的电话了。"

"不，这不算！"陈宝国说，"你等着，我这就回去了！"

陈宝国感觉女人还有话要说，但是他竟武断地把电话挂掉了。因为他急着要赶回去，恢复使用那部和女人联络了两年多的电话。他下定决心从此以后无论怎样都坚持只用一部电话和女人交流——万种风情仅通过5474244表达和倾诉……

一表人才的陈宝国心急如焚地开动着他年久失修的摩托车,像一个身强力壮的球员求胜心切地踢着一只泄气的皮球——他一意孤行、横冲直撞。后来的迹象表明他的一连串行为举动都显得那么迫不及待,再加上他喝了酒。现场的人有目共睹:肇事者被一辆重型卡车的轮子碾得粉身碎骨,摩托车也一样在劫难逃。有一只摩托车的轮子脱离车体后滚向行人道上的行人,就像一只球被踢出界外落在观众中一样。

第二天,《东海晚报》就有这么一则新闻:昨晚九时许,本市发生一起交通事故,一个名叫陈宝国的青年酒后驾驶摩托车超速行驶,与一重型卡车相撞,车毁人亡……

同一天,东海市数名陈宝国遭受无妄之灾,叫苦不迭。他们的电话不是格外冷清,就是异常繁忙——因为所有认识陈宝国的人,都以为陈宝国死了。深受株连的陈宝国们或不断地收到别人打来的电话,或起劲地往外给别人打电话……

唯独一个陈宝国的电话不冷不热——每当夜晚十时许,电话铃声总是要响那么几下才肯停下来,夜夜如此。周围邻里都习惯了这绵绵不绝的铃声,一旦这铃声一天不响,人们便注定无法安眠。可是这经久不断的电话究竟是谁打来的,却没有一个人知道。

1996 年

操　场

操场上的狗加起来比在校的师生还要多,它们如团体观光的游客,早早地在荒疏的操场上集结和会合。太阳的光亮刚罩在河对岸的山头,像是一个裸睡的老人早晨起床,先把帽子戴上。老人穿衣戴帽的速度是很慢的,因此河这边的山要全身上下都穿上阳光的衣裳,时间还有很长。很显然这些赶早出动的狗不是为了来晒太阳的,它们看起来比那些绿茵场上的球员还要精神抖擞和斗志昂扬。

小学校长站在打开的门户里边往外看,心想这些狗真是嗅觉灵敏呀!它们绝大多数都是翻山越岭远道而来,因为绝大多数的狗,他都不认识,它们大多不是来自附近的屯子。小学校长感到十分新奇和茫然,就像新学年遇上一大堆求学心切而又无法接收的孩子,因为这些孩子都交不起读书的钱。但根本上狗是不同的,小学校长断然地想着,狗是不读书的。山里人养狗不需要花钱,连粮食都不需要,就像玉米的成长和培养,只要肥料就够了。因此这些远道而来的狗,一定会比交不起学费的孩子容易打发。小学校长自信地想,只要阻止那条风骚的西洋狗继续窜到学校里来,操场上的狗也就自然而然地减少和分散了。

小学校长迈出门槛,走上操场。翘首以待的狗看见有人来到它们中间,纷纷将尾巴朝上摇摆。它们像机场上为贵宾挥动手臂、彩旗或鲜花的群众,把踽踽独行的小学校长捧得心头发热。他前进一步狗跟着动一步。不管他走到哪里,都脱离不了狗群的追踪和围拥。就在亦步亦趋的狗群中,小学校长看见自家的黑狗,也像同类或同伙一样争先恐后。"这个不长心眼的东西,就是它把西洋狗窜来学校的消息传出去的。一传十,十传百,满山遍野的狗都知道了。"小学校长心想,并忽然觉得他无意中成为狗群的先锋和向导。他原先把西洋狗堵在校外的计划或想法,像被泄漏题目和答案的考试,被迫取消。

西洋狗得以像昨日一样,窜到学校里来。

学校里没有学生,至少现在没有。比教室的窗多比操场上的狗少的学生,他们还在上学的路上。还有一名三天打鱼两天晒网的教师,恐怕现在还躺在自家的床上做梦。他已经两个星期不到学校来,因为他已经两个学期吃不到统筹的粮食了,在他之前早就有三名教师辞职,他们的名字已像忘了收拾的粮食一样发霉。动乱的学校用两只脚走路的,只有小学校长。

现在看来,学校里的人和狗,人显然是多余的。

仿佛是天使出现在人的面前,西洋狗奇特美妙的体貌,令粗陋野蛮的土狗为之倾倒!

确实，山高水远的僻壤，在此之前，凡是长眼睛的，都没见过这样的狗：它娇小玲珑，毛发绒长且颜色纯正。如果不仔细看，会以为是降落到山底的一只白鹤。但这不是白鹤，小学校长看得很仔细。它分明是狗，却是和山里的土狗有天壤之别的狗，就像富人和穷人同样是人却有千差万别一样。这样的比喻是很实际的，小学校长认为，他具备的文化素质能帮助他做出这样的思考和辨别，那就是这只狗是外国种，它或许生在中国但它的血统和渊源是在外国。这种狗虽然不能看家和打猎，却无比高级和名贵。它是供人娱乐和玩赏的，只有富人才养得起这种狗。因此昨日当小学校长看见这样一只西洋狗窜来学校的时候，就知道是谁回来了。

事实上小学校长的嗅觉的比狗更加灵敏。他虽然不能准确地判断西洋狗是外国名犬中的哪一个品种，但能清楚地认定西洋狗的主人是韦正常家的女儿韦桂娥——这个小学过去的一名教师。

操场像一个浴盆，赤身裸体的狗在这里受洗。光天化日，它们的性别表露无遗。最早洞察西洋狗双门阴户的，无疑是那些公狗。公狗们对西洋狗的条件反射是极其迅速的，身体或生理上变化最大的是亲爱的阳物。因为狗没有廉耻，所以狗历来都被人看不起，被人打骂。小学校长这么一想，问题又出来了，那就是山里人随便，对自家的狗放任自流，让它们到处乱跑。可是，桂娥怎么也不管好自己的狗呢？她可不能还算是山里人，自从她在城里做了有钱人的太太或情妇后就不是了。况且，她的狗也与众不同呀！她应该用链条把它锁住，那么，即使一个上午她都在睡懒觉，狗也不能出门流窜。

现在天绝对是大亮了，尽管阳光还没有开始渡河，但是已经把对岸的山照得彻底。这个时候，趁着阳光还嫩且没有完全普及的机会，河两岸的农人，已经把该干的活路干得紧迫。稻田里的水稻基本上是不管了，连续三个月的干旱使每一株禾苗失去了抽穗的能力。稻谷是没收成了。现在还有一线生机的只有玉米地里的玉米，它们像难民营里的难民等待人道的救助。所以玉米地里集中了所有能调动的人力，他们像护士对待伤病员一样细心地拔掉地里的草，以免它们和玉米争夺水分和肥料。然后把使用过的水，诸如洗菜洗脚用过的水，又担来玉米地里使用，正确地浇在玉米的根部。这样不轻易浪费一滴水的现象毫不夸张，尤其是离河岸很遥远的山峁里的居民，在这个干旱的季节，全都得到河边来挑水。相比之下，靠近河流的居民是够好的了，他们半个小时可挑回一担水，但是山峁里的居民却要用上半天乃至一天的工夫。当天长久不能下雨时，河流显得如此重要，就像是人的血脉。而河流岸边的房子，就像是俯瞰虫鱼的鸟巢。从山脚或操场上面向河流，河水是看不见的，因为河谷很深而流量很小。河岸上的房子是肯定看得见的，它就像一辈辈娇生惯养的人，受现在的人羡慕和嫉妒的目光注视。但这样的房子其实又很少，在过去的年代里，直接把房子建在河岸的道边，被认为败坏风水并且凶多吉少。它唯一的益处是赶圩和用水的时候少走几步路，此外可以说是祸患无穷。比如说它注定成为走水路和陆路的人落脚的地点。而过往的行人又多么复杂,就像林子大了什么鸟都有,他们密密地从家里进出,善人不怕多,而恶人只要遇上一个就够了。因此选择在河岸的道边安家落户是聪明而且勤劳的先民所避讳的,而在此造房的祖先从来都被认为是好逸恶劳的,他们的子孙也极少被人尊重,因为村屯里历来游手好闲的人,基本上是他们的后代,难怪人们不得不说这是遗传。然而自古以来人们的观念还是发生了改变。野兽居然也在灭绝,山泉尚且也会断流,那么还有什么东西不会停止或不发生改变的呢?风水是会转动的,就像人的气脉。福运如见异思迁的燕雀,从一家的屋檐飞往另一家的屋檐,从北飞到南。那河道边的房子,就像鲜亮的燕巢。那比燕子珍贵的西洋狗,就是从其中的一座房子里出来的。

学校仍然被狗盘踞,像是收罗散兵游勇的营寨。操场上很快发生为抢夺西洋狗或霸主地位的打斗,像是人类反动营垒或集团为了争抢美女和权力而发生的内讧。这基本上是公狗或雄性之间的事情。公狗们相互驱赶和撕咬,西洋狗和其他母狗被晾在一旁。小学校长的黑狗毋庸置疑也投入了激烈的打斗。它为公平和保护西洋狗而战。"这是何苦呢?"小学校长心想。他的视线不停地被自家拼命厮杀的黑狗牵引、拉扯和揪住。

尘土和狗的吠叫在操场上飞扬。上学的学生来到学校。

小学校长的眼前隐现着一排小树,这排小树遮挡住少许丑陋和野蛮的事物。但小学校长原来的目标,已被这排小树取代。尘土飞进他的两只眼睛，使他无法看明小树的真实面目和数目，但是他心中有数。"十一。"小学校长心想。他果然不是瞎猜。"立正！向右——看齐！向前看！报数！"他发出的口令很快就有了反应：

"1！"

"2！"

"3！"

"4！"

"5！"

"6！"

"7！"

"8！"

"9！"

"10！"

"11！"

"稍息。"小学校长说。

"立正！"小学校长又说。他的声音像锣鼓一样清脆，掺和进狗的吠叫中，像净水消失在脏水中。"现在，本来我们应该做第七套广播体操，像往常一样。但是今天情况特殊。我的收录机没有电池了！"小学校长撒了个谎。"所以请同学们现在就进教室去。听我的口令。向右转，齐步——走！一二一，一二一，一二一……"

目标在口令中行动，在行动中逐渐分明，在分明后一个接着一个消失。十一名求学的儿童隐进简陋的教室，像是为了逃避鹰隼，一窝小鸡躲进鸡笼。"不管怎么样，我得再洗一次脸。"小学校长心想。

他回到自己的宿舍，它其实就在教室的隔壁，准确地说是在有十一名学生的教室的隔壁。学校有五间教室，也有五间教师宿舍，它们像五台配套而老化的机器安顿在山底，但现在启用的只有一台，其余四台空无一人且充满尘埃、蜘蛛网和老鼠屎。它们曾经都充满生机。琅琅的读书声比机器的鸣响还要悦耳和动听。两百名学生和五个教师的学校曾经使小学校长心满意足和自得其乐。但如今这所学校只剩下十一名学生和他自己。小学校长多么失望和沮丧，像一个破败和没落工厂的厂长。他把分别为五个年级的十一名学生集中到一间教室里，分门别类地教他们语文、数学、自然、社会、品德、音乐和美术，像一头既犁田又拉磨的黄牛。好在他岁数不大，刚过三十，这个年龄作为牛已经老掉牙了，但是作为劳动力还身强力壮。小学校长又洗了一次脸后顿觉神清气爽、耳聪目明。刚才被操场上的尘土和聒噪感染引起的郁闷和困乏一扫而光，仿佛一场雨后，浑浊的天地一派晴朗和明净。

几分钟后小学校长从宿舍里出来，粗略地望见狗还在操场上打斗，但是没有看出胜负，因为他只瞄了一眼就进了教室。

小学校长走上讲台，十一个学生却没有一个坐在座位上。他们全扑到对着操场敞开的两个窗口，手抓窗棂，咿呀叫唤，看上去很像一批小囚徒鸣冤叫屈，实际上是在为操场上一只漂亮的西洋狗和为了西洋狗而殊死争拼的土狗们激动和喝彩。仿佛是溺爱这些孩子或仿佛这些孩子与自己无关,小学校长显得十分容忍和无动于衷。他没有动作,也没有声张,而是静默地站立。他的一反常态受到学生们的喜欢和尊重。在大饱眼福之后,学生们自觉回到座位上,全神贯注地看着可爱的老师开口说话:

"同学们好。"

"老师——好!"学校的学生回答。

"在上课之前,我想问一下同学们,刚才你们都看见了什么?"小学校长说。学生们咧着嘴笑。

"看见了许多狗,是不是?"

"是——"学生们答应。

"那么,你们看见狗和狗之间有什么不一样的吗?"

"有!"有的学生说。

"讲一讲好吗?"

"狗有公的和母的!"一个学生说。

"对,还有呢?"小学校长说。

"有黄的、白的和黑的!"另一个学生说。

"对,还有呢?"

"有大的、小的,有老的和没老的!"

"对,还有吗?"

"……"学生们面面相觑。

"还有吗?"小学校长深入询问,并加以启发,"比如说狗毛的长度也不一样呀,有长的也有短的。"

话音刚落,一个学生脱口而出:"我知道了,有吃屎的和不吃屎的!"

其余的学生哄堂大笑。

"笑什么,我姑的狗就不吃屎!"被耻笑的学生说。

其余的学生还笑。

"操场上那只毛白白长长、漂漂亮亮的,就是我姑的狗,就是不吃屎!"被嘲笑的学生委屈地说,并求救地看着小学校长。

小学校长说:"韦小宝同学说得对,狗有吃屎的和不吃屎的,比如他姑的那条狗是不吃屎的,为什么?因为那是一条西洋狗。洋是什么意思呢?洋是外国。洋狗就是外国狗,是从外国带进中国的狗。洋狗为什么不吃屎呢?因为养狗的人都有钱。有钱人餐餐吃肉,也餐餐有肉喂狗吃,狗吃饱了肉,当然就不吃屎啦。另外有钱人都有工夫打理狗,有水给它洗澡,完了还用梳子梳它的长毛,所以狗才显得那么整洁、卫生和漂亮!我为什么要向同学们提问和解释这些?是因为我想说明这样一个事理,那就是狗和狗之间都不一样,那么人和人之间也是不一样的。在这个世界上,有很多种人,比如白种人、黄种人、黑人和棕色人种,在各人种里又有好人和坏人,富人和穷人等等。那么,我们是属于哪一个人种,又是哪个人种中的哪类人呢?我们是黄种人,是黄种人里的好人和穷人。为什么这么说?因为我们的皮肤是黄的,心是红的。那么,做好人好不好？做穷人好不好？做好人是好的，而做穷人是不好的。我们不想受穷，但我们现在是穷人。那么，以后能不能成为富人呢？能。只要同学们胸有大志，认真读书并且让你们的家长坚持送你们读书，让你们读完初中、高中，再考大学，然后参加工作，领国家的工资。将来对国家的贡献越大，得到的报酬也就越多，那么也就越能成为富有的人。当然，致富的路子很多，不仅仅是当干部这条路，但是读书是很重要的。只有读书掌握知识，才能知道世界多大，才想到要到山外的天地去闯。你们都知道韦小宝的姑姑吗？我想四五年级的学生一定还记得，你们读一二年级的时候，她就是你们的老师。但是到你们读二三年级的时候，她就不是了，因为她到山外的天地闯去了。山外的天地很大，有许多许多的城市，她成为了一个有钱人，在其中一个城市里过上了幸福的生活，养起了洋狗。刚才你们看见操场上的那只洋狗，就是她从城市里带回来的，让你们增长见识和开拓眼界。"

小学校长的话一说就是一串，就像一个神童当堂把一篇作文一挥而就，并且在课堂上念读时被其他人听得入迷。十一个学生的脸像向阳的葵花朝着小学校长，他们的姿势态度更像是对前途充满希望的乘客。教室像停留在山沟里的破车，而小学校长却像一位热情洋溢的导游，他不能让已经少得可怜的乘客从他脸上看到阴影。

"下面，我们正式上课。"小学校长边说边翻动台面上的课本和教案，布置道："一年级写语文第七课生字。二年级预习语文第八课。三年级选一种你们最喜爱的动物画一张画。五年级做数学第……三十九页第一、二、三道练习题。四年级听我讲课。"

然后,教室里便有了各种各样的动作或行为,产生这样一番景象:有三个学生在写生字,有三个学生在预习课文,有两个学生在画画,有一个学生在做练习。那么,在听老师讲课的,就只有两个学生。

小学校长用粉笔在黑板的中部上方写下三个大字:

中国石

这是为四年级的学生写的。两个十一岁的男童在他们的语文书上,翻见了这篇课文。他们坐在教室的左后方,一个管着一张桌子。最靠近他们的墙不见窗口,也就没有通风,所以每次上课他们总是最先得到老师的照顾,就像越是偏远的地方越是不被工作队忽略一样。

写完"中国石"三个字,小学校长来到四年级学生的身边,降低讲话的音量,尽可能减少声音对其他年级学生的影响。

照常规是要先把新课文念一遍,小学校长今天一如往常。"'驻守在戈壁滩上……'"他开始念课文。这是一则描述戈壁滩上边防军战士精心对待一块石头的故事。他们将一块石头视为珍宝,因为这块石头像一只傲然挺立的雄鸡,而雄鸡酷似祖国版图,所以这块石头被战士们称为"中国石"。

"'……回到哨所,大伙像看稀罕似的抢着看中国石。为了让我保存好这块石头,连长拿出了自己装军功章的盒子……'"念到这里,小学校长掉头看了一眼其他年级的学生,当观察到他们都正在分别做他布置的内容时,又回头继续念他的课文。

阳光此时不知不觉过渡到学校里来,像溪水一样涓涓流进窗口,泻在靠近窗边的学生身上。

韦小宝是最先沐浴到阳光的人。他和另一个同学正在画狗,所不同的是另一个同学画的是白狗,而韦小宝画的却是黑狗,因为韦小宝有足够的墨汁把狗涂得全身漆黑,而另一个同学的墨汁少得有限,所以画的狗是白的。白狗和黑狗被两个颇具灵性的学生认真地勾勒和涂抹着。模特是现成的,几乎不用做什么虚构。操场上的狗比比皆是,任由他们用目光去挑选和捕捉。

单说韦小宝所画的狗,就是小学校长家的黑狗。它可真是一条勇猛却平易近人的狗,就像主人一样威严而可亲。韦小宝从来都喜爱这条黑狗,那种经年累月的喜欢并不因为西洋狗的出现而有所改变。当然他也很喜欢姑姑的西洋狗,那毕竟是一种别具一格的美妙动物。

但是当老师布置画一种喜欢的动物时,韦小宝还是选定画了老师的黑狗,这不全是因为韦小宝有使狗全身涂黑的颜料,肯定还有别的。在日常生活里,韦小宝和老师的黑狗关系最好最密切。黑狗在他心目中的地位是西洋狗无法取代的,因为等爷爷一死并出殡，姑姑又要走了，肯定把西洋狗也要带走。而爷爷是活不了几天了。所以韦小宝不用心去和西洋狗发展亲密关系是明智的，免得姑姑把它带走后他心里难过，而且还与黑狗有了隔阂和疏远。因此韦小宝的创作乃至生活倾向和态度十分明显。他是动了心思才用笔墨去画老师的黑狗的。现在，他的眼睛在黑狗和黑狗之间转动。他的目光时而穿出窗外，观察操场上的黑狗，时而回落在纸上，把捕捉到的特征通过笔墨和手段，逐步变成黑狗的形象。但无论是看狗还是画狗，对韦小宝都十分艰难，因为老师的黑狗正在操场上与多于自己数倍的来犯之敌进行搏斗，而他拙劣的笔墨根本无法生动、逼真地描绘或表现出黑狗搏斗的姿态或情景。比如说黑狗正在奋勇地抵挡十几条狗的疯狂攻击，它是为了保护西洋狗不受侵害而遭到报复，就像一个好人为了救一名纯洁高贵的姑娘不被侵犯和掠夺而遭到一群坏人的殴打。黑狗的处境十分危险，但是它非常顽强。它的身子在出血，在黑色中又有红色。而且它搏斗的姿势或动作很多，没有一种是固定的。那么，十一岁的韦小宝如何能把这些画到纸上？

时间像声音一样无形或不可触摸，但是通过人的行为过程却可以觉察到它的流动和存在。它和小学校长的声音一道在教室里正常发挥着效率和体现着速度。

小学校长念完课文，再叫四年级的学生念一次。然后提出两个问题，让他们思考。"'中国石'是什么样子的？为什么取名叫'中国石'？"他说。刚刚说完，小学校长忽然听到

"哇——"的一声尖叫。

尖叫声发自三年级学生韦小宝的嗓子眼,小学校长掉头去查找发出尖叫的学生时,其他的学生都在注意着韦小宝。

他迅速来到韦小宝的面前,奇怪地看见韦小宝一双惊骇的眼睛和一张没有合拢的嘴像三个恐怖的墓穴在向他打开。韦小宝的嘴大开着,却再也发不出声音,仿佛是有大过他食道的食物在扩充他的食道。

小学校长就说:"韦小宝,告诉老师,发生了什么事?"

韦小宝努力了很久,才说出话。"老师,黑狗它……被很多狗咬住不放,它……它倒下去了!"

小学校长的目光穿出窗外,很快发现他的黑狗躺在地上,因为操场上的狗骤然减少,四散窜去,操场上一下就空了,小学校长的目光一眼就能抵达黑狗的身上。

小学校长通常看完手腕上的手表后,才宣布下课。但今天这一节课仿佛被他估算得很准。学生们意外地看不到老师看表,就被告知下课了。

第一个离开教室的,是小学校长。但是来到黑狗身边的,小学校长却是最后一个。他的学生谁都比他速度快,就像是跑向海边抓住船只的孤岛上的难民。

但是,学生们留出一个很大的空位,让给了老师。

小学校长清楚地看见被咬破喉咙的黑狗,平静地卧倒在地,已看不出有多大的痛苦。流在地上的血,其实也不是很多,再经过热烈的阳光一晒,血看上去已经不像是血,更像是发烫的豆油。它的眼睛虽然还是睁开，但已失明，因为许多熟悉的面孔，都不被瞳孔吸收。

倒是那些散开在操场周边的狗，把默立的人们放在眼里。它们像随时准备逃窜的匪徒和匪属，对糟糕的局势做最后的观望。险恶的事态对它们显然不利。因为有了人的干预，它们所有的梦想和目的都不可能实现。现在，它们唯一的需求是保全性命，而不是寻欢作乐。那条西洋狗就像挑起祸端的红颜祸水，被狠狠地隔离和疏远。它孤独地站在一个相对空旷的地面上，像一名被唾弃的女人独守空房、备受冷落。没有任何动物还狂热地想亲近它，包括已经很熟悉和喜欢它的韦小宝。

韦小宝搂抱和抚摸着奄奄一息的黑狗，泪流满面地看着三四年前差点成为他姑父的老师，强硬地说："我要把这件事告诉姑姑，让她赔！"

小学校长蹲下来，轻轻地拍了拍韦小宝，说："小宝，你是个好孩子，但是别把这事告诉你姑姑。因为……很不值得。"

韦小宝两眼圆睁，那疑惑不解的神情，在课堂上听老师讲解深奥的题目时，有时候也会有。

这个时候，气温是越来越高了。在酷热的阳光下，操场像一块正在煎着的巨大的饼，而人和狗就像煎饼上的芝麻、葱花或者大蒜，散发着咸淡的香味。这么大的煎饼，要等到夜晚，满天披挂黑色衣裳的神圣，才能吞食。

1997年

寻枪记

马山醒后起床，发现枪不见了。平日睡觉，他都习惯把枪放在枕头底下，起身穿戴或临出门时把枪佩起。但今天马山在枕头下摸不着枪。他掀开枕头，像银行的出纳打开保险箱盖后看不到钱一样，不禁心里发毛。

枪呢？我的枪哪里去了？马山一面在卧室里翻衣抖被地寻找一面想。我平日都是放在枕头底下的，现在枕头底下是肯定没有了。棉被下也没有，床头柜里外也没有。床底下？也没有。都没有。枪能到哪去呢？

马山把搜寻范围从卧室扩大到客厅，又从客厅拓展到女儿英英的房间。他左翻右翻，东张西望，最终也找不到想要的东西，像一个虽胆大心细却误入穷人家里的窃贼。

妻子韩芸从厨房里把早点端进客厅，见马山慌慌忙忙地翻这翻那，说你找什么。马山便想说枪，但枪字到了嘴里，又用牙齿咬住，像一个内向的男人，不敢对心爱的女人说爱一样。韩芸说说呀，找什么？马山说没找什么。韩芸说是不是找存折，存折夹在书里，《毛泽东选集》第三卷。不过你要存折干什么？马山说我想看看里面还有多少钱。韩芸说，还有多少钱？昨天给了你妹妹两千，还有多少你心中有数。马山说那就不看了。

马山吃着妻子煮的面条。看见面碗里比往日多了许多肉，而且味色别致，不像是妻子做的，就说哪来的这些肉。韩芸说，哪来？饭店里吃剩的呗。你妹妹叫人打包，全给了我们。冰箱里塞满了，橱柜里还有，不抓紧吃，只有请老鼠帮忙了。马山愣头愣脑地说，这到底是怎么回事？

韩芸用筷子近距离指着丈夫，说看把你喝得醉的，到现在还醒不过来。你妹妹昨天结婚请酒，摆了四十桌，知不知道？

马山停止进食，说，昨天我是不是喝醉了？

趴在酒桌上不省人事，你说醉了没有？韩芸说。

那……我是怎么回家的？马山说。

送回来的，你以为你自己还能走？

谁送？

我知道是谁送？当时我忙着侍候你妹妹，哪顾得上你？反正有人送。

那是我先回家，还是你先回家？

当然是你先回家。我回家的时候你已睡得像头猪一样。

那我怎么进得了家？

你身上没有钥匙呀？别人摸你身上拿钥匙开门不就得了。

那英英呢？

英英跟我。哦,你还想她会跟你呀?看你那样子像个鬼。我头一次见你醉成那种样子。

高兴吧,马山说,妹妹结婚。

韩芸说,你和我结婚的时候为什么不醉成那种样子?不高兴是吧?

马山说好了。他急躁地将筷子顶着掌心,筷子朝上掌心朝下,像裁判做暂停动作一样。然后他把筷子搁下,说我得赶紧到派出所去,今天英英你送。

韩芸瞄了一眼墙上的挂钟,说去那么早干吗。

有要紧事。马山说。

马山到派出所的时候,除了值班的两名警察,其他的人都不在。两名警察一个叫黄恩一个叫何炳军,见了马山异口同声地说人头马,早。马山说早。人头马是马山的外号,由来是前几年他岳父在省城治病,手术之前妻子韩芸叫他把手术费送去。马山凑够手术费到了省城。韩芸说得给主持手术的医生送红包,还得请他吃饭,不然万一出差错怎么办?妻子的意思是只要请医生吃饭和送了红包,手术就不会出问题或没有万一。马山想这关系到对妻子和岳父的感情,不同意也得同意。他盘点了身上的经费后,认为可以匀出一千块钱,五百块钱作为红包,五百块请吃饭。他把医生请了出来,还请医生选定酒家。医生带着他进了一家西餐厅,因为医生说他在国外留学多年,习惯了吃西餐。两人坐下后,马山请医生点菜,但医生说客随主便。马山就拿过菜单来点。菜单上的菜都标明价格,但马山把价格的小数点全看错了！比如他看见人头马（瓶）1888.8元（人民币），误以为是188.88元。他想久闻人头马名贵，其实也贵不到哪去，不就一百八十八吗？比国酒茅台还便宜。既然医生习惯吃西餐，肯定也习惯了喝洋酒。既然有心请人家吃饭，就要让人吃得满意、喝得满意。另外我也从未喝过洋酒，今天借这个机会或托眼前这位医生乃至岳父的福，开开洋荤。人头马就人头马，来它一瓶何妨！酒两百块，菜三百块，反正不突破预算就成。于是就点。吃喝的过程中，满面红光的医生对马山佩服之至。他说其实呀，我从国外回来后，很少能吃到西餐，平时病人亲属请吃饭，我是不忍心叫到西餐馆来的。今天也就见你请得起，才心狠这么一回。马山说这没什么，请得起请得起。医生说还是你们好哇，能耐大，收入又高。马山说哪里哪里，比不上你们，拿手术刀救人，这才叫有能耐。医生说不，还是拿手枪的比拿手术刀的厉害，了不得。他端起酒杯，说来，借花献佛，敬你一杯。马山说干杯！名酒入腹，再加上医生的由衷褒扬，马山不禁有些飘飘然。那时刻他还不知道他将为此付出沉重的代价——饭罢结账，一看账单，五千块，马山傻了眼。他先是以为店家算错了，一复核才知道起先是自己看错了小数点。事到如今争执是无用的，再说有即将给岳父大人做手术的医生在场，不好闹呀。只有认了，交钱。打九折，九五四千五，还是看在医生的面子上。本来打算吃饭后送给医生的红包也不能送了，吃饭都花了五千，红包还不得一样是五千呀？！出了餐馆，还得毕恭毕敬地嘱托医生，我岳父的病全靠你的神刀妙手了。医生说你放心，你岳父肺癌早期，手术后保证活十年八年没问题。有了医生的保证，可岳父的这一期手术费挪用了三分之一，而且明天就交，不够了怎么办？把情况如实告诉妻子，可这时候能告诉她吗？那比告诉岳父患了癌症打击还大。只有自己再想办法。于是打电话给派出所领导，又借。所长韦解放说现在下班了，我一下子去哪里搞得到五千块钱？马山说我临来前刚探明学荣街13号是个赌窝，还来不及去捣。今晚你叫人去捣吧，罚没款先借五千块给我。所长韦解放说好吧。成功了我派人连夜给你送去。第二天中午，马山在医院门口焦急地等来了送钱的人，就是黄恩。黄恩说所长交代了，你得把借钱的原因理由讲清楚，因为这是罚没款，动用是违法的。马山就把事实经过告诉黄恩，还写了欠条给他带回去。黄恩回去一讲，听到的人全笑。马山人尚在省城，外号就已经给他安好叫开了。人头马不仅是西门镇派出所的人叫，连县公安局的人也叫。公安局长樊家智有一次见了马山，说好样的，有种，我们县这些当公安的，谁喝过人头马？只有你一个。叫你人头马当之无愧！后来这事让县纪委的人知道了，下来调查，当查明马山一餐饭吃掉五千元是属于挨宰、上当而不是公款挥霍时，对马山不仅不予追究，反而深表同情。而现在，枪不见，性质可不同于丢失四五千块钱，这可不是玩笑。

马山和值班的黄恩、何炳军打声招呼后直走到大立柜的跟前。大立柜是保管派出所干警物品用的，分成十几个方格，像澡堂里衣柜的样式,每名警察都有一个,用来保存各自的便衣、警服和枪械等物品。马山取出钥匙打开属于自己那一格柜桶的门锁,他想说不定枪就锁在柜桶里,或许昨天去赴宴的时候压根儿就没带枪。他先看见警服,昨天临离开时换下的,他觉得穿着警服去参加婚宴不太适宜,显得严肃了些,容易使人紧张和反感,何况是去参加妹妹的婚宴,还是穿便衣的好。既然警服在柜桶里,枪可能就埋在警服下面。他撩开警服,看见一顶帽子,撩开帽子,看见一副手铐,但就是看不见枪。他的心头发毛,那症状就像早晨掀开枕头时一样,而且还要加重。

马山换上警服,然后跟黄恩说,黄恩,等一会所长来了,你跟他说我请一个上午的假。黄恩说他要问原因我怎么说,马山说你就说,我妹妹马华刚落夫家,我过去看看。摩托车我开走了。

马山看见妹夫梁青天家的六层高楼,凸出在一片普遍三层的楼群中,像一个超级巨人站在常人的队列里。然后他看见梁青天家的狼狗,朝他吠叫。他妈的,这条狗连警察都不怕,马山想。接着,在狗吠声中,老镇长梁仁贵从楼门内出来,看见马山,就对狗说,梁卫,是自家人。狗一听,就不吠了。马山从摩托车上下来,说梁镇长,你好。梁仁贵说,唉,都是自家人,叫什么镇长,再说我已不是镇长了。马山笑,看着正对他昂头摇尾的狗说它真可爱,名字也蛮有意思,梁卫,梁家卫士,是不是这意思?梁仁贵说,看看门而已,紧要关头,还得依靠你们当警察的呀。

马山说,好说好说。

马山看见妹妹马华从楼上下来,边下楼梯边梳头,一脸的慵懒疲倦,像林黛玉似的,一看就知道纵欲过度了。要不是我来了公公上楼去叫,肯定现在还睡,马山想。

马华见了哥哥,高兴地说哥,昨晚你没事吧?马山说没事。马华说我看见你醉了。谁敬你都喝,像青天一样。马山说梁家这边的人老灌我,不喝不行呀。马华说谁让你当马家的代表了,又是我哥。马山说,青天没事吧?马华说他拿的酒瓶里装的全是冷开水,哪里会醉?马山说我真笨,不会装。马华说你这么早来,有事?马山说我想问问,昨晚我喝醉了,没掉什么东西让人捡起吧?马华说没有呀,我不知道。马山说那你知道是谁把我送回家吗。马华说也不知道,我问青天。正说着,梁青天下楼来,说,哥,你来了。马山说,哎,青天。马华说,青天,哥昨晚没掉什么东西有人捡起交给你吧?梁青天说,没有呀!马华说,那你知道是谁把他送回家吗?梁青天说,知道,我叫我的两个哥们送的。马山说,谁?梁青天说,周长江。马山说知道了,还有谁?梁青天说,还有一个县里来的,叫田肖人。他有车,我叫他开车送你。马山说,哦,是长得像葛优的那个?梁青天说,有什么问题吗?马山说,没有。梁青天说,看你的神色肯定有,说吧。马山说,不过……只是丢了一块手表。青天说,我哥们会要你的手表?他接着转头对马华说,你上楼把我的手表拿下来。马华就上楼把手表拿下来，交给梁青天，梁青天又把表递给马山，说，给你，劳力士。马山说，这不是我的表。梁青天说，送给你的。马山说，不，这么贵重的东西我不要。梁青天说，谁跟谁呀？兄弟之间送礼不算行贿受贿吧？马华说，哥，给你你就拿吧。马山说，好，我先拿，等我的手表找到了，再还给你。

离开妹夫梁青天的家，马山骑着摩托车，像骑着马一样在宽广兴旺的西门镇跑动。他穿街入巷，耳聪目明，像一个搜寻目标的猎手。最后他在建和街7号李小萌住处找到了周长江。

李小萌是镇文化站的干部，俏丽风骚，除了她在县中学当总务的丈夫蒙在鼓里之外，大多数人都知道她外号叫潘金莲，那么凡是和她有染的男人则被称为西门庆。为了区别，男人姓刘，就叫刘西门庆，姓廖，就叫廖西门庆，依此类推，可想而知周长江不可能不是周西门庆——他可是西门镇第一个拿大哥大的人。

李小萌的房门居然是周长江来开，因为周长江听到敲门以为是去上班的李小萌又回来了。但开门却见是马山。双方都吃一惊。周长江说，马哥你也来找李小萌呀？马山说，不是。周长江说，人都来了还说不是？是就是呗，我不在乎。不过李小萌不在。马山说，我是来找你的。周长江说，找我？你到李小萌这里来找我？马山说，因为我估计你在这。周长江说，找我有什么事？马山关上门，说昨晚是不是你送我回家。周长江说，是呀。马山说，还有谁？周长江说我和你妹夫的一个哥们，在县里面，叫田肖人。马山说，我有一样东西是不是你们

寻枪记 ‖ 89

帮保管了？周长江说，没有呀？什么东西？马山说，什么东西不用我说，你们拿了你们就懂。周长江说，我不懂，我真的没拿。马山说，别开玩笑，这可开不得玩笑。周长江说，我不开玩笑。马山说，不是你拿，就是田肖人拿。周长江说，我不知道，反正我没拿。马山说，长江，看在你哥哥是我的战友而你是我妹夫的哥们这层关系上，我先把好话说在前头，我的东西你们拿了就拿了，马上还给我，我当是你们做好事，我谢谢你们。但如果你们拿了不交出来，不还我，那……马山欲言又止，因为他觉得下面想说的话不用说周长江也明白。但周长江说，马哥，你说来说去，到底是什么东西呀？马山瞠目结舌，像一个被无耻之徒惹怒而引起血压升高或心绞痛的好人，他指着周长江说，你，你你……马山连说了三个你，也讲不下去，像一个结巴。刚才是能把话讲完不讲，现在是想讲讲不出。

我什么？周长江说，我送你回家到头来反而被你诬陷拿你东西？我拿你什么东西了？你有什么东西好拿的？你有钱吗？或者你有文物、金元宝？

周长江口气很硬，像一个没有被抓住把柄而又被纪委叫去问话的干部。他点了钱、金元宝等几样东西，那都是马山没有或缺乏的，而马山具备并且关心的，他就是不点。他为什么不提手枪？马山想，他知道一个警察身上最重要的东西就是手枪。马山还记得两年前有一次执行任务，为了与指挥部联络方便，他去跟周长江借手机。那时候西门镇刚开通程控移动电话，有手机的人寥寥无几，只有镇长、书记和最早阔起来的生意人才有。那么作为财富或权力象征的（大哥大）手机，号称西门镇最年轻的阔爷周长江不可能不买，而且是第一个买——邮电所放出几个吉祥的号码来拍卖，引人注目的一个号是9018018，最终被周长江以两万元（不含入网费和机身费）的标价获得。这让当时已露富摆阔的周长江更显尊贵。马山那时想，我战友的弟弟真有出息。周黄河，你在天之灵如果有知你弟弟这么出息，可以含慰九泉了。周黄河与马山同于1983年入伍，又同在一个班。1984年5月16日，周黄河牺牲于法卡山。1986年马山退伍复员回到西门镇时，周长江高中还未毕业。马山考试被录用为警察那年，周长江高考落榜，在街上摆起了小烟摊。马山见了还说长江，再考一次吧，经济上我可以支持你了。周长江说马哥，谢谢你，你要支持我的话就跟我买烟，而且这是最好的支持。马山无奈，掏钱买烟，而且一买就是两条。马山习惯抽烟就是从那时开始。转眼几年过去，马山在周长江面前，已不敢再说关心体贴的话了。周长江已俨然是老板派头，有随从，有摩托车。现在又有大哥大——

长江，有一件事求你支持。马山记得当时这么说。把你的大哥大借给我用一个晚上。

周长江说，不行。

就一个晚上，明天早上一定还你。

周长江说，不行。借钱可以，我宁可借钱给你，一年两年不还都无所谓。但手机不能借。

为什么不能借？马山说，我不是乱借你的手机，有急用才借。

周长江说,我问你,你的手枪能借吗?不能吧?我是做生意的,手机就像你当警察的手枪一样,离不了身的。

马山哑口无言,悻悻地走开。回到派出所,从腰后拔出手枪,摆在掌上,像把商品放在秤盘上。他把手掌高高举起,手臂像失重的秤杆一样下斜。我操,他想,原来是拿手枪的真威风,现在是拿手机的真牛×!现在的人拿手机,就相当于过去的人拿手枪一样。

马山想起以前跟周长江借手机受到的冷遇,现在又被奚落,更是怨中添恨,雪上加霜,火上添油。

周长江,你听着。没有我要找而找不到的东西。我的东西我一定能找到,非找到不可!

下午,马山到派出所,准备把丢枪的事向所长报告,因为他已经找了一个上午和中午,询问了与婚宴有关的主要人员,都没有他要找的失物——离开周长江后,他还去了大壮饭店,那是昨天举行婚宴的地方。饭店老板常建军把所有服务员集中到大厅,像士兵一样排好队,然后说有谁捡到东西没有,拾金不昧者重重有赏!服务员中有的说捡到打火机,有的说捡到半包香烟,还有的说捡到手套一只,就是没有说捡到手枪的。马山听了直摇头。老板常建军说,你们捡到的这些东西,全是该小学生捡的,不算,不能得奖!然后宣布解散。马山便又以饭店作为起点,沿着回家的路线走。他在每一个可疑的地点都停下来,下车走一走,环顾一番,借以勾起对昨天晚上的一些记忆。临近西门镇中学的时候,在一块已经被卖掉但还没有兴建楼宅的水田边,马山忽然想起昨晚上他中途下过一次车,因为他要撒尿。他记得撒尿的地方黑黢黢的没有灯火,并且尿着落的声音特别大,那是水浇到水里的反响,像雨点敲打河的表面。这一带没有河,像河的地方无疑是这块灌满了水的水田。另外,马山记得他似乎还大便了。那么,枪是不是在大便的时候掉进水田里了呢?马山想到这里,毫不犹豫地脱掉鞋袜,赤脚走进水田里。水田里的水浸到马山的膝盖以下,但刺骨的感觉却遍及全身。这是元月的水。马山弯着腰,两只手像犁铧一样插在水里泥里,然后一步一步地移动。他的姿势动作像是插秧,但更像是摸鱼。摸索的时候,不断地有人路过,大都认识马山,几乎都问马公安,摸什么哪?马山就说摸几条泥鳅,给老人煮汤补身。

后来西门镇中学放学了,成百上千的学生像无缰的马群飞奔而过,但也有不少停下来,他们大都是韩芸的学生,好奇地观看他们的班主任或任课老师的丈夫,在没有秧苗的水田里干什么。

当一无所获而浑身泥污的马山回到家里,妻子韩芸说,你怎么啦?又喝醉了摔进田里是不是?马山说,不是。

派出所所长韦解放一见马山,说,马山,我们谈一谈。马山看所长一本正经,并且不叫他人头马而叫大名,心想我的枪是不是已经被人捡到交到派出所了,我正要跟他谈手枪的事哩。所长韦解放把马山带进所长办公室坐下后，拉开抽屉，从抽屉里拿出一份表。马山看见是一份表，心里既遗憾又紧张，怎么是一份表呢？他想。他希望所长拿出的是一把枪，他的编号为000247的五四手枪。所长韦解放先把表放在桌上，说马山，局里1997年度先进个人，今天上午经过所领导讨论研究，认为你在去年的工作中，积极努力，不怕困难，勇于斗争，破案率高，所以决定报你。你把表填一下，交给我，然后上报。马山听了摆手，说，不不不，我不要先进，我当不了先进。韦解放说，你当不了先进谁当先进？去年好几起特大杀人抢劫案都是你主力告破的，功劳不先归你归谁？马山说，归派出所，归领导。韦解放说，那是集体。先进集体局里也让我们所报材料。先进集体我们所有希望得，先进个人我们报你把握最大。马山说，不行，我不行。韦解放说，这次评上先进是有奖金的，你以为跟以前一样？据说，先进集体拿三万，先进个人是三千。有这份奖金，我们不是好过年吗？你不是更好过吗？马山说我不是这个意思，我的意思是……韦解放打断说，我懂你的意思。你的意思是你也有不少的缺点毛病，比如说爱喝酒呀，不爱参加理论学习呀，爱破大案不爱抓赌抓嫖呀，但这没有什么大不了的……告诉你，这次评先进比的是谁破的案多。你不仅破的案多，而且都是大案要案，局里口头表扬了你几次，只有推你当了先进我们所才有希望拿到先进集体。就像……就像一个运动队，只有有人拿了冠军，运动队才有荣誉一样，而你是夺冠军的最佳人选。

所长韦解放一席话,像一块香嫩而发烫的豆腐,含在马山的喉咙,既不便吐出来,又难以消受。哎哟所长,这可难为我了,马山说。

第二天,马山填好表格,交给所长韦解放,然后说,所长,我想请几天假。韦解放说,好的。马山说,我岳父的病最近恶化,西医是没治了,我想跑一跑,找些民间的中草药试一试。韦解放说,我看你对你岳父比对自己亲生老子还好。马山说,哪里,因为我老头子现在身体还硬朗,所以你看不到我的孝心。韦解放说,也是,都说久病床前无孝子,但你肯定是个例外。

马山回到家里对妻子说,韩芸,领导刚布置给我一个秘密任务,这几天回不回得了家都说不定。韩芸说,有任务你就去呗。她言外之意是,我什么时候拖过你的后腿?马山说,这次任务要花销,因为是秘密,所以不便借公款,开支将由个人先垫,完成任务了再报销。他言外之意是请妻子给钱,

韩芸当然不会听不懂。她说存折在书里,《毛泽东选集》第三卷,我告诉过你,用钱你就拿去取呗。马山从书架上找到《毛泽东选集》,取下第三卷,翻出存折,见还剩一千元存款。韩芸说够不够,不够我去跟学校借点?马山说够了。他有些感动地看着妻子,觉得妻子刀子嘴豆腐心,跟他结婚八年,没攒下几个钱。当然攒不了钱的原因之一是前几年岳父患癌症做手术,补贴了不少,再加上挨宰那几千块,欠款前年才还完。终

于又有了几千元存款,马山的妹妹又结婚。妹妹马华虽然嫁的是个富户人家,但做哥哥的礼金不能轻薄。马山原打算送一千,但妻子韩芸提高到两千。马山觉得妻子在家境拮据的情况下能做到这点,难能可贵。妻子韩芸是西门镇中学的语文教师,十年前从师范学院毕业,工作第二年力排众议和推开众多追求者,嫁给了连中专文凭也没有的马山,让许多人喟叹和嫉羡不已,更让马山觉得自己三生有幸。

马山说,等一下你没有课吧?韩芸说没有。马山就用手揽过妻子,发出亲热的信号。韩芸埋怨说,你想一想,多久没碰我了?但身体非常温柔地顺从丈夫。在床上,马山任凭自己怎么努力和妻子怎么帮助,都不能行事。他的心老是被一把枪逼着,脑子里凉飕飕的,根本兴奋不起来。韩芸说,我叫你戒酒你不戒,现在见了吧?马山说,我戒,从今往后我一定戒。韩芸说,你能戒得了吗?马山说我保证我能,不信过几天我回来你看。韩芸说,我看你这把枪是对别人雄头而对自己老婆发蔫。马山说,冤枉,它可是对你忠心耿耿,从一不二!韩芸不禁发笑。

远远地,马山看见周长江住宅的门开了,一道亮光像水一样从门口泻出来,然后是周长江走出来,身着黑色的皮衣,像一头熊。他边戴手套边顾看左右。有人在住宅里把门关上。住宅外有一辆铃木王摩托车,马山认出那是周长江自己的,它表明周长江在住宅里,所以马山据此在偏僻处守望,从上午到现在，他已经蹲坑近十个小时了。另一辆铃木王摩托车也像他一样蹲着，那是他跟"自强"摩托车修理店老板何树强借用的。何树强是马山的战友，十三年前周长江的哥哥周黄河刚牺牲不到一个月，他踩中敌方埋设的一颗地雷，战争给他留下了一条性命，却要走了他男人的根。他生不如死地回到镇上，在人们的同情、耻笑和遗忘中艰难地活着。后来是马山的鼓励和支持，帮助他筹备开起了摩托车修理店。修理店开张后，门前寥落，马山几乎拜见了西门镇所有的摩托车主，动员他们一旦摩托车坏了，就拿到"自强"摩托车修理店去修，以至于人人认为"自强"其实是马山开的店，何树强不过是代理而已，真正的主子是马山。也正因如此，人们才把摩托车送来"自强"修理，就像不看僧面看佛面。然而只有何树强最清楚，马山从来没有从店里拿过一分钱。在这个镇上，唯独他对马山知根知底。所以当马山第一次有求于他借一辆摩托车的时候，他把最好的车推出来。"铃木王"，西门镇为数不多的名车之一。何树强说这是他自己新买的车，请马山尽管使用。

现在，周长江跨上他的"铃木王"，与此同时，马山也跨上何树强的"铃木王"。两辆名车像两匹骏马，分别承载着西门镇两名勇敢的男人，具体地说是一名敢赚钱的男人和一名敢不要命的男人。两个男人一前一后，或者说一个在明，一个在暗，在同一条道和同一方向上相距甚远地行动着。

这是刮着寒风的晚上。

出了西门镇，马山只见一道车灯，像鬼火一样在前方摇曳。他虽然看不见周长江,但是他知道周长江就在车灯的后面,像幕后的导演。他也听不见前方摩托车发动机的声音,那么后面摩托车发动机的声音也不可能被前方听到,况且现在是逆风。但是马山无论如何是不能开灯的,他怕周长江知道有人跟踪。他只能摸黑行驶,这是他当警察锻炼出来的一门绝技。

后来,车灯熄灭了,或者说消失了,因为前方出现了更明亮的灯光,将其淹没,像河水纳入溪水。马山被前方明亮的灯光吸引,感到诧异。此地已远离城镇,也不靠近村庄,竟然也有像村庄——准确地说是像营房和学校一样的亮光?!这是哪里?马山在黑暗里观望光明前景,像在荒漠里看海市蜃楼。

一股浓烈的卷烟的味道在这时候扑入马山的鼻孔和肺腑,像刺骨的风。敏锐的马山立刻警觉,这是一个生产名牌假烟的地方!他把摩托车推到一个土坎边放倒,然后蹑手蹑脚地向灯亮的地方靠近。

这原来曾经是部队的一个营地,很多年以前部队撤走了,改为干校,又改为农校。农校办不下去了,又改为养猪场。1975年大旱,颗粒无收,猪场破产,木瓦门梁全被拆卖,只剩下墙。想不到许多年后,有人把这里重新修缮,办起了工厂。马山没有来过这里,但清楚这里的变迁,除了现在变成生产假烟的工厂。他之所以没到过这里,是因为这已经超出西门镇的地界。它的西边是西门镇,东边是东门镇,北边是北山乡,用线一画或心领神会,就是"金三角"——马山立即联想到位于老挝、缅甸和泰国边境上那块长满罂粟的土地,并仿佛身临其境。

他潜进工厂，像猫入林莽、官上贼船。他躲在一箱又一箱堆砌如山的"红塔山""阿诗玛""红梅"等包装箱的背面，不敢暴露身体。但是他的目光可以透过烟箱的隙缝，投落在卷烟的机器和操纵机器的人身上。

他看见三个他认识的人：周长江、梁青天和田肖人。他们在厂房里巡视，对操作的工人指指点点，像下基层或企业视察和指导工作的官员。三个人里田肖人的职权似乎最高，因为他居中，周长江和梁青天在其左右，还时不时对他轻声言语，像是做汇报。

梁青天呀梁青天，你怎么能跟这些家伙搞在一起！马山在心里对妹夫埋怨说，你知不知道搞假烟是犯法的，是要坐牢的？你坐牢不要紧，但是把我妹妹给坑了。我早知道你是这样子，绝不同意我妹妹嫁给你。现在这两个家伙拉拢你下水不算，还把我的枪给偷了。我的枪肯定是这两个家伙中的一个拿的，或者是合谋拿的。梁青天啊梁青天，如果你把我当作你内兄，就帮我把枪要回来，至少帮探明枪是不是在他们身上，在谁身上。如果你能做到这一点，你搞假烟的事我可以想办法放过你。马山藏在烟山里念叨妹夫，同时等待时机设法使妹夫从周长江和田肖人的身边走开。

机会终于有了。梁青天出了厂房去野地里拉屎。马山从钻进来的破洞里退出去。他迅雷不及掩耳地摁住了光屁股的妹夫，并捂住妹夫的嘴。是我，马山轻轻说，然后松开手。梁青天说，哥？黑黝黝的野地里谁也看不清谁，但声音是清楚的。马山说，我们是来打假的，想不到你也有份。梁青天说，哥，我不是主要的，主要的不是我。马山说，但是你脱不掉，我们来了很多人，就埋伏在厂房四周。梁青天说，哥，放过我这回。马山说，我可以放过你，但你必须做一件事，你要老实，否则别怪我帮不了你。梁青天说，一定一定。马山说，你先擦干净屁股把裤子穿好。梁青天擦干净屁股穿好裤子。马山说，我问你，周长江和田肖人身上有没有枪？梁青天说，没有。马山说，真没有？梁青天说，反正我知道没有，我从没见过他们有枪。马山说，他们以前没有，说不定现在就有了呢？梁青天说，那我搞不清楚。马山说，你进去搞清楚，他们有没有枪。你搞清楚了，算你立功，搞不清楚，发生意外你罪加一等。梁青天说，你告诉我怎么办吧？马山就告诉梁青天怎么办。

梁青天走进厂房，对田肖人和周长江说，我拉屎的时候，听到有咚咚咚很多人跑步的声音，向这边围过来，好像还有拉枪栓的声音，你们快去看看。周长江一听，慌忙说道，他们对我们动手了。田肖人说，他妈的，拿了我们多少钱也没放过我们。梁青天说，怎么办？跟他们干了？田肖人说，拿什么跟他们干？人家人多，又有枪，我们一支枪也没有，人手又少。耗子舔猫×，不是找死吗？周长江说，想办法，跑吧。

田肖人吩附周长江、梁青天先躲在杂物里，说，等他们冲进来的时候，趁乱逃走。

三人立即就找地方躲起来，可躲了很久，也没见什么动静。田肖人示意梁青天出去看看。梁青天硬着头皮出了厂房，摸到原来拉屎的地方，对马山说，没枪。马山说，你保证没有？梁青天说，我保证。马山说，好，你回去稳住他们，就说，原来是一群野狗在互相追赶，还有刮风。梁青天说，那我被抓了你怎么帮我解脱？马山说，我就说你是派出所的线人，卧底。

马山骑着摩托车返回西门镇。但他没有回家，而是让何树强赶紧给他弄吃的，因为他已经饿扁了。然后他就在何树强那里睡了。

韦解放见了马山，说这么快就上班啦，搞到什么灵丹妙药了没有？马山说，还没有。我去寻访民间医生的途中，偶然发现一个造假烟的地方，所以返回来，向领导报告。韦解放说，是吗？好。马山说，就在西门镇和东门镇、北山乡交界的地方，原来部队的驻地。韦解放说，知道了。

马山说，把行动的任务交给我吧，那里情况我熟。韦解放说，你先抓药去吧，这个事不是说行动就能行动。两镇一乡交界的地方，哪能是光我们一个派出所动得了？要行动的话，需要几个乡镇统一，还要协同工商、技术监督等部门。这个事不仅我指挥不动，镇长也指挥不动，要县长至少副县长才行。马山一听，说，我太不自量力了。韦解放说，总之我会向上级汇报，我会说线索是你查获的。马山说，这个不必。韦解放说，你赶紧抓药去吧，假烟多造几箱不死人，你岳父的病可延误不得。

从派出所出来，马山还真去看了岳父。他提着一包东西，不过不是药，而是两斤羊肉。岳父是退休的粮所干部，或者说是停薪留职的干部更准确些，因为粮所早就名存实亡了，工资很久没有领到了，他原来治病的医药费还是粮所卖了路边的晒坪给报销的。这已很让岳父感激不尽。他现在住在旧街的祖宅里，由小儿子照顾。马山来的时候，他正在家门口全神贯注地和别人下棋。马山把羊肉拿进家里。岳母去世了，小舅子不见在家。马山把羊肉洗好切好，放到锅里去炖。然后到门口看岳父下棋。岳父的棋下得很臭，马山忍不住出声并动手去纠正，岳父才知道女婿来了。马山帮岳父把对手打败了，对手不服气，要求和马山下。岳父让位。马山和对手连杀几盘，尽是输。他原以为下棋可以暂时忘却一切，就像岳父只有下棋的时候才忘却自己是个病人一样。殊不知棋局上杀气腾腾，扑朔迷离，尤其棋子吃掉棋子的叭叭声，像恐怖的枪响。每当一个棋子被吃掉，他觉得就像是一个人被打死了一样。

棋下到最后，羊肉炖烂了，还有锅头。

县公安局发来通知，西门镇派出所和马山分别评上了先进集体和先进个人，请派出所一名领导和马山到县里领奖。所长韦解放收到通知，像一名实现目标的教练员或领队如释重负和欣慰。他当所长快五年，西门镇派出所还是第一次评上先进集体。在以往的几年里，每年离先进总是差那么一点，不是办案经费超支，就是某警察对嫌疑人动作言语粗暴被警告等等。阿弥陀佛，去年一年安然无恙地度过去了，韦解放扬眉吐气，像农民脱贫翻身一样。他把通知告诉马山。马山说，这么快就评出来了？韦解放说快过年了嘛，当然快。马山说我看我就不去了。韦解放说去，你怎么能不去呢？马山看着情绪高涨的所长，有苦难言。

表彰大会是下午举行，所以韦解放和马山上午才出发。车是跟镇政府借的，桑塔纳。派出所有一辆吉普，但韦解放说领奖怎么能坐吉普去，他跟镇长一说，镇长李勇宁愉快地借出自己的专车，还说回来后要设宴祝贺。

西门镇离县城三十公里，路不是很好走，但不到一个小时就到了。韦解放把车开进县政府招待所，说今晚我们不回去了。一年到头，痛饮一次。局里喝酒有几个高手，但我们要收拾他们，联合其他派出所，主要看你。马山连忙说我不行，我不喝。

因为还有时间，韦解放要去看在县中读书的儿子。马山说你去吧。

韦解放走后，马山也离开房间，又走出招待所，像散步一样来到街上。春节临近，街市上人头攒动，像大雨降临前的蚂蚁。密集的摊位占道摆设，堆满各种各样的年货。马山无心购买，但又不撤离，像是当班的巡警。然而他还是在一个摊位前停了下来，因为摊位上各式仿真手枪，像磁铁一样把他吸住。他拿起一把五四式手枪，端详着。这把五四真像我那把五四，他心想，真像，太像了，连我当警察的肉眼看，都看不出来。

如果不是摆在摊位上而是拿在歹徒手里，我肯定以为是真的。

多少钱一把？他说。

十块。摊主说。

买一把。马山说。他付出十元钱。

一转身，马山便把手枪插在裤腰上，那放空了好几天的枪套，重新插进手枪，像剑放在剑鞘里或像珠宝放在珠宝盒里。警服上装没有完全把枪盖住，露出一小截枪管，像脚拇指从破鞋里露出一样。

下午，颁完先进集体的奖后，马山被叫上台领奖。全局先进个人一共十个，比先进集体多五个。马山排在第六，站队正好在中间，所以给他发奖的是公安局局长樊家智。樊局长与他握手后先把荣誉证书给他，再递过写着三千元的红包。马山把这两件东西拿在手上，像其他人一样转身面向观众。有九个人把荣誉证书和红包扬起来，像夺标的运动员挥举鲜花和金杯一样，只有马山没扬。他显得不高兴，看上去他给人的感觉是嫌三千元奖金太少。

回到座位上，韦解放说马山，你怎么啦？马山说没什么。韦解放说，没事吧？马山说没事。

会餐的时候，马山看有一桌妇女最多，就坐到那一桌去，目的是少喝酒。韦解放则相反，他很想把马山调过去，以壮酒力，但又怕马山不高兴，只好决心孤军作战。

会餐持续了四个小时，到晚上十点才散光。马山搀扶着醉得一塌糊涂的韦解放回到招待所的房间，一放倒，还来不及替他洗脸脱鞋,就听到了呼噜声。马山给韦解放脱鞋后,卸下韦解放的手枪,连同集体个人共三万三千元奖金,放在自己的枕头底下。他呆呆地看着不省人事的韦解放,心想我妹妹结婚那天,我就像他这样。

半夜,忽然有人敲门。马山坐起来问,谁呀?门外的人说是我。马山下床把灯打开,再把门打开,看见是公安局刑侦队的黄杰。他的弟弟就是黄恩,和马山一个派出所的。

黄杰说,你们所打电话来,李小萌被杀了。

马山一惊,开口就问,是枪杀,还是刀杀?

李小萌躺在她住所的地板上,或者说倒在自己的血泊里,当然血已经凝结,颜色也不鲜红了。她穿着睡裙,但床上的棉被枕头还叠放得整整齐齐的。伤口在胸前,只有一处,有一寸大,但是非常深刻。裤衩还穿着。屋里没有翻箱倒柜的痕迹。而墙上多了一行血书:

杀人者武松!

血书是手指写的,墙根丢着一根断指,拾起一验,是李小萌的右手食指。蘸的当然也是李小萌的血。

是刀杀。马山说。他看公安局刑侦队的黄杰,又看所长韦解放。黄杰点头。韦解放说,说下去。他的酒此时已经醒了,从县城回西门镇的路上,马山不断地揉他的太阳穴和掐他的人中。开车的是黄杰。

凶手既不是想行奸,也不是想行窃,目的只有一个,就是杀人!马山又说。杀人的动机和杀手是什么人?

那要等抓到凶手以后才知道,马山说,不过我推断,杀人的动机是锄奸,杀人者是对李小萌的淫荡刻骨仇视的人。他留言"杀人者武松",意思就很明显,而李小萌的外号是潘金莲。那么凶手很可能是李小萌的丈夫或她丈夫的弟弟?黄杰说,李小萌的丈夫是谁?有没有兄弟?

黄杰的弟弟黄恩回答说,唐松庆,县中学的总务,好像没有兄弟。不过昨晚唐松庆没有回西门镇,他恐怕现在还不知道李小萌被杀。

黄杰说赶快派人先把他监视起来。

韦解放对黄恩说,黄恩,你去吧。

黄恩说是。然后立即驱车去县城。

黄杰说,是谁报的案?

派出所民警何炳军说,一个匿名男人,通过电话只说李小萌死了,去收尸吧,就把电话挂断了。

马山说毫无疑问,报案人就是凶手。

杀人者武松?黄杰一边说一边琢磨,有意思,《水浒》前几天刚播到武松杀嫂,现在就有人出来效仿了。

马山一听,猛然说,不好!他还要杀人!

黄杰说,为什么?

马山说凶手自称武松,杀了公认是潘金莲的李小萌,那么他肯定还要杀西门庆!

谁是西门庆?黄杰说。

凡是和她通奸的男人,都是。除了她丈夫。

黄杰说,那有多少个西门庆?

马山不语。韦解放也不语。在场的人都不语。大家面面相觑,仿佛一无所知,又仿佛心照不宣。

黄杰说那要把西门庆都保护起来才是,否则又要出人命。

黄恩从县城打来电话,说李小萌的丈夫唐松庆现在在公安局,不过这两天他都没有离开县城,并有无数证人证明。另外他没有兄弟。韦解放说叫局里把他放了吧,让他回来处理后事。

这时候是上午十点,大部分干警已撤回派出所。韦解放见大部分人都在,就决定把三万元奖金分了。派出所有十五名干警,正好一人两千。马山说把我那三千元也充进去吧。韦解放说这哪成,三千元是你的,集体的你一样有份。马山说要不三千元充进去,要不两千元我不要了。韦解放说你有这个意思就行了,该要的你全部都要。

马山怀揣着一共五千元的奖金,觉得是个负担,便想先拿回家去放,最主要的还是想让妻子尽早高兴。

但是他在路上被周长江拦住了。

周长江将摩托车横在马山的自行车前,两腿撑地,像支架一样撑着摩托车。他说马哥,到我家去坐一坐吧。马山说不坐，我没空。周长江说马哥，求你了，帮帮我。马山：帮你什么？周长江说我现在很危险。有人开始杀人了。马山说，你知道有人被杀了？周长江说这么小的地方，能不知道吗？何况……马山说何况是李小萌。周长江苦笑说我和李小萌的事你是知道的，很多人都知道。那人杀了李小萌，下一个肯定想杀我。马山说你挺敏感的。周长江说人命关天，不提防不行。马山说你想要我怎么样，周长江说我想请你保护我，专门跟着我，每天一百元，直到抓到凶手为止。马山说，就是说你想请我做你保镖？周长江说可以这么说。马山说每天一百元，凶手要是十年抓不到呢，你怎么办？周长江说不会的。马山说，不会？这个案子是我负责的，我爱办多久就多久。周长江双手抱拳，说哎哟马哥，求你了。以前我有什么对不起你的地方，请你原谅。马山说好吧，我尽力帮你，但是你不要用钱请我。有钱你留着给那个要杀你的人，他用刀抵着你心口的时候，当面给他，求他不要杀你。只怕他不稀罕钱，像我一样。周长江说好马哥，我服了你了。

这个时候，马山的BP机响了。周长江迅速递上大哥大，马山想起以前跟周长江借大哥大借不到，现在正好相反，不由一笑。但他还是接过大哥大。是所长韦解放呼他。韦解放说你赶紧回派出所，有事。

马山转身回走，周长江紧跟着。马山说你跟我干什么。周长江说从现在起我哪也不敢去，你到哪我到哪。马山说，好吧，我还有些事要问你。

到派出所，韦解放说，中午镇长请我们吃饭。

周长江说，我也参加。我买单。

派出所干警除了值班人员之外，全都赴宴，加上黄杰、周长江。镇长李勇宁订了两桌酒席，全部坐满。他指定马山和他坐一桌。马山说，领导坐领导坐。李镇长说，你是功臣呀。韦解放说，坐吧，没有几个领导，坐得下。马山就依了。周长江从另一桌过来，对李镇长耳语说，由我买单。李镇长点头，说那你也坐这吧。周长江便坐下不走了。李镇长端起酒杯，还站起来，说，同志们，我代表镇党委和政府，祝贺我们西门镇派出所光荣评上县公安局先进集体，祝贺马山同志评上先进个人，为了荣誉，干杯！

干杯！

马山喝了一杯酒后，又敬了李镇长一杯，就不喝了，谁敬都不喝。他说，我正在办案，不能喝，敬酒的人就不勉强他，都说，你随意，我喝完。因为他们都知道马山说的案指的是李小萌被杀事件。

但酒桌上谁也不提李小萌，仿佛李小萌之死不足为奇，可事实上这起杀人案非常新奇，它的特别之处在于凶手的留言——杀人者武松！尽管这是对一千多年前英雄武松或当下火爆的电视连续剧《水浒传》里演员的模仿。有人把李小萌杀了，居然以英雄自居，你说奇不奇？李小萌是漂亮风骚的女人，这是有目共睹的事实，可人家舞跳得好，歌唱得更好，西门镇每年组织节目搞晚会和到县里参加会演，哪一次不是李小萌一手操办？这也是事实。她是西门镇的美人、名人，她活着的时候人们经常在背后议论她以及和她相关的男人，捕捉她的风流韵事并加以传播。但如今这位美人、名人死了，人们的反应竟十分淡漠，就好像死了一个普通的老太婆一样。也许是因为周长江在场，他是明目张胆和李小萌通奸的人，是第1号西门庆。凶手如果继续杀人的话下一个目标肯定是周长江。所以周长江一反常态像跟屁虫一样跟着马山，聪明的警察们言谈非常聪明和谨慎，连镇长也保持沉默。再说这顿宴席虽然是以镇政府的名义请客，但买单的是周长江，谁还会提李小萌呢？

宴席到下午快上班的时间才结束。人疏散的时候，所长韦解放单独把马山叫到僻静处，说马山，有人想跟我们派出所借把枪。

马山说，谁？

李镇长，韦解放说，你知道就行了。

他为什么要借枪？

这还不明白？韦解放说，防身呗。

马山说，他知道有人要杀他？

韦解放说，这还不是你推理的吗？你说凶手杀了李小萌，肯定还要再杀人。所以镇长才不得不借枪以防万一。

马山说，可是枪是不能借的呀。

韦解放说，他是镇长。暂时借给他，等凶手抓到了就要回来。

马山说，我们派个警察跟着他不是更好吗？再说李镇长不一定很危险，因为他不像周长江那么明目张胆，连我都不知道，现在你说了我才知道。最危险的是周长江。

有备无患，韦解放说，正因为知道李小萌和李镇长的关系的人少，所以派个警察保护他不是此地无银三百两吗？还是借把枪妥当些。

马山说，既然是领导说借就借吧。

韦解放说，那你把你的枪借给他。因为这事知道的人越少越好。

马山断然说，不行！

韦解放说，借枪这件事我负责，你放心。

马山说，不行呀，所长。

为什么不行？韦解放说。

马山这时候就想说我的枪已经丢了好多天了，我以为我能把枪找回来，主要因为要评先进，我怕影响集体评先进才没有说。但是马山又想如果这时候这么说，事情不是搞乱了吗？李小萌的案子还没破，又再添一起事件，一时扯不清楚，不要说李小萌的案子破不了，恐怕枪也找不回来。丢枪的事还是等李小萌的案子破了再说吧。

韦解放见马山缄口不语，不知道他在想事，以为是用沉默的方式坚定地拒绝，就说那好吧，我把我的枪借给他。韦解放显得很不高兴。

马山想我的枪如果不丢的话，我肯定只得借出去，借给镇长了。

那几天里,周长江和马山可谓是形影不离。马山走到哪,周长江果然跟到哪,像一条奴颜婢膝的狗。有一次去饭店吃饭,马山上厕所,周长江也跟着去。两人站在那里,马山酣畅淋漓,而周长江引而不发,像患了性病,事实上他没有尿。马山说,你怕死怕到这个地步?周长江说生活好了,当然怕死。马山说你坏事做得太多,所以有人才要杀你。周长江说通奸又不犯法。马山说除了通奸,你还干别的坏事没有?周长江说没有。马山盯着周长江说,你敢说没有?周长江说,你说我干什么嘛?马山说,造假烟你承认不承认?他拉上裤子拉链,说你不承认我撒开你不管,让你送死。周长江连忙说,马哥,你圣明。可造假烟实在不能算是什么坏事,相反是对地方经济的一种贡献。你想想,县里镇里号召农民大量种烟,可烟叶种出来又卖不出去,如果我们不收购的话。我们卷的烟不假,只是牌子是假的。但如果我们不冒牌,生产的卷烟如何销得出去?马山说,立刻停手吧,否则马上就捣毁你们的假烟加工厂。周长江惊疑地说,不会吧?马山说,不会?为什么不会?周长江说,我们可是照章纳税的,西门镇、东门镇、北山乡都来跟我们收钱,没有哪一次我们不给。把我们收拾了,对农民利益有什么好处,对地方财政有什么好处?马山说,我妹夫梁青天跟你们干什么?周长江说,他主要负责生产,我负责销售。马山说,田肖人呢?周长江说,他负责联络、保护。马山说,田肖人是什么人?周长江说,你不懂呀?他是田副县长的儿子。马山说,你相信田副县长的儿子就能一手遮天吗?周长江说,我不知道,反正天塌下来由他顶着,我们只是小工头而已。马山说,你们要干你们干,别拉拢我妹夫了。周长江说,这可由不得我,马哥,他不是小孩。马山说,你不想早死、找死就听我的话,都别干了。周长江说,过了这难再说吧。

两人在厕所里待了半天,像同时吃了什么馊菜拉痢不止一样。

到了晚上,马山回家,周长江也跟着。马山只好把女儿叫过来同床,腾出房间给周长江睡。妻子韩芸见西门镇的富翁跟丈夫这么亲密,觉得荣幸又奇怪。掩门睡觉的时候,她问丈夫说,马山,你和他合伙在做什么生意?马山就把实情告诉妻子。韩芸说,这种人你保护他做什么?死了可以净化社会风气。马山说,有什么办法,只要法律不规定通奸像贩毒一样触犯刑律,我还得保护他。

第二天早上,临出门时周长江把一千元钱送给英英,说这是叔叔给你的压岁钱。英英说还没过年呢。韩芸说,英英说得对,不过年这钱不能要。周长江说,没关系,迟早一样。韩芸说,你不图吉利我们还想图吉利呢,好像你不打算过年了似的。周长江一听,赶紧把钱收回,说过了年再给,再给。

终于马山忍不住说周长江,你这样跟我太紧不行。凶手不会出现的。你要跟我保持距离,单独活动,把凶手引出来。我暗中保护你。

周长江一听,说,马哥,我给你跪下了,求你千万别让我这样。你想别的办法吧。

马山说，除了这样，没别的办法。我还有更重要的事要办。凶手不出来，案子不破，我就做不了别的事。冒一次险吧，离我远点，我保证你死不了。

周长江坚决不答应。他咬住马山不放，像一只蚂蟥。

这样到了农历十二月二十七。

下午快下班的时候，马山坐在派出所里，听黄杰诉苦。他说，我原定明天跟老婆回她家过年的。老婆是省城的人哪，下嫁给我这个在县里当警察的。大年三十要是不陪她回去跟她父母过，真对不起她。其实这个案子有你马山老弟就够了。你破案的水平是拔尖的，用不着我留在这里督什么查。你破不了的案，我也破不了。马山说哪里的话，你是县局的，我是协助你。黄杰说其实如果不是考虑你妻子难调动的话，你早已是县局的人了。马山说，不不，我在这里挺好。黄杰说，这样守株待兔不是办法啊，我要过年。马山瞥了一眼在派出所围墙内踱步的周长江，巴不得把他推出去。狼什么时候开始对猎人有恃无恐的？他想。

这时，有电话来，找马山。

马山说，是我。

我是何树强。对方说。

树强，有什么事？马山问战友。

请你放开周长江，让他离你远点！何树强说。

为什么？

我要让他死。

为什么?

难道你觉得这种人不该死吗?你那么寸步不离地保护他做什么?

李小萌是不是你杀的?马山忽然警觉或醒悟地说。

是的,那淫妇是我杀的。何树强说。

为什么?

李小萌是什么货色,还用问我为什么?

树强你好糊涂,马山说,自首吧。

我会自首的,何树强说,但要杀了周长江以后。

马山说不行,你不能再杀人。

我要杀,何树强说,杀一个是杀,杀两个也是杀。你放开他,杀了他我就自首。

不行,我不会让你得手的。

你为什么要护他,他给了你什么好处?

这不是给不给好处的问题,马山说,他是公民,而我是警察。

何树强说,我再问你,你放不放?

马山说,不放,你自首吧。

何树强说,那我只好当你的面,把他打死。除非他不再跟你在一起,否则我让他吃子弹。

马山说,你有枪?

何树强说,是的,而且是你的枪。

马山如雷轰顶,说,想不到竟然是你!

何树强说，马山对不起，我并不愿这么做，但我确实需要。

马山说，告诉我是怎么回事？

何树强说，你妹妹婚宴那天，我趁你喝醉的时候摸走的。

说下去。

我想杀李小萌和周长江，怕刀杀不死，就用枪干掉他们，然后不自首的话就用枪自杀。

难道你不考虑这么做把我给坑害了吗？

对不起，马山，因为要枪的话只有从你身上才能搞到。

因为我是你的战友？

是的，因为你对我不设防。

我现在对你同样不设防，你来自首吧，带着枪来。

不，你带人来抓我吧，何树强说，我现在就在你附近，派出所对面的粉摊边。不，我回修理店等你吧。

放下电话，马山看着在一旁拭目以待的黄杰，说你看好周长江，别让他离开派出所半步，我去去就回。

黄杰说，不行，你不能一个人去！

马山说，我是去带他来自首的，去的人多，就不是自首了。我的战友本质上不是恶人，他曾经为国奉献出了一个男人身上最宝贵的东西，是地雷把它炸掉的，独独炸掉他那个东西。所以他最恨有的人荒淫无度并耻笑他，这便是他要杀掉李小萌和周长江的原因。给他个机会自首，兴许能判个死缓也好。

黄杰说那你去吧，请千万要小心。

马山来到"自强"摩托车修理店，何树强果然敞开店门等着。战友见了战友，两眼泪汪汪。何树强说你为什么只一个人来。马山说难道我应该带很多人来吗，我一个人来，可以说你是自首。何树强说，说我自首，我就死不了了？马山说，是的。何树强说，你以为我还想活是不是？马山一惊，说，我这么做不对吗？何树强说，你说我这种人活着还有什么意义？你宁可不让我死，而让我在监狱里煎熬下去？！马山说，在监狱里，至少你再也看不到外面的人花天酒地和荒淫无度，这样你反而心静神宁，像寺庙里的和尚，将来死后灵魂可以超度。永生的其实是你。何树强说，别安慰我！他忽然掏出枪来，指着马山的额头。马山瞪眼一看，果然是自己丢失的手枪。我抢了你的枪，把你当人质，何树强说，这样死有余辜了吧？马山说，可以，如果原来谁也不知道这把枪丢了的话。可是枪丢的第二天，我就跟上级机关报告了。何树强立即掉转枪口指着自己的太阳穴，说，这是最好的解决办法。马山说，可是你用这把枪自杀，你死了，我一样会受连累，因为这是我丢失的那把枪。何树强说这我就管不了那么多了。他欲扣动板机。马山说，你等等！我有个办法。何树强说，说吧。马山说我现在身上带着一把，不如换你手上这把吧，算是你抢的，拿我当人质也行，自杀也行，都很可信。何树强一听，想想有道理，说，你先拿来。马山就拔出身上的枪给何树强。何树强左手拿过手枪顶着自己的左太阳穴，才把顶着右太阳穴的右手手枪屈身轻轻放在地上。马山说现在你开枪吧,或者用枪指着我。

何树强选择了开枪。他闭上眼睛的同时,扣动了扳机。

然后,马山说,树强,别琢磨枪为什么打不响了,因为这是仿真的玩具手枪,是我在年货市场花十块钱买来的。

此时,马山已把何树强弃在地上的枪捡到手上,并插入枪套里。整整丢失了二十五天的五四手枪物归原主,像一名失踪多日的亲生骨肉,又回到望眼欲穿的亲人怀抱和温馨幸福的家中。

何树强说,我现在明白了,为什么在战场上我们这些战友死的死,伤的伤,而子弹偏偏打不中你,地雷偏偏炸不着你,这都是因为你太机灵了,比谁都机灵。

这也是我当了十一年警察,依然还是警察的原因。马山说。

何树强说,我认为主要的原因是……他环顾即将离开的摩托车修理店,说是因为这个店。你帮助我搞起这个店,很多人都以为真正的老板是你,而我不过是店小二。

马山说,也许吧。

何树强说,现在就让它既成事实吧,我坐牢了,这个店全归你。

马山说,那我要不当警察才行。

春节一过,马山丢枪的报告呈送到县公安局。报告详尽地交代了丢枪的原因和经过以及又是如何失而复得,并包括了对这起事件的深刻认识和检讨。它摆在头一天上班的公安局长樊家智的案头。局长看完，然后在上面批示道：鉴于枪已找回，未造成恶果（何树强并未用此枪杀人），因此，建议对西门镇派出所领导和当事人马山不做党纪政纪处分，但是分别取消西门镇派出所和马山1997年度县公安局先进集体和先进个人称号，收回牌匾、证书和奖金！报政法委书记潘宏益审决。

县委政法委书记潘宏益批示：同意。

政令一下，西门镇派出所群警大哗，像被宣布高考成绩作废的班级和学生。收回牌匾、证书不要紧，但收回奖金真要命，因为奖金已经分光，最主要是已经花光。多年来极少有的一次高额（两千元）奖金分配，哪个人不是在春节前或买了大件，或交给了妻子呢？这样出去的，又如何能要得回来？

所长韦解放又打报告又打电话。他在电话里对局长樊家智说，樊局长，你开除我的党籍或者免了我的所长职务吧，但是别把奖金收回去！

樊的回答斩钉截铁：不行！

于是，马山在警察中无地自容，像水缸里的一只青蛙。

终于他跳了出去，把周长江连请带拖带到"自强"摩托车修理店，说你把它买下来。

周长江说不买，仇人的东西我不买。

马山说，我是你仇人吗？

周长江说，你不是，何树强是。

马山说，这个店是我的。

周长江说，是你的？我不信。

马山说，你买不买？

买怎么样？不买又怎么样？周长江说。他的意思是要杀他的人已经抓到了，他还怕谁？

马山说你买，何树强会老实地永远在牢里待着。不买，何树强会马上越狱，你知不知道警察看管犯人并不都是万无一失，尤其何树强现在还关押在离西门镇不远的某个地方，那里的门窗并不太稳固。

周长江一听，说我买，我买。

马山说这个店值三万三千元。

当马山把三万三千元钱拿到派出所，像交一个班级的答卷交给所长韦解放时，韦解放说，你是怎么弄到这笔钱的？

马山说我把摩托车修理店卖了。

韦解放说我就说嘛，那个店其实是你开的，有人还不信。

马山说现在卖了，谁还说那个店是我的？

韦解放说马山，想不到这件事让你付出这么高昂的代价。

就等于去饭店吃饭，图一时痛快，点上熊掌和人头马而又看错了小数点，被狠狠又宰了一次。马山说。

1999 年

理发师

理发师陆平给一个连的士兵剃了光头,只剩下一个人没剃——他软磨硬拖,死活就是不肯。连长谢东恼了,一声令下,几个光头朝一个有毛发的包抄过去,像抓一头猪似的把人擒住,绑架过来,将头摁进水桶,把毛发弄湿,然后摁在凳子上。

凳子上的士兵手脚被紧紧按住,动弹不得,嘴却像扣了扳机的枪口骂开了:"我看谁敢动我的头?谁敢把我的头发剃了我就把谁阉了!"

陆平被一声臭骂吓住了,同时也被一头美发惊得发呆。虽然毛发是湿的,但依然夺目耀眼。那是陆平难得一见的发型,剪工精细得无可挑剔,就像浸过墨水的狼毫做的毛笔一样,严密得没有丝毫的零乱。陆平从后面绕到前面,又从前面绕到后面,他被眼前的奇发弄得团团转。

"你这头发是在哪做的?谁给你做的?"陆平禁不住打听。他想不明白,这方圆几百里,还有技艺精湛得和他不分高低的理发师?

"跟你说有什么用?你懂什么?你除了剃剃剃你懂个屁!"凳子上的士兵继续破口大骂。

陆平想跟凳子上的士兵表明自己的本意,连长催促他别磨蹭,赶快剃。他同时警告凳子上的士兵再骂师傅的话,就把他的嘴巴封起来。

凳子上的士兵忽然软了下来,他的口吻由恶骂变成求饶。他说,连长,我不剃行不?我求你。连长说,不行,凡是打仗都要剃,敢死队员个个都要剃!

凳子上的士兵两眼一闭,嘴也没有再张开。他像一名手术前被麻醉的伤病员,安静下来。四名摁着他的士兵渐渐松开了手。陆平将一块白布罩在他脖子以下的地方。

陆平拿着剃刀的手停滞在头颅的上方,没有像先前一样手起刀落。那把锐利的剃刀对着一头漂亮的毛发畏缩起来,它仿佛感觉到一种罪过——这样出色的头发是不该被杀害的,刀不能做它的刽子手,因为它就像是花卉,而不像是稗草。陆平的心思一下子绕不过弯来,他的迟疑使头发的生命得以延长。

倒是凳子上的士兵竟然等得不耐烦,他张开嘴:"剃呀?快点剃!让你剃你怎么不剃?你不就是干这行的吗?"

陆平的手因这句话而有了冲动,他把剃刀架在凳子上的士兵的额头上,从额头开始,就像水稻的收割从田头开始一样,陆平从头到尾把凳子上的士兵的头发干净利落地剃掉了。

凳子上的士兵的哭泣是在士兵们的笑声中产生的,他从衣袋里掏出一枚小圆镜,这是士兵们发笑的原因。一个爷们的身上竟然带着女人的玩意,怎能不让士兵们笑掉牙齿?凳子上的士兵还坐在凳子上,他在士兵们的笑声中照着镜子,然后他就哭了。被剃掉的头发都抖落在他的脚下,和其他士兵们的全部头发掺杂在一起,像一堆草垛。

连长谢东背过身去把脸上的笑灭掉以后转过身来,严令士兵们不要笑了。他走到凳子上的士兵前,说:"李文斌,别哭。头发剃了,还会长出来,只要脑袋在。但是打起仗来,可不许怕掉脑袋。"他转而面对全体士兵,"我们这个连是打前锋,见了日本鬼子,谁的脑袋要是往后缩,我崩谁的脑袋!"

现在陆平知道了凳子上的士兵叫李文斌。李文斌把镜子收进衣袋里,站起来,仇视着陆平,然后扭头走开。他像一把梭子似的穿过士兵们中间,扎进营房里。

司务长给了陆平十元大洋,这是剃一个连人头的酬劳。司务长一再表示歉意,说八路军穷。

陆平谢绝士兵的护送,离开了营房。他闷着头往县城的方向走,看上去他的沉重并不是来自他提着的剃头箱子。

和顺理发店在和顺县城家喻户晓,他的声名来自两个人:店老板宋丰年和理发师陆平。宋丰年是和顺县的大户,也可以说是大富,光在和顺县城的店铺就有十家,理发店只是其中之一。他当然不会给人理发,但他的理发店生意好,人气旺,全靠理发师陆平撑的门面。这名理发师来自上海,他为什么会从上海来到和顺,没有人知道。人们只知道这个上海人是理发店的招牌,是远来的和尚或深巷里的酒香、签筒里的上上签。所有进理发店的顾客几乎都是为他而来。当然能找陆平理发的肯定都不是一般的顾客,因为陆平给一个人理发收费的额度是5—10元,因发型和工序而异,并且是明码标价,能承受这样费用的顾客自然不是等闲之辈,这样一个阶层的人在商业繁荣的和顺县不乏其人,因为每天找陆平理发的顾客络绎不绝。

宋家二小姐宋颖仪是理发店的常客,她隔三岔五便来洗头护发,这段日子几乎是天天都来。她当然是无须付费的,她特殊的身份可以使她做到这一点。

宋家二小姐这天的光顾非同寻常,正如陆平这天给她做头发也非同寻常一样。从宋颖仪把"暂停营业"的牌子挂到理发店门口的时刻起,陆平便感觉到他和宋家二小姐之间的关系已无法保持微妙。

"我要嫁人了,你知道吗?"宋颖仪坐在转椅上看着镜子里的陆平说。

"知道。"陆平说。他把茶籽做的发水倒在手上,然后揉搓在宋颖仪的头发上。

"嫁给谁知道吗?"

"知道。"

"嫁给谁?"

"一个师长。"

"师长什么样知道吗?"

"我哪知道？"陆平说。宋颖仪的头发被他揉搓起了泡沫。

"昨天你给八路军剃头去了？"

"是。"

"昨天我来了没见你。"

"哦。"

"我要嫁的人不是八路军。"

"哦。"

"八路军不准讨姨太太。"

"哦。"

"你怎么不说话？我要嫁去做别人的二姨太了，你就没话跟我说吗？"宋颖仪身子椅子一同扭过来，仰脸瞪着陆平，她显然不想看镜子里那个陆平。

"别动，发水会把你的衣服弄湿的。"陆平边收拢宋颖仪头发上的泡沫边说。

宋颖仪不动了。陆平转到她的身后。两个人都背对墙上的镜子，谁也看不见谁的脸。

接下来的沉默究竟有多长，店里的挂钟显示得很清楚，但谁也不去看那挂钟。在沉默不语的这段时间里，陆平为宋颖仪洗好了头发，又擦干了头发。

在准备给头发定型的时候，宋颖仪说话了。她要陆平把她的头发给剪了。

"剪了不好，还是留长发好看。"陆平梳着宋颖仪的长发说。

"我不想好看！"宋颖仪直率地说，但陆平听得出那是假话。他继续梳理宋颖仪的头发。那黑缎似的松软的长发经过梳理变得妥帖滑亮。

"你剪不剪？"宋颖仪的口气不容置疑，像是强的一方给弱的一方下的最后通牒。

陆平放下了梳子，但他也没有立即拿起剪子。他端详着宋颖仪的脸，思量着把头发剪短后整个头部或容貌所要起的变化。虽然面相是固定的，留着短发的宋颖仪容颜依旧好看，但那变化也将是很大的——那是整个人的气质的改变，是静与动的反差，是保守和浪漫的对立，是陆平心仪的文淑女孩的另类。

但是陆平没有办法，他别无选择。他拿起了剪子。

两三个时辰之后，宋颖仪果然变成了陆平担心或预想的那类女子——她因短发而显得活泼开朗起来，"谁说我留短发不好看？"她说，"我觉得就是好看。不喜欢我的人才觉得不好看。"陆平尴尬地说是好看。宋颖仪说："你知道我为什么要留短发吗？"陆平说不知道。宋颖仪说："我就想试试我的胆量。我想我敢把头发剪了，就一定敢把我喜欢你的话说出口。我已经说出口了！"

宋颖仪猛扎向陆平，把他抱住。"我喜欢你，可我就要嫁人了。你是理发师，你为什么不是师长？"

陆平不吭声，他需要用吻来回答，这也是宋颖仪所期待的。

他们吻得比洗发剪发的时间还要长。

国民革命军第 34 军 71 师师长叶江川的婚礼盛况空前，主要还不是因为酒宴盛大，而是因为请来了第二战区司令长官阎锡山。

阎锡山的莅临令叶江川受宠若惊，他原以为请柬发出，能得到阎长官的贺电也就不错了，没想到阎长官亲自光临，还送了一份特别的礼物——一只活鹿。阎长官送活鹿的意思简单明了，那就是祝愿 40 岁的新郎官在 20 岁的新娘那里保持足够的阳气，而鹿血和鹿鞭是强有力的帮助。阎长官还以自己为例，证明是屡试不爽。但仅过了一分钟，阎长官便为送新郎官活鹿感到了后悔，因为他看上了新娘宋颖仪。

阎长官头一眼看见宋颖仪就开始魂不守舍。他接过新娘敬上的茶，让茶水泼到了裤子和地上。新娘给他点烟，吸了一口后，因间隔的时间太长，吸第二口时烟已经熄了。

无数的人都看明白阎长官的失态与新娘有关，叶江川恐怕也不是傻了。在接下来的一系列活动中，新娘便很少出现。为了转移阎长官的兴趣，叶江川动员了戏班子当家花旦袁凤兰全方位陪侍，这当然会有效果。但见惯了戏子的阎长官很快情绪低落，或者说心猿意马。他对袁凤兰一头披散的长发忽然生厌，这是他思念新娘的表现，因为新娘留着一头超乎寻常的短发，让阎长官赏心悦目、想入非非。

"我走啰。"阎长官动身摆出离开的架势，这是他再见到新娘的机会，因为他要走，新娘不可能不出来送。叶江川虽然嘴里说着挽留的话，但举手投足尽是欢送的姿态。他把新娘叫了出来。

"阎司令，再见，好走。"宋颖仪说着与阎锡山握手。

阎锡山与宋颖仪的握手有点特别，除了握住的时间比别人稍长，还动用了另一只手。用双手与送别的人相握，是除了新娘以外其他的人所得不到的荣幸。

阎锡山附加的手按在宋颖仪的手背上，像一只青蛙。宋颖仪希望这只青蛙很快跳开，因为这只青蛙在用肢体撩拨她，让她不自在。

"你这头发？你的头发？"拥兵百万的阎长官竟拼凑不出一句完整的措辞。

"我的头发太难看了，"宋颖仪说，"丑得不敢见人。"

"不，不，好看好看，"阎长官说，"真好看。"

"丑死了。"宋颖仪找到了难过的借口或理由，把自己的手抽了回来。

但那只青蛙趁机一跃，跳到了宋颖仪的头上。"谁给你剪的？"阎长官抚摩新娘的头发说。

"我自己要剪的。"宋颖仪说。

"剪得真好。"阎长官说。他终于把手抬开，顺势向送别的人们挥了挥，"再见各位，炕上日好啰，也别忘了抗日！"

阎长官在一片开怀的欢笑声中乘车离去。

和顺县城的陷落就像一场地震，之所以像一场地震是因为人们来不及逃也无路可逃。只一支烟的工夫，或者说一个头没理完，日本人就来了。

陆平正在给胜哥理发。手动的发剪，像被夹了脚的螃蟹，在胜哥的头部慢慢推动。被理掉的头发像断落的海藻，散开在遮布上。

猛烈的枪炮声应该是胜哥先听见的，因为他没有陆平专注。枪炮声把胜哥吓了一跳，或者说引起胜哥的高度警惕。他坐不住，立马起来，出到店外。

胜哥和陆平看见一队国军官兵正在街道上跑，毫无疑问那是被洪水猛兽追击的一种跑法。但也有不跑的，在街道上随便拉过什么东西做掩体，架起枪支。陆平注意到不跑的全是跑不动的伤员，他们与其说在做抵抗的准备，不如说是在等死。

胜哥也注意到了这一现象，他破口骂道：这些孙子！然后他把遮布一扯，扔给陆平就走。

"胜哥，头发还没理完呢。才一半，胜哥回来！"

胜哥没有回头。胜哥毛发参差的头部分成阴阳，像一个太极。

戏场上拥挤着人，很多人都极力往中间钻，因为那似乎比较安全，可以躲过机枪的扫射，如果日本人大开杀戒的话。

肥前大佐出现在戏台上，他当然不是要唱戏。吃奶的孩子都看出他不是演员。翻译官高元也在上面，既不像日本人，也不像中国人。

胜哥五花大绑被日本兵大力推出,出乎和顺市民的意料——和顺县最浪的公子哥,怎么会成了鬼子的敌人?

胜哥站在戏台上,被上千民众注目。他被注目的原因除了被鬼子绑架,还有他怪异的头发——那不是阴阳头吗?他可真敢。但对了解胜哥的人来说,胜哥没有不敢的。你看他文在身上的女人,就觉得他留一个阴阳头算什么。女人自然是漂亮的女人,文在胜哥的胸前,但现在看不见,因为胜哥穿着衣服被绑。或许胜哥希望裸露自己,因为文在他身上的是他深爱而又唯一得不到的女人,熟识的人能看出那是宋家的大小姐。他为什么要把宋大小姐文在身上,就是因为得不到,越得不到胜哥越是刻骨铭心、出格离谱。不敢作敢为,就不是胜哥。那么,胜哥到底做了什么,让日本人要把他斩了示众呢?

人们从翻译官高元的嘴里知道了原因:胜哥把国军伤员藏在家里,被搜了出来。鬼子怎么知道胜哥家里藏有伤员,那是因为有人告发。谁出卖了胜哥?日本人自然不会公布举报者的姓名。

胜哥瞪着眼睛朝台下大骂:"谁他妈的把我卖了?谁?老子做了鬼,回来操他老婆、小老婆,操他姨子、女儿!"胜哥眼红脖子粗,像一只大叫的公鸡。

陆平就站在戏台下离胜哥不远,他感觉到胜哥的目光直对着自己,在怀疑他。陆平心里对胜哥说:不是我,胜哥!我知道是谁告了你,但我不做告密者。胜哥,只对不起你那头发我还没有帮你理完,你就要走了。

胜哥之死是和顺县的一大惊奇,原因是他死在不是他该死的地方,他是个混蛋,却死在日本人的手里,倒使他成了一名英雄,至少是一名壮士或一条汉子。

日本人把胜哥的头砍了,用铁丝穿过胜哥的头皮,又把头发绕紧,然后吊挂在幕杆上。

一连好多天,胜哥的头颅在露天暴晒,炎热引起了腐败,腐败生出虫蛆,还招来苍蝇。成千上万的虫瘿昼夜不停围解胜哥的头颅,使胜哥的头颅落了下来,得以入土。

但胜哥的头发依然挂在幕杆上,任凭日晒雨淋,永不腐烂。

宋丰年指着陆平,对翻译官高元说这是最好的理发师,我把他带来了。

高元把陆平带到肥前大佐那里,对肥前重复宋丰年说过的话,当然是翻译过的。肥前看都不看来人一眼,因为他正在练字,具体地说在临摹中文的"虎"字,或许日文的"虎"字也是这样写法,因为陆平听说日文是从中文变过去的。

肥前大佐并没有理发的表示,因为他拿着毛笔还在不断地写。宣纸上已经有无数的"虎"字,但每个"虎"的写法都不一样。

陆平跟随翻译官来到庭院里,摆上椅子。

翻译官高元脱下帽子,坐到椅子上,说:"太君说了,你先给我理。理好了再给他理。"

陆平看着翻译官的脑袋,没有动剪。高元留着时兴的分头,与他扁平的头和椭圆的脸不相协调。他提出理平头的建议,得到高元的许可。他说好吧,"日本皇军留的都是平头,我也留平头试试。理好了,是个样板。理不好,拿你的脑袋来换。"

宋丰年在一旁鼓励说理吧,照常理,会理好的。他协助陆平给翻译官罩上遮布。

陆平开始动手。他一面用梳子度好分寸,一面用发剪推掉冒在梳子上的毛发,理出平头发型的轮廓。

庭院里巡逻的日本兵,都停下来看理发。

两个时辰之后,日本兵看见翻译官像换了一个人,仿佛是看见自己的同类或同胞,因为翻译官已和日本人模样差不多,如果有区别的话,那就是翻译官比真正的日本人还要精神。这无疑是头发的效果和作用。

高元从日本兵赞赏的目光和口吻中感知到头上发型的美观或质量,他因此对理发师的技艺表示了首肯。但是否那么高超,还得看肥前大佐的态度。

肥前大佐走到庭院里,高元"啪"一个立正,光着脑袋敬礼。肥前端详着高元的脑袋,他其实刚才从窗口已经观察了一会儿,只不过不像现在这么靠近和仔细。

"哟西。"这是陆平唯一能听懂的日语,出自肥前大佐之口。

宋丰年如释重负，仿佛是自己受到好评。

接下来陆平将给肥前大佐理发。准备妥当后，他先摸了摸肥前的头发，测试发质的软硬度。摸日本人的头，这是他生平第一次。这是一颗地雷，陆平想，确实是地雷。他不切实际的想象使手产生了哆嗦。

"不要紧张，放松。"肥前通过翻译官劝慰理发师，很显然他感觉到了理发师的手在哆嗦。

为了让理发师彻底放松，翻译官搬出唱机放起了音乐。富含日本情调的歌曲洋溢在庭院里，首先使日本人陶醉，他们的面目因沉浸在乡愁中而变得柔善温和，这才使得陆平紧张的心理得到舒缓。

整个理发过程大概花了一个小时，其中包括了剪发、刮胡须和头颈部的按摩。一个侵略者让敌国的理发师用剃刀刮胡子，是需要一定胆略的，就好像鲨鱼在布着渔网的海域捕食是很危险的一样，但肥前却不怕这样的危险。他放心地让理发师给他刮胡子，让剃刀自由地刮过他的腮帮、上颌、下颌和颈子。那把锋利的剃刀刮脖子的时候来回翻动，能听见"嚓嚓"的声音，像暗处点燃的火索或响尾蛇的爬动。

除了肥前，所有的人都冒一身冷汗。

但虚惊过后，等待理发的人需要排队。休闲的日本兵纷纷脱下帽子，无数需要修剪和清洁的脑袋让会长宋丰年感到踏实。

光顾和顺理发店的客人越来越少,可以说门庭寥落。那些平时固定回头的大小爷们基本不来了,很显然来自上海的理发师这块招牌已掉了油漆,不再吸引人。

状况反映在账上,宋丰年来到店里,与理发师检讨生意不好的原因。宋丰年认为收费价目需要调整,现在是非常时期,收费过高是顾客减少的原因。陆平则认为顾客之所以不来和顺理发,是因为他们为日本人做事,"人们把我们当作汉奸。"陆平直言不讳。

宋丰年忌讳陆平的说法,他们为此争吵。员工和老板吵架,占上风的肯定是老板。宋丰年说,这个店是你开的还是我的?那么究竟是我听你的还是你听我的?陆平说,我听你的,总有一天我会被人的唾沫啐死。我不干了,你另外请人吧。

理发师的辞职简直是撒手锏,立马让老板软了下来。他求陆平不要走。"你走了我上哪去请像你这么好的理发师?没有客人不要紧,一个客人都没有我照样给你工钱,你以往拿多少工钱我照样给你多少!行不行?"宋丰年让步已经很大。

陆平表示这不是钱不钱的问题,"你知道我从上海跑到这么远的地方,是为了什么。"

宋丰年眼睛一亮,因为他从陆平的话得到提醒。他想到附在理发师身上的血案,是控制他最好的把柄。"我知道你是为了避难,因为你在租界杀了人,而且是日本人,所以跟着我来到和顺。"宋丰年坚定地说,他用不着再低声下气。

"我那是误杀。"陆平说。

"我相信是误杀,"宋丰年拿起剃刀把玩着说,"可日本人连杀无辜的人都不眨眼,管你是误杀?"

"所以我不能伺候日本人,那很危险。"

"只要没人告发你,你就安全,"宋丰年说,"在和顺除了我,没人知道你的过去。你放心,我是绝对不会在日本人那里告你的,想都不想。"

陆平感觉自己像山羊掉进了陷阱里,被猎户救起,既可以养在家里,也可以卖给屠夫。

"但是你要帮我,"宋丰年说,"日本人一不高兴,我就会掉脑袋。我有女儿嫁给国民党的一个师长,这就能要我的命。所以我只有把日本人讨好了,才能活命。你要帮我,行吗?"

陆平看着宋丰年,说:"你肯定比日本人长命。"

宋丰年照着镜子,摸摸头发:"我头发是不是该理了?"

庭院里置放着十九具日本士兵的尸体,是从前线运回来的,集中在临时搭建的棚子下。

陆平的任务是给这十九具尸体化妆整容,具体地说是要给这些尸体残缺、扭曲、破烂、肮脏的五官进行补充、复位、修整和清洗,使他们看上去像睡熟的样子。

这显然比给活人美容美发困难得多,但陆平别无选择,除非他能使这些尸体复活。

事实上陆平乐意接受这些尸体,因为他们并不比那些活着的日本士兵更令人恐惧。庭院里活动着众多的士兵,一个个看上去充满杀气,像饥饿的猛兽。只有一小部分默默守着同伴的尸体,他们的眼睛里含着悲伤,有的还流出泪水。日本人的泪水是陆平快意的源泉,但是他不能使快意流露到脸上。他神情肃穆凝重,表里不一,像一名戏子。

但是陆平触摸尸体的快感在他手上呼之欲出,无法掩饰——他的手拿着刀剪,或戳或挖或刮日本兵的五官,游刃自如,像在雕刻一枚枚大印,那些涂抹在五官上的颜料就是印泥。

一张又一张清楚的面貌陆续呈现在白色的布单上,让活着的日本人瞻仰。这是死者和生者永别,或者是战友之间最后的照面。仪式之后,这些已经瞑目的战友将被抬到野外,用汽油火化。他们的骨灰将比继续和中国人作战的战友先回日本。

肥前大佐的鞠躬向着两个方向,一个向死者,一个向理发师。两次鞠躬的含义也不相同,前者是致哀,后者是致谢。肥前大佐忽然向理发师叩头,让陆平茫然失措,以为对方昏了头。

"就是你,"肥田大佐盯着陆平说,"你的做得很好,谢谢你。"

陆平的反应仍然迟钝,没有答话。他为肥前能讲中国话发愣。

"我的中国话,讲得不好?你不明白?"肥田大佐说。

陆平连忙点头:"好,明白。"

肥前大佐指翻译官高元对理发师说:"他教的,讲得不好,你怪他。"

陆平又说:"好,好。"

翻译官高元上前对陆平说:"没事了,你走吧。"

陆平离开军营,步伐显然比前一次从容镇定许多,尽管手臂发酸、腰杆生疼。那装着理发整容工具的箱子,先是提着,然后扛着,接着又用头顶着,像一名灵童被百般呵护。他不断地回头观望,引得零零星星的路人也跟着他观望,但谁都不知道这人到底想观看什么。

一股浓浓的黑烟从野外腾空而起,像一匹飞向西天的黑色绸缎或者一群吃饱了腐肉的乌鸦。

理发店和理发师到底还是迎来了一名尊贵的客人,尽管她来得不是时候——现在是掌灯时分,理发店已经关门,理发师在后房门外冲凉,后房是他的卧室。理发师把从井里打上的一桶水全部往有皂沫的身上浇,发出爽快的叫唤,但并不妨碍他听到敲门的声音,因为敲门的声音持续不断。

宋颖仪只等陆平把门开了一条缝就闯了进来,顺手关门后她就依着门板呼气,她显然在门外等得心慌。陆平也不轻松,因为如果仅是宋家的二小姐这时候来倒也罢了,但人家现在是革命军师长的姨太太,在敌占区出现,就不免让人心揪紧。陆平把宋颖仪拉到后房,把后门也关上后,才开始问话。

"你怎么来了?"

"你怎么现在才给我开门?"宋颖仪反问,她想哭不哭。

"我在洗澡,"陆平说,"你看。"

宋颖仪看陆平只穿着裤衩,身上还是湿的,开脸发笑。

"你来你爸知道不?"

"我还没回家呢,也不打算回去。"

"那怎么行?你回来你怎么说?"

"我说我回来看我爸。我说我想我爸。"宋颖仪说,她不看陆平,但是她看着他的卧室。

"你怎么进城?"陆平说。

"送我的人到了城外,就回去了。我换了件烂衣服,就混进来啰。"

陆平这才仔细打量久别的二小姐,"你又留长发了。"他说。

"没人给我剪呗。"

"你想剪我还给你剪。"

"我才不剪呢。我胆子已经够大了。冒那么大险来看你。"

陆平站在宋颖仪身后,把她抱住。

和顺理发店这天晚上就像是来了一大群老鼠,疯狂地闹着,仿佛要把房梁震塌下来才算完。

连续三个晚上,理发店的状况都是这样。

陆平说:"这几天,幸好你爸不来。"

宋颖仪说:"他来,我也不能见他呀。我就躲在里屋里,不出去。"

"要不,你回去看看他吧。"

宋颖仪想了想，摇了摇头，"我怎么回去呀？我爸那么胆小，见了我，还不怕得要命。日本人要是知道我回家，会害了我爸。"她说，"还是等打完日本人，我再回去看他。"

陆平不语。

"也快了，"宋颖仪说，"苏联已经出兵东北，日本人的日子不长了。"

"是吗？"陆平说，"颖仪，我给日本人做事你知道吗？你爸也是。"

宋颖仪说："你给日本人做什么事？"

陆平说："我给日本人理发。"

"嗨，理发算什么？"宋颖仪说，"除非你把国民党军队师长的姨太太交给日本人，才饶不了你。"

"那你爸呢？"

"我爸怎么啦？"

"他把胜哥给告了，"陆平说，"胜哥死了，你知道吗？"

"他该死。他害死了我姐，如果不是他想强奸我姐，我姐也不会掉下河去淹死。"宋颖仪说。

"也是，"陆平说，"胜哥这样死了也好，还算光彩。将来我死了也许名声比他还臭。"

宋颖仪堵住陆平的嘴，"不许你说死！你绝不能死，我绝不会让你死。要死我们一块死，我死了你才能死！"

陆平笑，"你看，你说的全是死。"

"好，我不说了。"宋颖仪说，她抱着陆平。

他们的拥抱从深夜到天亮。

宋丰年等陆平给客人理完发走了以后，才从口袋里掏出一份报纸，让陆平到后房去看。

陆平看到的是美国在日本扔原子弹的消息。

宋丰年跟着进到后房，忽然发现理发师的卧室第一次变得那么整洁，他只想赞许，却没想到别的。"这就对了，干干净净，多好。"

陆平说："不是闲着没事吗，就想到收拾屋子。"

宋丰年说："等日本人走了，我们的理发店生意还会好起来。"

陆平说："我再也不用去摸捏日本人的死头烂脸了。"

宋丰年说："日本人不是没走吗？去还得去，都要到头了，万一把日本人得罪了，搭上条命多不值得，你说是吧？"

"房间收拾得这么干净，我就是不想死。"陆平注视着床说。现在的床上虽然空寂无人，但他的回忆和幻想始终都是他和宋颖仪——他和二小姐在床上颠鸾倒凤，废寝忘食，像从冬眠期醒过来后的蛇。床上的声响依然如春雷般令人亢奋。

此刻二小姐的父亲就在身边，但理发师旁若无人。

军营里的日本兵颓废沮丧到了极点，仿佛死神或末日降临。三个小时前，他们相继收到两份命令，内容几乎完全相同，就是无条件投降。所不同的是命令有一份来自日本天皇，还有一份来自被他们侵略的中国。从那时候开始，他们停止了所有的军事行动并全部撤回军营，等待中国军队的受降。

等待受降的日本兵不吃不喝，他们或静坐或静卧，神思恍惚，像无可救药的邪教徒。

相比之下，肥前大佐的行为要积极很多——他居然有空和心思去喂马和狼狗，这两只为肥前赴汤蹈火、和主人一样罪恶滔天死有余辜的动物，正在享受着丰盛的晚餐，因为肥前把士兵不动的食物都给了它们。它们摇摆着尾巴感谢主人，吃得津津有味。肥前大佐分别摸着它们的毛发，以此做最后的告别。

请来的理发师已经到了，在庭院里等着为肥前理发。

肥前对理发师已经不陌生，就像他的中文已经很流利了一样。他为理发师这时候的到来感动，并叩头致谢。"最后一次请你给我理发。"他说。

陆平理发师不动声色，和对待其他人没有两样，显得很专业。他麻利地做理发的准备，操作步骤从头到尾一样不少。

肥前大佐在音乐和随之而起的士兵哭声的陪伴下，满足了自杀前整洁容貌的愿望。

受降部队如期而至，在中国房顶招摇了十四年的膏药旗断然落地，代之升起的是中国的旗帜。接受战败的日本士兵列队向捷足先登的国民党军队缴械投降。

投降的日军里没有肥前的身影，翻译官高元和理发师陆平同时指着一个方向，并走在国军官兵的前面。

虚掩的房门被一脚踢开，肥前跪倒在地，一把长剑插在他的腹部，黑血涂地。

庭院里忽然传来两声枪响。

国军士兵枪毙了肥前的战马和狼狗，他们将仇恨宣泄在这两只畜生身上。

清除汉奸的运动如火如荼。

在和顺监狱的一间牢房里，关着高元、宋丰年和陆平三个人。他们像拴在绳子上的三只蚂蚱，插翅难飞。

高元真诚地看着宋丰年，把求生的希望寄托在他的身上，因为他有一个做师长姨太太的女儿，这是他们活命的唯一一条小路。高元说我早就知道你有这么一个女儿，但是我没有告诉日本鬼。我对你够不够意思？宋丰年说够意思。高元说那你要回报我才行，你懂我的意思吗？宋丰年说我懂你的意思，可我要先得救才行。我女儿要是救得了我的话，已经把我救出去了。高元说我是说万一，万一你有活命的机会，可别忘了帮我说话，救我出去，啊？宋丰年说一定。高元得到许诺，但还是不放心，因为还有个理发师的存在，是他求生的竞争者。他同样真诚地看着理发师，希望理发师把生的机会让给他。陆平说你放心，这里有三条命，我是第三条。高元说谢谢你，兄弟。

为了表明自己的诚意和谢意，高元把自己的铺位和陆平的床位做了调换，他睡在了马桶边。还有唯一一把被他长期把持的扇子，也易给了宋丰年专用。他悉心伺候宋丰年，为他赶蚊子、扇风、按摩，像一名孝子照顾父亲。

高元态度的转变，使一向对他敬畏三分的宋丰年成为监舍的老大。他充分享受着做老大的待遇。他看着左右两个懂事的小伙，多少年来没有儿子的遗憾，在监牢里得到终结。

行刑队十一个人，站在前列的有九个，他们每人举着一把长枪，对着三个目标。

宋丰年、陆平、高元面对瞄准自己的枪口，丝毫不怀疑脚下就是生命的终点，已经没有活路可走。见惯了杀人的高元本应该冷静地面对死亡，但他的表现比另两个人更失魂落魄，原因是将被杀的人包括了他自己。相形之下，宋丰年和陆平的神态虽然不能说是视死如归，但起码眸子还见有回光返照。陆平甚至还挤出一个笑容，那是针对高元做出来的，因为他想到高元在监牢里为了活命在宋丰年和他身上所做的努力全部白费，不由得有了一丝快意。他决定将快意保持到枪响。

一骑人马飞奔而来，把阎锡山的手谕交给行刑队队长。行刑队队长把手谕内容向行刑人员做了传达。九支长枪仍旧瞄准，所变化的是只对着一个目标。

行刑队队长手起手落，九枪齐声射出子弹，全打在高元身上。

宋丰年抱着女儿老泪纵横，血缘亲情溢于言表。他女儿身边是他女婿，像恩人般看着他的岳父和站在身后的理发师。

陆平和叶江川是第一次相见。陆平称叶江川师长，但师长却称陆平表哥,"你虽然年纪比我小,但按理我应该称你表哥才对。"他说。

被称做表哥的陆平从宋颖仪丢过来的眼色接受和认可了这个身份,并得到了善于见风使舵的宋丰年的进一步证实。"对,是颖仪的表哥。"宋丰年说。父亲的认定使宋颖仪找到了和陆平亲近的理由。她甜蜜地看着陆平的眼睛说:"表哥,你什么时候回上海?你要是回上海,我跟你一起去,去看姑妈。"

陆平说:"我想回去。我五六年不回去了。"

宋颖仪说:"你才五六年,我长这么大都还没去过上海呢,也没见过姑妈。我要跟你去上海,就可以见到姑妈了。"她转而看宋丰年,似在征求父亲的同意,实则在做某种暗示。

宋丰年说:"方便的话就去。"

宋颖仪说:"现在不打仗了,有什么不方便的。"

宋丰年说:"你现在嫁人了,不是由我替你做主了。"

宋颖仪挽过叶江川的手,说:"你是说江川呀,他当然会让我去啦。他说过等抗战胜利了,我想去哪里就去哪里,想干什么就干什么,是不是说过?"

叶江川说:"我说过,说过。"

宋丰年说:"陆平回了上海,理发店怎么办?"

宋颖仪说:"你以为理发店还开得下去呀?和顺谁不知道你们的事?你们以为你们还能在和顺待得下去呀?为了救你们我和江川费了多大劲才……不说了。"

叶江川说:"多亏了阎长官开恩,你们才……幸好及时,不然……好了，都过去了。"

宋丰年盯着不知什么时候开始就和自己的女儿关系暧昧的理发师，说："你真的要回上海？"

陆平说："我说我想回去，但没说一定要回去。"

"就是。"宋丰年说。他看着在父亲和丈夫面前居然编着美丽谎言的漂亮女儿，"陆平……你表哥都不回去，你还去什么上海？"他阻止谎言的蔓延，当机立断，"要去，也是我去。我把他从上海带来的，应该由我送他回去。"

"什么呀？"宋颖仪说，她对父亲的不配合感到失望，对情人的模棱两可的失望也包括在内。

"我看这样，"叶江川说，"上海暂时就不去了。和顺那边也不好待了，你们就留在我这吧。"他看着宋丰年和陆平，"岳父大人就安心养老，我这个小表兄呢，就给你找个事做。就在师部当参谋，怎么样？"

宋丰年抢在陆平前面表态说："不行，陆平怎么能当参谋？他是理发师，只会理发。我看我们还是去别的地方，另外开店。"

"没问题，没事，"叶江川说，作为女婿的他没有岳父的担心，他似乎对妻子的红杏出墙还蒙在鼓里。"我当兵打第一仗的时候直尿裤子，现在还不是一样当师长？"

陆平的表态至关重要，他说："我在上海当理发师的时候，也杀过人，是一个日本人，当然我想那是误杀。"

"很好！说明你有当军人的天性嘛，"叶江川说，"就好好干吧。"

宋丰年还想申明什么，女儿阻止了他。宋颖仪说："爸，年轻人的事，你不管了行不行？"

少校参谋陆平每天的工作是把师长要看的文件送给师长和把师长看过的文件收回，这是参谋长给他的任务。这个任务轻而易举，但是责任重大。师部有六个参谋，但能接触全部文件的只有他一个。参谋长谭盾说只有最可靠的人才能担当这项任务，而你和师长的特殊关系决定你的忠心无须考验。陆平说，那以前呢？参谋长谭盾说以前，核心文件都是我亲自给师长送去和收回。陆平说谢谢你的信任。参谋长说谢我干什么，这是师长同意过的。

叶江川接收陆平送来的文件，放在桌上，又把看过的文件交给陆平。整个文件交接的过程也就一分钟，加上四分钟来回，在机要室或参谋长办公室还要两分钟，一共七分钟，七分钟里还有六次敬礼，这就是陆平一天的工作，也就说除了这七分钟，所有的时间都是陆平的业余时间。

七分钟以外的陆平不再是参谋，而是理发师。

经常把陆平叫唤去理发的全是参谋，他们今天这个叫，明天那个喊，现在你理，待会到我，五个参谋轮流使唤陆平，每人每次都能拉来六七个打算理发的人，总之让陆平理个没完，时刻充当理发师的角色。他们巴不得全师的人都知道，新来的参谋不懂军事，只会理发，而且一个连地图都看不懂的参谋，也只能理发。只有如此，才能平掉他们心中的不服，因为这个低贱的人，第一次穿军服就是少校，而他们之中谁不是从战场豁出半条命才得到这等军衔？

师长叶江川也叫陆平给他理发，是参谋们最大的成就，他们对同事的蔑视和鄙薄，在师长理发的过程中登峰造极，虽然他们的恶意深藏不露。

叶江川让陆平给自己理发的用意显然与参谋们不同，因为他没有参谋们那种心理，在这一点上他的行为光明磊落。他认为陆平业余时间为他人理发是件好事，可以得到很好的人缘，值得鼓励。他让陆平给自己理发就是一种鼓励的行为，当然他的头发也该理了。

"理完发后跟我回家，"叶江川说，"颖仪今天生日，叫你和我一道回去。"

师长对陆参谋的一句家常话，让一旁听见的其他参谋感到意外，他们的鄙视变成惶恐。

宋颖仪的生日家宴不欢而散，陆平在部队的作为是宋颖仪不快乐的缘由，她显然识破军中有人拉扯陆平干老本行的意图，"这些人明明不怀好意，"她指责丈夫说，"你还偏偏去凑份？陆平本分实在被人耍，你也看不出来？什么脑子你？耍我表哥还不是扫你的脸面？"

"你不说我还真看不出来，"叶江川一脸羞恼，看着陆平，"你告诉我都是谁？我明天统统把他们降了！"

"没有谁,"陆平说,"是我自己自愿的。我是理发师,三天没有人找我理发,我就手痒。"

"你别忘了,你现在是少校!"宋颖仪说,"以后,不许你再给人理发了。"

陆平不吭声。

"好了,从明天起,我不许任何人再找他理发就是。"叶江川说,他摸着自己的头,"不过,我的头以后还得陆平来理,在家里面理。他理得是好,颖仪,你看他给我理得好不好?"

宋颖仪瞅着丈夫,笑笑,"当然啦,人家十几年吃的都是理发这碗饭,还有理得不好的?"

"什么时候我把这身皮脱了,"陆平看着自己的军装说,"我还吃这碗饭。"

"没出息。"宋颖仪说。

"本来嘛。"陆平说,他站起来,"我走了。"

宋颖仪说:"去哪?"

陆平说:"你认为有出息的地方。"

71师向北进军,像狼群一般气势汹汹,他们准备进攻的对象是共产党军队驻扎在晋北的一个团,这肯定是稳操胜券的一仗,连没打过仗的陆平都这么认为,尽管他有很多个不明白——不是有"双十协定"吗?国民党为什么还要打共产党?这是第一个不明白。第二个不明白,国军和共军不都是中国人吗?为什么要自相残杀?还有我为什么要参加战争?再有我为什么不能继续做理发师？最后一个不明白，宋颖仪为什么不生怕情人在丈夫手下有一天会因为奸情暴露而被一枪毙命？

行军路上的陆平满腹心事，冷汗直冒，看上去像一个怕死鬼。

师长叶江川看着陆平，说："别怕，跟着我，我活着，你就死不了。"

陆平说："我不怕。"

叶江川说："那你怎么冒那么多汗？"

陆平说："不知道。"

他们现在是在一辆车上，车上还有参谋长。

"不会是肾虚吧？"参谋长谭盾说。

陆平吓了一大跳。

叶江川盯着陆平，"逛窑子啦？"

陆平支支吾吾。

"逛了就逛了，"叶江川说，"只是不能让颖仪知道，我岳父你老舅也不能让他知道。"

"当然，那哪能。"陆平说，他终于说明了出汗的原因，并不再继续出汗。

从前线拉下来的尸体和伤员源源不断，就像是从洪灾中抢收回来的牲畜，密集地放在医院的不同地方。

手术房内外喊声不绝于耳，和寂静的太平房形成鲜明的对比——那些纹丝不动的尸体，大多数也曾经像手术房的伤兵一样喊叫，曾经痛苦地挣扎，但最终死神掐灭了他们求生的呼唤，也结束了他们痛苦的生命。

陆平正在给头部受伤的官兵削发，这是手术前必要的准备，也是陆平的义务——他本来只是随师长来医院看望伤员，看到女护士给一名头部受伤的上尉削发，上尉军官龇牙咧嘴骂爹操娘，因为女护士无法避免触及他头部的伤口。

"我来试试。"陆平说。女护士马上将刀剪给他。

上尉军官看着将给自己削发的是一名少校，说："别以为你是少校，我就不骂。弄疼我，我照样骂！"

"好的。"陆平说。他拿着刀片，削起上尉军官的头发。

自始至终，上尉军官只有些许呻吟，却没有一句叫骂。看上去他仿佛与少校亲如兄弟，而与刚才的女护士苦大仇深。

女护士看着为她帮忙的少校，说："谢谢，你使我少挨几句骂。"

"没什么，这个我在行。我是理发师。"陆平说。

女护士注意到陆平的军衔，"不会吧？"

陆平看见师长走远，说："我本来是理发师，糊里糊涂当了兵，而且莫名其妙一穿军服就是少校。"

"说明你与众不同或出类拔萃。"女护士说。

"你叫什么？"陆平看着用成语称赞他的女护士说。

"会棉。"

"你的名字才是与众不同。"陆平说。

又一个需要削发的伤员送了过来，陆平说："我来吧。"

会棉看着为人削发的少校理发师，两只天生忧郁的眼睛露出温暖的一点光亮，那光亮或许来自陆平手上的刀片和肩章的铜星，是刀光和星光的反射，它让其实也十分郁闷的陆平，感到一丝开朗。

1948年底，陆平的肩章已由一星变成了三星，由少校参谋变成了上校团长。而那个有着一双忧郁眼睛的会棉也已成为他的妻子——他们的婚礼在叶江川的主持下进行。

参加婚礼的人都认为，这是他们除了抗战胜利吃得最欢欣的一顿喜酒，因为婚礼上两个漂亮的女人风华绝代。

宋颖仪在婚礼上对新娘是一口一个表嫂地称呼，让新娘既受宠若惊又谦虚谨慎，"叫我表嫂我接受，因为看上去我比你大，你显得那么年轻、漂亮！"新娘说。

"你才显得年轻、漂亮，"宋颖仪说，"要不然他怎么会看上你？我陆平表哥我还不了解？"

"表哥也是帅哥嘛，"叶江川说，"他们俩是天生的一对。"

参谋长谭盾说："早就听闻叶太太能歌善舞，而新娘精通琴艺，咱们是不是请二位夫人奏歌一曲？"

宋颖仪和会棉在掌声中展示才艺，一个放歌，一个抚琴。动听的声乐让处在冬天的71师军官情绪热涨。

洞房花烛夜，其实严格意义上说已不能称洞房花烛夜，因为在这之前，陆平和会棉已经同房，提前做了夫妻，婚礼只是象征和形式。事实上这天晚上新郎和新娘也没有做该做的事情，因为陆平喝醉了。他没有行事的能力，软得像一摊泥，但嘴里却叨个不停——

"我是个废人，我窝囊透了，我蠢，你也蠢，她不蠢，因为她让我娶你，她是别人的老婆，不能做我老婆，我需要个老婆，所以让你来替她……做我的老婆。"

"她是谁呀？"会棉低头看着枕在自己大腿上的丈夫说。

"她是谁？"陆平被这一问猛醒，"没有谁，我胡说八道。我是想试你，假如有那么一个人，你、你会……"

"我什么也不会。"会棉说。

"你怎么什么也不会呢？"陆平说。

"因为，我是一块棉花，我从小到大都是一块棉花，是给人止血、擦拭伤口、做衣裳的，我没有骨头，把我塞到哪都行，用作什么都行。你看，现在我做你的枕头，你枕着我，我还怕你不舒服，把我丢走。你丢走我也就丢走了，我会怎么样？我会在你丢我的那个地方，我还是棉花。"

陆平彻底地清醒了，那是滴到他额头上的清凉的泪水起的作用。棉花是蓄水的，她潸然泄漏，除非是被人刺激或伤心无限，陆平想。陆平还想，我不能让她再受刺激了。

第二天，陆平和会棉回拜叶江川夫妇。宋颖仪看着新娘肿胀的眼睛，对陆平一顿质问。她说，你欺负我表嫂啦？陆平说我没有。宋颖仪说，没有她眼睛怎么会肿成这个样子？陆平说那是她高兴哭的，人高兴的时候也是会哭的。会棉流了一夜的泪水，但泪水是甜的。宋颖仪说，是不是呀？她看着会棉。会棉说，是。宋颖仪说，那就好，那我这红娘就没有白当。

叶江川提议陆平搬到叶家来住，他的理由是男人出去打仗的时候，两个留在家里的女人互相有个伴，他申明这也是太太颖仪的意思。陆平没有同意，他说我们两家住在一起，全师官兵更以为我们结党营私，他们本来就认为我这名上校是你任人唯亲的结果。

"这有什么？"叶江川说，"封官晋爵，谁不是喜欢用自己人？世道如此。"

"可我希望我们两家还是保持一定距离为好，"陆平说，"因为我既然是上校，就要对自己的身份保持清醒。我不能住在你的家里，因为这不合适。"

叶江川没有问为什么不合适，他似乎理解了陆平的心意。按照他的理解，陆平不愿意住到叶家来，是因为他想分清楚团长和师长是有区别的，他这名上校和其他上校没有什么不同，而如果入住叶家对他这名师长的权威和形象是有损害的。

"好吧，"叶江川说，"不过，我们打仗的时候，你得让会棉过来陪陪颖仪，你知道的，颖仪是个耐不住性子和寂寞的人。"

在陆平升上校不久，师长叶江川擢升34军军长——这一切的幕后，得追溯到1945年宋颖仪为了救自己的父亲和情人，在阎锡山那里所做的奉献或者牺牲。阎长官开出的条件很简单,就是宋颖仪和他睡一觉。宋颖仪没有多少犹豫就接受了这个条件,因为她在决定来找阎锡山时,就已经做好了准备。

"来吧。"宋颖仪主动脱掉衣裳,看上去她比阎长官还想上床。

阎长官喜不自胜,像一名老奸商即将得到一幅垂涎已久的名画。他向名画走近,将名画一拥在手,然后亲着名画,用手抚摩名画的各个部位。这当然不够,他将身体扑在名画上。仿佛他是画作的主人,他在画上留下了印记。

阎长官没有食言,他果然手谕一封,仿佛那是为赎下两颗汉奸人头填写的支票,这支票也只够保住人命两条。

"你来你丈夫不知道吧?"阎长官说。

"知道。"宋颖仪说。

"可你这觉不是为他睡的。"阎长官说,言下之意,宋颖仪如果为了丈夫的升迁,还得陪他睡一觉。

"是的,我知道,"宋颖仪说,"我什么时候想要丈夫升迁,我什么时候再来找你。"

宋颖仪拿着手谕马不停蹄,从刑场上救下父亲和陆平的性命。她丈夫叶江川做不到的事情,她小女子做到了。

叶江川对宋颖仪拿到阎长官手谕的事耿耿于怀,他心知肚明却明知故问:你是怎么拿到手谕的?

"用女人的方式。"宋颖仪说。

"什么是女人的方式?"

"就是让身体和灵魂分开。"

"你的身体放纵的时候,你把灵魂放在哪里?"

"我爱的男人身上。"

"也包括我吗?"

"如果你认为值得的话。"宋颖仪说。

叶江川陷入矛盾,他既把自己绑在耻辱柱上,但又对宝塔上的明珠顾目期盼,就像一个人一面满面笑容,一面把被打落的牙齿往肚子里咽。

四年来压抑在叶江川心头的郁结,在他当上军长后得到缓解。对他来说付出沉重代价的人是他而不是宋颖仪,因为宋颖仪是他的姨太太。现在他付出的代价终于有了回报,那中将军衔仿佛是他巨大投资所获得的利润。

但是他对姨太太和陆平的私情仍然被蒙在鼓里,对陆平的提拔就是最好的说明。当然陆平的提拔与姨太太的作用不无关系,他比以往任何时候都需要这名能量和潜力巨大的女人,因为他知道她和阎长官非同一般的关系。

此时阎锡山已就职南京中央。

34军也奉令调动进驻上海。

陆平站在豫园路3号原大世界美发馆前,像拜谒一座墓。他凝重肃静,眼睛里噙着泪水。这里埋藏着他的过去,他现在想把过去挖掘出来,但是他无能为力,因为美发馆已经更名易主,变成了一所妓院,虽然馆址犹存,但是内容已经变了,除了一个个淫荡的肉体,陆平找不到一个帮助他回忆当年和凭吊师傅亡灵的人。美发馆的历史仿佛在他十年前出逃的当天就已经结束,因为师傅也就是在那天被日本人杀害的,他以自己的命替换徒弟的命,来偿还徒弟失手杀死的日本人的性命。与师傅一同受害的一定还有师傅的女儿,她不可能在日本人的屠刀下活命,虽然她避免了受日本人的糟蹋——理发师陆平英雄救美,使日本人的强奸没有得逞,并使日本人丢了性命。那把割断了日本人喉咙的剃刀后来同样在日本人的面前出现,但是再也没变成杀人的工具。他成了一名纯粹的理发师,不管是对平民、官商、纨绔,还是对八路军、日军、中央军,他都一视同仁,来者不拒,直到有一天他成为一名军人。

"长官,来吧,进来吧,玩一玩。"在门口拉客的妓女招呼陆平。

陆平如梦惊醒,意识他站的地方不能留恋。无论是十年前还是现在,他正确的选择就是逃离。

"你离开上海有多少年了?"宋颖仪说。

"整整十年。"陆平说。

他们现在秘密依偎在上海某饭店单人客房的双人床上。房间是宋颖仪订的,约会也是宋颖仪的要求。自陆平结婚以来这还是宋颖仪陆平第一次同床共枕——两人的身体从1948年底一直分开到1949年春、从山西东进上海,才彼此交给了对方。他们的情欲因为美丽浪漫的上海而如痴如醉、高潮迭起。

"现在你终于回上海了。"宋颖仪说。

"是。"

"我可是第一次到上海。上海真美。昨天我和会棉去逛了一天,在商店买了很多东西。会棉给你买了一条围巾,给你了吗?"

"给了。"

"我让她买的。我看中给你的那条围巾,就对会棉说表哥戴这条围巾一定很好看,会棉就买下了。"

"会棉不信我是你表哥,以后在她面前别叫我表哥。"

"她知道什么啦?"

"没有。但她就是不信,她说从你看我的眼神就觉得不像。"

"叶江川就看不出来。"

"他可能在装傻。"

"无所谓,我不怕他,现在。我想和你在一起就在一起。"

"我们有多久不在一起了?"

"从你和会棉成婚以后。"

"我们以后怎么办?"

"我也不知道。我只知道我爱你,为了你,我什么都肯去做。"

"我也爱你,可我什么都不能为你做。"

"你能给我快乐,快乐就是幸福,这就够了。"

"……"

"哎,你回原来你住过的地方去看了没有?什么时候也带我去?"

"我去过了,可理发店已经没有了。"

"那你师傅呢?"

"死了。我杀了日本人后,师傅就让你爸带我逃走,他和你爸是好友,你爸正好来上海做买卖。日本人找不到我,就把我师傅抓起来,给……"

"你是怎么把日本人给杀了的?"

"日本人奸污我师傅的女儿,被我遇上。我拉开那个日本人,他和我打了起来,我身上正好带把剃刀,不知怎么,就把他喉咙给割了。"

"你师傅的女儿呢?"

"当然也被日本人杀了,我想。"

"你其实和日本人不共戴天。"

"是的。"

"后来你给日本人做事,说你是汉奸,我就不信。"

"我那是为了你爸,为了我身边的人不再因为我而死。"

"我理解你,陆平。"

"后来还是你救了你爸和我。"

"我说过,为了我爱的人我什么都肯做。只有我爱的人活着,我活着才有意思。"

"我想活着,可我现在是军人,而且在一个腐败的军队里,我不知道能活到什么时候。"

"不管发生什么,你一定得活着。你明白吗?"

宋颖仪翻身趴到陆平的身上，黑亮的长发浓密下垂，像帘子一样遮蔽自己的脸和陆平的脸。陆平伸手把发帘撩开。他看见情人的眼睛红润和忧伤。

与解放军的决战已接近尾声，南京失守，国民政府从南京迁往广州。从长江防线溃散的队伍涌在上海，被34军收编。陆平升任71师173旅旅长。

师长谭盾握着陆平的手，向他表示恭喜。"我发觉我党国军队是越吃败仗，老弟你是升得越快。开玩笑呵。"

"你不也升了嘛。"陆平回答过去的参谋长说。

"那是，不过没有你快。"师长谭盾说。

"我升得是快，可惜不是好时候呀。"陆平说。

"此话怎讲？"

"万一做了共军的俘虏，罪可是要按官职来算。"陆平说。

"是吗？"谭盾说，"那我是师长，岂不是比你罪加一等？"

"你不一样，"陆平说，"到了你这一级，已经纳入老爷子保护的视野。据我所知停留在黄浦江入海口那几艘轮船，是专门为你们师职以上军官及家属准备的。"

"你的消息不对吧？"师长谭盾说，"我听说那是专门用来装运黄金国宝的。"

"师长也算得上国宝级人才呀，乃党国之栋梁。"

"我哪算得上，军长还差不多，"谭盾说，"你是军长的亲戚、心腹，万一上海守不住，你是可以跟军长屁股走的。"

理发师 ‖ 159

"我哪也不去,"陆平说,"我是上海人,保不住上海,我就留在上海做鬼。"

"佩服。"师长谭盾给旅长作揖。

解放军大兵压境,国军数十万将士困兽犹斗。

71师作为34军的一张王牌,被军长捏在手里,往对手前面一甩,指望能抵挡住对手凌厉的攻势。该师果然负隅顽抗,利用解放军不用炮攻以免城市毁坏的弱点,与解放军短兵相接,展开巷战。战斗的顽强激烈迫使解放军的进攻速度缓慢,并改变策略——善于用计的红军由强攻转智取,也就是说由枪战转心战,他们铺天盖地的传单和地下党在国军的内部无孔不入,56军119师、121师相继倒戈起义。

173旅旅长陆平亲自给部属推头剃发,以壮行色,没想到成为身边一名参谋"策反"的对象。

参谋黄是勇趁陆平给自己推头,说:"旅长,有人托我带口信给你。"陆平说:"谁?"

黄是勇转头,用手挡着嘴,让声音只传给陆平:"共产党。"

陆平不吭声,像没听见,但手上的发剪忽然停顿。

"共产党说了,只要起义,不仅不定罪,还要论功行赏。"黄是勇说,音量有所加大。

"我怎么相信你的话?"陆平开口。

"我就是共产党。"

"你不怕我把你交给军政处?"

"怕就不是共产党。"黄是勇说。

"你不怕我怕。"陆平说。

"你不用怕,得共产党口信的不止你一个,"黄是勇说,"还有师长。"

"师长的意思呢?"陆平说。

"他还要看你的意思。"黄是勇说。

"师长要看旅长的意思,奇怪。"陆平心想。"我没意思,我只知道军人以服从命令为天职。"他说。

"也就是说只要师长下命令,你就服从?"黄是勇说,"师长就要你这意思。"

"师长也要听从军长的命令,对吧?"陆平说。

"对,好,"黄是勇站起来,"我这就去告诉军长……不不,告诉师长。"

"你的头不要理啦?"陆平看着参谋黄是勇只推掉一半的头发说。

陆平带着矛盾或疑虑的心情偷偷和宋颖仪相会。残酷的战争也不能消灭他们的爱情。两人的性爱在生死关头反而出奇的激烈。

陆平把共产党的口信告诉宋颖仪。

"是谁把口信传给你的?"宋颖仪说。她递给陆平一杯水,好像知道他渴了。

"一个参谋,叫黄是勇。"陆平说,他喝完一杯水。

"你可千万不要上当,黄是勇是叶江川放在你身边的心腹,"宋颖仪说,"这是叶江川为了考验你,让那参谋试探你的。"

"我看出可疑了,没上当。"陆平说,"我只说旅长服从师长,但师长也必须服从军长。我这么说行吗?"

"这就对了,"宋颖仪松了一口气,"不过你们师长谭盾被共产党策反是真,但情况已被叶江川掌握,如果你掺和进去,那就惨了。"

陆平轻拥着宋颖仪,说:"你又一次救了我。"

71师师长率兵起义功亏一篑,被军长叶江川及时挫败。师长谭盾被五花大绑,推到叶江川的面前。叶江川看着跟随他多年的兄弟,挥泪如雨。他说:"你还有什么要求,告诉我。"
谭盾想了想,说:"我一身臭汗,你让我洗个澡吧,最好还能理个发,我这样乱糟糟脏兮兮的,不能去天堂,只能下地狱。"

叶江川说:"那让陆平给你理吧。"

陆平觉得这真是一次艰难的理发,难得就像整理绞成一团的渔网,这比喻还不够难,或不恰当。总之给谭盾理发是陆平多年以来最难受的一次,也是最失败的一次——自始至终,谭盾一直在笑,而陆平的手一直在抖,那把磨得锃亮的老发剪居然不听使唤,它在跟主人过不去,在谭盾的头发上搞破坏,在扫理发师的脸,让谭盾的毛发参差不齐,让首屈一指的理发师在公众面前声名扫地,丢失面子和尊严。

时间超过了正常,叶江川看了看表,示意理发结束。谭盾要求照镜子,说:"拿一面镜子给我看,我看我这个头到底理得怎么样。"

没有人理会谭盾的这个要求,因为理发师的脸色很不好看,这不仅是关系到理发师脸面的问题,而且是关系到上校旅长的脸面问题,所有的人都看明白这一点,而且极有可能眼前这名上校,很快就不是上校了,因为他被认为在这场共产党策反活动中立场坚定。

"你连给我看你杰作的勇气和信心都没有吗?理发师?"谭盾盯着陆平说,"或许该叫你陆旅长,不,我死后,别人该叫你陆师长啰。"

"师长,不是,我……"陆平言语不清,像想解释什么,申辩什么。

谭盾会意一笑,说:"我知道,我清楚。我不怪你,我理解你。你是对的,你幸好没有跟我,不然就得和我一起掉脑袋。祝贺你。"

受到谭盾安慰和祝福的陆平不寒而栗。

过了两刻钟,身上还散发着皂味的叛军首脑被执行枪决。

陆平没有走上师长谭盾的绝路或死路,但是他果然接替了71师师长的职位。

陆平四年之中连升六级,从理发师成为一名将军。

但他将军生涯的开始也是他的结束。

71师师长陆平走马上任，孤注一掷。他在军长面前立了军令状，誓死守住上海。为了让人相信他的决心，陆平给自己剃了光头，在他的带动下，其他将官纷纷仿效。"光头师"和"光头师长"的声名不胫而走，成为共军决意全力歼灭与活捉的大敌。

陆平认为他之所以成为解放军的俘虏是因为他来不及自杀。他其实已经把枪对着头，枪管顶着太阳穴，这是让意识迅速死亡的好地方，尽管开枪后心脏还有可能跳动。在精神和肉体之间，他更愿意让精神提前结束痛苦。

但正是意识拒绝了他自杀的举动，它把宋颖仪和会棉从脑海里推出来，阻挡手枪的扳机不被扣动。

他在想念情人和妻子。

宋颖仪和会棉在临战前夕作为军属已被送走，她们将乘船去福州，然后可能从那里去台湾。这是军统局的安排。她们被告知她们的丈夫也随后就到。颖仪会棉现在是否到了福州？她们能到台湾去吗？颖仪我爱你，对不起会棉，永别了颖仪会棉，永别了武器！

就在陆平闭着眼睛让意识主导的时候，他的枪被人轻轻地挪开，他的眼睛也在睁开。

他看见解放军星光灿烂。

叶江川带着一小队残兵逃离上海,这几乎是34军的全部。他们乔装成百姓,南下福州。

宋颖仪、会棉、宋丰年看见叶江川,两个女人异口同声:"陆平呢?"叶江川摇摇头,"联络不上,我就先过来了。"

"你怎么能抛下他不管?他是你的师长!"宋颖仪说,她不再提陆平表哥。

"师长又如何?"叶江川说,"老蒋把整个大陆都丢了,我顾不上一个师长算什么?"

"你不顾我顾!"宋颖仪说。她拒绝上船,"我等他,坐下一班船走。"

"要等,我等。"会棉说。

"你等什么?你不会等,"宋颖仪说,"光等不行,还得去找,去接,你懂得去哪里找他、接他吗?"

会棉说:"那我和你一起去找、去接。"

宋颖仪把会棉推上船:"我不允许两个女人一起等他!"

宋颖仪寻觅情夫之路曲折而动人,从她决意留下到闻知陆平下落的五年里,她的生命都在路上——她像一只坚韧的骆驼一样独行,她的脚印或足迹遍及华南、华东、华中和华西,她目的明确,但永远找不到目标。一开始她拦住每一个南下的伤兵和逃兵,但所有的人都对她摇头。她继续前行,看见另一种军队排山倒海般席卷南方,她当然不能向他们打听,因为这是歼灭国民党的军队。她相信国民党是完了,但是她不相信陆平

理发师 ∥ 165

会死。他一定活着，因为他答应过她活着。只要他活着，不管他潜伏在什么地方，她都要把他找到。坚定的信念支持着她，在遭遇风暴的时候，在把钱用光的时候，甚至在被收容的时候，她都没有动摇找陆平的决心。她沿途做工，时代的变迁使她从阔太太成为一个自食其力的女人。她主要的工种是收购破烂，具体地说是收购废旧报纸，这是她有可能获得陆平消息的另一条途径，她对此不遗余力——所有收购的报纸她一张都不放过，一定通读完毕，常常是通宵达旦。

终于有一天她从一张旧报纸上看到了陆平的名字。那是1949年8月中国人民解放军华东野战军出版的战报，上面登载着俘获国民党34军71师少将师长陆平的消息。而宋颖仪收购这张报纸的时间是1954年的7月。

五年没有哭过一次的宋颖仪放声大哭。她捧着这张报纸，又把它贴在胸前，像护身符似的。

但这张报纸仍然不能使她找到和见到陆平，因为她不知道他关在哪里。她的身份注定没有人把消息告诉他，更不能合法去探望他。

但是她知道应该在哪里等他，在爱情开始的地方一定可以等到相爱的人，这又是她的一个信念。

提篮桥监狱像一座熔炉，关进里面的人都是需要熔化、改造的人。改造的模式每个时代都不一样。

共产党希望关在这里的战犯首先为自己的罪孽付出代价，

付出的形式是学习和劳动，通过学习和劳动提高觉悟，跟过去告别。同时通过学习和劳动，掌握技能，以便将来出去，自食其力，为人民服务。

监狱长李文斌觉得 19 号陆平是越看越脸熟，但是他想不起在哪里见过。有一天他到监狱外的理发店理发，忽然想了起来。他认定陆平就是十年前把他的头给剃了的人。他头发不理又回了监狱。

陆平被叫到监狱长的办公室，像合群的老虎被单独放到一只笼里，不知道是吉是凶。

"首先声明这不是审问你，呵，"监狱长看着有些紧张的陆平说，"我随便问，你随便说。"

陆平其实知道监狱长想问的问题，因为他对监狱长那头美发，虽十年过去但仍有印象。

"十年前你是不是给八路军敢死队剃过头？"

"是。"

"那你记得我吗？我是那个不愿给你剃头的李文斌呀！"

"报告监狱长，我其实早就认出你了，但我不敢说。"

"哎，没什么不敢。那时候把我的头剃了我还骂你，是我不对。剃头是为了誓死抗日嘛。"

"可我也为日本人理过发，还有为国民党理过发。"

"知道吗，当年你给剃光头的我们那一连人，全战死了，就剩我一个。"

"我有罪。"

"这跟你没关系。你是理发师。"

"我本来是理发师。"

"你现在还可以做理发师,"监狱长说,"你从我开始,给我理发。"

"我不敢。"

"理发师见头发哪有说不敢的?"

监狱长很快找来了理发的全套工具,交给了陆平。

陆平重新拿起发剪的手有些发抖,那是因为激动和感动。十年前被他剃了光头的八路军终于发现了他,像锄头一样翻出了他身份的另一面,而这一面恰好是他的本质,他为此兴奋不已。但他很快平静下来,进入状态,理发师的本能和技艺已然焕发或复活,表现在肢体上。他掌握分寸游刃自如,像绘制丹青的高手。

监狱长对理发师的技艺赞不绝口,"要不是我想起来,你这理发师就被埋没了。理发也是要有天分的。"

理发师的被承认对犯人是一种促进和鼓舞。平时都剃光头以示洗心革面的犯人留起了头发,等着理发师为他们定型,这种改头换面的方式更让他们盼望着走向新生。

现在只有一个问题或难题是,理发师也长头发,他的头发也留长了起来,谁给他理发,并且有他给别人理得那么好?

难题由理发师自己解决。"以前,我都是自己给自己理。"他说。

消息传出去，监狱的操场上围满了人，他们与其说在看理发师自己给自己理发，不如说是在看魔术师的表演。

理发师面对镜子，左右开弓，他一手拿梳，一手拿剪，明确无误地梳理自己的脑袋，像本分的农民清理自己的田地，像职业棋手和自己下棋，和许多人同时下棋，像孕妇自己分娩。

操场上人如森林，但操场上静悄悄的，只有发剪运动的声音有节奏地响。每个人都屏住呼吸，像聆听催人的鼓点或钟声，像凝望和期待人间的奇观。

雷鸣般的掌声和呼叫在理发师收手后骤然响起，环绕整个监狱，这样由犯人自发的欢呼在监狱的历史上绝无仅有——因为一个自我理发的犯人创造的奇迹，因为一个自新的发型，监狱成了一片愉快的海洋。

陆平看着自己，又不像看着自己，因为那个面貌爽朗俊逸的人，是在镜子里或者眼前变得精神和崭新的。但是他肯定跟自己有关，就像画作肯定和画家有关一样。

1959 年 9 月 30 日，离中华人民共和国建国十周年还有一天，提篮桥监狱大礼堂座无虚席——在座的几乎全是曾经阻挡新中国诞生的人，他们是这个国家和人民的罪人，多数的人死有余辜，但他们全部活着，并且极有可能进一步宽大，有的甚至释放出去，获得自由。

监狱长李文斌清了清嗓子，他的嗓音通过扩音器传进每一个人的耳朵，多数人被他的嗓音弄得揪心。他看了看手上的一张单子,接着又望了望台下坐着的人,没有一个人不希望监狱长的目光投向自己,哪怕从自己的身边飞过,他们也能捕捉得到。

陆平低着头,没有注视监狱长的眼睛。他想要是监狱长的目光降落在他身上的话,他一定会感觉像触电一样,身体发抖的。但是他没有触电的感觉,他的皮肤、血管和心灵幽冷灰暗,像接不上电源的灯具。

监狱长终于宣布特赦的人员名单——

吕人凡(原国民党军上将)

黎元君(同上)

蓝一基(同上)

……

宋群安(原国民党军中将)

彭民兴(同上)

……

万瑞中(原国民党少将)

陆平

陆平意外听到自己的名字。他有些茫然地看着台上,监狱长的目光犹如神箭射向自己,他的身体一抖,觉得自己触电了。他再看周围,感觉自己就像一块磁铁,吸引住无数羡慕的眼眸。这时他邻座的囚友原国民党中将唐佐明捅了他一拳,他相信这一切是真的,并幸福地晕眩过去,以下的名字,他再也没有心情去听了。

……

和顺理发店换了招牌，更名为"工农理发店"，远远看去，那招牌像一把梳子，在梳理着初秋的阳光。

阳光中，两个久别的人在互相走近。那地面上的身影移动在他们的前面，比相知的情人更早地重逢。

2001年

烟　头

那名矮小肥胖的男人恶狠狠地击打不给玩弄甚至不愿陪舞的女子后，被我连拉带请地带进他原先所在的厢房里——他羞愤恼怒依然骂不绝口，并且酒气熏天。他的手上还夹着一支烟，但是已经熄灭。刚才他在用这支烟戳向女子的肉体时这支烟还在燃烧，要不然我怎么会听到女子疼痛的尖叫或嘶喊？我看见这支烟的时候，这支烟已经没有了火头，却比它还在燃烧的时候更使我发怵——因为用一支正在燃烧的香烟去戳一名姑娘的身体直至熄灭，足可以见它在人的皮肉里留下的伤痕或创痛，就像一把已经鲜血淋漓的刀肯定要比它光洁的时候使人恐惧一样。

那名被烟头戳伤的女子在我到时已经逃离失踪。关于这名矮胖的男人用烟头戳伤一名不愿陪他玩乐的女子这件事，是姚黛告诉我的。她是歌舞厅的领班。姚黛的报告简明扼要且小心翼翼，因为歌舞厅里混乱无序且矮胖子男人就近在眼前，我无须经姚黛的指点就看准了肇事的男人，因为现场的矮胖子只有一名,并且他气势汹汹、怒发冲冠。他的存在和暴虐使歌舞厅里成双成对娱乐的男人女人们手忙脚乱、不欢而散,就像一条闯进牧场羊群的狼一样。这时候摆在我面前的首要任务是要把这个行恶的男人支走。我向姚黛问清了男人所在的厢房,然后把他请进或扯入厢房里。他在厢房里继续泄愤,骂骂咧咧。他谩骂的对象不仅是那名不愿被他玩弄的业已脱逃的女子,而且还扩大到厢房里围着他团团转的几个人。他骂谁指谁,那支夹在他手上已经熄灭的香烟像一根魔术棒,使被骂的人点头哈腰或笑脸相迎。

他也用香烟指着我。他责问我是谁,为什么拉着他,我告诉他我是歌舞厅的经理。我说:"我不是拉你,而是请你。"

"你是歌舞厅的经理?"他说。言下之意是说他从前没有见过我。

"是的,我刚当经理不久。"我说。

"那好,"他说,"你给我把那婊子找回来,我要屙死她!"

"你先坐下来,喝杯茶,好吗?"我说。

"不坐!"他一扬手,又继续用香烟指着我,"你快点去把那婊子找回来,我就不信那烂东西是天鹅肉!"

"忍一忍,兄弟。"我说,"何必为一个不懂事的女孩大动肝火呢?再找一个女孩陪你玩就是了。"

"我就想玩那婊子,"他说,"可她连摸都不让我摸!"

"那说明她不是婊子!"我说。

"你说她不是婊子?"他还用香烟指着我,"来你这坐台的小姐你说不是婊子？！"

"在我这坐台的小姐，只允许陪人唱歌跳舞，不容许陪人上床睡觉！"我说。

"你蒙谁？"他说，"你以为我是第一次到这里来吗？在你不当经理的时候，我带了多少个女人出去睡觉你知不知道？"

"以前的事不管，"我说，"但我当经理之后，就不容许有这种现象再发生！"

"去你妈！"他骂道，"来你这坐台的小姐都是婊子！"

"至少刚才那位拒绝你摸弄的小姐不是。"我说。

矮胖子男人把烟点到了我的额头，说："等我找到她，大不了多花几百元，我要让她当你的面，乖乖地脱裤子！你等着瞧。"

默默地，我把他指向我额头的手抓住，再用我的另一只手去拔出夹在他手中的香烟——那支欺侮过好几个人的香烟别扭地离开他的手，也离开我的额头。我看了它一眼，然后丢在地上。

这时候，姚黛急匆匆进来，大张着嘴对我说："童经理，不好了，阿雯小姐跳楼了！"

我忘不了我迅速做出的第一个动作或反应，是弯下腰去，捡起刚丢到地上的香烟。厢房里的人，都看到了我的这个动作。他们的目光盯着捏在我手上的一支烟，像是看着一件置人死地的凶具或把柄——事实上这样的比喻或形容恰如其分，因为把一名美好的姑娘推下楼的祸根,是一支香烟。

我想是这样。

阿雯从楼上往下跳的时候,一定没有想过还有比跳楼更好的方法。诸如上吊、切脉和吞安眠药,都要比跳楼好——假如任何方法都能置人于死地,那就不要紧,因为痛苦的是活人,而死人不会感到痛苦。但假如人不死,痛苦的就是想死而不死的人了。特别是跳楼不死的人,尤其痛苦。

阿雯就是跳楼不死,或者说她被救活了。

她在著名的医科大学第一附属医院昏迷并被抢救了三天三夜后,终于睁开了双眼——但她却是另眼看待这个世界了!

她首先看见白——白色的天花板或墙。全身洁白的医生和护士,他们头上的帽子、脸上的口罩、卸掉口罩露出的牙齿以及穿在身上的衣裙,都是白的。就是这些清白的活人救她,不然她就死了。许多想活而垂死的人,常常是无法挽救。而许多想死的自杀者,偏偏就起死回生——人世间局势这样莫名其妙!

然后她看见其他颜色和别的活人——诸如或青或紫或蓝或红的鲜花和眉开眼笑的如花的姑娘和少女。这些亲切的人和物纷至沓来,祝福她的新生。

最后她看见我——一个趋炎附势却尚有天良的男人。在她受辱的时候我态度阴冷,而当她生命垂危时我心焦血热。是我极力主张不惜一切代价抢救她的。当她需要输血的时候,是我第一个伸出自己的手臂。我没想到我的血型竟然跟她的相同。于是我的400cc鲜血被抽出我的血管，然后输入她的血管里。现在她的血管里有我的血，但她的心灵却充满了对我的怨恨和敌意。我就像一个怜爱亲友却出卖或背叛祖国的汉奸，不可宽恕地默立在身体伤残的阿雯床前。

她所遭受的创伤和残害惨不忍睹——在她跳楼前就已身有伤痕。那个矮胖子男人用香烟戳的是她美满的乳房。火热的烟头在她的乳房上烧出一个个洞。一双丰隆的乳房都是创孔，像两只蜂窝。只要是目睹那双像蜂窝似的乳房的人，都明白她为什么痛不欲生和跳楼。假如谁不明白，那说明谁不珍爱自己的性器官。

悲伤绝望的阿雯从楼上往下跳的时候，像一只盛满液体的瓶子，因为目击者听到像瓶子爆破的声音，才紧张地去寻望的。他们在地上模糊地看见一团物体，近看才发现是一个人倒身在地，纹丝不动。但她的身上汩汩流血，就像是破罐流出的液体。于是，有人更紧张地叫喊。叫喊声引来了更多的人。然后，人们奔走相告，并且把还在流血的女子送往医院……

死去活来骨肉分裂的阿雯面目全非，在别人和我的眼里，像一朵被践踏后残在的白花——她的全身都是白的，因为她被石膏和绷带包裹着。她的头颅破了，头发被剃光。她的下巴颏分裂，嘴被封闭起来。她的肋骨、肱骨、双手和双腿不同程度地折断，不能动弹。她现在不能说话，以后也很困难。大夫说，无论花多少钱，也无论医术如何高超，她今后都将永远坐在轮椅上。

现在,全身发白的女子凝固麻木,像一个冻僵的人摆在我的面前——我不知道如何才能使她感到温暖。那厚厚的积累在她身体和心灵上的冰雪,如何才能融化?

宋小媛的到来,无疑就像是雪中送炭的人,至少对我来说是如此。

她也带来一个花篮——一个由茉莉、天竺葵、艾菊、玫瑰、石竹、花薄荷、薰衣草、满天星等组成的花篮,像一个浓缩的花圃,移植到病房里。

但是最光彩夺目的并不是花篮,而是美丽高贵的宋小媛——不管是从哪一个方面:她的容貌,她的气质,她的财富,都使群芳逊色。

她显得伤感、痛心,这表情不像是装的。她坐下去,用手轻轻触摸阿雯缠着绷带的脸,使阿雯的眼睛渐渐湿润。她温柔地对阿雯说话,她说话的声音像和风,像细雨。她叮嘱阿雯把伤养好。其他的事情,由她为阿雯做主。她在阿雯身边坐得不久,却能使阿雯感动得下肢仿佛有了知觉——我似乎看见阿雯的腿动了一下,但愿这不是我的幻觉。

然后宋小媛就走了。她叫我跟她一道出去。我们步行在医院长长的和曲折的路上,因为她把车子停在医院的门外。我们在走往车子的过程中微笑和谈话,像是某位康复病人的家属。

"童汉,你脸色很差,要好好休息。"宋小媛说。

我说:"等把这件事情处理完,我才能轻松。"

"你打算怎样处理这件事情?"宋小媛说。

我说:"我想阿雯跳楼自杀,不是我们歌舞厅的责任。"

宋小媛说:"对,必须明确而且坚持这一点。否则……"

"否则我们会掉进一个无底洞里。"我接过宋小媛的话头说,是为了说明我和她想法一致。

宋小媛看着我,微微一笑。"算你聪明,"她说,"但是做起来可没有说的容易,你要好自为之。"

"你想撒手不管?"我说。

"我当然不管,"宋小媛说,"我要是管了,你又说你没权。这件事由你全权处理。"

"假如我处理不好呢?"我说。

"那我就处理你。"宋小媛说。

"你会把我怎么样?"

宋小媛不假思索,说道:"罚你吃肉!"

我笑宋小媛也笑。我们笑得十分默契,因为我们的笑来自一个古老的笑话:古代有一个皇帝不吃肉,他的臣子犯了错误,他就罚他们吃肉。我跟宋小媛讲过这个笑话,因为她也不喜欢吃肉,或者很少吃肉。现在,她反而引用这个笑话来调戏我。她模仿皇帝的口吻,像一个女皇帝。事实上她跟女皇帝也差不多,因为她是夜总会的统领,整个娱乐城是她的王国。

我们说说笑笑走出医院。一路上我和颜悦色,志得意满,直到靠近那部出类拔萃的车。

宋小媛告诉我现在她回别墅去。

这其实暗示我只能到此为止——我不能同她去别墅，因为那个把夜总会当作礼物送给她的香港男人还在。他就在别墅里。那别墅也是他送的，当然还有汽车。在他被宋小媛送走之前，我是不可能到别墅去的。我甚至都不能进入车子里，尽管先前我是这部车的司机，现在名义上还是。但是只要香港男人一来，我就被剥夺其实也是自愿放弃当司机的权利，当然也放弃了做情人的权利。我是宋小媛的情人，但香港男人来了，我就不是。我没有资格凌驾于香港男人之上。因此我只有退让。就连宋小媛都觉得她有义务侍奉香港男人，而我的隐退理所当然。我和宋小媛的关系不能暴露，至少不能对香港男人暴露，就像现实有情人的夫妻：妻子不能对丈夫暴露，丈夫不能对妻子暴露。但他对宋小媛情深似海、恩重如山——一个男人舍得把一千万资财送给一名女子，这名女子即使不爱他，至少也应该感激他。这是一种报答。而我呢？我算什么？我有什么？我和宋小媛在一起的时候，只有情和欲。

现在，宋小媛独自进入车子里，亲自驾驶它回别墅去。

我站在医院门口，目送一部动人的车子和一个更动人的女人远去。我忽然心灰意冷，失望迷茫。一个巨大的红十字悬挂在我的头顶——我虽然没有抬头看它，但是我能感觉它的存在。我的肉体解脱自由，但我的灵魂却被钉到了十字架上。我的欲放纵时，我的情在受难。

那个为矮胖子开脱的人已经把价抬到了两万元，还是不能从我这里把一支烟买走。他先开口五千，见我又聋又哑，就提高到一万。我无动于衷，他提到一万五千元。我还是冷漠麻木，然后他提到两万。

"两万。"他说。他同时伸出两个手指。"不能再高了！把东西给我吧。"

我看着他那两根组成"V"字的手指，像看着冠军或胜者居高临下的体态，只可惜我不站在他那一方。我摇摇头，表示遗憾。

"看来你是不打算给了，而我也不想再出更高的价钱。"他说，"不过，你就是不把烟交给我，我大哥也不会有事。"

原来他和矮胖子是同胞或把兄弟。他和他沆瀣一气，但两人的长相却迥然不同：一高一矮，一瘦一胖。他俩即使是兄弟，也是两个父亲生出来的。我想。

"我再说一次，"他说，"两万块，你给不给？"

我又摇摇头。

"要个面子你不给，给你好处你不要。好，"他说，"走着瞧！"

然后他走了。

自始至终，我没有被矮胖子的把兄弟的金钱诱惑。他和我的交易没有做成。那支烟还在我的手里。它本来是一支常见的香烟，成本不会超过一元钱。但因为它戳过一个女子的乳房而贵弥天价，两万元钱也买不走。这支烟矮胖子抽过，在用它戳烧女人以后才落到我的手里。现在他派人来要把它要回去，并且一掷千金。这支烟是他的,却要用钱来买,或者说他是失主,当他想要回失物时却还得支付高昂的赎金和酬金——这么做已经使他够委屈或窝火的了。而更窝火的是他愿意出那么高的价钱都还不能把失物拿到手。区区一支烟让人付出的代价这么大:它毁了一个女子的一生,然后迫使一个男人破费两万元欲把它买走。

但是这个男人的欲望得不到满足。唾手可得的金钱,居然也没有使我动摇。我无声地与利诱者较量着,像一个少有或难能可贵的大公无私的领导干部。我的良心告诫我不能把烟交到手段凶残的男人手里,因为这支烟上有这个男人的指纹和唇印。

姚黛走到我面前的时候,我没有立刻看见她,因为我正在闭目思考。但是我闻到她身上的香水味了——那是一种好闻到令我陶醉的香水。但我不能闻这种香水,因为我一闻这种香水就会意乱情迷或冲动亢奋。我清楚这种香水产自法国,因为宋小媛常用的就是这种香水。这种香水飘进我的鼻孔时,我以为来人是宋小媛。但是我睁开眼睛一看,却见是姚黛。

被我误以为是宋小媛的姚黛在我的眼里,被我重视。她已被确定不是宋小媛,但她的身上散发着宋小媛的芬芳。这芳香清幽寡淡而能撩人魂魄,朴素清纯的姚黛怎么会散发这种芳香?而这种香水稀罕名贵,勤俭卑微的姚黛怎么会用上这种香水?

"原来是你。"我说。

"那你以为我是谁?"姚黛微笑着说。

"你今天像变了个人似的。"我说。

"我用了一点香水,"姚黛乖乖地说,"小媛姐送了一瓶香水给我,她说我该用这种香水。"

"她如果教你嫁给一个她喜欢或你不喜欢的男人,你也会嫁吗?"我说。

"不,这不可能,"姚黛说,"她喜欢的男人,她不会让他娶我。我不喜欢的男人,她也不会让我嫁给他。"

"你错了,"我说,"她曾经说过,等你满二十岁,就把你嫁给我。"

姚黛惊慌失色。"不,你胡说!"她说,"小媛姐绝不是这种人。再说,我没有不喜欢你啊。"

我说:"那就是说,你愿意嫁给我?"

"不不不,"姚黛声张,"小媛姐喜欢你,我不敢!"

"正因为她喜欢我,才肯把你嫁给我呀。"

"为什么?"

"她喜欢我,也喜欢你,"我说,"你想,她能把你往虎口里送或者能把我往火坑里推吗?"

"她喜欢你跟喜欢我是不一样的!"姚黛分辩说。

"有什么不一样?大不了喜欢我比喜欢你强一些。所以我当经理,你当领班,实际上是经理助理。"我说。

"小媛姐和你好,你以为我不知道。"姚黛说。

"你知道什么?"我说。

"总之我感觉你和小媛姐的关系非同一般。"姚黛说。

"这只是你的感觉,就像我感觉你是她插在我身边的心腹,你是吗?"

"不。"姚黛摇头。

"连使用的香水都一样,还说不是?"

姚黛笑。"假如你不喜欢我用的香水,以后我就不用了。"她脸色轻浮,却说得认真。

"不,你用吧。"我说,"这种香水能使你的气质高贵而令别人着迷,因为这是世界上最好的香水。"

姚黛用心地听,对我的话深信不疑,因为她的一双眼睛晶莹纯净,像两潭清水。

然后我把话题转到别的方面。我说刚才有个男人从我这里走出去,你看见了吗?姚黛说看见。"知不知道他是什么人?"我说。姚黛说:"当然,唐双庆的人呗。"我反而问道:"唐双庆是什么人?""怎么?"姚黛说,"你连唐双庆是什么人都不知道?"我说:"我真不知道。"姚黛说:"就是那个用烟头烧伤阿雯的矮胖子呀!"我说:"我知道他叫唐双庆,但我不知道唐双庆是什么人。"

"他官不大,"姚黛说,"市税务局稽查分局局长,但他的权势很大。偷漏税得经过他这一关。那天晚上,就是一家企业为了偷漏税的事,请他喝酒吃饭,然后到歌舞厅来玩。然后就发生了那件事。"

"那件事?"我说,"你认为这件事已经过去了吗?"

姚黛说:"他的人刚刚不是和你谈妥了吗?"

"谈妥?"我说,"你是不是认为赔几个钱这件事就算了结了?"

"那还能怎么样?"姚黛说,"人不伤也已经伤了,事到如今,赔偿是最好的办法。听他们说,他们愿意给十万给阿雯,另外你这还有两万。"

"原来你什么都清楚。"我说。

"我和他们打交道比你多。"姚黛说。

"那你知道他们为什么要给我两万吗?"

姚黛点头,又摇头,"你是经理,我想他们需要你帮忙,是吧?"

"你认为我会帮他们吗?"

姚黛看看我,笑笑,像一眼把我看透了似的。

我打开抽屉,拿出一个纸包。我把纸剥开,露出一个烟头,它像一颗糖果或者一粒子弹一样,让姚黛又喜又怕。

"你是个男人。"姚黛说。言外之意她原来以为我不是。

"那你为什么害怕?"我说。

姚黛欲言又止。

"你怕什么?"我继续追问。

"如果你喜欢的女人受到威胁,你不怕吗?"姚黛反问。她的反问让我无言以对,因为我没有想过这个问题。最主要的是,我不知道我喜欢的女人究竟是谁,宋小媛还是姚黛?

"如果你喜欢的女人受到威胁,你不怕吗?"姚黛再次追问。

"我……我不是流氓。"我想起王朔,却不想学王朔。

宋小嫒叫我去她的别墅。我去了,我以为那个香港男人走了。

香港男人没走,他连走的打算都没有,因为他还穿着睡衣。他现在穿着的这套睡衣,我甚至穿过,因为他穿着的这套睡衣和我穿过的是那么相似,就像是出自同一个裁缝的制作。一个独身女人的衣柜里能有两套相同的男人睡衣吗?舟舟都不这么认为,尽管他是个音乐天才。两个男人同穿一条裤子,我想宋小嫒做得真绝。但我又想这又有什么大不了,既然我们能够同享一名女人,同穿一条裤子又算得了什么?

我和香港男人在宋小嫒的介绍下认识,其实我们都互相闻名,但见面是第一次。香港男人边和我握手边说:"这么晚打搅你,不好噫嘻(意思)。"我说:"是我不好意思。"

宋小嫒说:"知道为什么这么晚还叫你来吗?"她的口气居高临下,完全把我当成一名部属,事实上的确这样。

我说:"知道。"

"那你说,你知道什么?"

我说:"我知道那个矮胖子……"

"那不是矮胖子!"宋小嫒打断说,她不允许我这么称呼,或许因为香港男人也是矮胖子的缘故,"他是税务局稽查分局的局长!"

"是，这个局长叫唐双庆，"我说，"他想私了，可是……这件事情是没法私了的。"

为什么？宋小媛和香港男人看我的眼神都是一个意思。

"我也不知道为什么，"我说，"总之我感觉不能私了。"

"如果我要私了呢？"宋小媛说。她倒了三杯红酒，一杯给香港男人，一杯给我，一杯自己拿在手上。

"那……你想怎么办就怎么办吧。"我说。

"很好！"宋小媛说。她显得很高兴，举杯邀我们两个男人干了。

"明天，把那烟头给他们，"宋小媛边倒酒边说，"两万块钱都别要了，你不缺那个钱。那个受伤的姑娘，也由我们这边赔。"

"不行！"我斩钉截铁地说。

"你没喝醉吧？"宋小媛看着我说。她把将要递到我手边的酒杯，又收了回去。

"我能喝三斤这样的酒，"我盯着她手上的红酒说，"纵使我醉了，谁也别想从我手里把烟头拿走，除了警察。"

"你是没醉，"宋小媛说，她又看了看我，"你是疯了。"

香港男人见我和宋小媛产生龃龉，便过来协调。他说："兄弟，这种事情洒洒水，小意思的啦，用钱分分钟就能搞掂，在香港都是这样做的啦。"

我说："好呀，那你去搞掂吧，因为你比我有本事。"我转身就走。宋小媛叫我站住。我站住。

"把烟头给我。"宋小媛说。我感觉她从后面还伸着手。要在平时,她的手准从后面将我抱住,脸贴着我的脊背,万般妩媚,然后什么要求我都会满足她。但今天她的手很反常,没有向我施展柔情,而是直指着我,像一支威逼的剑。或许我应该感谢香港男人的存在,他使他的二奶束手无策,也使被他的二奶豢养的男人,第一次昂首挺胸走出往日流连忘返的豪宅。

烟头像一只虫子,又一次来到阿雯的面前。她战战兢兢地看着它,眼睛里充满着恐惧。如果她能叫喊,整个病房一定为之战栗。但现在她的上下颌还被石膏固定,她只能用眼睛说话。她惶惑的目光打着问号,在质问我为什么要把烟头放在她的面前。

这是伤害你的凶具,我说,但也是法办凶手的证据,当然也可以是获得赔偿和利益的武器。现在我把它交给你,因为你最有权力处置它。"毫无疑问它首先肯定是一只毒虫,"我进一步阐明,想通过比喻使我的阐明生动和具体,"这只毒虫残害了你,而现在你可以用这只虫去惩罚残害你的人。它现在非常重要,因为正有人用重金收购它,然后把它消灭。现在这只烟头的价值和作用大不大,就看你怎么对待它。你可以把它当虫子,当子弹,当钻石,都可以,就看你要什么。你要什么都不过分,真的,因为无论你得到什么,都不能使你回到从前。"

阿雯静静地听着,放纵地流泪。我把烟头包好,交到她的手里。她艰难地把它握住,慢慢地藏进靠近心窝的地方。突然，她发出了撕肝裂肺般的叫喊，面部坚硬的石膏因为叫喊发生迸裂，像雪崩一样。这么惨烈的变故，我想一定是因为烟头又触到她的乳房了。

告别阿雯，我在医院门口遇上姚黛。她是来探望阿雯的，却紧紧地把我拽住，我说："放开我好不好？行不行？"

她眼皮往上一挑，努着嘴说："我都二十岁了。"

2002 年

撒谎的村庄

照相师傅出现在村里,他的到来肯定要比常来这的棉花匠、补锅匠更受欢迎。人们对他的喜欢甚至超过了不常来这放电影的那个调皮的小子——电影放到一半的时候突然没声了,杨白劳和喜儿变成了哑巴,那小子操起扩音的话筒,装腔作势一个人充两角对白起来:

杨白劳:喜儿呀,你长这么俏,没有花戴,没有的确良穿,也还是比地主富农家的女儿好看啊!

喜儿:阿爸,那赵大春他……

杨白劳:你放心,大春不敢,他还要当干部呢。

……

晒坪上的观众被逗得笑跌了凳子,他们知道电影里肯定不是这么说的,都是那小子捣蛋,当场瞎编的。但没有人认为他编得不好,谱子里没有,却还在情理中,这小子!

照相师傅和放电影的那小子不一样,他说什么时候送照片过来就什么时候送来,不像那小子,答应年前再来放一场电影,但现在春节过去了,还不见来。小孩们每天不知多少趟跑到山坳口盼望,等来的只是照相师傅。

火卖村不通公路,唯一一条通外面的路是祖祖辈辈脚踏出来的,因为都想走捷径,所以路就特别直,也特别陡。从山上往下望,路就像一根垂直的绳子,而照相师傅就像绳子那端的一只瓶子,慢慢地被吊上来。

照相师傅在村头至少被两层人围拢着,而且围拢的人还在不断增加。除了不能走动的,火卖村能出来的都出来了。人们紧密团结,像只笼子把照相师傅围在中间,生怕他飞走似的。

照相师傅把照片分发给各家。各家拿到照片后又互相换着看。自家没有照片的也争着看。张张照片在人们手上传来传去,像花炮似的抢手。

因为照片已经散发,照相师傅得以解围。他坐在一块石头上,点上一支烟,惬意地观赏着火卖村的风景——青山如黛,草木如同锦绣,包裹着如婴儿一般娇小的村子。村子的房前屋后,是碧绿的菜园。土生土长的鸡鸭,就在菜园外走动,觅食它们最喜欢的东西。更远处的梯田边,是一排排挺拔的树木。一团团火焰燃烧在梯田的上空,那是木棉树盛开的花朵。

照相师傅赏心悦目,他从背包里掏出相机,那是一台120型"海鸥"牌相机,像成人的头一般大。他把相机的皮套掰开,再把镜头盖取下,然后从石头上站起来,两手捧着相机,把眼睛埋在取景器里,将镜头瞄准他看中的景物,按动快门……

一个穿着碎花衣裳的姑娘，走进了照相师傅相机的镜头——她从景深处出现，朝着村头的方向过来。她在镜头里越走越近，变成了景色的中心。照相师傅已经很清楚看见了姑娘的长相，他为火卖村还有那么妙美的女子感到惊讶。

照相师傅的眼睛离开相机，直接看着走到跟前的姑娘。他像挖煤的矿工碰见金子一样看着她。姑娘也没有避讳他的目光，就好像她天生就是要给人看似的。

姑娘是来请照相师傅去她家照相的。

照相师傅不等拿到照片的客户把钱给他，跟着姑娘就走。一群小孩像鸡雏似的叽叽喳喳跟在他俩的身后。照相师傅不时回头朝他们笑笑，像是要讨好他们。而姑娘却始终不见回头，她走路时屁股一翘一翘的，一条长辫子像笤帚扫来扫去，仿佛要把照相师傅落在她身后的目光打扫干净。

姑娘家要照相的人是她的爷爷。他看上去八十岁了，正在被四十大几的小儿子从屋子里抱出来，放在小晒坪已经摆好的椅子上。老爷爷面瘫嘴歪，眼睛呆滞，腰背也不能挺直，看来是将不久于人世了，这也是姑娘家要给他照相的原因。留张照片给后人观瞻纪念，是每一个人的心愿。但在这遥远、偏僻的山区，如果没有照相师傅的到来，这种愿望就很难实现。一个人一辈子连一张照片都没有留下是多么大的缺憾呀！而在过去不知有多少人就是带着缺憾离开人世的，而他们的后人也因为缺少照片逐渐忘记了前辈的面容。那么现在有了照相师傅，先人就可以在后人的心目中永存。照相师傅来得好呀，他对山村的深入，使那些没有照片的老人，在行将就木的时候，终于有影子留在世上了。

照相师傅需要东西把老人的背垫起来。姑娘跑进家，抱出两个枕头，把老人的背垫直。照相师傅开始摆弄起来，他支开三脚架，把相机固定在上面。他调着光圈和焦距，吩咐老人把脸端正。而老人的脸总是歪过一边，他走过去，摆正老人的脸，但刚一放手，老人的脸又歪过一边。这样反复了几次，姑娘家的人怕照相师傅烦了，说就这么拍吧。照相师傅不甘心，他托着下巴想办法。

照相师傅说："能不能把脸转到另外一边？"

姑娘走过去，捧着老人的脸，慢慢转动到另外一边，就是从西转到东或从左到右。

"好，现在放手。"照相师傅说。

姑娘放手，老人的脸慢慢转往相反的方向，也就是从右往左边转，但是在中间的时候，有两到三秒的停顿。只要抓住这短暂的停顿按下快门，老人的正面是可以拍下来的。

照相师傅把想法告诉姑娘。他叫姑娘再慢慢转动老人的脸到另外一边，放手后迅速离开，以免把她拍进去。姑娘照他的话做了。

老人的脸转到正中的时候，照相师傅及时按下快门。

照相顺当完成。

老人被儿子抱起，往家里走。刚跨进门，老人的儿子突然回头，冲着女儿："美秀，请师傅进家里坐呀！"

照相师傅知道了姑娘的名字叫美秀。

美秀看着照相师傅,表示了请进的意思。

照相师傅点头,却没有起步进屋去坐。他看看相机,看着美秀。"我给你照一张。"

美秀:"不照。"

照相师傅说:"我不收你钱。"

"不收钱也不照。"

照相师傅看着美秀,不明白她为什么不肯照相,就是免费也不肯。他纳闷地将相机的镜头盖上,收起三脚架。

美秀家的人对照相师傅都很热情,除了美秀。美秀其实也不是对照相师傅不热情,她只是不爱跟他说话。她给照相师傅端了一杯茶,然后就坐在那里,摸捏自己的长辫子,心事重重的样子,好像生病一样。

照相师傅不知道美秀生了什么病。他要走了。

火卖村的上空雷鸣电闪。照相师傅走到门外,看见前方的山麓,已经被裹上厚厚的雨幕,正像浪潮一样朝这边涌来。他看着手里的照相器材,把它交给了挽留他的美秀的父亲。

照相师傅在美秀家吃完饭,雨是停了,但天却已经漆黑。照相师傅表示还是要走。他拿出一只手电筒,试了试。手电的光芒像是被什么拽住了一样,连三四步远的台阶都射不到。落在脚下的光晕也像是炭火的回光似的,弱得见鞋不见腿。照相师傅把电筒朝向自己,看见电珠子亮得发黄,像是瘟了的猫狗或人的眼睛。

撒谎的村庄

照相师傅这晚在美秀家住了下来。

照相师傅睡不着。他睡不着的原因很多，在生人家是一个原因，房屋四周的山林里飞禽走兽竞相鸣叫是一个原因，枕头硬是一个原因，屋里有只尿筒也是原因——美秀的父亲醉醺醺地把照相师傅带进来，出去的时候指着墙角的一个竹筒，说那是尿……尿筒。

照相师傅还不想撒尿，但是对尿筒很好奇。他把门关上的时候，忍不住看了它一眼。尿筒像一门钢炮斜倚在那里，筒子的上半截还有一个手把。他又忍不住走过去，抓住尿筒的把柄，发现把柄就是竹节的枝根，用来给人控制或调整解手的角度的。竹筒到胸口这么高，一节一节之间是打通了的，看不见底。照相师傅随手摇了摇，只听见有液体在里面"咕咚"地响，紧接着一股尿臊味蹿了上来，钻进他的鼻孔。照相师傅赶紧把尿筒搁回原位，撒腿走到床边。他躺在了床上，手将鼻子连嘴巴一起捂着。过了很久，他觉得尿臊味该散发的都散尽了，该沉底的也沉底了，于是才把手松开，和枕头上的另一只手一起，把头垫起。他觉得枕头又硬又矮。那也是竹子做的枕头，枕骨是烧弯的竹子，枕芯是竹子的篾片。

一盏煤油灯在床边的箱子上努力地亮着。

照相师傅觉得不能浪费主人家的煤油，他翻身把灯芯调小，想想，干脆把灯给灭了。

然后，照相师傅就发现了隔壁的屋子，还亮着灯。因为灯光从隔板的缝隙漏过来，像从水缸漏出的水一样，慢慢地泄出来,泡上来。

隔壁屋子住的就是美秀,照相师傅是知道的。他看见她走进去过,但没看见她走出来。

照相师傅蹑手蹑脚,摸到隔板的边上,选了一个最大的缝隙,朝那边窥视。

美秀在解辫子。

她现在站着,向着隔板也就是照相师傅这边。长长的辫子被提到她的身前,被她松解。散开的毛发像窗帘一样,从两边朝中间合拢,被她用梳子一梳,垂直严密地把脸给遮蔽住了。

随后,照相师傅看见她的头突然一甩,浓厚的毛发快速上扬,齐整地翻飞到身后去了。她的脸又露了出来,像乌云走后的月亮。

照相师傅的心一阵清爽。那屋里的光就像皎洁的月色一样,仿佛是从她明媚的脸照泻出来的。

美秀开始宽衣了。她脱下白天穿的那件碎花衣裳,走过来,把它往隔板上一挂。

照相师傅的眼前一黑。

原来是衣裳把缝隙挡住了。

照相师傅重新找到漏光的缝隙窥视的时候,美秀已经坐到了床上。

她穿着很薄的内衣,高挺的乳房又使内衣变得很短。她的眼睛是呆的,睁着,但什么也不看,仿佛心已经不在自己身上。

照相师傅不知什么时候，双膝已经着地，跪下了。他比美秀还要呆。眼睛以下的部分，嘴巴、喉咙、心脏，尤其是小肚下面的家伙，都不由自主地勃动。他现在想撒尿了。他想撒尿可能会好一些。

照相师傅被尿淋湿了裤子。他不会掌握那尿筒，又是在黑暗中，让尿筒倒了。泼出的尿水把他的裤子淋湿了一大截。

照相师傅打着手电，在屋后的石缸里找到了水，还有一只盆。他脱下长裤在那里洗。

洗完裤子回屋的时候，照相师傅发现美秀拿着一盏煤油灯，站在门口那里。

照相师傅一个激灵，手里的电筒和湿水的裤子因为激灵都举到了头上，像是投降缴械一样。没有长裤的双腿则像剥了皮的树桩，顽强地挺立在如水波一样的光影中。

美秀看着他，眼睛像旋涡一样，能勾人的魂。她的身子仿佛全是磁，把照相师傅吸引。照相师傅内裤里面的家伙，像口袋里的蛇闻到了美味，刷地勃动起来。

美秀这时退后了。她倒着走进她的房间里，没有关门。

照相师傅亦步亦趋，也走进她的房间里，一点办法没有。

他把蛇放了出来。

后来，蛇又回到了口袋里。它已经被喂饱了。

照相师傅找到了电筒，又用电筒找到了那条还湿着的裤子，准备离开美秀的房间。

美秀在床上说："裤子留下，我来烘。"

照相师傅犹豫了一下，把裤子留下。他战战兢兢地钻回隔壁的屋子，上了床，扯着被子，把自己全部给蒙上。

烘干的裤子被美秀挂在了门的背后，照相师傅起来的时候看到了它。他过去把它穿上。此时天已经明亮。照相师傅发觉自己还是这个家里早起的人。美秀的父亲还在酣睡，他的呼噜声一夜到现在都还没停过。美秀的爷爷咳了一个通宵。他是离不开床的，除非有人把他抱起来。而美秀没有起床，一定是跟心情有关，或跟他的裤子有关，照相师傅想，那事和烘裤子占去了美秀的睡眠时间，她要把觉补回来。

照相师傅拿了相机，游走在村里。盛开的木棉成了他拍摄的对象。他东拍西拍，紧拍慢拍，就好像那锦簇的鲜花是彩色的鸟群，生怕一惊动它们就会飞走，生怕它们飞走了，就不再回来。

镜头里又一次出现了美秀。她出现了就不再动，在镜头的边缘定格了。照相师傅抬头，朝美秀招手，示意她走到木棉树的前面来。

美秀没有过来。

照相师傅走过去。他边走边看着美秀。她的装扮又跟昨天白天一样了，还是那件碎花衣裳，长长的辫子，像《红灯记》里的李铁梅。

走到美秀身边，照相师傅却低着头，不好意思看她，也找不到话说。他想起昨晚的事了。

"我以为你走了。"美秀说。

照相师傅抬头，发现美秀在看着他。他在脑子里清了一遍美秀说过的话，说："我在拍木棉花。"

"你也打算走了就不回来是吗？"

照相师傅在看木棉花，一愣。他摇着头，顺着回过脸，对美秀说："不会。我还要送照片来。"

美秀说："有人还说还来放电影呢！"她脱口说了一句话。后面应该还有一句：到现在还不是不来。但她没说。

照相师傅说："哪个？"

美秀张嘴想说什么，又缄了口。她的眼睛涌现出一种酸楚。

照相师傅说："放映队的人我个个认得，你说是哪一个？"

美秀说："那他们现在到什么地方放电影晓得吗？"

"不晓得，"照相师傅摇摇头，"前一阵子我在内曹大队遇见过他们，但现在肯定不在那了。"

美秀张口结舌，不知道该问什么。

照相师傅说："不过他们总是要回到公社的，每个月在公社放两场电影，再接着下去。"

美秀看着照相师傅。

"你有什么话，要对哪一个说，见了他，我可以帮忙转告。"照相师傅说。

美秀说："没有。"

照相师傅一愣，看着言不由衷的美秀，说："我说我还来，是一定还来的。"

美秀的脸色又好了些,"我叫什么你还不晓得呢。"

照相师傅说:"你叫美秀。"

"韦美秀。"

照相师傅点头,表示晓得了。

韦美秀看着他胸前挂着的相机,说:"你当照相师傅几年了?"

照相师傅说:"没几年。我这个样子,还不到叫师傅的年纪。被你称为师傅,我感到脸红。"

韦美秀说:"那我叫你什么?昨天你只说你姓蓝,我只晓得你姓蓝。我总不能叫你姓蓝的吧。"

姓蓝的说:"蓝宝贵。"

"蓝、宝、贵?"

蓝宝贵说:"对,蓝天的蓝,宝贵的宝,宝贵的贵。"

韦美秀说:"我晓得。"

蓝宝贵笑笑。韦美秀也笑了笑。

蓝宝贵说:"来,我给你照张相!"

韦美秀说:"为什么?"

蓝宝贵说:"不为什么,就想给你照张相。"

韦美秀走到刚才蓝宝贵指示的地方,在木棉树的前面。蓝宝贵跟过去,站在韦美秀的前面。

这样,韦美秀成了镜框的主体,木棉树成为背景。

蓝宝贵让韦美秀看着镜头,像刚才那样笑。

他按下快门。

过了一个星期，韦美秀的照片，被蓝宝贵递给了公社的放映员苏放。

苏放笑眯眯地看着照片，又笑眯眯地看着蓝宝贵，说："你把她也睡啦？"

蓝宝贵说："也，是什么意思？"

苏放说："你不和她睡，我把苏姓倒着写。"

蓝宝贵说："你也和她睡了，是不是？"

苏放说："照片都拍了，鬼才相信你不睡。"他手指头点着精心剪裁的照片，"免费，对吧？"

蓝宝贵说："我是拍来给你看的。"

苏放说："我看过了，这是你拍得最好的一张。"

蓝宝贵说："是吗？"

苏放又看了看照片，看看蓝宝贵，说："给我留作纪念吧。"他把照片收进衣服最大的口袋里。

他们现在是在公社街上的一个拐角。蓝宝贵跟苏放提及火卖，苏放就把他拉过来这里。这里僻静。而在拐角的另一面，人头攒动。今天是圩日。很多人在观望着贴在墙上的一张电影海报。海报是苏放刚贴上去的，上面书写着当日要放的电影：战斗故事片——《地道战》。

蓝宝贵说："你什么时候再去火卖？"

苏放说："不去了。"他仰看被两面高墙挤得狭窄的上空，尖削白净的脸像是光滑的犁铧，一对招风耳像是烧红的锅铲。

"这鸟地方我就要离开了。"他接着悦色满面看着蓝宝贵,"今天是我在这放的最后一场电影!"

蓝宝贵愣在那,方圆的头脸像是置在了橱架上的好南瓜。

"我考上了北京电影学院你不知道?"苏放说,"导演系!"他强调。见蓝宝贵一动不动,苏放的手往蓝宝贵的肩上一拍,走了。

蓝宝贵像摇晃的架子,要倒又没有倒。他像南瓜一般的头脸始终没有掉下来。

街上熙熙攘攘,以往逢15、30俗成的圩日,现在已经改成了7、14、21、28成圩,依然如旧热闹。蓝宝贵的照相点常年不变设在依靠供销社的西墙那里。到了圩日,他把一张首都北京天安门的景布往墙上一挂,总是能吸引来照相的人和看照相的人,以及领相片的人。

今天也一样。

但今天蓝宝贵的心情不好。他现在很后悔,没有跟苏放去北京考电影学院。说不定去了也能考上,像苏放一样。为什么不去呢?因为蓝宝贵觉得北京太远,怕去了又考不上,白白花去那么多的路费和食宿费,不划算。他购买相机和暗房设备的本钱还没有收回来,大半的本钱还是跟别人借的。他想今年把本都收回来,还了债,再攒得一些钱,看苏放如果今年考上了,他接着就去考。因为蓝宝贵觉得他的水平跟苏放差不多。苏放画画比他好,但他的摄影比苏放强。苏放去北京考试的时候,蓝宝贵给了苏放几张他的摄影作品,托苏放给行家看。苏放回来了，前一阵子在内曹大队遇见蓝宝贵，他压根就不提考试的事，也不提给行家看照片的事，说明苏放的考试和蓝宝贵的摄影作品都很臭。蓝宝贵也不好问。那时候蓝宝贵还觉得不跟苏放去北京考试是对了，幸亏没去。

此刻蓝宝贵后悔得要命。他想要是跟苏放去了，如今就考上了，我真是笨啊！

蓝宝贵觉得自己笨，但还是想到了他给苏放带去北京的那几张摄影作品。苏放要是给行家看了，总应该有个说法的，好歹总有个说法。

公社放电影的地方在公社的礼堂，白天把窗户封了，也能放电影。蓝宝贵来到公社的时候，电影已经准备放了。礼堂守门的不是苏放。蓝宝贵买了一张票进去，才见到苏放。

他直截了当问苏放："我给你带去北京的那几张摄影照片，你给行家看了没有？"

苏放说："没有。"

"为什么没有？"

"不得空。没机会。"

"那照片呢？"

"丢了。"

"怎么丢了呢？"

苏放说："你不是还有底片吗？"

蓝宝贵一噎，想问的问题没有问出口。他的问题是，你是不是把我的东西冒充你的作品了？但是他不敢问。他怕问了，两人吵起来，吃亏的还是他，因为他没有证据。

蓝宝贵没有看电影，就退了出来。他本来也不是来看电影的。电影现在让他头重脚轻。他空落落的，像是遭遇了贼一样。

蓝宝贵再来火卖，已是三个月以后。这三个多月他在公社中学的高考补习班补习，备战七月份的高考。他的目标是考取北京大学地理系，而不是北京电影学院导演系或摄影系——他并非不想当导演或摄影师，而是不愿成为已是电影学院学生的苏放的校友、师弟。他现在更加确信苏放剽窃了他的作品，为此他讨厌他。恨屋及乌，蓝宝贵对北京电影学院也没有了好感。他要考就考北京大学，这是战胜苏放或让苏放自惭形秽的最佳方案。而且蓝宝贵的老师也估计蓝宝贵能考上——他从来就是一个聪明的品学兼优的学生，只是1975年高中毕业的时候没有恢复高考，他没有机会而已。恢复高考的第一年他又没有抓住机会。现在他后悔了。后悔能让人更加奋发，学校的老师们都相信这条道理会在蓝宝贵身上发挥作用。地理老师潘毓奇对蓝宝贵更是钟爱有加，让他吃住在自己房里——这个1966年就下放到菁盛公社中学的北京大学地理系毕业的地理专家，期望着他踏遍神州的理想，由自己的学生去实现。

但是补习期间，蓝宝贵总是走神。他经常魂不守舍，像生了病又治不好。直到有一天潘老师发现他攥着一张女孩的照片，才找到他的病根。

潘老师允许蓝宝贵去一次火卖。

于是蓝宝贵来了。

他带着上次在火卖拍的照片。为韦美秀的爷爷拍的，为韦美秀拍的，都在他随身的背包里。

他一出现就被人揪住了。

火卖人的脸孔变得非常的冷酷，对照相师傅的到来，表现出与上次、上上次截然不同的态度。如果说上次火卖人把照相师傅奉为上宾，那么这次就把他当是个贼。恐怕比贼还要严重。他们像抓地主一样把蓝宝贵抓了起来。

蓝宝贵不明白火卖人为什么抓他。他一不多收钱，有的甚至不要钱。二他亲自把照片送上门来，虽然是晚了，但没有食言。三他做什么事情，都是双方自愿才做，没有强迫别人。

愤怒的村民把照相师傅揪到了韦美秀家，蓝宝贵才想，坏了。

韦美秀躺在地面的一张竹席上，昏迷不醒。房梁上悬挂着一根绳索。韦美秀的脖子上有着勒痕，一看就知道是上吊过的。一个老中医在给她号脉，还把耳朵贴在她隆起的肚腹上，探听，然后看着期望的人，不吭声。堂屋里跳跃着两个魔公——一个拿剑，挥斩着看不见摸不着的鬼魅。一个拿着一碗水，用口含水四处喷。

蓝宝贵被迫在韦美秀的身边跪下，像是罪人给受害者谢罪的阵势。韦美秀的父亲瞪着他，咬牙切齿，那怨恨的神态让人感觉照相师傅是活不成了，如果他的女儿活不过来的话。把人家的女儿肚子搞大了,自然是不能放过的——火卖人都这么以为。

蓝宝贵想韦美秀的肚子也许是他搞大的,也许不是。他和她有过那种事,这不假。但是和她有过那种事的人不仅他一个。还有苏放。苏放就是来火卖放过电影的那小子。他和她睡过。而且是苏放和她先睡,后来才是我睡。照相师傅想。

但这个时候蓝宝贵是说不清楚的。他只有一张嘴。上次来你是不是在美秀家睡的?是。美秀的爸是不是喝醉了?是。美秀的爷爷又是瘫在床上不能动是吧?是。然后你就把美秀给睡了……美秀现在怀了你的种,是不?不是。是不是?也许是,也许不是。鬼才信你不是!

蓝宝贵觉得只有韦美秀活过来,才能弄个明白。他巴望她活过来。

韦美秀活过来了。她睁开眼睛,看见满屋子的人,也看见了蓝宝贵。她能张嘴了,但什么话也不说,只是哭,伤心绝望的样子给人的感觉是生不如死。

蓝宝贵觉得这个时候是不能弄明白了。他把韦美秀的父亲叫到一边,说:"我娶她。"

韦美秀的父亲看着蓝宝贵,说:"我有两个儿子,一个摔死了,一个病死了,现在只有美秀一个女儿。"

蓝宝贵把烟送进嘴里,狠狠抽了两口,说:"我上门。"

蓝宝贵成为韦家的女婿。他落户火卖,为火卖添了一个人口。火卖容他,把他当自己人。吃喜酒那天,家家户户没少人来,喝闹到半夜。韦美秀怕丑,躲在洞房,几乎不露面。蓝宝贵一人顶俩,对付着热情的客人。他的岳父更是以一当十,男客走酒挡,女客走酒淹,自然喝得烂醉。

蓝宝贵没醉。他对付客人的葫芦里,装的不是酒。

躲在洞房的韦美秀守到半夜,才看见蓝宝贵走了进来。

韦美秀以为丈夫醉了,上去扶他。臃肿的体态在新郎眼里像是他最近在画报上新认识的南极企鹅。齐耳的头发短得像羊的尾巴,跟傍晚新郎见到她时,完全是两个模样。

蓝宝贵大吃一惊。"你的辫子呢?"

"剪了。"韦美秀说。

"哪个喊你剪的?"

"没有哪个喊,是我自己要剪的。"

"好好的为什么要剪?"

"我觉得剪了才好。"

"你觉得好你就剪,根本就不想我觉得好不好!啊?"

韦美秀看着丈夫,"你觉得不好吗?"

蓝宝贵说:"你觉得好在哪里?你说。"

韦美秀低着头,在想一个辫子没有剪错的理由,"因为我想,我已经不是姑娘了。"

蓝宝贵说:"你不是姑娘了,是的。你是什么时候不是姑娘的呢?"

韦美秀说:"我什么时候不是姑娘?你是什么时候和我

睡的？"

"我什么时候和你睡？"蓝宝贵说，他一仰头，又转头看着床，"2月15号，1978年2月15号，夜晚，我记得清楚着呢。我和你睡的时候你已经不是姑娘了！"他盯着韦美秀，"你和别人睡过。你以为我傻呀？"

韦美秀一愣怔，"你不傻，你别回来呀。你还来火卖干什么？你嫌我不是姑娘，你就别娶我，哪个喊你娶我？"

蓝宝贵说："不是我娶你，是你娶我！是我上门，将来你肚里的孩子生下来，得姓韦，不得姓蓝，晓得不晓得？"

韦美秀说："孩子，孩子，我要是死了，孩子还活得了吗？"

"那你为什么要寻死？啊？你要是想着孩子，为什么还要寻死？"

"因为你们不是男人！"

"你们？"蓝宝贵说。他有些振奋，因为韦美秀漏了嘴。"哪个不是男人？我不是男人，还有哪个不是男人？"

韦美秀缄了口，不再漏嘴。

蓝宝贵的目光从韦美秀的嘴上往下降，在她隆起的肚腹上卡住了。"这肚里的孩子是不是我的？你说。"

韦美秀又是不吭声。

蓝宝贵说："你不说我也晓得。我有办法晓得。我算你是2月15号那晚怀上的，我先这么算着。一个人在娘胎里要待几个月我晓得，"他用两边手的食指做了个"十"字，"十个

撒谎的村庄 ▌ 207

月!现在是六月,"他看东墙,又看南墙,边指着钉在南墙上的一本撕历边走过去,手指往日期上一戳,"你看清楚了,今天是6月16号!你二月中怀孕,就是说孩子要到十二月中才会出生!"他掀起撕历,一拨一拨地往上掀,掀到12月15日,"到这,这!"他看着韦美秀,"我在这个时候当爹!啊?"

韦美秀突然眩晕,感觉到房屋在旋转、颠倒。她摇摇晃晃,要倒下去。

蓝宝贵赶紧迈步过去,把她撑住。再扶她到床上躺下。

躺在床上的韦美秀憋不住哭了起来。她先是捂着嘴哭,声音还是大。然后她咬着枕头哭,声音依旧扩大到屋子的外边。好在客人全都散了,美秀的父亲也打起了呼噜。

被哭声惊骇的只是蓝宝贵自己。他像被鬼怪唬怵的凡人,踯躅内外,进退维谷。

三天后,蓝宝贵回到公社中学。他喝光了学生送潘老师的一瓶酒,醉倒在地。下课回来的潘老师见状,一桶清水将蓝宝贵浇了个湿透。

清醒过来的蓝宝贵看见老师,呜呜地哭了起来。

潘老师没有劝他,由他哭。

哭够了的蓝宝贵换上一套干净衣服,重新坐回本来属于老师的书桌边。

1978年7月7日,蓝宝贵走进了设在当地中学的高考考场。

他的老师潘毓奇则坐在考场边上的篮球架下,紧张、猛烈地抽着烟。

一只小球滚到潘老师的脚边。

潘老师抬头看见了他五岁的儿子和来看望他的当农民的妻子。他把球扔回给了儿子。

拎着一筐青菜的妻子望见丈夫坐在那不动,回过身,走到丈夫的房门前,把菜筐放下,然后再走回来,牵过畏葸地看着父亲的儿子,离开了学校。

陆续交卷的考生走出考场,神态各异。潘老师看见了从容走出的蓝宝贵,一丝得意好不容易挂在他的脸上。师生俩同步走到房门前,遇到了那只菜筐。蓝宝贵回头四处张望,极目所至尽是在校内或眉开眼笑或捶胸顿足的考生。他再掉头的时候,老师已经把菜筐拎进了房内。

高考过后的蓝宝贵回到火卖。在地里干活的岳父和妻子韦美秀先后看到了他。他直接走进地里,要过妻子手上的农具,弯腰干了起来。

韦美秀在地头捡起丈夫的行李,回到家中。她腆着肚子,喂猪、喂鸡和煮饭。偶尔,她从围栏里望着在地里挥动农具的丈夫,神情茫然和恐惧。已经花落的木棉树犹如打家劫舍者的手臂,那光秃秃的枝丫像是挥在空中的刀剑,随时都可以劈下来。

在家中待了两天的蓝宝贵又开始了在乡村间的游走。他背着相机,跋山涉水,深入偏僻的农家,为活着或即将死去的人们,留下纪念的影像,也为自己的家计,增加微薄的收入。

八月中的一天,很晚。蓝宝贵回到火卖,远远看见家外人影幢幢,嘈杂的声音灌进他的耳朵。他提心吊胆走到家门口,拥堵的村民们赶紧避让,为他让出一条路。

蓝宝贵走进家中,迎面看见了已经起立的潘老师。潘老师看着他,表情冷静。在夏天第一次穿着上衣的岳父敬畏地给潘老师递烟,点烟。两人的神态看不出有丝毫的异样。

潘老师抽了一口烟,慢吞吞地放着嘴里的烟云。

蓝宝贵透过烟云,看见了潘老师随着烟云开放的笑容。

顿时,压抑在蓝宝贵眼中的泪水喷涌而出。

在伙房操持的韦美秀听到堂屋的异样。她探步走出去,看见丈夫蓝宝贵和中学的潘老师抱成一团。她激动地回头,对着伙房,呼喊摆桌上菜。

撕历走到 8 月 25 日。一只行囊静静地放在撕历的下方。一男一女两双脚悬离地面。一厚一薄两只手攥在一起。蓝宝贵和韦美秀并排坐在床沿上。他们一个人看着撕历,另一个人也看着撕历。所不同的是,妻子的眼神含着忧伤,丈夫的眼神含着忧虑。

最终,妻子的脚先下地,走向那只行囊。纤细的手要把它提起来。丈夫蓝宝贵急忙过去,把沉重的行囊夺到自己的手上。

韦美秀随着丈夫走了一步,就站住了。她甚至退了回来,看着撕历,伸手把外边的一页撕下。

1978年8月26日,像是一串蠕动的蚯蚓,令胆战心惊的韦美秀,用双手蒙上了眼睛。

蓝宝贵走在火卖用石子铺砌的路上。小巧的村庄门户大开。贫瘦、众多的村人倾巢而出,散布村庄的梯田、晒台、巨石、路边和路口,目送令他们感到骄傲的大学生蓝宝贵。炽热的目光让蓝宝贵心情滚烫。他步伐加快,像是穿越火海。否则,他可能走不出那亲情燃烧的层层包围。

八十一岁的韦美秀的爷爷,也坐在晒坪的椅子上,由儿子护着。他偏瘫的脖子忽然直了起来,歪斜的嘴脸也神奇地端正了。在恍惚的眼神和想象中,老天赐给的孙女婿堂堂正正地走出火卖。

平静的邮电所,因为一辆班车的到来,引发小小的骚动。蓝宝贵和潘老师在那里推搡着。一卷钱捏在潘老师的手指上,塞往蓝宝贵的衣袋,又被蓝宝贵坚决地挡回。班车已经停下,师生俩的推搡依然没有结果。

潘老师五岁的儿子这时候充当了父亲的帮手。他扯着蓝宝贵的裤腿,用哭求的方式叫着:"要呀!要呀!你要!要!"

过路的班车司机等得不耐烦,或看了来气,摁了两声喇叭,把头伸出,冲着长幼三个男人大喊:"喂!上不上车呀?"

潘老师在一边观望的妻子急忙举手,"上!上!"她抱起地上的行囊,去到车门边,把行囊放了上去,然后她往车门的踏板上一站,用身子把汽车霸住,让司机不能关门。

潘老师的手忽然不动了。他看着蓝宝贵,说:"就算你欠我的。"

蓝宝贵一震。他抖颤的手最后接过了老师的钱。

霸道的师母直到蓝宝贵临近车门边,才侧过身子。她让蓝宝贵上了车后,自己才下。蓝宝贵听到一股气流的响声,突然叫了一声:"师母!"

刚下车的师母回转身,一个东西轻轻地朝她抛过来。她用胸膛一挡,双手护在腹部上,那东西落在了她怀里。

蓝宝贵的一只手来不及收回,被车门卡在了外边。班车没有理会车外人的叫喊,固执地开动了。那卡在车门外边的手,像是从岩缝里长出的树,在疾风中摇动。但在潘老师眼里,那摇动的手,却像是一只鸟的翅膀,在起飞前的奔跑中沉重地扑腾。

愣怔的师母想起了怀里的东西,她打开一看,发现是一卷钱。

这年9月1日的北京大学,像是春天。阔绰、美丽、神圣的校园像是巨大的高高在上的鸟巢,成为优秀的莘莘学子飞临的天堂。这些出类拔萃的从四面八方栉风沐雨而来的大学生,每一个人的脸上都得意扬扬,因为他们成了名副其实的天之骄子。

蓝宝贵的宿舍位于未名湖的附近。从宿舍的窗户看去，著名的未名湖，像是一片未插秧的稻田。湖上飞过很多的鸟，它们与湖一同被摄入蓝宝贵的相机里。

<u>　　　　　　　　　北京大学　　　　　　　　信笺</u>

敬爱的潘老师：

您好！我已经平安到学校报到了。在您曾经求学的地方，现在来了您的学生。而没有您的关怀、鼓励和支持，我是不可能走进这所中国一流的高等学府的。您的恩情，我现在还报答不了。但是我想，目前对您最好的报答，就是努力学习，力争做一名优秀的大学生。这点我一定能做到，请您放心。

我现在这个班，一共有四十名学生，广西来的就我一个。同学的年龄差距很大，最大的有三十五岁，最小的只有十八岁。有不少像我一样是结过婚的。我们宿舍一共住六个人，除了我是广西的以外，其他人分别来自黑龙江、浙江、江西、江苏和湖南，号称"五江湖"，而我就像这些江湖中的船。我和这些江湖人相处得很融洽，他们也挺关照我。我与他们的合影，等我洗晒出来后，再寄给您。

潘老师，有个问题我一直想问您，但一直都不敢问。我现在冒昧问您，您后悔跟师母结合吗？请恕我唐突问您这个问题，因为您的家庭与我的家庭基本相像。我们的妻子都是农民。我们似乎都是在一种无奈或迫不得已的情况下，各自娶农村姑娘为妻。当然我的意思并不是说农村姑娘不好。师母非常善良、贤惠。我的妻子叫韦美秀，她聪明能干，长相也很漂亮。我之所以和她结婚，是因为她怀孕了，又因为男人的失信而轻生。这件事情我有责任。我不得不娶她。我知道老师您也是在处境最困难或人生最低潮的时候遇到师母的——您一个北大的毕业生、地理学家，从城市被下放到了山区，由天之骄子、社会精英变成了"白专分子"和"臭老九"。在这种情形之下，您和师母的结合似乎是般配的，或者说是平等的。但现在形势发生了变化，知识分子不再受歧视，您的待遇也有了好转。那么，您在患难时期建立起来的婚姻，是否因此失衡了呢？我最担心的是，你现有的婚姻和家庭，会不会影响或阻滞您时来运转的生活、事业和命运？这也是我最担心自己的地方。我虽然不会做陈世美，但是如果因为婚姻和家庭的原因而影响到我将来的事业和前途，我怕我会后悔结婚的。老师，您对这个问题怎么看？希望能来信告诉我。

　　祝

教安！

蓝宝贵敬上
1978.9.2

　　这封用北京大学信笺写的信，被蓝宝贵看了又看，才装进北京大学的信封里。这是蓝宝贵入学后写的第一封信,也是最难写的一封信。他撕了半本的信笺才写完它。它后来随同蓝宝贵写给弟弟、妹妹、同学、妻子的信,投进了邮筒。

邮递员终于爬上了火卖的村头,像一只蛤蟆趴在那里大口地哈气。有几个总像哨兵一样瞭望的人围着邮递员,把他当发救济粮的干部一样看待,虽然他背挎的邮包瘪得像空了的米袋,但是人们断定邮递员决不会平白无故空手而来。人们甚至问都不用问,就能知道邮递员给谁送信。

一个头上长着癞痢的小伙子转身跑上一块石头,朝着村中一座外边晾晒花衣裳的房屋大喊:"韦——美——秀——你——的——信——来——了!"

韦美秀跑出房屋,反应之快让人惊愕,就好像她时时刻刻都在等着这声呼喊,并随时随地准备着起跑。她挺着大肚子,仰冲下房前的台阶,又仰跑在铺着石子的路上。

人们看着她跑动的样子大笑。喘息未定的邮递员站直了身子,看见一名孕妇忘我地奔来。他似乎感到一种罪过,连忙迎了上去。

韦美秀停在了邮递员的面前,屏住呼吸看着他。

邮递员从邮包里摸出信件,看了看韦美秀,把信交给她。

韦美秀一看信封,屏住的气息全泄了出来,像是在水底淹了很久的人,挣扎着浮到水面。

她立即拆信看信。信只有一页纸。纸上只有五行字:

美秀：

  我已平安到校。

  我一切都好。

  你要保重。

    蓝宝贵

  邮递员看着她看信，甚至瞄到了信上的几行字。就是这封只有几行字的信，让他差点摔断了腿。他暗暗操着写信的人。其实他知道写信的人是谁，依然敢操。操你个娘，一个北大的学生，就只会给老婆写几个字！比他妈的电报还短。

  但韦美秀不一样，她很满足，有这几行字足够了。这短短的信也能让她掉泪，看上半天。等她回过神想谢送信的人的时候，人已经下山了。

  国庆节的长城人头攒动，像龙的身上爬满了蚂蚁。那块刻着"不到长城非好汉"的著名石头，像神一样被最多的人朝圣着。

  蓝宝贵的相机镜头里，不断地出现一位漂亮天使。她有时候单独出现，更多的时候是同她的崇拜者或追求者出现。男生们簇拥着她，争先恐后地冲进镜头里。能贴近她照相的人无不眉飞色舞，如果能把手搭在她肩上而又不被她甩开，那简直是受宠若惊，三生有幸。

蓝宝贵置身在镜头之外。他殷勤地为同学们拍照,有求必应。入学前当过照相师的经历和身份也使他义不容辞。他成为国庆节结伴出游的队伍争抢的对象,除了被当作漂亮天使的杭州姑娘吴欢。

十八岁的吴欢极像潘老师藏在英文词典里的照片上的姑娘,蓝宝贵看见她的第一眼就这么觉得。两人怎么长得那么像呢?但是肯定又不是同一个人。那张发黄的照片被蓝宝贵发现的时候,至少已经被潘老师保存二十年了,因为照片的背面写有"毓奇存念58.7.2"的字样。如果按照这个时间推算,照片上的姑娘,会不会是吴欢的妈妈?

这个大胆的猜测让蓝宝贵为之一震。如果猜测成立或确切,那么他就可以通过吴欢,为自己敬爱的潘老师找到离散多年的恋人——蓝宝贵早就确信那照片上的姑娘,必是潘老师的恋人无疑。现在的问题只是,眼前的吴欢和潘老师的恋人有没有关系?有,是什么关系?没有,那就太奇怪了。

吴欢忽然跑出镜头。她似乎厌烦了男生们对她的簇拥,那简直变成一种纠缠了。她想脱离他们,的确这样。

吴欢走到蓝宝贵身边,把相机要了过来。她唤过追她最紧的一位男生,把相机递给他,说:"我和蓝宝贵照一张。"

蓝宝贵一愣。

吴欢看着他,说:"你害怕就算了。"说罢,她把头扭过一边。

蓝宝贵急忙说:"不,不是。"他靠上去一步,又靠上去一步,和吴欢并齐站在一起。

两人对看了一眼,然后共同看着镜头。

手捧相机的男生嘴里说着"准备,好,就这样,一、二……"的当口,眼睛从镜头里看见吴欢迅速地把手钻进了蓝宝贵的臂弯里。而他的手指在吴欢挽着蓝宝贵的瞬间已经摁动了快门,没有任何回旋的余地了,就像已经勾动了枪支的扳机一样。

地理系后来居上的系花吴欢对同年级学生蓝宝贵的情有独钟,令在场的除了蓝宝贵以外的全体男生深受打击。

在返校的车上,男生们都不愿与蓝宝贵同坐。这对吴欢来说正中下怀。她欣然地坐在了蓝宝贵的身边,并且座位是车的后排。而蓝宝贵则如坐针毡,只顾拿着相机,用手帕擦了又擦,像战士爱护自己的武器一样,生怕不把武器擦亮,会在战场上让自己送命。蓝宝贵现在感觉到,他的战场就在学校,在这部车上,他的敌人就是对他抱有妒意的男同学们。而把他变成男同学对立面的正是一再向他示好的吴欢。因此他必须学会保护自己,最好的方法是对吴欢冷淡,不管不顾。

吴欢看着蓝宝贵擦了一路的相机,不看她一眼,也不主动和她说话。她忍不住了,说:"胶卷呢?"蓝宝贵说:"拍完了。"吴欢说:"拍过的胶卷呢?"蓝宝贵从包里把胶卷拿出来,有六卷之多。吴欢说:"哪一卷是我和你照的?"蓝宝贵查看着胶卷的记号,提出其中一卷。吴欢说:"给我。"蓝宝贵说:"干什么?"吴欢说:"我拿去晒。"蓝宝贵摇摇头,说:

"不,不用。"吴欢说:"给我。"蓝宝贵连话也不说了,只是摇头,把胶卷握在手心里。

很快,有二十块钱拍在了蓝宝贵的腿上。他抖了一下,腾出手拿起钱,想退回去。但吴欢已经走往前面,站在车门口那里。车子到学校一停,她首先走了下去。

蓝宝贵落后于同学们走到宿舍楼下。他下意识地看了看收发室的黑板,发现有自己的名字。他很高兴,心想一定是潘老师回信了。自从那封问题严重或尖锐的信寄出一个星期之后,蓝宝贵就开始等着潘老师的回信。但两个星期过去了,第三个星期也过去了,潘老师的信还没有到。蓝宝贵想潘老师一定是生气了,如果国庆节时潘老师的信还没有到,我就写信跟他道歉。

我现在不用道歉了!蓝宝贵想。他喜上眉梢地敲了敲收发室的窗户,跟收发员报告自己的姓名。

递出来的却是一份电报。

电文是:

妻早产病危速回

蓝宝贵看着电报的眼睛,先是白的,突然变红,然后发暗黑糊下来,像是短路烧掉的灯泡。

离开火卖刚过一个月的蓝宝贵又回来了。他像一只在城市的动物园才被饲养不久的熊猫,迫不得已或过早地放回了山林。

火卖人群集在村头,像迎迓亲人一样接上了蓝宝贵。他们在蓝宝贵走到跟前的时候自觉地排开,目光跟着他行动的身子转移。所有人的表情在最初的放松过后,变得十分的凝重。蓝宝贵从人们的表情上感觉到那封电报的内容绝非言过其实。他加快步子。村人们亦步亦趋跟着他。突然蓝宝贵撒开手脚跑了起来,向家冲刺。他的行李早在半山腰的时候,就已经被跑下来的人接手。

大多数村人,被飞跑的蓝宝贵远远甩在了身后。

奄奄一息的韦美秀终于挺到了丈夫的归来。她已经被放在地上,这是壮族安置垂死的人的习俗,为的是死后不把床背到阴间。很少有人被放在地上后还能回到床上去,除非出现奇迹。几个月前,奇迹曾经在主动寻死的韦美秀身上发生。但这次不会了。

蓝宝贵蹲下来,抓住妻子冰凉的手。他看见她裹着头巾的脸上一片鱼肚白,眼睛已经不再泛光,只有紫黑的嘴唇微微地颤动,像要对丈夫留下什么遗言。她肯定是说了,只是没有发声而已。但蓝宝贵还是一个劲地对妻子点头,表示他听到了。

韦美秀的眼睛突然泛起了一缕亮光。蓝宝贵顺着她眼睛的光线回望见一个怀抱襁褓的妇女。他站起来,从妇女手上接过襁褓。一张婴儿皱红的脸在襁褓中像是透明的红萝卜。蓝宝贵再次蹲下来,让回光返照的妻子最后看一眼自己的亲生骨肉。

蓝宝贵的身后，居然有着婴儿的啼哭。他回头一望，又看见另一位怀抱褟褓的妇女！他惊愣地站了起来。两个同样的褟褓让他无所适从，手足无措。

先前的那位妇女从蓝宝贵怀里抱过婴儿，另一个婴儿接着就到了蓝宝贵的手上。这个啼哭的婴儿在他怀里继续啼哭，全然不如同胞那般安分和乖顺。蓝宝贵晃悠着孩子，手掌轻轻地拍打着褟褓，这是通用的使孩子安静的方法。小时候蓝宝贵抱哄弟弟妹妹也是这样。但是这不管用。孩子的哭声更加嘹亮。这嘹亮的哭声一直延续到没有喂上一口奶的母亲撒手人寰。

新鲜的坟墓像是充实的仓廪，立在已经秋收的地头。鞭炮的纸屑和香烛的根布满蜿蜒的路和坟墓的四周，并延伸到附近的另一座老坟上——那里长眠着韦美秀的母亲。正好二十年前的秋天，她生下女儿后便来到这里安息。只过了二十年，女儿就来和母亲做伴了。

在只留下父亲和孩子的家里，村人们正在给一身素裹的蓝宝贵讲述已经入土为安的韦美秀被牛顶撞引发早产的经过——他们以目击者的身份和视点为这一不幸事件出堂做证。

证人甲：我是牛的主人。事情发生的那个早上，我在东山上放牛。牛突然惊跳起来，往山下跑。然后我看见从牛惊跳的地方爬过来一条吹风蛇，唆唆唆地钻进草丛里。我敢肯定，牛是被蛇吓得疯跑的。

证人乙：我看见韦德全的牛从山上往下跑的时候，我正在山脚边修整我家接水的竹管。我还看见韦德全追在牛的后边，没追上。于是韦德全喊我帮把他的牛拦住。我站到牛直冲下来的方向前边，一看它那疯劲，哪还敢拦？我刚闪开，牛就从我身边冲过去了，紧接着把我刚接好的竹管全撞飞了。

证人丙：当时我和美秀都在自家的自留地里薅草。我们两家的自留地是挨着的。牛从黄建胜家的水涧那边，朝我的身后冲过来，美秀看见了，但我没看见。我听到美秀喊"彩鸾姐，快躲开！"时吓了一跳，回身看见一头牛朝我冲来，人就愣了。是美秀跑过来一把把我推开。我捡回了一条命，但是美秀她……她……

证人乙：我跑过来一看，美秀被牛撞倒在了地上，动也不能动了。韦德全这时也跑了过来，看见闯了大祸，还想去追他的牛。我就吼道："追什么追？快去请医生来呀！"韦德全一听，掉头就往后山的隔壁队跑，去请医生。

证人丁：美秀的伤是我看的。我是个赤脚医生，小伤小病我行，打针我会。但大伤大病我就没办法了。美秀属于大伤，而且是内伤，血都是从口、鼻和身下面流出来的。她又怀着身孕，被牛这么一撞，早产是必然的了。孩子生下来后，血怎么都没止住。我建议把她抬去公社的卫生院，再不行，就送县医院。但美秀死活不肯。

证人戊（美秀的父亲）：美秀是怕花钱哪！家里又没钱。再说，山高路远，折腾到公社、县里，我看也未必能救过来。这样一想，我也就……（甩着头）我现在好悔啊！

"好在两个孩子都活了下来,也是万幸。一龙一凤,烧高香也未必求得这等呈祥的好儿女!"一个识相的村人说,他捋着下巴的一撇胡须,"虽然是早产,但我看过这双胞孩子的面貌,一个额高耳大,脸如长虹,一个眼深鼻正,面若桃花,都是贵相。将来必能呼风唤雨,出人头地,飞黄腾达!相信我好了。"

堂屋里还没说上话的人这时纷纷附和了起来,为美秀的早产和早产的孩子提供佐证。所有的口径完全一致,逻辑也听不出有任何的破绽和纰漏。

蓝宝贵专心地听着,不时点一下头,表示采信证人们的证言。他最后站起来,为美秀的后事处理和两个嗷嗷待哺的孩子所得到的帮助,向村人们鞠躬致谢。

蓝宝贵又一次在潘老师面前号啕大哭,在把休学一年的申请寄出之后。他来到从这里考上大学的中学,心中的酸楚无以复加,在见到潘老师后失控地倾吐出来。

潘老师一言不发,耐心地等着自断学业的学生把苦水倒完。他不断地看着一只纸篓。纸篓里有很多揉皱的纸团,只有他知道那是他给蓝宝贵写信的废稿,他同样撕掉了半本的信笺才给学生写成一封信。信的正本刚寄走几天,收信人就出现在寄信人的面前。但是,潘老师料定蓝宝贵还没有看到他的信。现在,就是看了,也没有什么意义了。

潘老师站起来,去拿过那只纸篓。他把纸篓带到厨房,把纸团丢进灶膛里，作为引火。他点燃纸团后加上柴，烧了一壶水。

烧热的水后来都在水盆里，再往水盆里放一条毛巾，用来给哭干泪水的蓝宝贵洗脸。

洗净脸的蓝宝贵看见一罐奶粉。这罐奶粉像炸药一样让他猛醒。他站起来，着急地要走。

潘老师把他送到中学门口。

一只簇新的摇篮吊在韦美秀曾经上吊的那根横梁下，像一只在河浪里晃悠的小船。蓝宝贵轻轻地细心摆动这只小船，因为这船上有他两个可怜和可爱的孩子。两个同胞兄妹一边一头，在船舱般的摇篮里安全地睡着。

喝空了的奶瓶立在摆放着死者牌位的四方桌上，靠近一只热水壶和一罐奶粉。这些立着的东西像是桅杆和风帆一样，成为船上的孩子睁开眼睛后看见的第一道风景。

第二道风景恐怕就是村上盛开的木棉了。那火一样的花朵在孩子的眼睛里无疑是世界上最绚丽的色彩。这色彩让孩子们眼睛明亮，当他们从父亲的背上和怀里望见的时候。

当四方桌上的第三罐奶粉掏空见底，生产队长唐国芳带着公社的文教来到家中。他们的到来与火卖小学教师空缺有关——原有的也是唯一的教师调走了。这样一来，火卖小学就没有了教师。没有教师就得补上。补谁呢？有谁愿意来火卖？即使有人愿意或不得不来火卖，那还要看火卖人愿不愿意，欢不欢迎。新学期就要开始了,教师的事情必须马上落实。公社的文教对蓝宝贵说,经我们和大队、生产队协商,决定请你担任火卖小学的代课教师。一来,你最合适,是大学生。二呢,每月十元的工资可以弥补家庭生活的困难。三嘛,三就不说了,火卖人对你能当火卖小学的教师,那是求之不得!你现在还在休学期间,先干一个学期。等你要复学了,你就走!好不好?你愿意,就这么定了。

蓝宝贵看着一脸诚意的生产队长和公社文教,正在为买奶粉的钱发愁的他,有一种雪中送炭的感觉。他没犹豫就答应了。

火卖小学的新老师像一块磁铁。开学的第一天,不仅吸引了全部该来的学生,而且把学生的家长也引来了。众多的家长和他们的孩子一道,挤在教室里,共同听新老师上了一堂课。

新老师蓝宝贵这堂课没有按教材来讲。他用白、红、蓝三种颜色的粉笔在黑板上画了一张图,说:"这是中国地图。图上有红角星的地方,是我们国家的首都北京。我们的伟大领袖毛主席就住在那里,虽然他老人家已经逝世了,但是他老人家的遗体还完好地保存在毛主席纪念堂里,供人民纪念和瞻仰。"

一个学生家长不举手发问:"蓝老师,那你在北京去看过毛主席吗?"

蓝宝贵迟疑了一下,说:"去看过了。"

教室里的家长、学生嘴巴眼睛张得圆碌碌的,定定地向着看见过毛主席的人。

蓝宝贵接下来说:"我是回火卖的前一天去看的。看过了毛主席,我就回来了。"

"看毛主席的人多不多?"又一个学生家长说,这位家长举了手。

"多。"

"有几多?"

"多得数不清。"

"那就像星星一样多,是吗?"一个好表现的学生说。

"是。"蓝宝贵说,他的眼睛一亮,像是这位学生给了他启发。"看毛主席的人,想念毛主席的人,像星星一样多,比星星还多。老百姓像星星,那么毛主席像什么呢?"

教室里的家长学生异口同声:"像太阳!"

"对!"蓝宝贵说,"像太阳。"

"蓝老师,"又一个家长举手,"毛主席过世了,现在谁接他当太阳呀?"

蓝宝贵一愣,现在轮到他眼睛圆碌碌的了。"啊,你不晓得吗?"

家长摇头。

蓝宝贵看着大家,"有哪个晓得?"

大家把头摇得像拨浪鼓,没有一个晓得。

惊讶的蓝宝贵说出一个人的名字,"现在是他接毛主席的班。不过,现在不兴叫太阳。因为太阳只有一个。有两个太阳，那我们不都得热死呀。你们说是不是？"

大家会心地笑了。

蓝宝贵的这堂课讲得有板有眼，丁是丁，卯是卯，让火卖的大人小孩听了，像听故事一样过瘾。家长们更是觉得，把孩子交给这样的老师，是一百个放心。这可是见过毛主席的老师啊！

火卖人懂得报答这么好的老师。每天天一亮，总会轮流有一个妇女过来把老师的孩子接走，然后晚上再送回来。有时候干脆就不送，让男人过来告诉一声。后来甚至告诉都不告诉了，不管孩子在谁的家里，总之是在村里。他们像龙和凤一样被火卖的家家户户好生照顾着，养得白白亮亮的。

日子第一次让火卖人觉得真快。转眼五个月过去了，孩子们要放假了。这天，蓝老师把相机带来了学校。他要和他的学生们照相。

但今天学校没有一个人来，除了老师。空荡荡的教室和操场冷冷清清，像是荒年的仓库和晒坪。

照相的事情，火卖人昨天就晓得了。因为蓝老师昨天让学生今天穿最新的衣服来，没有新衣服就穿干净的衣服来，穿鞋子来。

火卖人感觉到了不妙。傻子都明白，老师要走了，回北京复学去了。和学生照相，就是想留个纪念。

这样的老师，火卖人怎么能舍得他走呢？

就像是串通好的，学生们今天一个也不来。

蓝宝贵亲自摆好的凳子、桌子在操场上像台阶一样，但无人站在上面。

蓝宝贵只好挨家挨户去请学生。

但学生一个都见不着。他们与老师玩起了捉迷藏。而在这方面，学生们的智商远远超过了他们的老师。

蓝宝贵甚至都找不着他的儿子韦龙和女儿韦凤。这家说在那家，那家说在西家，西家又说在东家。蓝宝贵转遍了生产队的家家户户，就是看不见他的儿女。这对刚会爬的双胞胎，就像会飞似的，不见了踪影。

蓝宝贵再次来到生产队长唐国芳家，请求队长号召学生返回学校。队长吧嗒吧嗒抽着水烟，许久没有答应。

蓝宝贵说："我们说好的，我只代一个学期的课。我休学的时间到了，我就要走。"

队长还是没有发话。他抽着水烟筒，像吹着芦笙一样。

蓝宝贵说："如果我不按规定复学，我的学籍就要被取消了。"他看看队长不太明白的样子，"就是说，我再不去继续读书的话，以后再去读，大学也不要我了。跟开除没有什么两样。"

队长的嘴终于离开了烟筒。他的眼睛只看了蓝宝贵一眼，就朝着立在一边的老婆扫去，说："还站着干什么？快去烧水呀！"

队长的老婆像等来了指令，快速地转进灶房里去。一会，又见她出来，手里抓着一把米，走到房屋的外边。

队长老婆咯咯咯模仿鸡叫的声音很真，但蓝宝贵听了却觉得不对。他站起来要走。

队长用劲地把他摁住。

蓝宝贵说："不用了。"

队长说："你要听我的！"

蓝宝贵说："我还有事。"

队长说："天大的事你也得留下来，在我家吃饭再走！"

蓝宝贵说："不吃！"

队长盯着蓝宝贵，说："你想不想回学校读书？"

蓝宝贵说："想。"

"想不想学生和你一起照相？"

"想。"

队长说："那你什么也别说了。这个事情我说了算！"见蓝宝贵还要推辞，"你不信是吧？"

蓝宝贵说："我信，可是……"

"没有可是，"队长打断说，"我肯定说话算数！你先留下来吃饭。"

蓝宝贵的胳膊始终被队长拉扯着。他想走不是，不走也不是。

队长的老婆捉回了一只鸡，而且还是母鸡。蓝宝贵见了，突然用力一甩，把队长的手甩脱，撒腿就走。他跨出门槛的当口，听到咔嚓一声刀响。待他回身看时，只见一只鸡头断落在地，像一颗掉落的松果。

队长一手拿刀一手提着无头的鸡，站在那里，像一个当机立断的师公。

蓝宝贵回望房屋外边，看见失去母亲的七八只鸡雏，散乱地跑开，并叽叽地叫唤着。它们就像没有教师的学生一样，让他心疼。

他只能留了下来。

这天蓝宝贵在队长家喝醉了。两个同胞的儿女在队长老婆的呵护下，乐呵呵地看着父亲——前后相隔半小时出生的兄妹俩，是在开饭时分被村上的一户人家送过来的。他们已经好多天不和父亲在一起了。见到父亲，兄妹俩伸手蹬腿，抢着让父亲抱。父亲轮流抱着他们，然后给他们照相，给队长家的大人、小孩与他们合影。这是在吃饭喝酒之前。队长家的老母鸡一上桌，所有人的注意力就集中在这只鸡上了。

两只完整的鸡腿，毫无争议地属于蓝老师的儿女韦龙和韦凤，交由队长的老婆撕碎后喂进这两个孩子的嘴中。尽管队长的老婆自己也有四个孩子，两个在火卖小学读一、二年级，一个还穿开裆裤，另一个才断奶不久。但是，有了蓝老师的这两个孩子，他们是不能分享自家鸡的鸡腿的。在谁的家里都一样。自从这对同胞的兄妹没了亲娘，火卖的妇女就都成了他们的娘。他们吃遍了娘家的鸡。尤其在队长家，他们不知已经吃过多少次了，现在连最后一只母鸡也吃上了。他们是不知道，但是他们的父亲是知道的。火卖的鸡都给吃了，吃了多少，蓝宝贵心中有数。他欠火卖人太多了。所以现在，他一块肉都没吃，只是喝酒。

他很快就醉了。

第二天，蓝宝贵直接从队长家去到学校。眼前的一切让他目瞪口呆——所有的学生都已经或坐或站在凳子、桌子上，像一堵城墙。只有前排中间留着一个空位，等他去坐。

蓝宝贵站在那里，愣了半天，迟迟没有摆动相机和支架。他像是不会照相了，要回忆、复习上一阵，方才把相机固定在支架上，把快门调到自动的位置。

按动快门后，蓝宝贵仍然迟疑着，要不是学生们呼喊，他恐怕都不会走到那个空位坐下。

蓝宝贵真的是走了。

他是悄悄地走的，除了他的岳父，谁也没告诉。

火卖人最不愿见到的这一天还是来了。

新学年开学的日子，学生和家长们都汇集到了学校，尽管他们已经知道蓝老师不在了，新老师也没有着落，但他们还是到学校来。就当是做梦一样，火卖人来了一次集体梦游。他们直守到日落西山，也没有老师的影子，这才愿意相信不是做梦。

就在人们依依不舍离开学校的时候，有人飞跑过来，说从山上看见山下有一个影子，往山上来，不晓得是不是新来的老师。

火卖人又像梦游一样呼啦啦地到了山口，伸长了脖子望。但薄暮中的山麓像是一顶发霉的斗笠，把什么都给遮盖住了。就像是故事的悬念，火卖人直等到山口前方冒出一个人影，心中的石头才全部落地。

来人不是新老师，是蓝宝贵。

蓝宝贵看着愣愣的大伙，说："我晒相去了。"

这话像是编的，成为蓝宝贵离开火卖、两天后又回到火卖的理由。这理由其实经不起捅，因为蓝宝贵的行李里，装着一年四季的衣服，在他打开行李拿出相片时被人们看见。去晒照片用得着带上过冬的棉衣吗？这疑问像一张薄纸，一捅就破。但火卖人谁也不会去捅这张纸，连天真的小孩都不会。蓝老师就是晒相去了。他没有去北京复学。因为他又回来了。

那张最大的蓝老师与学生的合影第二天就粘在学校教室后方的墙壁上，同时粘上的还有一幅比照片更大的中国地图。它们像油亮的两块挂肉，让学生们垂涎不已。

蓝老师指点着地图对学生们说："中国这么多的地方，老师这辈子，恐怕是去不了了。但老师希望你们都能去。只要你们努力学习，有理想，有目标，有志气，就一定能去成！南宁、北京、上海、广州、新疆、西藏、内蒙古草原，等等，想去哪就去哪，坐火车去，坐轮船去，甚至坐飞机去！"

有学生就问："老师坐过飞机吗？"

蓝老师一愣，然后说："坐过了。"

学生们"哇"地全都张口叫起来，羡慕、佩服地望着老师。

"老师，飞机大不大？"又有学生问。

"大。"

"有多大？"

蓝老师看看上边，再看看两边，说："有我们这间教室这么大吧，差不多。反正我们这么多的人，都坐得下。"

学生们继续提问关于飞机的问题，但蓝老师却把话题岔开了。"我们上学期拍的是集体照。从这学期起呢，哪个在期末考试每科成绩九十五分以上，我就给哪个单独照相，然后把照片贴在这里！"他指着墙壁还留空的一大片地方，"可以贴好多？你们想想。而且，照片贴上去以后，即使你们毕业了，去读中学，读大学，照片也一直留着，让火卖小学往后的同学们，永远以你们为荣。你们说好不好？"

学生们没有说不好的。看着现在还只有一张照片的墙壁，他们已经开始幻想，为自己的照片找好了位置。

年复一年，墙壁上的照片逐渐多了起来，像次第开放的花朵。照片上的学生，一个一个灰头土脑，但眼睛明亮，像是一连串尚未打磨好的玛瑙。可他们是火卖小学最优秀的学生，更是老师蓝宝贵的杰作。

而在蓝宝贵的家里，也有一面贴着照片的墙壁。韦龙和韦凤从百日到六岁的照片都贴在这里，他们像芝麻开花，在每一张照片上都有变化。兄妹俩虽是双胞胎,却长得不像。韦凤像她母亲,韦龙呢?

蓝宝贵越来越觉得韦龙长得不像自己。父母的孩子,总有一头像吧?韦凤像她妈,这是没错的。韦龙不像他妈,那应该像我呀?可怎么不像呢?我是圆脸,儿子却是长脸。我的耳朵没有往外拐,儿子却长着一对招风的耳朵。这像是我的儿子吗?

蓝宝贵每次看着墙上的照片,心灵都要经历一次强烈的拷问和折磨。他摸捏自己的脸,拉扯自己的耳朵,想跟儿子一样,有一张尖削的脸和一对招风的耳朵。但只要一放手,脸又变圆了回去,像充气的皮球。那张开的耳朵,像装了弹簧的门一样缩了回去,紧靠着头皮。

火卖人也看出了韦龙和韦凤与父母的异同。他们是从真人的相貌看出来的,这比从照片上看更加具体、准确。韦凤像她母亲美秀,这说得过去。但韦龙既不像母亲美秀,更不像父亲蓝宝贵。关键是,韦龙越来越像早年那个来村里放电影的小伙子,那小子说不定蓝宝贵就认识。这如何是好?

队长唐国芳只要一见到韦龙和韦凤,就心里发毛、发麻。他现在已经被人们改叫村长了。一村之长,是不能跟别人一样,打马虎眼,懂了装作不懂的。能瞒得过孩子,但是孩子的父亲能瞒得过去吗?如果孩子的父亲看出什么名堂的话,怎么瞒?

村长想到的办法,就是躲,或者是拖。他见到蓝宝贵,就绕开,或者就往有人和人多的地方走,让蓝宝贵当众无法开口问。

躲得过初一,躲不过十五。

这天,蓝宝贵单独逮住了村长。他跟村长说学校教室的一根横梁要断了,请他去看看。村长看看时候还早,以为学校有人,就去了。想不到学校空空静静的。蓝宝贵说我给学生提前放学了。村长说那我怎么不见我的孩子回家。蓝宝贵你的孩子,在我家。村长说哦,哪根横梁要断了?我看看。村长在教室翘头看了半天,也没有发现要断的横梁。他说我回去扛把梯子来。村长转身要走的时候,在门口被蓝宝贵堵住。

蓝宝贵说:"是我的脊梁骨要断了。"

村长一怔,然后装糊涂说:"没有吧?你不是走得好好的吗?"

蓝宝贵说:"我问你,韦美秀是不是早产?"

村长不吱声。

"韦美秀不是早产,对吧?"

"……"

"她也没有被牛撞,对吧?"

村长吱声了:"这个……这个嘛,事情过去了这么些年,我有点……"

蓝宝贵打断说:"事情过去了这么些年,你们还想瞒我?但你们瞒不住我!因为孩子长大了!你懂我的意思吗?"

村长说:"我懂。"

蓝宝贵说:"你懂什么?"

村长看着蓝宝贵,怯怯地说:"韦龙和韦凤……韦龙和韦凤,不是你的孩子。"

"是我的孩子!"蓝宝贵喝道。

"我是说,不是你亲生的……"

蓝宝贵又喝道:"是我亲生的!"

村长说:"是你亲生的,是的,本来嘛,没有哪个说不是。"

蓝宝贵说:"你说你懂我的意思,其实你什么都不懂。"

村长看着蓝宝贵,真懵懂的样子。

蓝宝贵从门后操过一把扫把,往膝盖一磕。

扫把竿"咔嚓"断成两截。

蓝宝贵说:"你们村的人,这个村的人,哪个要是说孩子不是我亲生的,哪个要是把话,传到漏到我孩子的耳朵里,我就让哪个像这把扫把一样!"

村长身子一抖,然后马上站直了,站稳了。他拍着胸脯,发誓说:"这个你放心,一百个放心,一千个放心!"

一头老牛在山坡上低头吃草。它抬头看见了一个看它的人。

这头在传言中背着一条人命的牛,已经不止一次面对这个坐在石头上看它的人了。它不怕面对眼前的这个人,因为它是无辜的。它没有撞伤这个人的妻子,并导致这个人的妻子早产死亡。从来没有。但是，六年来，它一直背着撞人致死的罪名，忍辱负重地生活在这个人仇视的眼光之中。还有这个人的两个孩子——当它走过这两个孩子身边的时候，人们就指着它对孩子嘟嘟囔囔，把它当成杀死这两个孩子母亲的凶手，使得这两个孩子对它也产生了仇恨。它无处申冤，因为它不会说话。

但今天牛发现了这个人眼睛里，没有了仇视的目光。他像是明白了真相，识破了这个村庄为了安宁、名誉和未来而编造的谎言——韦美秀怀孕七个月就早产了，因为韦德全家的牛撞了她。而事情的真相是，韦美秀不是早产，是足产。她怀胎十月，然后艰难地产下两个孩子，并付出生命的代价。这两个孩子如果按足月算，就不是蓝宝贵的亲生儿子和女儿。怎么可能让蓝宝贵晓得这不是自己亲生的孩子呢？不可能！要想让蓝宝贵相信这是自己亲生的孩子，只能说是早产。这究竟是谁的主意？美秀？美秀的父亲？村长？还是其他人？蓝宝贵已经不想查究了。总之最后是整个村庄的人都参与了进来，共同编造了韦美秀早产的谎言。早产是意外的事情，是要有原因的。于是，韦德全家这头牛就被牵了进来，充当韦美秀早产的罪魁祸首。六年了，火卖村的人极力地保护着这个谎言，像保护自家的水缸一样，做到滴水不漏。包括牛的主人韦德全，他比村里的任何人都做得好，也活得最难、最苦——六年前，正是他的自告奋勇，牺牲或者说出卖了自家的牛，才使谎言变得真实、圆满。这六年来，他和他的牛一样，承担着罪责。他比他的牛更加地忍辱负重,因为他要经常面对死者的丈夫和孩子。每次遇到他们,他都要跪下谢罪,请求原谅,承受着谎言和真相混淆或分裂带来的压力与痛苦,以至于如今精神失常,疯疯癫癫。以前是见了蓝宝贵和他的孩子,韦德全才跪,现在是不管见了什么人,连见了猪,见了牛,韦德全都跪。

现在,该是韦德全的牛洗脱罪名的时候了。

蓝宝贵坐在那里,尊敬、歉意的目光像瀑布一样,落在牛的身上。他只能向牛致敬和表示歉意,因为牛的主人疯了,牛没疯。牛从来就没疯过。这是一头多么委曲求全的牛啊!蓝宝贵想。像我一样,他还想,我其实跟这头牛没什么差别。

这时候,一颗石头突然打向了牛,但很无力,碰到牛身上后滑落。牛不痛不痒,继续吃着草。

又一颗石头打向了牛。这颗石头打中牛的一只眼睛。牛掉过头,把另一只没有被打的眼睛,转到石头打过来的方向,等着挨打。

蓝宝贵转眼看见了打牛的人,是他的儿子韦龙和女儿韦凤。韦龙手里还握着一颗石头,韦凤正在捡石头。

蓝宝贵喝令孩子不许再打。

他来到孩子身边,问孩子为什么要打牛。

韦龙指着牛说:"是它害死了我妈妈。"

韦凤也指着牛说:"我没见过妈妈,就是这头牛不让我见我妈妈的。"

蓝宝贵说:"韦龙,韦凤,这头牛是撞了你们的妈妈,但是它已经晓得错了，再也不撞人了。你们什么时候见它撞过人吗？"

韦龙韦凤摇头。

蓝宝贵说："这就对了。牛已经改好了，就是好牛。你们还打它，就不对了。我跟你们说啊，多亏了这牛，才让你们提前到这个世上来。要不是这牛啊，你们现在还没有长得这么高呢。"

韦凤说："爸，我和哥哥提前多久生下来的呀？"

蓝宝贵说："三个月。"

韦龙对韦凤说："我比你早生半个钟头！"

蓝宝贵说："所以你就是哥哥啰。"

韦凤对哥哥说："你一定是被拧出来的，怪不得你耳朵这么大，脸这么长！"

韦龙不甘示弱，说："我有鸡鸡，你没有鸡鸡，我要是不给我鸡鸡给你抓，你就出不来了。"

兄妹俩吵着嘴，蓝宝贵也不劝他们，反而津津有味地看他们吵，像看着两个小艺术家在说相声。

多年以后，仍然是在这个地方，多年以前的小兄妹已经长大成人，成为艺术家了。至少他们的父亲是这么认为的。

他们现在在父亲的手心里捧着。照片上，哥哥韦龙一手拿个本子，一手拿个对讲机，正在用对讲机指着本子，对妹妹韦凤说着什么。妹妹在认真地听。她穿着戏服，身后还有一匹马。她的哥哥则穿着起码带六个兜的马甲。很显然,这是一张剧照,是哥哥给妹妹说戏的情景。妹妹是演员,哥哥则是导演——蓝宝贵对村里人就这么说。他还告诉村人,两兄妹正在甘肃那个地方拍一部电影。这是韦龙导演的第一部电影。但对妹妹韦凤,演的已经不是第一部了,而是第五部,包括电视剧啦。村人听了就说,还是妹妹厉害。蓝宝贵马上说,未必。在一部戏里,导演是最厉害的。演员怕的就是导演。村人想了想,说也是,小的时候,韦凤就怕韦龙。蓝宝贵笑了笑,说你们是没看见他们吵嘴的时候,哪个也不服哪个。村人们说反正我们是服了你的两个孩子,服了你了。蓝宝贵的脸上浮起满满的得意。他的脸本来就满,现在就像蒸笼上的糖包子,膨胀得要流出汁了。

蓝宝贵一边咳嗽一边看着照片,在没有旁人的时候也这样。他咳嗽了还忍不住要抽烟。似乎只有在吞云吐雾中,他才能感觉或想象得见他的孩子,像龙凤一样腾飞在云里雾里。

他其实不知道,儿子韦龙还不是导演,而只是副导演。在儿子附近盯着监视器的那个人,才是导演。他更不知道,儿子女儿拍的这部片子的导演,是当年考上北京电影学院的公社放映员苏放,因为苏放的脸被监视器挡着,所以没有看到,看到了也不一定还认出来。

但韦龙和韦凤一定是知道的。他们能参与这么一部投资近三千万的电影大片的拍摄,一个当副导演,一个第一次演主角,在很大程度上跟曾是菁盛公社(乡)放映员——现在是中国第五代导演的苏放有密切的关系。兄妹俩心里清楚，如果没有和苏导演是半拉子老乡的这层关系，或者说如果不是苏导演曾在菁盛乡插过队并且还去过火卖村放电影的缘故，他们是不可能这么快就进入影视圈的。

在背地里，兄妹俩叫苏放苏叔叔。在公众场合，兄妹俩则称苏放苏导演。这样的称呼既保持了他们在影视圈坚不可摧的背景，又维护了他们作为艺人的自尊和道德。作为人和著名导演的苏放，也乐意他们这么称呼。

现在，兄妹俩就和苏放一起，在西部甘肃拍电影。尽管他们也在两千公里以外的照片上，在火卖村山坡上坐着的蓝宝贵眼里，但他们却活动在茫茫的戈壁上，在金戈铁马中，逢场作戏，汗流浃背。

一匹受惊的马冲出马群，摔下了背上的骑兵，朝着灯光、摄影、导演所在的方向疯狂地跑来。它跃过道具箱，踢翻了几个拦阻的人，最后一头撞上高高的灯架。

副导演韦龙眼看灯架在向导演这边倾倒，而导演还在全神贯注地盯着监视器，全然不觉危险的降临。韦龙一边大喊"导演，快躲开！"一边直冲过去。

导演苏放听到喊叫，抬起头来，看见明晃晃的东西在朝自己砸来，又看见不顾一切朝自己冲来的韦龙。他站起来，朝着跑到身前的韦龙猛地推了一把。

韦龙像被撞开的球员，飞到了一边。对讲机比他飞得更远。

撒谎的村庄

倒地的灯架的灯,砸中了导演。

韦龙爬起来,看见剧组的人合拢在导演推开他的地方,但是看不见导演。他跑上去,扒开一个口子,只见导演躺在地上,满头是血。地上还有很多破裂的灯玻璃。他连喊了数声"导演",导演没有响应。

韦凤就在合拢的人群里,并没有在马上。在马上的是她的替身。她恐惧地看着不省人事的导演,又情不自禁地叫着:"苏叔叔!苏叔叔!"

苏叔叔也没有响应。

剧组有一名医生,过来一看导演的伤势,说马上得送医院。

片场离最近的县医院,有二百公里,而且路不好走。如果用车送,导演的血是不够流到医院的。

韦龙望着还在空中盘旋的配合拍摄的部队直升机,一把抓过一个人手上的对讲机,像一个将军发号施令:"飞机飞机!请马上降落!马上降落!剧组有人受伤,要火速送医院!"

飞机上的军人闻知发号施令者并不是将军,但还是按照指示降落了。

韦龙抱着导演上了飞机。

导演需要输血,韦龙恨不得把自己的血献给他,以报答导演的知遇和救命之恩。但是韦龙知道,他的血没有捐献的可能,因为他是 Rh 阴性血,这种血型在人类中只占十万分之一,就是说,作为稀少血型的他,几乎不会存在与大多数人血型相同的可能。他唯有献爱心，却不能献血。

县医院的医生护士们忙得团团转，却迟迟不给导演输血。韦龙急不可待，抓住一个医生，吼道："怎么到现在还不给伤者输血？你们知道他是谁吗？啊？"

医生说："知道。可是，大导演的血型是 Rh 阴性血，只能输相同血型的血，我们这没有……"

"你说什么？"韦龙打断医生。他的神态非常惊愕。

"Rh 阴性血，"医生说，"非常难找，我们正在……"

"你怎么不早说？"韦龙又打断医生，并挽起袖子，"我就是！"

医生看看韦龙，摇头。

"不信验血呀？"韦龙说，"看什么看？快验呀！"

验完血，这回轮到医生惊愕了："你怎么不早说？"

导演苏醒了，在他的体内输进了副导演足以救命的血之后。这其实也是他的血，因为副导演韦龙，就是他的亲生儿子——从见到韦龙的第一面，他就知道这必是他的儿子无疑，因为韦龙的模样简直是他年轻时候的翻版或再现，像是克隆出来的一样。世界上可以没有相同的叶子，但是绝对有相同的父亲和儿子，还有相同的母亲和女儿。韦龙就是我的儿子，绝对是我的儿子！那么，韦凤也就是我的女儿，因为她和韦龙是双胞胎。在了解了兄妹俩的出身和生日后，苏放就已经断定了。韦凤虽然和他长得不像，但是她和她母亲美秀像啊！

苏放第一眼看到韦凤，着实吓了一跳。那是在北京，他筹备上一部电影的时候，入住亮马河宾馆。一个姑娘没有经过副导演直接找上门来。他开门一看，怔了。美秀！他差点脱口而出。

像极了美秀的姑娘说，苏导演，我是广西河池市都安县菁盛乡人，就是您曾经插过队的地方。

苏放哦了一声，像是认可了自己的经历和姑娘的来历。他把姑娘请进房里。

我叫韦凤，韦凤说，现在是中戏表演系四年级学生。

苏放说，是吗？好啊！

韦凤以为导演不信，拿出一个小红本，说这是我的学生证。

苏放摆摆手说不用。

韦凤说导演，我非常喜欢您的电影，我的梦想也是演电影，但现在我只是演过电视剧。您现在要拍新的电影，所以我来找您，看看能不能给我一个演电影的机会。

苏放说，你是怎么找到这儿的？

韦凤说副导演到我们学校选演员，在我们班挑了几个，没挑上我。我听到我们班同学说您住这。我想您的电影一定有合适我演的角色，比如女主人公宋逸琴的妹妹宋逸芳，我觉得就挺合适我的，另外……

苏放打断说，你看过剧本？

韦凤摇头，说我读过原著。原著《投降》刚在《青年文学》发表我就看了。

苏放有些惊呆，有一会儿不说话，只是看着韦凤。

韦凤显出羞涩。难得现在的女演员还懂得羞涩。

苏放说，你母亲叫什么名字？

韦凤说，韦美秀。

你也姓韦。

我爸是上门，所以我随我妈姓。

你爸叫什么名字？

蓝宝贵。

蓝宝贵？

导演认识我爸？

苏放想了想，说不认识。

韦凤说我爸以前是照相的，经常走村串寨去照相。家里还有很多以前拍的照片。他现在在我们村小学当老师。

苏放说是吗。你妈呢？

她死了。

苏放的心骤停了一下，说对不起。

我生下来就没见过我妈。不过，见过我妈的人，都说我和我妈长得很像。

苏放说这么说来，你妈是长得很美，因为你长得很美。

韦凤有些不好意思，说导演乱夸我了，导演见过那么多漂亮的女演员，我一定是最土的了。

苏放说宋逸芳就是美中含有一种土味。

韦凤一听，暗喜。她看着导演，期待导演进一步明示。

导演说你先回去吧。把电话留给我,角色定下来的话,我就通知你。

韦凤走了。苏放开始发呆,他僵硬地坐在那里,眼睛无神,像丢了魂似的。他的魂的确被勾走了,不过不是韦凤,而是韦美秀——二十三年前那个貌美野性的农村姑娘。

韦美秀想要苏放画她的那幅画,苏放不给。韦美秀就抢。苏放一下把画举得高高的,又一下把画伸到左边,再捣到右边,前后左右上下轮换着转悠,不让韦美秀抢到手。

韦美秀住手,不抢了。苏放把画晃在眼皮下,引诱她抢。韦美秀就是不动手,像是对画没了兴趣。苏放引诱不成,拿画的手松蔫下来,不再晃动。他看着韦美秀,目光放肆地瞄着所有使他有兴趣和兴奋的部位。韦美秀随他看。突然,她的眼睛兀现惊恐,瞪着苏放的脚后方,大叫一声:"蛇!"苏放两脚跳起,转过身去,看蛇在哪里。他畏畏葸葸地搜看跟前的草丛和枝蔓,没发现蛇。等他意识到上当的时候,画已经被韦美秀轻松地抽去了。

现在,轮到苏放抢那幅画了。韦美秀用苏放的那几手来对付苏放。但她的人没有苏放高,手也没有苏放长。感觉苏放立马就可以把画夺回去,韦美秀只有跑。

苏放追着韦美秀。两人从坡底跑到坡上,从没树的地方跑到有树的地方,又从有树的地方跑进了树林。韦美秀像一只慌不择路的鹿,被苏放撵着跑。苏放跟跑在后面,与韦美秀差距总是那么几步。直到树林深处,地上的树叶堆积得像床那么高的地方，苏放才急步上前，从韦美秀身后把她抱住。

韦美秀是挣扎来着，但越挣扎苏放抱她越紧。她方才虚报了一条蛇，但这会她真的像被大蛇缠住了一样，不能动弹，只是喘气了。

宽厚的落叶成了他们的床。男女同床，苏放已经不是新手，但韦美秀却是第一次，千真万确是第一次。

苏放拿着一片染血的树叶，惊喜地看着，像意外地拿到精妙绝伦的画图，据为己有。它似乎比韦美秀的画像更加珍贵和值得收藏。那张刚才还你争我抢的画像现在已经皱得不成样子，它在韦美秀本能推拒的时候就揉皱了，然后又在两人滚成一团的时候备受挤压和踩躏，成为一张废纸。

韦美秀心痛地看着画像，看着画像上皱巴巴的自己的脸，索性把画像给撕毁了。

苏放安慰韦美秀说，以后我给你重画一张。

韦美秀说，以后是什么时候？

苏放说很快啦，下次再来放电影的时候，我就给你画。

苏放这一走，却没有了下次。这一走，就是二十三年。这一别，就是与韦美秀的永别。

苏放没有想到，刚才找上门来的演员，竟是韦美秀的女儿。这又是一个韦美秀。这个时候他还不知道，韦凤也就是他的女儿。

苏放拍摄的《投降》这部电影，启用了韦凤，让她扮演本剧女二号。这个角色演员的选择，夹杂有苏放私人感情的因素。他想以此报答被他辜负的韦美秀，偿还因为年久而变得深重的情债。这个时候他仍然还不知道，韦凤是他的女儿。

直到准备拍摄现在正在拍摄的电影，在上部电影表现出色的韦凤铁定成为新电影的女主角，苏放才确切感到，他不仅有个儿子，而且韦凤还是他的女儿。

韦龙是韦凤带来的。事先韦凤跟苏放说，她有个哥哥，刚从北京电影学院导演系毕业，问能不能让他到这部剧里来，锻炼学习。这时候韦凤跟苏放已经很熟了。苏放说来吧。

苏放一见到韦龙，如同见到自我——这分明是青年时候的自己。韦美秀凭什么生出一个跟我一模一样的儿子？如果是蓝宝贵的亲儿子，为什么却不像蓝宝贵？难道……

韦龙随后说出的生日，令疑惑的苏放心惊肉跳。1978年9月30日出生，苏放从这个日子往前推算，推到了1978年元月2日，那个令他酣畅爽快的下午，差不多是十个月的时间。韦美秀就是那天怀上的孩子，而我又是韦美秀的第一个男人。孩子还会是谁的？苏放想，韦凤和韦龙既是双胞兄妹，也就是我的双胞儿女！必是无疑。

本以为自己绝后的苏放，按捺着内心的激动，对韦龙说，你做我的副导演。

韦龙给苏放鞠了一大躬，谢谢苏导演！

苏放说，这里就你们兄妹俩和我，叫我叔叔也行，如果你们愿意的话。

韦龙韦凤同声叫唤苏叔叔。

苏叔叔的血凭什么和自己相同？竟然都是 Rh 阴性血！韦龙一边给苏放输血的时候，一边就已经在想。在灯架倒下来的一刹那，他为什么要把生留给我，奋不顾身地把我推出危险的境地？我同样为什么奋不顾身去救他？难道仅仅因为他是导演？因为他对我有知遇之恩？不对！我们之间必然有一种血缘关系，正是这血缘关系的力量和本能，才使我们彼此舍生忘死去救对方。

难道苏叔叔才是我的亲生父亲？这个敏锐的意念，像荆棘一样在韦龙的脑子里生长，让他心动、疼痛，也让他惶恐和害怕。这个意念一产生，就再也不能根除。

现在，韦龙守在八成是自己生父的身边，看着他苏醒了过来。他们相互看着，两个人的手几乎同时伸出，攥在一起。亲情的暖流从他们的手上，交融进彼此的体内。被亲情感化的韦龙的眼睛涌出泪水。但是他咬着牙，控制自己的嘴，不喊苏放作"爸"。

就在苏放起死回生的时候，在遥远的桂中，另一个人却已经逝去。

蓝宝贵亲自把持着一口棺材，推送进墓穴里。然后，他还亲手拿着砖刀，将涂上灰浆的砖一块一块地砌在墓口，封起一道墙，隔断冥府和人世的通路。

在墓的前方，是好几百送葬的人。他们手拿白花花的花朵，素衣素裹，像林子落满了雪。

在人群的前列，始终跪着一个抱着镜框的孝子。他是多年以前那个同父亲一道，在乡邮电所送蓝宝贵上车的男孩。镜框里的人是他唯一的父亲，却是众多人敬爱的老师。敬爱的潘毓奇老师因心脏病突发，不幸逝世，享年六十一岁。

四十五岁的蓝宝贵送走了老师，回到老师落在农村的家。他面对因悲伤不能去送葬的师母和因奔波、守灵而心力交瘁的老师的儿子，默默无语。在他的心目中，老师的儿子潘雨多是他理想的女婿。这个争气的孩子后来同样考上了北京大学。他比他的父辈显然幸运和出息很多，因为他毕业留在了北京工作。如果韦凤能和这孩子好上，那真是天作之合、天遂人愿。韦龙和韦凤四年前去北京上大学，就是潘雨多接的站。有一年春节他们还一起回过家。潘雨多去了火卖，韦凤和韦龙也来过这个家。在大人们的眼里，潘雨多和韦凤郎才女貌，相亲相爱是迟早的事。

但只有潘雨多知道，和韦凤恋爱，只是他和双方大人的一厢情愿。韦凤并不爱潘雨多，或者说潘雨多跟她不适合。她是一名演员，做梦都想成为明星的演员。她只爱能帮她圆梦的人。事实上，韦凤的明星梦就要实现了，因为她成了大导演苏放新片中的女主角。她就要成为巩俐、章子怡那样的人了。

一个月前，潘雨多还约过一次韦凤。韦凤来到约会的餐厅，只喝了一口茶，说了几句话，就走了。

那几句话潘雨多记得清清楚楚，刻骨铭心。

韦凤说："潘雨多，干我们这行的人，心和身体不能只属于一个人，但这对你不公平。你不要等我。"

潘雨多现在想把这几句话，跟韦凤的父亲说。他看看韦凤的父亲，看着这个不停地咳嗽还持续抽烟的人，却说："蓝叔叔，我和韦凤，还有韦龙，在北京都过得很好。我们常在一起，请你放心。"

蓝宝贵咳出喉咙的一口痰，又咽了回去，却让脸上漾开一个笑容。这笑容一直保持到上桌吃饭，同桌的一名老师告诉他，二十多年前，现在才知道的事情，他的笑容才收了回去。

这名老师说，你老婆早产的电报，是我发的。我当时是火卖小学的老师，这你知道。后来我为什么调离火卖，你就不知道了吧？蓝宝贵说你说。这名老师又说，是火卖人上告把我调走的，说我教得不好。其实不是我教得不好，是怕我说出你老婆不是早产的真相，也为了让你留在火卖，有个事做。我调走了，你就可以接替我当老师了。

蓝宝贵僵在那里，气上不来，痰粘在了喉咙。这名老师急忙给他捶背，说火卖人也是一片好心，出于善意，你不要怪他们。

不知道是捶背的缘故，还是开导的话起了作用，蓝宝贵把痰咳上来了，还很多。蓝宝贵起身冲到外边去吐痰。

他咯的却是血。

韦龙回到片场。他得到导演苏放的授权和制片方的许可，当起了执行导演，行使导演的职责。停拍了三天的戏重新开工。

导演苏放留在县医院疗伤。他优雅的夫人已经到了县里，正在对他进行动员，想说服他转院去北京治疗。苏放不愿意，也不同意。夫人说我可以留在这里照顾你，但对你的伤是没有好处的。苏放说我留在这里，对电影有好处就行。代替我的导演你也见了，他还很年轻。这里离片场近，我也可以看到冲印回来的样片，有什么毛病，我随时都可以指导，改正过来。我的伤可以不好，但这部片绝不能拍砸！夫人见丈夫执意不从，就不再劝。

苏放有些感激地看着夫人，她正沉默地削着苹果。这苹果让他回到二十多年前，也让削苹果的夫人，变回了1979年春天那个年满十九岁的女大学生——

苏放本来是去北大看望蓝宝贵的，因为他知道蓝宝贵也考上了大学。于是他就去找他玩。但是蓝宝贵的同学告诉他，蓝宝贵休学了。苏放没有问蓝宝贵休学的原因，他断想无非是病了。从男生宿舍出来后，他在未名湖畔遇到了她。她正望着湖水出神，这引起了他的好奇。他走过去，也站在她的身边。他丢了一颗小石子进湖里，湖水泛起微澜。她瞥了他一眼。他就说，石头告诉我，这湖水很浅，不是殉情的好地方。她受他的话刺激，回敬说，我知道有个地方，河北的狼牙山，你可以去那里从上面跳下去，保管你死了，没准还留个好名声。他说你的意思，是想让日本鬼子还侵略咱中国一回？五壮士宁死不屈还不够，还想出现六壮士？她听了就笑，为他的幽默。他的幽默很快就让她折服，再后来就把她征服。一个北京电影学院的男生把一个北京大学的女生收拾得疯疯癫癫，服服帖帖，最后把她娶做了老婆，这不是征服又是什么？他的老婆后来变成了夫人，因为他成了名人。

苏放的夫人，名叫吴欢。

韦凤很想离开拍摄地，去县医院探视苏导演，但没有被韦龙允许。韦凤瞪着独裁的执行导演，说哥，我不能不管他！我要报答他！我爱他！

韦龙一个巴掌赐给妹妹，说我也爱他，因为他是我们的亲生父亲！

韦龙和韦凤为亲生的父亲悲欣交集的时候，他们的另外一个父亲却已经病入膏肓，无可救药了。

蓝宝贵拒绝住院治疗，在检查得知肺癌晚期之后。他回到了火卖，骗村人们说患的只是肺炎，吃几服中药就好。他把中药泡在壶里，喝给别人看。其实所谓的中药，不过是他在街上买来的两包茶叶。那浑黄的药水，是茶叶水。他这么做的目的，无非是想诳过村人，不想让自作聪明的火卖人，把他的病情泄露给他在外面干大事业的儿子和女儿。他怕子女知道了，会放下出人头地的工作回家来，或寄钱来。

他还继续去学校上课。

课堂上坐满了学生，在大声地跟着老师念着课文。幼小的学生们并没有发现，他们的老师是在用生命最后的气力，辅导着他们,像将吐尽蚕丝的蚕一样。

在教室后方的墙上,满墙的相片像星星一样,照耀正在就读的学生们。在那些象征光荣的照片里,就有蓝老师的儿子韦龙、女儿韦凤——他们面向父亲,稚嫩的笑脸和纯真的眼睛,像不败的花朵和不灭的灯,朝着父亲开放。

老村长唐国芳看见蓝宝贵坐在山坡上,望着进村的公路和电线。他走过去,和蓝宝贵一起坐着,一起看。

"你真的见过毛主席吗?"老村长说。

蓝宝贵说:"没有。"

老村长说:"那你说你坐过飞机,也是假的啰?"

"我只不过是,来不及去看毛主席,也来不及坐飞机而已。"蓝宝贵说。说完,他自己就笑了。

这是老村长最后一次,见蓝宝贵笑。

蓝宝贵的葬礼,一点也不亚于他的老师。闻讯而来的人们漫山遍野,满目的白花像是无痕的大雪。在蓝宝贵的墓前,跪着他披麻戴孝的一双儿女。他们是得到父亲的死讯后才赶回来的,只是从打开的棺材看见父亲最后一眼。而父亲临终前的最后一眼,却只是看儿女的照片。

在蓝宝贵上门为婿的韦家晒坪上,坐着一百零二岁的韦老太爷。他坐在这个地方,先后送走了他的儿媳妇、两个孙子、一个孙女和一个儿子,现在又送走了孙女婿。他们一一走进阴间,但他却顽强地活着,仿佛他们都把自己的寿命,留给了他。他仰着脸，在明媚的阳光下，享受着人世的幸福和温暖。

韦龙在翻看父亲的遗物时，发现了六卷没有洗晒的胶卷。他把它们洗晒出来。

黑白的照片上，是一群年轻的学生在北京大学校门口、未名湖畔以及长城的留影，他们神采飞扬，朝气蓬勃。

韦龙在照片上发现了父亲，一张父亲单独和一名女生的合影，让韦龙触目惊心。照片上的父亲十分腼腆，甚至有些胆怯。而那名女生却十分的大方、主动，她的手伸在父亲的臂弯里。这女生怎么这么眼熟？很像一个人。

韦龙把照片从土制的暗房拿到屋外，给妹妹看。韦凤看着父亲，看着父亲身边的女子，惊讶的神色像是发现惊天的隐秘。这女子不就是吴欢吴阿姨吗？她和父亲竟然是同学！北大的同学。父亲原来是考上过大学的呀！那么，后来父亲为什么退学了呢？我们的生父怎么又跟父亲的同学认识呢？

兄妹俩瞠目结舌，父亲的故事让他们大开眼界。

2005 年

扑　克

在玩扑克之前，王新云和宋海燕吃了夜宵。在吃夜宵之前，王新云和宋海燕看了南宁国际民歌节的晚会。夜宵是宋海燕的同学苏敏请的，买单的是苏敏的丈夫老陆。老陆其实不老，只不过苏敏介绍丈夫的时候就说老陆，王新云和宋海燕也就跟着叫老陆。他们四个人在南宁的中山路吃饱喝足，还舍不得分开。苏敏和宋海燕互相搂着，脸也是贴在一起。老陆就说你们今晚就住一块吧，让你们亲个够。苏敏看看宋海燕，看看丈夫，又对丈夫有所不舍。老陆说我们正好四个人，要不打牌？苏敏说好啊！又看宋海燕说，怎样？宋海燕看了看王新云。王新云说，打什么牌？扑克还是麻将？老陆说，你们喜欢打什么？宋海燕说都可以。苏敏说那我们斗牛吧，斗牛会吗？宋海燕说我们走南闯北的人，什么不会？苏敏说好，那就斗牛！买单的时候，老陆顺便跟摊主要一副扑克。王新云说我们宾馆的房间里就有扑克。苏敏看看王新云，意思是"你肯定？"，宋海燕就说他这个人心很细的，说有就有。苏敏就不让丈夫再买牌。

王新云的确记得宾馆房间里有扑克牌，一入住的时候就注意到了。扑克牌就放在茶几上，与酒柜上、盥洗间的方便面、壮阳酒、洁尔阴等食物和药是区分开的，还注明是免费。那时候王新云还奇怪，扑克牌怎么是不收费的呢？他所见过的宾馆的扑克牌都是收费的，想不到这家宾馆特别。那时候他更想不到，更特别的还在后头。

扑克是在宋海燕的房间玩的，使用的也是宋海燕房间的扑克。一进房间，王新云便忙着烧水沏茶，看上去更像是房间的主人。当他把茶水一杯杯端到各人面前，在座的人已经是急不可待了。

抓牌的时候，王新云已经注意到扑克牌上的人像了，是不同的脸孔，但全是儿童。儿童们大多印在J以上的牌面上，是通常扑克牌神和魔的位置。第二局打完了，王新云也只注意到这些。

第三局的牌抓了剩几张的时候，房间的电话响了。宋海燕一听，立即用抓牌的手食指竖在唇边，做了个嘘的手势，然后把牌扣在桌子上，去接电话。坐在宋海燕右边手的苏敏接着替宋海燕摸牌，把牌抓完。

电话是宋海燕的丈夫打来的，从宋海燕的口吻听得出来。这时候苏敏、老陆和王新云都理顺了各自手中的牌，等宋海燕打完电话。但这个电话打了五分钟，老陆在王新云的提示下喝了数口茶，还没有停止的意思。宋海燕和丈夫卿卿我我，听上去十分恩爱。原来宋海燕为什么要求在她的房间打牌，是在等丈夫的电话，或者说，她知道丈夫一定会打来电话，她得接这个电话。

这样，王新云有机会仔细看了扑克牌上的人像，准确地说，是看仔细了人像下的说明文字，在给老陆的茶杯里续了茶水之后。

王新云的吃惊一定是从内脏开始的，甚至是从心的最深处开始的，因为在他仔细看了扑克牌的人像和文字说明之后，脸上许久都没有表情。或者说在他仔细看牌之前和看牌时，脸上还有表情，但是在他仔细看完一张牌之后，脸上的表情就收敛了，紧缩了，甚至僵硬了。

这是一副寻子扑克。扑克上印着的人像，全是被拐走或失踪了的儿童，文字上写明他们及他们亲父母的名字、家庭地址、被拐走或失踪的时间、地点，还有现如今的联系方式等。

王新云的僵硬，就是跟这副扑克有关。但苏敏、老陆看不出来。宋海燕连看都没看，她还在打电话。苏敏已经很不耐烦了，大喊了一声，"宋海燕！"宋海燕举了一下手，对电话里的丈夫说是苏敏叫我，他们在等我打牌呢。还有谁？她丈夫老陆呗。还有谁？宋海燕这才看了看王新云，继续说还有广西电视台一名女导演，你不认识。什么？你说跟我来的我们部的小王呀，他没在，应该早就睡了。没有。今晚估计要打个通宵。斗牛。蛮好玩的，就是2黑桃和3黑桃是牛，谁摸到2黑桃和3黑桃，就和另外的人斗，哪边的人先出完牌就算哪边赢。

哎，那我打牌去了，拜拜。宋海燕朝着话筒，亲了一口，挂掉电话。

王新云仍然僵在那里，像个雕塑。重返牌桌的宋海燕没有察觉，她迅速理顺了自己的牌，抬眼问：好了，谁出牌？见大家不吭声也没动作，说是我出吗，那我出了！宋海燕正要出牌，苏敏摁了摁宋海燕的手，示意她好好看看对面的王新云。

王新云的右手举着一张牌，一动也不动，其余的牌在另一只手上耷拉着，露出牌面。他看上去已经像个痴呆。

宋海燕说新云，你出牌。王新云仍然举着那张牌没动。宋海燕说，你出牌呀！王新云还是没有响应。宋海燕说，你怎么啦？她的音调柔和起来，起腰伸手过去，把王新云那只手里耷拉的扑克牌扶直，说你看，你的牌都让别人看见了。她的温柔依然不能使王新云有反应。苏敏对宋海燕说你看你这个电话打的，让人魂都没了。宋海燕瞪了瞪苏敏，说别乱讲。她又探着身子伸出手过去，亲切地拍了拍王新云的肩，还轻轻拍了拍他那只举着一张牌的手，说新云，我们继续打牌，好不好？

宋海燕的轻柔的拍打有了效果，王新云眨眼了。他把右手那张牌插进另一手牌里，像是考虑好了，准备出另外一张。

殊不知，王新云把像扇面的一手牌一合，谁也不看，说对不起，我不能打了。宋海燕、苏敏和老陆都愣了。王新云又一次表示对不起，并把牌放下了。

宋海燕、苏敏、老陆面面相觑。宋海燕说，那就不打了。

宋海燕一个人送苏敏、老陆到宾馆楼下，等老陆走开去把车开过来,她才对苏敏说,你们到底对王新云乱说什么?惹他不高兴!苏敏说,谁乱说啦?是你和老公打那么长电话,还卿卿我我的,他才不高兴!是我我也不高兴,你以为我看不出你们俩的关系呀?宋海燕想回句什么话,又被噎了回去。苏敏说典型的姐弟恋。宋海燕把苏敏一推,说走吧。苏敏临上老陆开过来的车,转过头对宋海燕说,那明天我不送你了?宋海燕摆手说,不送!

送走苏敏和老陆,宋海燕在电梯里忽然想起什么,掏出手机,给苏敏发了一条短信:你知道就行,什么也别跟老陆说。苏敏在车里收到这条短信,笑了。老陆说,你笑什么?苏敏说,你相信姐弟恋吗?老陆看着前方,说,没经历过,不知道。

宋海燕没有直接回自己的房间,而是先摁了王新云房间的门铃。两人住的是对门。门铃摁了几次,都不见王新云开门。宋海燕又呼唤了几声王新云,也不见有响应。她回了自己的房间,用房间的电话打王新云房间的电话,没人接听。宋海燕只好用手机给王新云的手机发短信。你在哪?等了一会儿,不见回复,她接着又发。还在生我的气呀?是我不好,别生气了好吗?你在房间吗?开开门,我过去向你认错,行不行?

宋海燕接连给王新云发了十几条短信,都没有回复。她想王新云这次生气大了。之前王新云也和她生气,但每次生气,哄两句就好了。这次却很反常。宋海燕想,到底是怎么啦?我跟丈夫通电话,就生气成这样。你又不是不知道我有丈夫,既然是我丈夫我不得好好跟他说话吗？我不说跟广西电视台女导演打牌难道我敢说跟你打牌哪？我容易吗我？女人本来还要让男人哄的，我都哄你成这样了还不消气！跟比自己小的男人相好真是累。宋海燕这么一想，就觉得自己很委屈。她把手机往床上一扔，洗澡去了。

王新云坐在床上，满眼是泪。一大滴眼泪落在手里的一张牌上，和王新云在宋海燕房间最后举的是同一张牌，黑桃K，只不过是另一副扑克。在表示不打牌后，王新云就回了自己的房间。他迫不及待地打开房间里的扑克，找出了这张黑桃K，痴痴地看着，任凭宋海燕如何叫唤，都不答应。

现在这张黑桃K沾上了泪水，王新云发现后急忙用衣袖把泪水擦掉。黑桃K显现的是一名五岁的男孩，还有几行文字——

> 韦三虎，1986年7月19日在广西都安县菁盛乡街上被人拐走，被拐时五岁。有知情者请致信：
> 530007 广西都安县菁盛乡内曹村乜鸡屯韦元恩收。
> 或致电138****0515，有酬谢。

王新云的泪水继续滚落，但已经不是掉在扑克上，尽管所有的泪水都起因于扑克，或为扑克而流。

王新云手里的这张扑克，现在成了王新云的身份证。因为，它比王新云现有的身份证更真实。

王新云就是韦三虎。

韦三虎就是我，因为，被拐的人叫韦三虎，而我被拐的时候，就叫韦三虎，也是五岁。

王新云肯定记得的，就是这些。

当然，还不仅这些。

现在可以准确知道的是1986年7月19日那天，天还没亮，父亲便带着韦三虎出门。韦三虎坐在一只箩筐里，三只小猪挤在一只笼子里，构成了一副担子。父亲肩挑着韦三虎和猪，在山里行走。韦三虎的眼前还是一片黑乎乎的，没有照明的父亲却能挑着他和猪，准确地踏步在崎岖的路上。箩筐里的韦三虎一会儿在前面，一会儿又晃悠到父亲的后面。韦三虎被晃悠得晕晕乎乎，却异常兴奋。他的欢叫让笼里的小猪们都不吱声，把父亲吓坏了，以为猪笼里的猪死了。父亲在一处地方停了下来，鼓捣一番猪笼，确认每头猪都活着，才继续走路。父亲对儿子说，三虎，卖了这几头猪，给你买冰棍吃。韦三虎说阿爸，什么是冰棍？父亲说冰棍就是冷得不能再冷的又很甜的东西，是不能带回家吃的东西。韦三虎说为什么不能带回家吃。父亲说因为等不到回家，这东西就会化掉，所以才带你上街吃。韦三虎说什么是街。父亲说到了你就晓得。

韦三虎远远看见比村里多得多的房子，一间挨着一间，排成排，坐落在山脚一块宽大的平地里。这时候天已经亮了很久了。走在路上的也不只是父亲，还有好多人。他们有的扛着木头，有的挑着筐，有的背着篓，有的只拎着一只鸡，还有的空着手,都往那排成排的房子赶去。韦三虎好几次想从箩筐里跳出来,全被父亲制止。因为箩筐里要是没有了人,父亲的担子就会失重。五岁大的韦三虎和相当于韦三虎重的三头小猪,平衡了父亲肩上的扁担。

直到进入了那排对排的房子中间,在一个已经摆有猪的地带,父亲才把韦三虎放下来,当然也把猪放了下来。韦三虎从箩筐里出来了,但是还不能自由。父亲喝令韦三虎站着别动。韦三虎也就乖乖地不动,何况现在他开始紧张了。眼前到处都是人,而且全是不认识的人。他们走来走去,望望停停,像围着窝嗡嗡转的马蜂。不想被马蜂蜇,最好的办法就是看着别动,这是挨过马蜂蜇的韦三虎的经验和体会。因此韦三虎也就是看着,别人动,他不动。他不动并不等于他不想动,不动但可以想。哦,有许多房子的地方,有许多人,还有许多好看好玩好吃的东西,这就是街了。韦三虎想。

今天街上要卖的猪很多,但卖出去的却很少。韦三虎眼巴巴看着自家的三头小猪摆在那里,有人问,却没人买走。猪卖不掉,韦三虎的冰棍也就吃不上,因为父亲是说卖掉猪以后才给他买冰棍的。冰棍到底是什么样子呢?我什么时候才能吃上冰棍?今天我还能不能吃上冰棍?韦三虎嘬着自己的手指,着急地想。韦三虎急,父亲比他更急。父亲看着三头小猪争先恐后地拉屎拉尿,急得就像有人烧他的屁股割他的肉一样。因为,那些屎尿留在猪身体里就是钱,拉出来就是屎尿了。

天上的日头偏西,街上的人少了一些。摆卖的猪也已经没有屎尿可拉了，买猪的人就多了起来。韦三虎看见不少曾见过的人，再次出现，连人带猪领走。不远处，称猪的地方排成长队。

父亲的猪也有人来买了。这可乐坏了韦三虎，因为他很快要吃上冰棍了。看着肚子瘪瘪的猪，父亲却高兴不起来。他垂头丧气地跟着买猪的人去称猪的地方排队。韦三虎起先是跟着父亲的屁股的，但是父亲突然回头，对韦三虎说，在这等，别动！

韦三虎站在那里，原本是不动的。但是后来，他没法不动。因为，有人过来说带他去买冰棍。

那是个穿凉鞋的男人，戴着一顶草帽。他来到韦三虎身边，蹲下来，微笑着对韦三虎说，走，我带你去买冰棍吃。

韦三虎摇摇头，因为他不认识这个人。

这个人又说，你阿爸叫我带你去买冰棍给你吃。

韦三虎就想，我不认得这个人，但是他和阿爸是认得的，要不他怎么晓得下来我是要吃冰棍了呢？

韦三虎的确是朝着排队称猪的父亲看了过去，而父亲恰好回头，看了看他，还似乎对他点了点头，又转过头去。韦三虎看着父亲的后脑想，阿爸是给我跟这个戴草帽穿凉鞋的男人去买冰棍的，要不他怎么回头看我还对我点头呢？

这时候转过一边去的戴草帽的男人转过身来，对韦三虎说，走吧。

韦三虎就顺从地跟戴草帽的男人走了。

戴草帽的男人买了两根冰棍,给了韦三虎一根,他自己留一根。韦三虎拿了冰棍就咬,冷战得咧嘴,冰棍也差点掉落。戴草帽的男人就教他怎样吃冰棍,边示范边说,吃冰棍不能用牙,要用唇嘬,用舌头舔。韦三虎效仿着戴草帽的男人,他很快会吃冰棍了。

好吃吗?戴草帽的男人说。

韦三虎只能点头,不能说话,因为嘴里嘬着冰棍。

饿不饿?

韦三虎点头,又立即摇头,因为他饿,但是又已经吃着别人的东西了。

叔叔带你去坐车好不好?

韦三虎看着自称是叔叔的戴草帽的男人,不点头,也不摇头。

你阿爸要等好久才有空呢,叔叔先带你去坐车,然后再坐车带你回来,啊?

韦三虎被戴草帽的叔叔牵着,拐过了几个地方,然后被抱上一辆车。车很快就开走了,而且开得很快。

那是韦三虎第一次坐车,他高兴坏了。

况且戴草帽的叔叔一路哄着他,坐完汽车又坐火车,把一个五岁的孩子哄走多远,除了那个哄人的人,谁也不知道。

十九年过去了,当年五岁的韦三虎就是如今二十四岁的王新云,或者说王新云就是十九年前被拐走的韦三虎,都一样。

也不一样。

王新云，男，汉族，生于1981年9月1日，籍贯浙江温州，2004年7月毕业于北京广播电视学院，现任浙东电视台文艺部助理编导、记者。

这是王新云通用的简历。而且，从来没有人怀疑这份简历的真实性。从来没有人说王新云是小时被拐卖后由王姓人家收养的。

谁也不说，那么还有谁知道王新云就是韦三虎呢？

宋海燕是肯定不知道的，至少现在她还不知道。她要是知道，就不会认为王新云在牌桌上的失态不是跟牌有关而是跟自己有关。这个和自己的部属有着暧昧关系的浙东电视台文艺部主任，怎么也想不到，比自己小六岁的亲密男人竟有着非同一般的不为人知的身世。她以为王新云就如其通用简历这般简单。在简历之外她最多知道王新云的父亲是浙江王牌服装集团的总裁，一个身家过亿的企业家，其因为经常赞助浙东电视台的文艺晚会，而与掌管文艺部的宋海燕交往甚多，也互利甚多。所以当王新云拿着毕业推荐书投报浙东电视台时，宋海燕毫不犹豫地向台领导禀陈利害，接收了这名有着商业大亨的父亲却志在电视文艺的大学生，并对他悉心栽培，宠护有加。她的栽培和宠护导致了这名弟弟般的好男儿意乱情迷，爱上了姐姐般的有夫之妇。王新云的细致和率性最终使矛盾的宋海燕投怀送抱，明里是同事、上下级，或者姐弟，出差的时候要开两间房。私底下就什么也不用说了。

现在，宋海燕和王新云出差广西。明里，他们开了两间房。但是私下里，今晚已夜深人静，两人并没有住在一起。

宋海燕以为，是丈夫的电话让王新云生气了。

第二天，宋海燕起床梳洗、收拾好行李后，去叫王新云。王新云的房间是开着的。宋海燕走进去，只见服务员在清理房间，却不见王新云。服务员说客人已经退房走了。宋海燕立即用手机打王新云的手机，没有打通。她一个人打车去了机场，也没有在机场找到王新云。这个人究竟要搞什么名堂？和我玩失踪！宋海燕既焦急又生气地想。登机的时限就要到了，宋海燕只好匆匆登机，连王新云的机票也来不及退。

好吧，王新云，我们的关系就到此为止！在飞机上，宋海燕这么想。

王新云在寻亲的路上。

出租车在城外的公路上奔驰。仪表上的车费已经跳到了二百七十元，毫无疑问还会往上跳，因为路途还很遥远。当然这对有钱的王新云不是问题，对为了挣钱的出租车司机也不是问题。老鸟的司机不用担心乘客不付钱，因为在出发之前，他已经收了乘客的五百元预付金了。他唯一要担当的风险，是租车的人是不是打算劫车？但这个风险几乎是零，因为他已经确定，现在坐在他车上的乘客是一名电视台的记者，并且他已经看过记者证了。

王新云在看地图，他要在地图上找到扑克牌上写明的地址：广西都安县菁盛乡内曹村乜鸡屯。这是他此行的目的地。

但是他在地图上广西的区域里只找到"都安"和"菁盛"的名字。"内曹"呢？"乜鸡"呢？王新云找了半天，也没有找到。它们成了被世界忽略或遗忘的村落，因为它们太小了，无关紧要。但是现在对王新云来说，天大地大，不如内曹村大，不如乜鸡屯大，因为内曹村乜鸡屯是生他的地方，是他过去不知道也就谈不上记得的地方。他连自己是哪个省份的人都不知道。他要是知道，也不会过了十九年，才踏上回家的路。但是找到"菁盛"就够了，只要到了菁盛，内曹村乜鸡屯就不会太远。

出租车驶进山区。窗外的山扑入王新云的眼，它们在王新云的脑海中翻滚，在王新云的记忆里旋转。王新云看见一辆拖拉机迎面驶来，拖拉机上坐着五岁的韦三虎。

韦三虎仍然很兴奋。他兴奋的原因除了车子坐得还不过瘾，还有越来越开阔的田地、更密集更高的房子。拖拉机驶进平原地区，把群山抛在了后面。后来连山影也望不见了，韦三虎才想起在等他的父亲。他对戴草帽的叔叔说，我要回去。戴草帽的叔叔说，不急，我带你到城里，给你买枪后，再送你回去。韦三虎说不。戴草帽的叔叔说城里才有电视看，你不想看电视吗？韦三虎就不吭声了。戴草帽的叔叔这时候摘下草帽，变成了大头叔叔，因为他的头有南瓜那么大。

韦三虎进城了。这已经是晚上，城里那么亮的灯着实让韦三虎眩目。在吃了饭后，大头叔叔果然带韦三虎看电视了。那是在一家旅店的厅堂里，已经挤着许多看电视的人。大头叔叔把韦三虎扛在肩上，让韦三虎的视线，越过许多人的头，直接投到电视上。电视里的影像瞬间便让韦三虎着迷,假如大头叔叔现在要带他回家,他是一定不答应的。

韦三虎醒来的时候,发现自己已经在一辆更宽更长的车上。长车在奔跑。大头叔叔笑吟吟对他说这是火车。韦三虎好奇地看了一会车里,又好奇地看了一会窗外,突然想起什么,惊叫一声"阿爸!",大头叔叔说我这就是带你去见你阿爸呀。韦三虎渐渐觉察到来时不是这样的路,也不是坐这样的车,意识到不对,慌张地跳下座位,要跑,被大头叔叔抓住。韦三虎哭了起来,我要阿爸!大头叔叔这时拿出一把枪,在韦三虎眼前亮相,还朝着窗外嘟嘟射击。韦三虎被这把枪吸引住了。大头叔叔说不要哭,不要闹,就把枪给你。韦三虎静默,大头叔叔就把枪给了他。这是一支玩具冲锋枪,但是在韦三虎的世界里,就是一把真枪。

有了枪的韦三虎如虎添翼,他重新亢奋起来,把窗外飞驰而过的房舍、牲畜和行人,都当成了碉堡和敌人。他到底摧毁、消灭了多少碉堡和敌人,根本就没法数,只知道不停地射击。他在铁道线上昼夜射杀,成了这辆奔驰中的列车最英勇顽强的卫士。

这个保卫列车的小孩,最终却保护不了自己。

韦三虎又醒来的时候,发现自己已经不在火车上,而是荒郊野岭。他伏在一个人的背上,发现背他的人头好小,肯定不是大头叔叔。荒郊野岭只有他和背他的人,大头叔叔哪里去了?韦三虎挣扎着从那人的背上下来。那人转身,韦三虎发现自己的冲锋枪竟挂在那人的胸前。他第一个念头就是把枪夺回来。但是没等他动作，那人已经把枪取下来，还给了他。韦三虎拿了枪后便跑，那人也不追，只是在他身后步行。韦三虎跑了很远，一条河流挡住了他的去路。他在河边进退两难。先前背他的人到来了，这是个模样比父亲大，个子比父亲小的男人，不像是坏人，但韦三虎还是把冲锋枪对准了他。那人竟然双手举起，投降的样子。接下来，韦三虎反而不知道该拿他怎么办了。那人慢慢把手放了下来，然后坐在土坎上，掏出烟袋来，卷烟抽。他边抽烟边看着韦三虎，很中意的样子。

韦三虎说，我要阿爸。

那人说，我就是你阿爸。

你不是我阿爸！

从今天起，我就是你阿爸。

不是！韦三虎说，你问给我买枪的叔叔，你不是我阿爸！

那人说，你叔叔已经把你卖给我，做我儿子了，我就是你阿爸。

韦三虎的脑袋嗡地炸了一下，冲锋枪的枪口胡乱地指着天上，又指着地下。他慌不择路地逃，但这回是那人挡住了他，还拦腰把他抱起，往河里走。这条河并不深，最深的地方只没到那人的屁股。韦三虎俯身在那人的腋窝下，脸和河面贴得很近，那人就把他竖抱起来，继续往对岸走。到了对岸，那人把他放下，摁着他的两肩，瞪着他说，你再跑，狼就把你吃了！韦三虎是第一次听说狼，因为他家那里没有狼。虽然是第一次听说，韦三虎却很害怕，他不想被狼吃了。

那人见韦三虎害怕，摸了摸韦三虎的脸，说我是买你来做我儿子的，我不会害你。我姓陈，从今天起你就跟我姓陈，名字等到家我就找人给你起，按我们陈家辈分排班给你起。

韦三虎抹着眼泪，说我要回家。

那人就说，好，那我们回家。来，爸爸背你回家。

那人强行背起韦三虎，往岸上的竹林走。走进竹林，又穿过竹林，前方便出现一个村落。这个村的房子比韦三虎家村子的房子多，地也比韦三虎家村子的地宽。韦三虎在那人背上，听那人对脚边的一块地说，这是我们家的地。然后那人看着附近的一所房子，说，喏，那是我们家的房子。韦三虎从那人的背后，看见房子越来越近。还有十几步的时候，一个女人从房子里跑了出来，看看男人背着的小孩，看看背着小孩的男人，把他们迎进房子。女人协助男人把孩子放下，然后从水缸里舀了两碗水，一碗给小孩，一碗给男人。男人喝完水，才发现孩子没喝。他对孩子说，儿子，这就是你的家。然后他指着在一旁正端详孩子的女人，说，这是你妈。

韦三虎不喝不吃，也不说话，坚持了好几天。那几天里，他偷偷听到女人问她丈夫，这孩子多少钱买的？丈夫说六千。女人说，你肯定这孩子不是哑巴？丈夫说他都跟我说过话了，还灵醒得很呢。女人说，那就值。丈夫说，你可把他给我看严了，别让他跑咯。女人说我把他拴起来，锁上锁，他就跑不了。丈夫说，也不能拴他一辈子呀，咱们是养儿子，又不是养狗。女人说，他什么时候叫我妈，叫你爸，我就不拴他。女人说做就做，她跑去娘家要了一条锁链，这锁链原本是拴船的，现在要拴买来的儿子。女人拿着锁链走进里屋，一愣。她发现孩子虽然睡着，但是床边放了好几天的饭菜，已经吃光了。女人没有趁孩子睡着把他锁住。孩子醒来后，自己走去水缸边舀水喝，回头一把鼻涕一把泪，对女人男人说，爸，妈。

女人就把锁链藏了起来。

韦三虎变得格外的听话和顺从，因为只有这样，花了钱买他做儿子的男人和女人才会放松对他的监管。他才有机会跑出去，回自己真正的家，和自己亲亲的父亲、母亲、哥哥在一起。

韦三虎回家的计划，过了十九年，才得以实现。

二十四岁的韦三虎泪眼婆娑，望着家乡。他确信已经在家乡的土地上了，准确地说，他已经进入都安县境内，并且家的方位已经锁定，范围也越来越小。这是地图和扑克牌标明了的，他只要按着地图和扑克牌指引的路走，就能到家。那是韦三虎的家，可我现在还叫王新云，我能叫回韦三虎吗？叫王新云的韦三虎想。

出租车开到菁盛。站在菁盛的集市上，王新云已经看不到和记忆里相对应或吻合的房子、店铺和路面。这里的一切都已经翻新。但是王新云能感觉到，他现在站着的地方，就是当年父亲卖猪的地方，也是他被拐卖的起点。那么，内曹村乜鸡屯往哪个方向走呢？乜鸡屯的房子，哪座又是我的家？乜鸡屯的人，哪一个是我的父亲？哪一个是我的母亲？哪两个又是我的哥哥？他们肯定已经变得我不认识了。扑克牌上写的联系人韦元恩，是不是就是我的父亲？

弄清这些问题，对当记者的王新云并不难。他走进菁盛乡派出所，给值班的警察递了张名片。值班警察看了名片，又紧张又热情，不知道这个外省来的记者究竟想采访什么，或曝光什么。

王新云说，我想打听一下，菁盛乡是否有一个叫韦元恩的人？

值班警察不假思索地说，有！

王新云说，我来时打过他的手机，没有打通。请问在哪里可以找得到他？

值班警察说，哦，他那个地方手机是没有信号的。

王新云说，我打他的手机，说是欠费。

值班警察说，那说明他很可能不在家，找儿子去了。

王新云的心咯噔一下，韦元恩就是我的父亲！我想的没错。

那家里不是还有人在吗？王新云说。

有，值班警察说，一个疯子，还有一个傻子。

王新云愣怔，是内曹村乜鸡屯吗？

值班警察说是呀，疯子是韦元恩老婆，傻子是韦元恩儿子。

他有几个儿子？

值班警察想了想，三个吧，算丢了的那个，三个。

王新云说，那还有一个呢？

不清楚，好像是在广东做别人的倒插门女婿去了，值班警察说，我也是听说而已，我刚来，没见过韦元恩这个儿子，丢了的那个就更不用说见不见了。

王新云说，那……他出去找儿子的时候，平时谁照顾母子俩呢？

傻子照顾疯子。

王新云发呆，也像个傻子。值班警察看着名片，叫了两声王记者，王新云才回过神来。

王新云说，我想去他们家看看，请问怎么走？

值班警察说，你要采访报道他们家？

王新云说，看情况。不可以吗？

值班警察忙说，可以，记者有采访报道的自由嘛，只是……

王新云说，只是什么？

只是……值班警察继续吞吐，你等一等。他说着站了起来，离开值班室。约莫有五分钟，他回来了，对王新云说王记者，我们领导同意了，要我陪你去。

王新云说不用了吧，告诉我怎么走就行。

告诉你也没有用，值班警察说，去乜鸡的路弯多岔道也多，容易走错，而且全是山路，比较难走，没有人带路哪行？而且我们领导说了，要保护好你。

王新云便说，谢谢。

出租车还等在派出所门外，但显然已经没有用处，因为王新云和警察接下来要步行上山。王新云照仪表显示的车费补够钱。出租车司机说，你不回去了？王新云说回，但不知什么时候回。出租车司机说，要不要我等你？王新云见值班警察手里拿着两把手电筒，便对司机说不用等，回去我自己想办法。出租车司机看看身着制服却不像带有武器的警察，对王新云说，你要采访的不是刑事案？王新云想起出来时出租车司机对他的提防，说，有人劫你的车就是。出租车司机愣了半天，等他明白记者的话的嘲讽意味时，王新云和警察已经在上山的路上了。

山路狭小而陡峭，就像是从山顶垂直扔下来的绳子，王新云和警察则像两个"油瓶"，慢慢地往上吊。王新云随身带的摄影包已经由警察代劳了，他仍然觉得这山实在难爬。尽管五岁以前，他就住在这高山深处，而且他经过这条路。但那是父亲挑着他经过的。现在他必须亲自走。这是一条十九年后才回头的路。王新云走在回家的路上，紧紧盯着脚下光滑的石头，还不时抓着身边的凸石或缠绕石头的藤蔓，才一步一步向上。他身后的警察在很困难的时候就托他一把。

他们很长时间才上到山坳口。王新云大汗淋漓、气喘吁吁，一屁股坐在石头上，剥掉上身的衣服。着制服的警察不敢像他一样放开，只是摘下帽子。山坳口通风，过了一会儿，警察便叫王新云把衣服穿上，以免着凉。王新云现在已经知道警察姓黄名峰，称呼时就叫他黄警官。他问黄警官离乜鸡屯还有多远。黄警官说一个小时就能到了，从这里走，路没有那么陡了。王新云说那我们走吧。

二人继续走路。王新云果然感觉路好走了许多，可以边走边四周看看，也有闲心和警察说话了。他问黄警官去过乜鸡屯么。黄警官说当然去过，不止一次。王新云说那你对乜鸡屯很熟咯。黄警官说熟。王新云回回头，说那么，韦元恩……

黄警官说，我每次来乜鸡屯，都是跟韦元恩有关。

王新云说，为什么？

乡里发生案件或者外边发生案件通报协查的时候，我就得先到乜鸡屯，看韦元恩在不在。黄警官说。

为什么？

因为，韦元恩是释放的劳改犯。

王新云突然停步，转身看着语出惊人的警察，眼神错愕。

黄警官说，我说的没错呀，韦元恩是劳改释放。

他为什么劳改？

伤害罪，判了十年。然后越狱，被抓又加判五年，一共十五年。去年刚释放。

王新云一下子变木了，像一棵被雷劈过的树。

所以你提出要去韦元恩家的时候，我是想提醒一下的，黄警官说，可我又不好说什么，记者有采访报道的自由嘛。不过，多采访报道一下也好，万一能帮韦元恩找到儿子，也是个好事情。

黄警官说的这些，王新云全没听见，他的脑子里还在嗡嗡作响，四周的山还在旋转。

我的生父居然是个罪犯？！

我的生父怎么可能是个罪犯？！

还有，我的生母，我的哥哥们……

在王新云脑里嗡嗡作响的，来来回回就是三个问题，它们像三条巨大的绳索，抽打着陀螺一样的山，使山旋转。这三条绳索也着魔一样，把寻亲认亲的王新云绑住。

黄警官见王新云一动不动，脸色发白，担心这名外省来的记者中暑，他把警帽当扇子，绕在王新云前后左右，使劲地扇。

王新云的头甩动了一下，冷静下来。他对为他纳凉和使他意识清醒的黄警官说，谢谢。

黄警官说，我们还要去乜鸡屯吗？

王新云稍作思量，说去吧。

乜鸡屯到了。那形状如鸡的山下，如鸡窝的凹地里散落着几座房屋，像鸡下的蛋。王新云随黄警官下到凹地。黄警官指着屯里最破的房子，说这是韦元恩的家。其实黄警官不说，王新云已经认得或回忆起来。这是和王新云五岁前的回忆最吻合的建筑，干栏式土木结构的房屋，楼上住人，低矮的楼下养牲畜。王新云对着房屋，深深地吸气，仿佛要从那房屋上下，嗅出人的味道和牲畜的味道。

但房屋静和阴沉得就像坟墓，没有像屯中的其他房屋那样，有牲畜活动，有炊烟冒出，还有人影晃动。王新云看着没有一点生气的房屋，对王警官说，你确定？

黄警官对着房屋喊韦元恩。连叫了几次，没见人应声出来。黄警官说韦元恩不在家。我说过，一定是找儿子去了。

王新云说，那其他人呢？

黄警官没有答应，向房屋走去。他登上小楼梯，从房屋洞开的门口朝里看了看，回头对跟随的王新云说，别怕。

两人一前一后进了房屋。王新云从像盾牌一样的黄警官身后诚惶诚恐地看着自己的家。这个作别了十九年的家现在已经变得破败不堪，墙壁大开裂缝，东歪西斜，屋瓦漏洞百出，堂屋空空如也。黄警官走到没有门的内屋入口，站住。王新云的视线越过黄警官的肩膀，看见一根横着的绳索，连着两张床。黄警官走近两步，王新云跟进两步。黄警官轻轻掀开一张床的蚊帐，一个白发如雪的老婆子坐在床上！像个女魔。她的眼眶凹陷，眼球却凸出，而眼神呆滞。或许因为在黄警官的身后，也或许断定是自己的生母，王新云并没有受太多的惊吓。他所惊讶的是生母苍老的容颜超过了他的预想，还有，生母瘦小的身骨令他心颤。绳索的一端并不系着床，而是拴在生母的腰上！另一端呢？王新云移步上前，抓着绳索，拉了拉绳索的另一端。另一张床上有了动静，像人在翻身。王新云掀开另一张床的蚊帐，只见一个男子在睡觉，绳索的另一端也系在腰上。这应该就是自己的哥哥了。王新云想，那究竟是大哥还是二哥呢？生母和哥哥为什么要用绳子相互拴着？是谁怕谁跑丢？黄警官这时朝睡觉的哥哥喊道,阿大,起来咯!王新云终于知晓睡觉的哥哥是大哥。黄警官见大哥没反应,抓住绳子猛地一拉。大哥惊醒坐立,看了看对面床上的母亲,才发现床边站着的人。大哥对来人没有畏惧,只是傻傻地笑。黄警官说,你阿爸呢?大哥没有回答,还是傻傻地笑,嘴还流着口水。黄警官又说,吃饭了没有?大哥愣了愣,摇头。黄警官说都什么时候了,还不煮饭?煮饭了没有?大哥不吭声,下了床来,往外走。他这一走,牵动了母亲。母亲也下了床,被大哥系腰的绳索拉着走。王新云这时注意到,母亲拴在腰上的绳索是打了死结的。就是说,母亲无法脱离大哥的控制。大哥到哪,就把母亲带到哪,或者说,母亲去哪,也在大哥的掌控之中。疯子和傻子,相对来说,傻子就是明智的人了。

  大哥来到灶旁,蹲下。他用柴棍拨开火灰,撩拨出三个煨熟的红薯来。他拿起一个最大的红薯,剥去红薯的皮,然后递给母亲。母亲吃着红薯。大哥再拿起一个红薯,剥了皮,自己吃。黄警官掀开灶上的锅盖,发现锅里是空的。他又去掀开囤仓的仓盖,发现也是空的。只有在墙角的箩筐里,看见小半筐的红薯。很显然,红薯是大哥和母亲今天的晚饭,是他们如今唯一的粮食。

  这一切,都被王新云看在眼里。看着自己的生母和亲大哥,王新云认亲的冲动涌到了嗓子眼上,但立刻又被卡住。还是路上的那三个问题,又着了魔一样,阻隔了他和亲人的相认。

我的生母是个疯子，我的大哥又是个傻子，能认吗？

我的生父是个释放的劳改犯，敢认吗？

我认了有罪的生父，我是不是就成了疯子和傻子？

王新云被三个让人着魔的问题战胜，他战战兢兢地把手伸进口袋，掏出钱包，把所有的钱交给了大哥。大哥拿着钱，一张一张地看着钞票，傻傻地笑着说，毛主席，嘿，全是毛主席！

王新云和黄警官回到菁盛乡政府，已是夜晚。想不到出租车司机还在等着。司机对王新云说，与其我放空车回去，还不如等你回来。这个乡又没有出租车，你回去不打我的车行吗？王新云说那我只有打劫了。司机愣怔。黄警官说王记者把身上的钱，都捐给了贫困的农民，你能不能也发发善心，免费搭王记者回去？司机说那怎么可以，你开玩笑吧？王新云说我卡里有钱，你要是相信我，一到南宁，我就取钱给你。司机忙说没问题，我相信！王新云答谢陪伴了他大半天的黄警官，又一次坐车离开出生的故乡，以及亲人。只不过他的这次离开，不是被拐卖，而是背弃。

宋海燕看着电脑显示器，她手里的鼠标频频挪移点击，还真像在笼里窜动的老鼠。显示器上的网页像魔术师手里的扑克牌弹跳翻飞，乱七八糟。但宋海燕宁可让这些乱七八糟的网页使自己眼花缭乱，也不看在对面正襟危坐的王新云。

王新云终于按捺不住了，说，请你不要这样对我。

宋海燕置若罔闻。

请你不要这样对我，好吗？

宋海燕还是不理会，继续折腾电脑。

王新云站起来，转身就走。

你站住！

王新云站住，回过身来，看见宋海燕手里还握着鼠标，但是已经停止挪移点击，眼睛也转了方向，对着他。

宋海燕说，你还知道回来，我以为你走了就不回来了。

王新云说，我并没有耽误工作。

可是你不声不响就走了！你到底跑哪去了？

王新云说，我只是换了个地方，一个人待了一天。

宋海燕说为什么，就为了一个不该生气的例行电话？

王新云说不是。

那是为什么？

王新云说，对不起，我有苦衷，说是隐私也可以。

宋海燕说，什么苦衷，什么隐私，对我也不能说？

王新云说，不能。

另觅新欢，这就是你的隐私吧？

我说了，我只是换了个地方，一个人待了一天！王新云口气强硬地说。

好吧，宋海燕说，只要你不是被人绑架就好。你再不回来，我就以为你被人绑架了呢。

绑架？王新云诧异地看着宋海燕，为什么？

因为你是亿万富翁的儿子。

如果有人绑架我,那就是你。王新云说。

宋海燕听了就笑。

两人现在是在宋海燕的办公室。王新云昨天从南宁回到浙东,就给宋海燕发了短信,要求会面,但被宋海燕拒绝。还憋着一肚子火气的宋海燕回短信说,有脸的话,明天办公室见。今天一上班,王新云头一个进入宋海燕的办公室。就在刚才,宋海燕还没有给王新云好脸色看。但是现在,一切的猜疑和怨气都烟消云散。这是情欲的力量驱除的效果,年轻、英俊、强壮的王新云就是情欲的根源。宋海燕有点后悔和王新云在办公室见面了。如果不是在办公室,而是在宾馆,或者王新云的公寓,三十岁的宋海燕一定如狼似虎一般,把这个比自己小六岁的男人,生吞活剥了。

王新云说,我工作去了。

王新云的工作,是协助文艺部的导演,编导各种带有政治意义和社会公益的文艺节目和晚会。文艺部有两名导演,其中一名是宋海燕,已升任部主任。导演实际上只有一名,姓张,长着一脸大胡子,平日里人们就叫他张胡子。但王新云不叫,还是叫他张导演。张导演身为导演,但实际上已经把导演的权力交给了副导演王新云。原因有二,第一,对局台领导提拔同为导演的宋海燕当部主任心怀不满,有消极情绪;第二,确实对副导演王新云喜欢欣赏,因为他从王新云以及他父亲那里得到的伺候和孝敬,弥补了他不能当官的失落,并远远超过他当导演的所得。他乐意把导筒交给既世故又有势力的年轻人，这对他并无损害，因为王新云编导的节目和晚会，内外均受好评，但署名的时候，副导演是王新云，导演还是他张胡子。

现在，张胡子导演坐在演播厅的观众席那里，两腿架在前座的椅子上，公然睡觉。而舞台上，副导演王新云正对着排练中的一批红男绿女粗声厉语，颐指气使。从那些服服帖帖、言听计从的红男绿女状态，可以充分看出王新云的权威。他俨然是这个舞台的主宰。

口干舌燥的王新云取水喝的时候，掉头看见了一个他敬爱的人。那是他的父亲，准确地说，是他的养父。养父就坐在张胡子导演的身后，欣慰地看着舞台，看着他在实现梦想的儿子。

王新云急忙走下舞台，走向收养他的父亲。他来到养父身边，高兴地说，爸！养父竖指做了个嘘的手势，意思是别扰醒了正睡着的张胡子导演。然而张胡子已经醒了，他立马站起，因为他看见了王牌服装集团的总裁。这是个令他屈服和佩服的人。暂且不说这个人每年对浙东电视台数百万的赞助和广告，光就不到一年里这个人时不时给他个人的红包，已足以让他俯首帖耳、心宽体胖。他想向这个人鞠躬，因为肥胖和走道狭窄，只好改为了握手。他双手握着亿万富翁的一只手说，哎哟，王总，您好您好！王总裁说张导演，你好啊。我到浙东谈生意，顺便来看看新云，也看看你。张胡子说王总大驾光临，欢迎欢迎！看我不敢当，不敢当。王总裁说新云一直得你栽培，看你是理所当然的。他看看表，我下午才走，中午我们一起吃个饭吧。张胡子说，好啊！王新云看看舞台上开始懈怠的队伍，面露难色地对养父说，爸，节目晚上要直播，中午也要排练。养父说我知道了。张胡子说，新云老弟现在挑大梁，走不开，但是我可以。王总裁对张胡子说，让新云挑大梁，你放心？张胡子说，我早就放心了，你放心！王总裁笑了笑。

王新云将养父送到电视台门口。他看着养父的保镖把养父和张导演一一引进车里，并目送豪华霸气的车子汇入滚滚的车流中。

王新云还未回到演播厅，就收到宋海燕的短信。短信暗示王新云中午去宾馆幽会。王新云回信说工作正忙，改日。

王新云在舞台上继续忙活，和演员们一样汗流浃背。宋海燕不知什么时候悄悄来到演播厅，坐在角落里看。她控制着欲火，让情人的才华在舞台上燃烧。

晚会的节目令人鼓舞，耳目一新。王新云把在南宁国际民歌节晚会学到的元素和技巧运用到了他编导的节目里，获得了成功。当领导和观众把掌声送给台上谢幕的演员和主创时，王新云却躲在了幕后。他并非不想到台上去，享受被领导接见和观众注目的荣光和喜悦，而是不能抢了导演张胡子的风头。尽管王新云是这台晚会实际上的导演，但是名分上还是副导演。他只能偷着乐。这情形就像和有夫之妇的宋海燕做爱，背地里床笫之欢较之其丈夫是有过之而无不及，但是台面上或公开场合，是万万不敢以丈夫自居的。

接下来的数星期，几乎每天的中午，王新云和宋海燕都会在宾馆开房做爱。房间一开始还开的是钟点房，后来就索性不退了，反正钱对王新云和宋海燕都不是问题。做爱成了他们的必修课。从南宁回来，王新云变得更加地依赖宋海燕。他对宋海燕的疯狂需要最终变成了虐待，让宋海燕很是吃不消。为什么会是这样？是节目的成功让王新云亢奋？还是对名誉的隐忍使他备受压抑？抑或在南宁究竟发生了什么？每次折腾之后，宋海燕都要想一想，就是想不明白，弄得她也要疯了。

这天，王新云又开始新一轮的折腾，突然来了个电话。王新云听了听后，躲进卫生间，还把门关了起来。宋海燕等到王新云从卫生间出来，看见他的脸色已经完全变了，蜡黄蜡黄的，十分沉郁。对她的态度也有了转变，把她扔在那不管了，独自坐在沙发上点烟抽。这可反而让宋海燕受不了，哦，想玩就玩，玩到一半不想玩就不玩了，我是玩具呀？

谁来的电话？宋海燕说。

王新云不吭声。

我问你谁来的电话？

你不认识。

我不认识又有什么，要跑进卫生间去接？

王新云说，因为跟你没关系。

跟我没关系，跟我没关系你怕什么，要跑进卫生间去说？

王新云说，一个农民打来的，行了吧？

农民？宋海燕说，一个农民打电话来要跑进卫生间去接，骗谁呀？

王新云说，农民怎么啦？农民就不重要啦？就不是人吗？

重要呀，宋海燕说，重要得见不得人！

你什么意思？

宋海燕说，你背着我干了见不得人的勾当！就这意思。

你疯！

你变态！宋海燕说，看你这段时间就不正常。

王新云说，我怎么不正常？

宋海燕腾地下了床，把有齿痕的颈脖伸过来。你看，正常吗？你咬的。她接着把红肿的乳房亮出来。正常吗？你看！你捏的。王新云不看。你看呀！

王新云把烟头往下一扔，指着门，说，你滚！

宋海燕二话不说，穿好衣服便走了。

王新云愤懑地在沙发上坐了一会儿，也走了。

那扔在地毯上的烟头，这时灼烧出一个洞，冒烟，还没有火苗。那洞慢慢地变大，地毯就慢慢地变小，就像是被老鼠啃的一块饼，只会越啃越小。地毯被火啃到头，火苗就上来了。

王新云在公安分局待了一个晚上，然后转到拘留所待了九天，被放了出来。宾馆房间被烧毁的损失已经全额赔付了，拘留十天是处罚他违反了《消防法》第四十七条第六项的规定。

重新见到阳光的王新云却无处可去。公寓他不想回，电视台那边的情况他现在还一无所知。究竟是警告，记过，还是除名？他当然可以找人问。可是问谁呢？问张胡子导演？问宋海燕？这都不好。张胡子那张嘴能把牛皮吹破，是不会说实话的。宋海燕状况不明，说不定现在与丈夫闹得焦头烂额，不能惊扰。尽管火烧 204 号房以后，他一口咬定房间里就他一个人，没有第二者。但出了这么件事，人都被拘留了，聪明而敏感的电视工作者们，是不可能不对自己的同行宿住高级宾馆的目的进行分析和推测的，那么，就必定牵出第二者来。这个第二者如果推测出是宋海燕的话，我王新云就是第三者。我第三者的身份一暴露或泄露，宋海燕的婚姻和家庭就危险了。这把火烧得好还是不好？王新云想不出好歹。他打开刚被归还的手机，也许手机里能出现他需要的信息，但是手机没电，闪一闪就断掉了。

王新云想到了给养父打电话。他用公共电话打养父的手机。养父说他在美国，有七八天了。他问王新云怎么样，还好吗？王新云说好。养父说我出国前给你打过电话，你关机。王新云说，我手机丢了，忙，还没有来得及去办新的。养父嘱咐了王新云几句，全是王新云最不担心的话。

放下电话，王新云狠狠地舒了一口气，因为养父不知道他被拘留的事。这非常重要。在养父的心目中，王新云是他最争气也是最放心的儿子。他如果知道他的儿子和有夫之妇偷情并且出了事故，一定会心寒的。如果这个事再泄露给了养母，养母一定是无比的高兴，因为这个从来都是出类拔萃的养子，也有和她的亲生儿子一样败类的时候。既然两个儿子都是败类，那么，作为养子的王新云还有什么资格将来和自己的亲生儿子平分王氏家族的亿万家财呢？

现在可以肯定的是养父不知道，那么养母也是不知道的。但是电视台那边的情况怎么样，王新云还是很想知道。

王新云在外边溜达到下午七点，估计该下班的人都走光了，才走进电视台。

他被值班室的人叫住。

王新云！有人找你！

王新云回身到值班室窗外，朝里看了看，除了值班的人，没别人。

值班室的人朝着大门方向努了努嘴，说在那边呢，都等你好几天了。

王新云看见大门外的石狮边蹲着一个人，正站起来，朝着他看。那个人满脸的胡子，个子高大，莽撞而刻骨铭心的形象突然让王新云没有了知觉。但也就那么十几秒，王新云觉醒过来，他向那个人走去。那个人见王新云走来，立刻迎上，猛地抓过王新云的手，握住手说，是王记者吧？

王新云没有回答。

我是韦元恩。十天前我给你打过电话的。

王新云点头，像是回想起来的样子。十天前那个让他紧张最后导致他和宋海燕吵闹分手的电话，他不会不记得。

电话正是眼前这个人打来的，是他的生父韦元恩。

韦元恩在电话里说，他刚回了趟家，看见家里墙上贴着好几十张票子，全是一百元一张的，把墙缝给粘盖了，是他的傻儿子粘上去的。他的傻儿子说不出是谁给了这么多钱，于是他就去乡派出所问。派出所的黄警官告诉他，到他家去的是一名记者，并把记者的名片给了他。他照着名片上的号码，打了电话来。

王记者，请问你是不是有我儿子韦三虎的消息？

没有。

那你怎么找到我家来呢？

因为……我是照着扑克上的地址找去的。

你看见扑克了？那太好了！扑克里的黑桃K，是我的儿子韦三虎！

扑克里不仅仅有你的儿子，还有许多人。

这就对了。扑克里的照片，都是我们寻子联盟要找的小孩。我儿子是其中一个，当然我儿子现在已经不是小孩了。

寻子联盟？

我们丢小孩的父母，组成了一个联盟，约定共同互相帮助，把小孩找到。

这是个不错的主意。

王记者，你一定有什么好的法子，帮助我们找到小孩，要不然你不会大老远来到我家。是吗？

没有。我只是觉得通过扑克牌寻找孩子的方式，很特别，有意思，想做个采访而已。

好啊，王记者，我现在就请你采访我。你前些天来我不在,我现在上浙江去,到你那去,请你采访我,在电视台播,好不好?

不,你不用来。……你真的不用来,我现在很忙。等有空方便了,我再和你联系好吗?

韦元恩还是来了。他现在就站在自己亲生的儿子面前,却不知道。但是王新云是知道的,只是装作不知道。他把寻找自己的生父当成了一名求助的农民,仅此而已。

我想了又想,还是要来,必须要来。韦元恩说,他还在握着王新云的手不放。记者神通广大,尤其是电视记者,通过电视一播,看的人多,线索就多。我们寻子联盟里还真有人通过电视找到儿子了,真的。所以我必须得来,找你!我觉得你能帮我,一定能帮我,找到我的儿子!

王新云说对不起,我帮不了。

为什么?

王新云说,因为,我已经不是电视台的人了。

韦元恩诧异地说,不会吧?这不可能!我刚刚还看见你走进电视台的。

王新云说我是来取我的东西的。十天前你打电话给我的时候,我还是电视台的人,但现在已经不是了。

真的不是?

不是。

韦元恩放开了王新云的手。他默默走回石狮子边,提起放在地上的包裹,扛在肩上。他望了望横亘在眼前的路,胡乱地朝一个方向走了。

那一刻，王新云想叫住生父，问他去哪，跟他说别找儿子了，因为我就是你的儿子。但是话到了喉咙，又被卡住。这次卡住他的还是那三个问题，又多了一个问题，那就是，我认了我的生父或至亲，那么，养父家的亿万财产，将来是不是就没有我的份呢？

王新云看着父亲莽撞的身影，在深秋的暮色中，像一头迷路的公牛。

电视台风平浪静，像没事一样。回来上班的王新云没有受到处分或遇见使他难堪的人，连绯闻都听不到。自己出了这么大的事，居然没有惊动到台里，或者事情反映到了台里，但是被台领导捂得严严实实，没有走漏风声。为什么会是这样？难道我王新云是大熊猫或老虎，即使咬死人，也要保护？

在处理这件事情上，宋海燕一定发挥了巨大的作用。王新云想。

那天出了拘留所，在电视台遇见生父后，王新云回了公寓。他给手机充了电，开机后看到了这样一条短信：平安无事。短信是宋海燕发来的，但王新云看到这条短信，却想到电影《平原游击队》里那个打更的老头，他那声"平安无事咯"的叫喊，究竟是向日本鬼子报平安呢，还是向游击队说无事？也就是说，宋海燕的这条短信，究竟是说她自己平安无事，还是说我王新云没事？或者两边都没事？王新云不能确定。

直到上班几天后，既没有领导找他谈话，也没有同事说三道四，连大嘴张胡子见了他，也尽说些没头没脑的事，诸如足彩、六合彩之类。还有，宋海燕在台里举办的思想政治工作报告会上，居然敢偷偷地朝他挤眼，王新云忐忑的心才踏实下来。宋海燕敢在会上偷偷朝他挤眼，说明两边都没事。

这件事情之所以能得到保密而他本人受到保护，宋海燕一定从中做了切实有效的工作，王新云想。她是怎么做到的？

王新云发手机短信问宋海燕，朝我挤眼是什么意思？

宋海燕短信回答，因为眼睛里有沙子。

朝我挤眼，沙子就没有了，是不是？

笨蛋。

谢谢你。

我没做什么。

你没事吧？

你没事，我就没事。

有道理。

活该你。

见一见？时间地方你定。

你找死！

就是想跟你解释一下，那天的那个电话，没别的意思。

就是一个农民打给你的，我相信。

你说相信，说明是不相信。

拉倒吧你！

王新云接着给宋海燕发信息，但是再也没有回答。散会后他借故去了一趟宋海燕的办公室，刚说"宋主任，我想跟你汇报一下前一段的工作"，就被宋海燕打断。宋海燕把文艺部办公室主任喊进来，说小王要汇报工作，你做好记录。王新云一看傻眼了。宋海燕说，小王，你现在可以开始汇报了。

王新云说，老子不干了！汇报完毕。

王新云离开了电视台。当然，他是赌气离开的。他把从电视台收拾的东西回公寓里一放，立刻就后悔了。但是，他想让宋海燕把后悔药送给他吃。他以为宋海燕一定会为刺激他辞职的举动后悔。但是过了好几天，宋海燕也没有送后悔药来，连个电话也没有。王新云确信，他是没法再回到浙东电视台了。

没有事干的王新云就到酒楼和酒吧里喝酒。每喝必醉。这天他又醉了，见几个人在那里用扑克赌酒，就走过去，要求和他们赌。你们这桌酒菜，全由我买单！王新云拍着胸脯说。那几个人见有酒疯替他们买单，自然乐意。赌着赌着，王新云突然僵住了，紧紧抓着手里一张牌不放。那几个人以为王新云得的牌很小，所以不亮牌。他们逼住他把牌亮开，是黑桃K！都比他们手里的牌大。得最小牌的颓然地喝酒，王新云突然起身跑了。

王新云跑在街上，酒吧里的人早已经不追他了，他还在跑。很显然他不是为了逃单才跑的。他东奔西跑，四处张望，像是要找什么人。深秋的风现在已经把醉酒的他吹醒。深夜的大街小巷也已少有人影，他要找的人如果走动或露宿街巷，一定容易碰上。但王新云遇到的人，都不是他要找的人。凡是露宿街巷的流浪汉都一一被他翻身辨认了，都不是他想见到的脸孔。

王新云终于停了下来，松了一口气。从他的神情可以看出，他不再担心他要找的人露宿街头。那张在酒吧里摸到的黑桃K还在他的手上，他现在看着它。扑克牌上是五岁的韦三虎纯真的笑脸，还有几行辛酸的文字。这张扑克牌在南宁的宾馆曾经让王新云泪流满面，此刻同样让他潸然落泪。寻子扑克出现在距离广西一千多公里的浙东，毫无疑问是来到浙东的生父发放的。生父还没有离开浙东，他现在究竟在哪？他身上还有钱吗？他应该是还有钱的，不然我跑了这么多露天的地方去找，也没有发现他。

王新云按着扑克牌上的号码，试着给生父的手机拨了个电话。电话竟然是通的，但是听到"嘟——"的一声后，王新云就把电话掐断了，因为他只是想证实他刚才的想念，并不想和生父通话。

但是生父韦元恩把电话反打了过来，刺耳的铃声不屈不挠。王新云接了电话。

喂！

……

是王记者吗？你打电话给我，我刚要接，电话就断了。可能是我这地方信号不好。

对不起，我拨错了。

错了？没有啊？我手机上存有你的号码的，显示的是你的名字。喂，你不是王新云记者吗？我是韦元恩呀，找儿子的那个！

我是王新云，可是……我真是拨错电话了，对不起。

没关系，你打错了我也高兴。反正我没睡着。

那……你现在在哪呢？

我还在浙东呀！

我是说，你住哪？

哦，火车站附近。地下室，所以信号不好。

那你睡吧。

与生父通完电话，王新云开始了在街上的溜达。不知过了多久，他居然溜达到了火车站。王新云有点吃惊，因为他不是有意识来这里的。但是到这以后，他变得有意识地观望了，因为生父就在附近，在某个潮湿阴冷的地下室里。现在，儿子在地上，父亲在地下。十九年不见的父亲，你因为什么坐牢呢？

以后的每天晚上，王新云总要到火车站来，待上一个小时，两个小时。他浑浑噩噩地坐在广场的一角，依靠着一根灯柱，像一个垃圾桶。带腥味的洋酒一口一口地往肚子里灌，往事和幻想一波一波地往脑子里涌，苦辣，辛酸，糜烂，腐臭……

这天早上，车站小小骚动了一下，因为一个男人的叫喊。来人哪，帮帮忙，救命啊！叫救护车！

叫喊的男人是韦元恩，他的怀里抱着一个昏睡迷糊的小伙子,是到过他家的记者王新云。

一大早,韦元恩又从地下室出发,开始一天对儿子的寻找工作。他扛着一个包裹,经过火车站广场。他发现在灯柱下躺倒着一个人,走过去仔细一看,竟是认得的王记者!他叫了几声王记者,见王记者没有动静,他便动手去推,见王记者还是不醒,他就把他扯起来,使他靠在自己怀里。他用手朝王记者的额头一摸,吓了一跳,然后他就朝有人的地方喊。

韦元恩的叫喊引来了一些看热闹和稀奇的人,就没有帮忙的。有人帮打电话叫救护车没有?他问。见没有人吭声,他掏出手机,拨打了120。

救护车迟迟不见来,着急的韦元恩背起王新云,往路边走。他的包裹没法拿,或忘了拿,就丢在那里。

韦元恩拦了几辆出租车,都没有停下的。情急之下,他背着王新云站到了路中央。

一辆眼看要"撞鬼"的小汽车,被迫把拦截的人送往医院。

到了医院,王新云被放在急诊室的床上。戴口罩的女医生仍然闻到了患者散发的酒臭,她用手在自己的鼻脸部位前扇了扇,把臭味驱散。然后她戴手套的手翻开了患者的眼皮,看了看。接着她给患者探温。过了约十分钟,她看了温度计的温度,然后又坐回座位上,在那里写字。

韦元恩看着着急,说你倒是快救人呀!

女医生不紧不慢地边写字边问韦元恩,你是谁?

我叫韦元恩。

我是说，你是病人的什么人？

哦，我嘛，我是个农民。我不是这里的人，我来这里找儿子。但这个人我认得，是电视台的记者。他还到过我家，给我留了不少钱，帮助我找儿子。

女医生说是吗，她把在上面写好字的单子递给韦元恩。去交钱吧。

什么？

去收费处缴费呀，押金。

韦元恩拿着单子问：多少？

上面写着呢，一千。

一千？可我没有一千呀？

要交一千。

可我现在只有一百。一百行不？

不行。

韦元恩从口袋里拿出钱，说我真的只有这一百块钱，你看。见女医生不看，韦元恩便把衣服所有的口袋翻出来，又对女医生说你看。

女医生这回看了看韦元恩翻出的衣袋，乱七八糟的东西不少，就是没有钱。

你不是说这个人给你留了不少钱吗？

我都用光了。韦元恩说。

这个我不管。交了钱才能取药，取了药，才能用药。

这个人可是个记者哎，记者啊！

在我们这里只有病人。

韦元恩见医生态度坚决，他的目光再次落到王新云的身上。

韦元恩翻遍了王新云所有的衣袋，不用说钱，连张纸都没有。他转向女医生，说喂，你们不能见死不救呀！

女医生不吭声。

韦元恩说，我找你们领导！

女医生说，这就是我们领导规定的，你找呀。

韦元恩说，是吗？他盯着女医生，渐渐地把目光变得凶狠。女医生横眉冷对他的目光，说看我干吗。

我是个劳改犯，知道不？

女医生一愣。

我刚从牢里出来，韦元恩说，我坐过两回牢，知道不？想知道我是怎么进去，出来，再进去的吗？

女医生摇头。

不想知道是吗？韦元恩说，那好，你现在马上给我用药。他手指躺在床上的王新云，这个人今天要是出个三长两短，我什么事情都能干得出来，你信不？

女医生脸全变了，慌忙说你冷静，好吗？我这就去跟领导汇报，请示，好吗？

女医生边说边起立，但被韦元恩按住。不行，韦元恩说，你现在就给我救人。女医生顿了顿，说救人不得先取药吗。

韦元恩紧跟女医生，去到药房。女医生以自己名义，借来了药。韦元恩看着女医生，把药注射进王新云的肌体。然后，他守着女医生，直到王新云醒过来。

王新云发现自己在医院里，又发现生父在自己身边，想了半天，才想明白应该是怎么回事。女医生重新给王新云探温。又过了十分钟，女医生看了温度计的温度，说烧已经退了，没事了。韦元恩猛地抓起女医生的手，说，谢谢！心有余悸的女医生说，我可以走了吗？我想……上趟厕所。韦元恩说当然可以，你走吧。

王新云莫名其妙看着生父，想不明白女医生上趟厕所也要向他请示。

韦元恩也莫名其妙看着王新云，说王记者，你怎么摔倒在火车站外边呢？

王新云说酒喝多了，就什么也不知道了。

韦元恩说不能喝酒就不要逞能，喝多了酒，被外边的风一吹，不醉倒才怪。现在的天气又冷。我一摸你的额头，烫得跟烙铁差不多。

王新云不吭声。

两名保安走了进来，后面跟着女医生，还有一个男人，这男人很像是个领导，因为他不穿白大褂。

女医生指着韦元恩，大声说，就是他强迫我！

两名保安上前，挟持韦元恩，往外推。

王新云叫了一声，等等！他看了看示意保安停下的男人，确定地说,周副院长!

被叫作周副院长的男人看着王新云,不认识眼前的病人是谁。

王新云说,我是电视台的王新云呀,不记得啦?护士节的时候,就是今年五月份,电视台庆祝护士节晚会,我跟您联系过,晚会您也参加了。

周副院长哦的一声,点点头,想起来了。

王新云说,我昏迷在外边,是这个人发现了我,把我送来。他有什么不对吗?

周副院长说,他本来做对了,但是到了医院后,他采取威胁恐吓的方法强迫医生给你治疗,这就不对了。不是不对,是违法,犯罪。他看了看韦元恩。何况,他还自称是个有前科的人。我们打算把他交给公安局处理。

王新云说,周副院长,你看这个事情能不能通融一下?他看看生父。这个人是个农民,觉悟不高,就请您饶了他,行吗?我代表他向您道歉。王新云说着下了床来,向周副院长鞠躬,说,对不起!周副院长说不必了,要道歉也不是向我道歉,他指指女医生,是向她道歉。

王新云转向女医生,鞠躬道歉。

周副院长对女医生说,江大夫,这位电视台的记者同志已经向你道歉了,本来也不是他的错,是他的错。他看看韦元恩,看看王新云。但是他已经代表他向你道歉了。我们医院和电视台又是友好单位,我看这个事情就不追究了,好吗?

女医生嘟囔说，领导说什么就是什么。

女医生不悦地转身走了。保安放开韦元恩，也走了。

周副院长说，没事了，你好好养病吧，有事可以直接找我。他接着给了王新云名片。

王新云看见名片上的姓名叫刘志刚，职务还是副院长。他惊愣地看着一直被他称为周副院长的人，拍了一下自己的额头，说我烧糊涂了，对不起，刘副院长。

刘副院长笑笑说，你现在不是已经不糊涂了吗？

刘副院长一走，王新云马上说我们走吧。

韦元恩说，走？去哪？

王新云说，出院呀！

你的烧刚退，还没全好呢，不能出院！

王新云说，你以为我真的还是电视台的人呀？再不走我们一个也走不了。

韦元恩说账还没结呢。

王新云摸摸自己的口袋，发现钱不见了。他问韦元恩，你有钱吗？借你。韦元恩说我有一百块，不够。王新云说，怎么不够？韦元恩说就是不够，刚来的时候医生叫押一千块呢，就是因为不够，你的身上又没有钱，我才逼迫医生给你治病的。

王新云又摸摸自己的口袋，发现手机也没了。他跟生父要手机，想打电话叫什么人送钱来，突然又不打了。他把手机还给生父，说把钱给我。

韦元恩把钱给王新云。

你先出去，往左走，离医院远一点的地方等我。

王新云在生父走后，上了趟厕所，这一去就没有回来。生父给他的一百块钱，在他上厕所前，已经压在了女医生诊桌上的处方簿下。

王新云将生父带回自己的公寓。他身上的东西已被洗劫一空。还好，公寓的房门锁是不需要钥匙的，只需要输入密码就打开了。生父也两手空空，为了救他遗忘在广场上的包裹，在他们出院后去看时也没有了。王新云问包裹里是什么东西。生父说扑克。王新云说还有吗。生父说有的都在我身上了。王新云看着邋遢、蓬头垢面的生父，便叫他跟自己走。

韦元恩跟着王新云进了公寓。王新云脱鞋，他跟着脱鞋。这一脱不要紧，那鞋子就像被揭开盖子的粪坑，臭味扑鼻。韦元恩赶紧把脚塞进鞋子里，站在门口不动。王新云说，进来呀！韦元恩还是不动。王新云说你穿鞋子进来吧，没关系。家里没别人。韦元恩穿着鞋子走到客厅中央，王新云叫他坐下，他硬是不坐。王新云不管他，径直进了卧室，找了几件衣服出来，拿到浴室去放好，然后打开淋浴的喷头，调好水的温度。他站在浴室的门口，把生父叫过来，再把生父请进浴室。他一一指点着摆放在台面上的物件，说这是洗发液，洗头的，这是沐浴液，洗身上的，这是剃须刀，这是换的衣服。然后他拉出台面下的一只篓子，说换下的衣服、鞋子、袜子，全扔在这，不要了。把所有的细节都交代清楚后，王新云离开浴室，顺带把门掩上。

韦元恩站在浴室里,看着白花花喷洒的热水,至少有五分钟不知所措。他不是不会洗澡,更不是不想洗澡。而是这个澡来得太突然了,太意外了,突然和意外得像天上掉下馅饼,让他不敢相信。这个王记者为什么请我这么邋遢的人在自己家里洗澡?他为什么对我这么好?就因为我送他去医院,救了他的命?那哪是救命呀,因为头疼发烧根本要不了人的命。不过,头疼发烧不去治,也是要害的事情。我家老大就是因为头疼发烧不去治,才会变傻的。这么说来,我对王记者也算是有恩的,他这是在报答我。也不对,要说有恩,王记者是有恩于我在先,他去到我家,给我留了四千五百块钱。可是我把钱都花光了,拿去加印了扑克了,搞得王记者生病的时候,我给他取药打针的钱都出不起。是我对不起他。不过,我送他去医院也算对得起他了,算是报答了。我们俩的情扯平了。他现在请我洗澡,还拿他的衣服给我换,是加恩给我,那么,我们俩的情又扯不平了,以后我拿什么报答他?这个澡要不要洗?衣服要不要换?这是让韦元恩不知所措的问题。但是韦元恩又太想洗这个澡了,比男人想和女人的那种事都想。他已经七年不和女人有那种事了,就是越狱以后和老婆有过一次到现在。去年出狱回家,本以为又可以和老婆有那种事的,谁想到老婆已经变疯了,谁忍心和疯婆子有那种事呢?但是澡还是要洗的,有机会是要洗的,有条件是要洗的,这总比和女人有那种事来得容易一些吧。但是这么容易的事情,对他来说一年也没有几次。

因为他总是在外边跑，没有停下来的时候。有停下来的时候，也不想洗澡了，懒得洗澡了，因为累得只想睡觉了。现在，这个澡也不是我要洗，是王记者要我洗，我不洗行吗？我能不洗吗？那就洗吧，洗了再说。

韦元恩在浴室里开始了沐浴。这个澡到底洗了多久，用了多少的水，韦元恩也估算不出来。总之，他从浴室里出来的时候，客厅已经变暗了，王记者倒在沙发上，睡着了。他慌忙走到王记者身边，用手摸了摸王记者的额头，感觉并没有发烫，才放下心来。他蹑手蹑脚走进王记者的卧室，拿了一条毯子，出来给王记者盖上。然后他坐在另一个沙发上。他现在可以坐下了，因为他变得干净了。

在等王记者醒来的时候，韦元恩看见了一张照片，它摆在一个柜台的窗格里。照片上，是王记者和一个富态男人的合影。王记者戴着黑色的高帽，还穿着黑袍，在监狱里学到的知识，使韦元恩没有把高帽和黑袍看做是魔公服。但是王记者头顶的高帽，究竟是博士帽？硕士帽？学士帽？韦元恩却区分不出来。他从王记者的年纪判断，应该是学士帽。那么，他身边这个富态的男人，应该是王记者的父亲了。这应该是个有钱的父亲，有钱的人家，因为王记者这么年轻，就住上这么高级的房子了。他万万不去想的是，他才是这个年轻人的生父。

王新云醒来了，他看见焕然一新的生父，俨然一个美男子，更接近了十九年前那个刻骨铭心的形象。那声压迫了十九年的对这个形象的呼唤，差点就从王新云的喉咙脱口而出。

但是王新云发出的声音，只有咳嗽。

王新云一咳嗽，韦元恩立刻就紧张起来。他后悔这个澡洗了这么久，让王记者等他这么久，又着凉了。他连连跟王记者赔不是，还掴自己的脸。王新云劝不住也挡不住，惹得他也烦了，气恼地大喊，够了！你越这样我越难受，知不知道？

韦元恩愣住。

王新云还在气头上，接着就是一顿训斥。他从韦元恩那个不合时宜打来的电话训起。你那天给我打电话的时候你知道我在干什么吗？他说，我正在开会，一个很重要的会。我们开会有纪律，不准打电话，知道不？可你偏偏在我开会的时候打电话来，我不小心接了。就是这个电话让我丢了工作，知道不？工作丢了，我心烦，我发愁，知道不？所以我喝酒，我找醉！我谢谢你送我去医院，可是，你为什么要威胁医生呢？你为什么要说你是劳改犯呢？你觉得你坐牢很光荣是不是？你觉得你越狱很了不得是不是？你觉得这样是为了救我是不是？你这是害我，知不知道？我现在工作没了，连病了也不敢在医院住下去，这些麻烦事是不是你引起的，你造成的？你说？

韦元恩怔怔地听着，突然，他又掴自己的脸，而且比先前掴得更狠。我蠢，我混账！我是农民，我是猪！我对不住你王记者，我害了你王记者！他对着王新云，突然跪下，磕头。然后，他的头就再也没有抬起来，埋在那里哭。我这都是为了我的儿子呀！他说。我把我儿子给丢了，丢了十九年，到现在还没有把他给找回来！为了找我的儿子，我什么也不管，什么也不顾，我作孽，我犯罪坐牢。我从牢里跑出来，又被抓进去坐牢。我要是不坐牢，也许现在我已经找到我的儿子了！我悔啊我！

韦元恩说着，就把头往地板上猛磕。这不是磕，而是敲。王新云急忙把他往上推，然后把他抱住。这是儿子对隔离十九年的生父的搂抱，但王新云现在并没有这个意识。他只是为了阻止生父自残。

韦元恩的额头还是敲出了血。王新云找来了药棉和药，为生父止血。两人现在都已冷静下来，并且为刚才过激的言行，各自感到不好意思。王新云从冰箱里拿出两个热狗，递了一个给生父。

王新云吃着热狗，热狗吃掉一半，才发现生父没吃。他发现生父手上的热狗，和手一起发抖。在王新云看来，发抖的原因是因为冰冷。但是对于韦元恩，手上的热狗是一根冰棍，是他答应买给儿子韦三虎的冰棍，是使他失去儿子的冰棍。

韦元恩卖掉了三头小猪，得了钱，准备给儿子买冰棍。但是他回头一看，却不见了儿子。他首先跑到卖冰棍的地方，不见儿子，才开始满街地找。菁盛的街不大，韦元恩来回找了几遍，也不见儿子的踪影。他重新来到卖冰棍的地方，问卖冰棍的人说，见我儿子没？卖冰棍的人说我不认得你儿子。韦元恩就跟卖冰棍的人比画儿子的模样。卖冰棍的人说噢，那是你儿子呀，他跟一个戴草帽的男的，走了。戴草帽？韦元恩脑子一闪，闪出他排队称猪回头的时候，是有一个蹲在儿子身边的戴草帽的男人,他当时没有多想。现在一想,糟了!你看见他们往哪里走吗?韦元恩问。卖冰棍的人摇头。

韦元恩独自一人回家。老婆看见他只拿着一条扁担进门,高兴地说,卖啦?韦元恩不吭声,只顾屋里屋外地找,房前房后地看。在房后打陀螺的大虎和二虎看见归来的父亲,满怀期待,巴望父亲带给他们需要的文具。但是父亲慌张地看着他们说,看见三虎没?两兄弟摇摇头,奇怪父亲为什么这么问,因为弟弟三虎不是跟父亲上街了吗?他应该是跟父亲在一起的呀!韦元恩确定儿子韦三虎不在家,撒腿就往山外的方向跑。生火做饭的老婆诧异地看着飞跑的丈夫,直到她发现儿子三虎没有跟丈夫回来,恍然觉了什么不祥,手里的水瓢掉到地上。

韦元恩一路喊着三虎,喊到菁盛街的时候,已是夜里。街上的人全被他喊醒。有年壮的人打开门出来,扬言要揍他。他哪里怕揍,照样喊,直到嗓子嘶哑,他的喊声已不足以影响到别人的睡眠。这时候天也已经亮了。

韦元恩搭乘路过菁盛的班车去了县城。他在县城找了几天,又去了南宁。在南宁他待的时间特别长,有五个月。对南宁失望后,他就去柳州,然后去桂林,再去玉林、梧州、钦州、北海、百色。他沿途张贴寻人启事。但广西所有的中小城市他几乎找遍了,也没有找到儿子的线索,时间也已经过了一年。

他这时才明白,这样直接找儿子不是办法,要找到拐走儿子的人才是关键。

于是韦元恩重返菁盛。他从菁盛街上摸起，查找那个戴草帽的男人。只要现在见到那个人，他一定能认出他来。他隐藏在街上的每个角落，观察从各家各户进出的人。住在菁盛街上的人，他能统计出基本的人数。有多少男人多少女人，他也心中有数。但是，那个拐走他儿子的戴草帽的男人，并没有住在菁盛街上。到了圩日，他给自己戴了一顶草帽，把脸遮蔽在帽檐下，在赶圩的人群中，期待着另一个戴草帽的男人的出现。但是，他的希望落空了。那个拐走他儿子的男人，就像有千里眼，就像是老狐狸，始终不在街上抛头露面。难道他不是菁盛乡的人？难道他遭报应，死了？

后来，韦元恩和菁盛街上的人熟了。他是挨家挨户地道歉以后，和菁盛街的人熟悉的，为儿子失踪的当天晚上他歇斯底里的叫喊和过后对街上人家的窥视。菁盛街的人们理解和原谅了他的叫喊和窥视。他们深深地同情这个儿子被拐走的男人，并积极地提供线索。

这天韦元恩得到的一个线索，那就是登立村的一个叫蓝怀庭的穷人，成功地为儿子娶了媳妇，而且新娘的陪嫁叫人咋舌，有一台十四寸的电视机！如果不是有两千元以上的聘礼，怎么会有电视机作为陪嫁？而一贯穷得叮当响的蓝怀庭，如何送得出那么高昂的彩礼？他的钱从哪里来？

韦元恩对这个线索如获至宝，他火烧火燎去往登立村。在一个拉通电线的屯子，韦元恩一眼能看出蓝怀庭的家，因为屯子里只有一家屋顶架有电视天线,并且留有办过喜事的痕迹。韦元恩直捣蓝怀庭家,首先找到了一顶草帽,他把草帽扣在了蓝怀庭的头上。

蓝怀庭嗵地就给韦元恩跪下了。

韦元恩话也不说,拉起蓝怀庭就走。奇怪的是蓝家的人并不阻拦,屯子里的人也不阻拦,他们仿佛把来人当成了公安,或者说他们知道蓝怀庭被人带走是迟早的事,这一天终于来了。

韦元恩押着蓝怀庭到了菁盛街上。在韦元恩最后一次望见儿子的地方,他叫蓝怀庭蹲下。草帽依然扣在蓝怀庭的头上。韦三虎被拐走的一幕在蓝怀庭的坦白中再现。蓝怀庭又一次担当起人贩子的角色,从菁盛街坐车起程。只不过跟他上车的不是年幼无知的韦三虎,而是韦三虎高大勇猛的父亲。

蓝怀庭带领韦元恩重走一年前拐走韦三虎的路线。从菁盛到都安,再从都安到南宁,然后从南宁坐火车北上,到湖南湘潭后转车往东,前往浙江的衢州。

在火车上,韦元恩对蓝怀庭说,要回我的儿子,我就不把你送公安。蓝怀庭看着韦元恩,说要是要不回呢。韦元恩说为什么要不回。蓝怀庭说我也不晓得,能不能要得回。韦元恩说那我也不把你送公安。我把你送去见阎王。蓝怀庭就说,要得回,要得回。

到了衢州,蓝怀庭蹲在火车站的厕所里,半天不出来。韦元恩一把拽出蓝怀庭,说你这是拉屎吗,你这是女人生孩子!

蓝怀庭说我要是女人就好了,可以生一个儿子还你。可是到这里以后,我不晓得上哪去找你儿子了。韦元恩说我儿子是你拐卖的,为什么不晓得?蓝怀庭说,我是在这里把你儿子交给了另外一个人,那个人把你儿子带去哪里,我就不晓得了。韦元恩说,你晓不晓得那个人是谁?是哪里人?蓝怀庭摇摇头,但是他说,那个人不像是买你儿子去养的人,而是把你儿子买去后再卖给别人的人。韦元恩一听,猛地掐住蓝怀庭的脖子,说我儿子是木板吗,让你们一层一层地往外卖?蓝怀庭勉强从喉管里挤出一句话,是木板就不会被当柴烧啊。

这句话让韦元恩松开了手。对呀,只要儿子在,不管在哪里,不信找不到。

韦元恩在衢州开始找儿子。蓝怀庭当然得跟着。韦元恩怕蓝怀庭跑,晚上睡觉的时候,就把他的手脚捆起来。他们在城里转了半个月后,带在身上的钱花光了。韦元恩就带蓝怀庭去卖血,因为卖血钱来得快。两人卖血的钱由韦元恩一个人管着。钱要花光了,又再去卖。三个月过去了,城里没发现儿子的踪迹,韦元恩就带着蓝怀庭往乡村走。每到一个乡村,他们就打听谁家在一年五个月前后买有一个男孩。这显然是徒劳无益的,因为被问的人听到这个问题,无不抱以警惕,加以防范。他们甚至连村子也进不去,经常被棍棒打出来。

后来是蓝怀庭的一个提醒,让韦元恩改变了策略。蓝怀庭说我们能不能别让人看出是找小孩的,而是装作卖小孩的?韦元恩一个愣怔之后,第一次主动把烟递给蓝怀庭抽。从此,他们以人贩子的口吻向人提问，情势果然有效。他们得以进入了村庄，并有机会观察到了各家各户的小孩。当确信此村庄没有韦三虎时，他们就借机脱身，前往彼村庄。遇到已说好的买家，他们的借口通常是，我们这就回去，把孩子带过来。有急切的买家想付定金，韦元恩就说万一我们被公安抓了，你的定金就要不回来了。

这天，他们来到大洲乡的田旺村。一个姓陈的人家听说有人来卖小孩，急匆匆地过来，把韦元恩和蓝怀庭请到自己家里。陈家夫妻俩连茶水还没给来人端上就问，孩子在哪？是男孩还是女孩？几岁？蓝怀庭抢着答说，是个女孩，十岁了。陈家夫妻听了垂头丧气。蓝怀庭说女孩你们不会要的，那我们走了。陈家女人不甘心，又说有没有男孩，七岁这样的？蓝怀庭说没有。他拉起韦元恩就走。两人离开村子，穿过竹林，又过了河后，蓝怀庭一屁股坐在土坎上，向韦元恩要烟抽。韦元恩边给蓝怀庭烟边说，你今天好怪。蓝怀庭说我怪，那家人更怪。韦元恩说，怎么怪？怪在哪？蓝怀庭说一开头就问孩子在哪，还问是不是七岁，你说是不是怪？三虎到今年也是七岁是吗？韦元恩一愣，你是说三虎在那家人家里？蓝怀庭点头，又摇头，说如果三虎在，为什么要那么问呢？可是我……又看见了一支枪，跟我买给三虎的那支很像。挂在墙壁上，我一进门就看到了。韦元恩一把拉起蓝怀庭，说走，跟我回去！蓝怀庭说去哪。韦元恩说，田旺村呀！蓝怀庭不肯，说我们这么回去，搞不好要没命的。你想啊，三虎要是在那家人家里，我们直接这么去要，也要不回来的。三虎要是已经不在那家人家里了，假设他已经跑了，丢了，那家人一定会找我们要人的，我们又拿不出人，这不是找死吗？韦元恩说，我一定回去弄个究竟！他盯着蓝怀庭，你走不走？蓝怀庭说你把我绑起来吧，留在这里等你。韦元恩从口袋里掏出绳子，绑蓝怀庭。蓝怀庭说你要是相信我，就别绑我。要是你出了什么事，我好帮你去报公安。韦元恩说你不是最怕公安吗，蓝怀庭说你要是出什么事，还管他什么怕不怕。这样，我在这里等你到天黑，天黑你不回来，我就去报公安，好不好？韦元恩想了想，放开绳子。

　　韦元恩独自一人回到田旺村的陈家。他一眼看到了墙上的玩具冲锋枪，并把它取下来。他对陈姓夫妻说，你们家是有小孩的，为什么还要买小孩来养呢？陈家夫妻说道，你们手里是不是有一个七岁的男孩？你说！韦元恩坦白说我其实不是来卖小孩的，是来找我的小孩的。我的儿子两年前被人拐卖到了这边，当时是五岁，现在是七岁了。陈家夫妻一听，面面相觑。韦元恩亮出儿子的相片。陈家夫妻一看相片，大吃一惊。韦元恩明白了什么，把塑料当铁，或者说把假枪当作真枪，逼住陈家夫妻问，我儿子是不是在你们家？现在在哪里？陈家男人摇头。陈家女人指着相片说，他真是你儿子？韦元恩说，他不是我儿子难道是你儿子？陈家女人说，他就是我儿子呀！韦元恩说这是我的儿子，怎么变成你儿子，你说！陈家男人说买的。陈家女人说六千块钱买的。韦元恩说我儿子现在在哪，你们把他藏哪里去了？陈家男人说我们也在找他呀，他已经跑丢有一个月了。陈家女人说我们还以为他在你们手上，想把他从你们手上要回来呢。韦元恩放下枪，揪过陈家男人，把我的儿子还给我！陈家女人一旁嚷嚷说我们买你儿子花了六千块钱呢，谁还？你还！你要还我们六千块钱！不得，我们还养你儿子养了两年哩！韦元恩朝陈家女人就是一脚，没踢着。但陈家女人却呀呀叫喊救命呀，杀人了！韦元恩说我现在不杀人，要不回我的儿子，你看我杀不杀！他把陈家男人一推，走！把我儿子找来，还给我！

韦元恩推着陈家男人出了门，迎头一看，十多个拿着扁担锄头的村民立在面前，把他当成恶霸，要打。韦元恩见势不利，猛地挟住陈家男人，退到墙边。他把陈家男人和墙当成盾牌，护着自己。村民们的扁担锄头不能打人，或横或举着，与韦元恩形成僵持。韦元恩要求与村长谈判。很快，来了一个手无寸铁的人，走到韦元恩的跟前，说我是田旺村的村长，现在，我命令你放开人质！韦元恩继续箍着陈家男人，说我不放，他还了我的儿子我就放！村长说，你不是人贩子吗？还什么儿子？还谁的儿子？难道你把自己亲生的小孩也卖了不成？韦元恩说我不是人贩子，我只是装作人贩子来找我的儿子。我儿子被人贩子拐卖到了这边，在这个人家里，我是来要回我的儿子！韦元恩说着用一只手从衣袋里摸出相片，亮给村长看。喏，这是我儿子！村长看了相片，瞪着眼睛，看看陈家男人，看看韦元恩。拿扁担锄头的村民也凑近来看。他们一致认为相片上的男孩，就是陈家的孩子。韦元恩大声声明说，是我的儿子！村长对韦元恩说光凭这张相片不能证明是你的儿子，人贩子的身上通常不也有小孩的相片吗？韦元恩说你的话说对了，那现在请把孩子带来，看他认不认得我是他爸，亲亲的阿爸！陈家男人这时说我说孩子跑丢有一个月了，他不信。村长对韦元恩说他讲的是实话，我可以证明，村里的人也都可以证明。韦元恩说我不信，你们骗我！七岁的孩子能跑去哪里？我不信他又被人拐了不成？村长说拐不拐我们不知道，总之这孩子是不见了。是从学校走丢的。他指指陈家男人，他对孩子是不错的，虽然是养子，也让孩子上学读书。孩子平时都很乖，谁会想家长两三天不跟着他，他就不见了。他肯定是不在村子里了，因为我们把村子都找遍了，把周围的村子也都找遍了。开始我们还担心他掉到河里，也把河里捞了个遍。我们的担心其实是多余的，因为我们村的这条河很浅，是绝对淹不死人的。所以说他肯定是活着，只是不在村子里了。韦元恩见村长态度实在，不像是说假话。他放开了陈家男人。一些村民见韦元恩没了掩护，操作扁担锄头要打，被村长制止。村长说，让他走吧。陈家女人不干，说不能让他走，我买儿子六千块钱谁还呀？韦元恩对陈家女人说凭你这句话，我相信儿子不在你家了。你放心好了，只要我找回我的儿子，我一定还你六千块钱，替人贩子还！

韦元恩这话一说，过了十七年，他承诺替人贩子赔偿陈家的六千块钱，也没有兑现。因为他没有找到儿子，或者说，他已经和儿子在一起了，不知道而已。

但王新云是知道的，眼前的男人就是自己的生父，在这天的接触后更加确信，只是现在他没有认。

热狗从韦元恩的手上不小心掉在了地上。王新云看着生父捡起来吹一吹像狗一样吃着，叫他不要吃了，去洗手间洗手。但是生父不听，三五口就把热狗啃干净了。然后，他继续为找不到儿子懊悔不已，唶叹说要是他不把时间耗在衢州城，而是早一个月去到田旺村，就能见到儿子，把儿子要回来了。就是晚这么一个月，就过了十七年，还没有把儿子找到。王新云安慰他说你儿子一定还活在这个世上，只要活着就好。韦元恩说我儿子肯定活着，他那么聪明机灵，能从田旺村逃走，那是不容易的。一个七岁的孩子，他一定是很想家，想我，想他妈妈，两个哥哥，只是他还是太小了，不懂得家在什么地方，找不到回家的路。

韦元恩说着，眼里有了泪水，但是他很快把泪水擦掉。

王新云的泪水，也禁不住出现在了眼里，因为生父的话，触动了他的心，让心发怵，发酸。是的，我确实很想家，王新云在心里说，想阿爸阿妈，想哥哥，但是，我真不懂得家在什么地方，找不到回家的路。

在韦元恩到田旺村的时候，韦三虎正在路上。他逃离田旺村，应该有几百里远了。但是都走了那么多天，走了这么远，家为什么还不到呀？韦三虎想。他不知道，他正在走的路，并不通往家乡，相反，与家乡是越来越远。他成功地从田旺村脱逃，却回不了家。他只懂得家在山上，在山里。可是走了这么多天,也没看见有一座山。他懂得自己的名字,但是却不懂得家乡叫什么名字。他原以为懂得自己的名字就回得了家。他甚至连自己的名字也会写了,三虎,这是他从一二三四五和老虎中拼凑过来的,练写不下一百遍了。当然,他还有另外一个姓名,陈昌斌,这是买他做儿子的男人找人给他起的,他也会写,谁叫他陈昌斌他都答应得甜甜的乖乖的。也正是他的乖巧,麻痹了田旺村所有的人,包括小学的老师。但是,在他从田旺村脱逃后陈昌斌这姓名也就扔了。他只认自己是三虎。现在他明白,光懂得自己的名字是不够的,甚至是没用的。不懂得家乡的名字,就回不了家,甚至永远都回不了家。

　　七岁的韦三虎流浪在路上,在城里。他吃地里的甘蔗、红薯和萝卜,吃别人的剩饭。他睡猪圈、牛棚,睡公交车站、桥下,直到有一天睡在一只箱子里。

　　那是一只很大的箱子,韦三虎在箱子里可以坐着,也可以伸直了腿躺下。幕后有好多只这样的箱子,韦三虎就睡在其中的一只箱子里。韦三虎进箱子的时候,箱盖是打开的,箱子是空的。箱子里的东西现在都在台子上面了,要么是挂着的幕布,要么是穿在那些长腿女人身上的衣服。韦三虎开始是坐在箱子里,看那些长腿的女人在台子上走来走去,在耀眼的光芒中,她们的屁股像是一只只在藤架下摇摆的南瓜。七岁的男孩现在对这些长腿和屁股不感兴趣,他的眼皮很快就打架了。然后他倒下,睡着了。

　　韦三虎觉得身子暖乎乎的,也沉甸甸的。这种沉沉的暖让他憋闷和喘气。他想推开压迫他的东西,但东西实在太沉了,根本推不开。他的手脚虽然不能动,眼睛也看不见,但是却能感觉到身体在运动,能想起来自己是在一只箱子里。坐过车的他知道,他现在在车上,是车子托运着他。

韦三虎不憋闷不气喘眼睛也能看见的时候,已经不在箱子里了。他躺在床上,在房子里。一个穿白衣戴白帽的人看见他在看她,笑着摸了摸他的脸,然后就出去了。

过了不久,进来一个男人和一个女人,来看望他。女人从袋子里取出一个果,还用小刀给果削皮。韦三虎没想到女人把削好皮的果递给他,要他吃。韦三虎吃完果后,男人才问他,你叫什么名字呀?韦三虎说三虎。男人又问,你家在哪里呀?韦三虎答不出来了。

然后,韦三虎就跟男人和女人走了。

男人和女人把韦三虎带回他们的家。韦三虎发现又高又大的楼房里,还住着两个老人。两个老人看见儿子和媳妇带回一个男孩,十分的高兴。后来韦三虎明白老人高兴的原因,是把他当孙子了。老人原来没有孙子,因为儿子和媳妇生不出孩子。儿子和媳妇又那么能挣钱,服装生意就差没做到国外去了。但是光有钱有什么用呀,这么大的家业,没有孩子传承,就是一堆土和纸。现在,有一个孩子就在他们面前。他们觉得这是上天送给他们的。你想啊,一个孩子憋在公司时装表演队的箱子里,不吃不喝,还跟车一路颠簸了两三天,竟奇迹般地活着,这难道不是缘?不是天意?

王华高和雷秀莲决定正式收养韦三虎,在经过一段时间的观察之后,聪明伶俐的韦三虎已经深深地讨得他们的喜欢。当然,他们得问韦三虎愿不愿意。雷秀莲问三虎啊,愿不愿意做我的儿子呀?韦三虎说愿意。雷秀莲说愿意,那我们就给你上户口,然后送你上学读书,好不好?韦三虎说好。

韦三虎上学的时候,有了一个新的姓名,王新云。他觉得这姓名,比陈昌斌要好。当然,比姓名更好的,是在王家的生活。

王新云的好生活开始的时候,他的生父韦元恩也在监狱里开始服刑。那个说好等到天黑不见韦元恩就去报公安的蓝怀庭,并没有等到天黑,当然也不会去报公安。韦元恩离开田旺村涉到河对岸的时候,太阳还在西天挂着,但蓝怀庭已经消失了。这个不守信的家伙!韦元恩撒开长腿快步直追,在镇上看到了苦于身无分文无法乘车的蓝怀庭。他把被车主推下车的蓝怀庭逮了个正着。那天晚上他们留在镇上。韦元恩不让蓝怀庭吃饭,以示惩罚。但韦元恩却吃得饱饱的,还喝了酒。因为喝多了酒,睡觉的时候就忘了把蓝怀庭绑了。下半夜,蓝怀庭伸手从韦元恩的裤子内袋偷钱,把韦元恩弄醒了。蓝怀庭偷钱不成,起了杀心,把这天没有绑他的绳子猛勒韦元恩的脖子。身强力壮的韦元恩很快挣脱,反而把绳子勒在蓝怀庭的脖子上。稍稍用力不当,竟然把蓝怀庭勒死了。韦元恩直接在当地派出所自首,但是被押回广西受审。本以为自己属于正当防卫至多是防卫过当的韦元恩,最终被落实为过失杀人的罪名,鉴于有自首情节，判处有期徒刑十年。这样的结果让韦元恩无法接受。他不是害怕坐牢，而是坐牢以后，怎么还能去找儿子呀？！要是知道是这样的结果，他就不会自首，而是选择逃亡。只要找回儿子，再怎么判他都接受。监狱中的韦元恩一心想找回儿子，在服刑的开始，就有了越狱的念头。

有了念头，就有了计划，有了计划，就……世上无难事，只怕有心人，这句话不晓得是谁说的，真是说对了。韦元恩说，我越狱成了，用了九年的时间。

韦元恩的话，是在饭店里说的。

这是浙东最好的饭店，或者说是最贵的饭店，号称浙东第一把刀。王新云把生父带到这家饭店来，请吃尽了苦头的生父，尝尝人间的美味。好菜好酒下肚，生父的话多了起来，仿佛人也漂浮了起来，他所遭受的苦难，已一去不复。他所描述的入狱和越狱，仿佛是人生难得的体验和经历，口述中流露着自信和得意。

那么，有一个问题，王新云说，他拿捏着酒杯。你被判了十年，已经坐了九年的牢，还有一年就可以出狱了，为什么还要越狱呢？

你这个问题，韦元恩说，不止你一个人这么问我了。他接着喝酒。但是，我不晓得怎么跟你们说才好，说了你们也不懂，你们不是我所以你们不懂的。

你是为了尽早找回儿子。

是，韦元恩说，但也不全是。

那是为什么？或者说还为了什么？

证明自己。

王新云看着生父。

我先打个比方说吧，韦元恩说，他点上一支烟。好比挖井，目的是什么？找水。我决定挖一口井，挖呀，挖呀，天上打雷了，很快就下雨了，你说我还要不要挖？要挖。于是我继续挖。这时候有人告诉我我其实也晓得，政府为人民搞的自来水明年就接到家里来了，那么我的井还要不要挖？别人可能不挖了，但是我要挖，为什么？因为我的井已经挖得很深很深了，或许就差一米或者一镐就挖出水来，为了证明我这口井是能出水的，我接着一镐挖下去，出水了！你说我怎么办？我的意思你明白吗？

王新云摇摇头，表示不明白。

所以说，没有人懂的，韦元恩说，他一口喝掉一杯酒。我从一进监狱的时候就想越狱，计划越狱，懂吗？那绝对是为了出去找儿子。我以为我原先的计划能行得通，但事实上根本行不通。于是我重新计划，不断修改计划。计划好了，我就按计划去做，一步一步去做。我不好跟人说我怎么去做，总之是太难了。计划进行到我服刑第九年的时候，条件成熟了，或者说机会来了。为了证明我的计划是能成的，你说我要不要试一试？因为我想啊，越狱这么难的事情，我都能做成了，那么我的儿子，我就一定有办法有能力找回来！

也就是说，不管刑期还有多久，哪怕只剩一个月，你也是要越狱的?

韦元恩说,是。

你越狱成功了?

是。

可是你又被抓了回去,加判了刑期,这算是成功吗?

这是两码事。我在外面活动找儿子,差不多有一年的时间。

你并没有找到你儿子。

但是我找到了能找到儿子的办法。

什么办法?扑克?

不,韦元恩说,那时候还不是。

是什么?

写作文。

写作文?

是的,韦元恩说。我越狱那年,一九九七年,我儿子三虎已经十六岁了。十一年过去,他的长相变化一定很大,应该是我不认识了。那么我也不可能一个村子一个村子去找,是吧?那没用的。谁家的小孩是收养的,没人跟你说实话。要说实话的,就是孩子自己。那么十六岁的孩子通常也不在村里,对吧?在哪呢?在学校,中学。我儿子三虎应该是读高一。他是在田旺村逃出去的,不是再次被拐卖出去的。那么,一个七岁的孩子,他能走得多远呢?我分析啊,就在衢州范围内。我又分析啊,我儿子三虎小时候聪明,应该是能考上重点中学的。

这范围又缩小了不是？于是，我专门找重点的中学去，找高中的语文老师，找校长，跟他们说我儿子的事情，请求他们出这样一篇题目的作文，让学生写。什么作文题目呢？我的亲人我的家，就是这意思。为什么要学生写这样一篇作文呢？因为，学生中如果有谁是被收养的、被拐卖过的，不是现在父母亲生的，他一定会在作文里流露出来。那么根据他流露出来的情况，我不就容易判断和找到我儿子了吗？

王新云愣怔。

我一个学校一个学校地跑，来回跑。一个老师又一个老师、一个校长又一个校长地求，反复求。校长老师被感动了，都尽力帮我。我从老师提供给我的学生作文里面，发现有不少我说的那种不是现在父母亲生的情况。我也见了有这种情况的学生，可惜没有一个是我的儿子三虎。但是可以肯定，用这种写作文的办法，继续下去，是能找到我的儿子三虎的！只是我想继续不能继续，因为我越狱不到一年，1998年初，我又被抓了回去。

我被加判了五年，那么，一共是十五年。韦元恩抓过酒瓶，往自己杯子里添酒，但没有喝。

那么，扑克呢？王新云说。

扑克？

你不是还用扑克的方法找儿子吗？

哦，这得感谢萨达姆！韦元恩说，我们在监狱里看电视，看着美国打伊拉克，萨达姆跑了。美国就把萨达姆和萨达姆的人印在扑克牌上，用扑克找人，这办法真是牛皮大发了。于是我就想，等我从监狱里出去，也用扑克找儿子。

去年，我从监狱里放了出来。我去印刷厂问印一副扑克要多少钱。印刷厂说，一副怎么印呀？我说是一个式样一万副扑克，一副多少钱？印刷厂算了算，说是三块钱。三万块钱，我哪有呀？我只有五千块钱，还是我的二儿子二虎从广东给我寄的。我说那就先印两千副好了。印刷厂说印两千副，每副就五块。我说怎么印得越少，价钱越贵呢？印刷厂说印得越少，成本就越高，印得越多，成本就越低。如果你印到五万副，每副是一块钱。我想想，当然是印五万副合算。但是五万块钱怎么筹呀？我想到了跟我一样丢失儿子的人，他们是我在找儿子的过程中遇到和认识的。有三个人，但其中一个已经找到儿子了，还有两个。但这两个又认识六个同样丢失儿子的人。这下好了，加上我就有了九个人。我们决定联合印扑克，还成立了寻子联盟，我当头。我们说好了，谁有谁儿子的线索和消息，要互相通报，九个人的儿子都是大家的儿子。但是在印扑克的时候，我们九个人吵了一下。因为什么呢？主要是我自私啦。我想把我儿子三虎印在黑桃A上，黑桃A不是最大吗？萨达姆不是黑桃A吗？我不是寻子联盟的头吗？那么我儿子应该是黑桃A，对不对？但是其他人反对，认为谁出的钱最多，谁的儿子就是黑桃A，然后继续按出钱多少排下来，第二多是红桃A，第三多是梅花A，第四多是方块A。我争不过他们，最后少数服从多数。我出钱是第五多，所以我的儿子三虎只能是黑桃 K。但是我心里是很不情愿的啊，我要是能拿出更多的钱，我儿子不就是最大的黑桃 A 吗？我还是要感谢萨达姆。萨达姆不见了，美国才会用扑克的办法去找。我也才想到用扑克的办法去找儿子。不过不同的是，美国人找的是仇人，我们找的可是亲人哪！

韦元恩说着端起酒杯，要喝。他看了看王新云，见王新云脸色不好，说，你不舒服吗？哪不舒服？王新云说我没事，你吃吧喝吧。韦元恩放下酒杯。王新云说你喝呀。韦元恩说我今天喝多了，不喝了。王新云说那你吃菜。韦元恩打着嗝说吃不下了。

韦元恩跟着王新云出了饭店。王记者，你真的没有不舒服吗？韦元恩说。没有，我很好，王新云说。韦元恩说那我就不跟你去你那里了。王新云回头看着韦元恩，为什么？你不去我那里你去哪？你还有地方住吗？你身上又没钱。韦元恩说我没钱也不能去你那住。王新云说我让你住你就住，叫你住你就住！不要啰唆，走吧！

韦元恩看着显然生气的王新云，不再吭声。他顺从地跟着王新云，亦步亦趋，像是一位开始倒过来服从儿子的老父亲。

公寓的书房里，王新云翻找出一本书，书的题目叫《1998年温州中学生优秀作文选》。他把书从书房带到卧室。在关闭的卧室里，王新云在默默地读书里的其中一篇作文——

我的亲人我的家

温州中学216班（高二）王新云

我有两个家。我现在的家，非常的富有。许多同学和老师知道，浙江王牌服装集团的总裁王华高，是我的父亲。但他们不知道，我只是我父亲的养子。

我五岁的时候，被人给卖了。拐卖我的人把我卖给了一个农民，我现在也不知道那是什么地方。我在那家农民的家里生活了两年，就逃了出来，因为我想回我真正的家。

我真正的家在什么地方？我也不知道。我只知道，我的家在高高的山上。我五岁时候的某一天，我的阿爸带我上街，说要给我买冰棍吃。我的阿爸挑着一副担子，担子的一头是我，另一头是三头小猪。就在那天，父亲卖掉了三头小猪，人贩子拐卖了我。

我从此失去了亲人，失去了家。或者说，我的亲人失去了我，我的家失去了我。

我现在的父亲对我很好，即使后来他和我现在的母亲生了一个孩子，也一样对我很好。父亲有时候还打我弟弟，却从不打我，就像小时候我的阿爸打我和我的哥哥，却从不打别人家的孩子一样。慢慢地我就知道，被打的孩子才是最亲的人。

最亲我或我最亲的人现在在哪呢？你们过得好不好？我现在过得很好，虽然不是在最亲我或我最亲的人家里。

如果我不被拐卖，在我从农民家逃跑后不被我现在的父母亲收养，我过的可能就是另外一种生活，另外一种命运。我可能上不起学，上学后也有可能辍学。但现在这种可能对我没有存在的可能性。

我现在很幸福。虽然我知道，我幸福的背面，是亲人的痛苦。

我要幸福，但是我又不想要亲人痛苦。

我希望我的这篇作文被我的亲人看到，而又不被我现在的家人看到，这样，大家都不痛苦。

写这篇作文我很痛苦，因为老师要求说实话、真心话，我不得不说我的秘密。我现在没有秘密了。

【点评】今年，我从衢州中学调到温州中学，给高二的学生出了《我的亲人我的家》这么一道作文题。这题目其实不是我出的，而是去年我还在衢州中学的时候，一位丢失儿子的父亲出的。他要我们帮忙，用写作文的方式，寻找自己丢失了十一年的有可能正在读高中的儿子。这位父亲没有在衢州找到他的儿子。我到温州以后，继续用这种方式，帮助这位父亲。王新云同学的这篇作文，从文法和境界上，谈不上优秀，但是作文流露出来的情况，跟这位父亲丢失的儿子情况很像。但是，我又已经找不到这位父亲了。那么，我推荐这篇作文的目的和用意，是显而易见的了。

推荐老师胡红一

王新云读着自己七年前写的作文,已经没有了七年前写这篇作文时的痛苦。他觉得他的痛苦,都让生父承受了,也让养父承受了。生父没有看到这篇作文,因为这篇作文出笼的时候,生父又已经进了监狱,就像他去到田旺村的时候儿子已经脱逃了一样,他又一次和他要找的儿子擦肩而过。但是养父是一定看到这篇作文了,在这本作文选出来不久,养父来到学校,和他说,新云,我希望将来有一天,你能见到你的亲人,或者说你的亲人能找到你,但是在你们团聚之前和之后,我都会把你当作是我的儿子。我没法不把你当作是我的亲人,我的家人。王新云当时听了,给养父下跪,说爸,我错了。

现在,王新云觉得,他必须向另一个人下跪,那就是自己的生父。他来到隔壁的卧室,那是安置生父的房间。他跪在生父跟前,涕泗滂沱地说,阿爸,对不起,阿爸,我明明已经知道你就是我的生父,却没有认你。因为我不知道该怎么办,我现在生活得很幸福,真的很幸福。这幸福是养父给我的,我怕我认了你,我的幸福就会失去。阿爸,原谅我。原谅我,阿爸!

生父没有说话,睡在床上的他像一台稳定的机器。他的鼾声就像打雷。

2007 年

我们的师傅

我

我的师傅死了。

他死去的消息是大哥告诉我的。大哥来南宁看望住院的大嫂，只待了半天就要回去。他说韦建邦死了，明天出殡。韦建邦虽然不是我们的什么亲戚，虽然他的一生很坏，但总归是本村人，如今他走了，送一送是应该的。

大哥的话是在为他的匆忙返回说明理由，但在我听来却是一种提醒，或一种规劝。韦建邦曾经是我师傅，教我偷窃，大哥是知道的。为此大哥恨死了他，也恨死了我。直到后来我洗心革面，并成为一名作家光宗耀祖，大哥才原谅了我，也似乎原谅了韦建邦。

我该不该回去为我的师傅送葬？

大哥没有明示，就走了。他去汽车站乘车。我呆呆地在医院坐了好长一会儿，又在我的奔驰车里冥思苦想了许久。

然后，我给大哥打电话：等等我。

我开车回上岭。大哥坐在车上，喜滋滋的，像是捞虾的时候捕得一条大鱼回家，眉飞色舞跷腿坐在太师椅上，像个功臣。他现在就跷着腿，朝着车窗外扬眉吐气，不时看我两眼，像是满意我回去奔丧、送韦建邦上路的行为。大哥是个好虚荣和要面子的人，有我这么一个有头有脸的弟弟，去为村里一个诟病一生的逝者送别，这是慈悲为怀并且家教极好的表现。我也看了看极有成就感的大哥，说你可以在车里抽烟。大哥的一只手本来就在兜里，直接抽出来，连带着一盒烟，是我抽不惯送给他的硬中华。他把一支烟叼到了嘴上，正要点火，却放弃了。他说算了，还是不抽。

车子到了乡里，准备经过圩场，我停了下来。大哥和我都下了车，一同抽烟。我边抽烟边向圩场走去。圩场人流稀疏，或许天色已晚的缘故，也或许不逢圩日。我站在空旷的圩场中央，像站在一个恐怖的山谷中。关于我童年在圩场所做或发生的一切，像溶洞中受惊吓的蝙蝠，呼啦啦地飞出，向我扑来。

我的第一次行窃，便是在这个圩场。

那年，1972年，我八岁。

在实地行窃之前，师傅韦建邦对我的教导和训练，已经有一段时间了。我们从来不在师傅的家里受训，而是在山上的岩洞、悬崖，以及河边的乱石滩、沙滩，还有河中等。这些艰险的地方是我们的训练场，我们在这里那里摸爬滚打、攀登和奔跑，令行禁止，像一群特种兵。事实上，师傅韦建邦就是把我们当作特殊的战士来培养和教练的。为此，他专门带我们去公社看过三部电影，一部是《奇袭》，另一部是《铁道卫士》，还有一部是《渡江侦察记》。这三部反美、反特和反蒋的电影里，其中的英雄人物或正面形象，是我们学习的榜样。师傅要我们学习他们的机智和勇敢，如何达到目的或完成任务，又保全自己、再接再厉。同时，师傅强调了解反面人物的重要性，他先搬出一句"知己知彼，百战不殆"——那时我们还听不懂的古文，然后解释这句话的意思，是说如果对敌我双方的情况或底牌摸得一清二楚，打起仗来一百战都不会有危险。师傅的学问和教学方法让我们佩服。后来我们知道，师傅是在宜山上的高中，那是一所著名的中学。若干年后我考取的河池师专，学校所在地便是宜山，与师傅的母校一河之隔。

我说的我们，指的是与我同一批受训的学徒，或者同学。他们是蓝上杰、韦燎、覃红色和韦卫鸾。但是我们在一起的时候，是不允许互相称名道姓的，只叫外号。师傅给我们起的外号分别是：我——老鼠，蓝上杰——黄狗，韦燎——野兔，覃红色——老猫，韦卫鸾——花卷。

在这些外号里面，花卷算是比较好听的，可能是韦卫鸾长得好看的原因吧，她也是我们这批学徒中唯一的女性。

经过一段时间的刻苦训练，并且通过了严格的考核，我们终于要实战了。师傅给我们的任务是：偷收购站韦有权的钱。

那天是圩日。那时的市场是七天一圩，也就是逢星期天便是圩日。星期天圩日,对还在念书的我们来说,是行窃的好日子。

那天的圩场像往常的圩日一样,热闹和有序。如果说有什么特别或不一样,就是圩场上出现了五个八到十岁的身怀绝技的儿童,这是一个训练有素的偷窃团伙,今天是他们第一次出任务,也是一次大考。而且他们是独力独行,师傅没有出马。师傅为什么没有出马?我后来想,不是因为师傅信任我们,而是为了保护我们,也为了保护他自己。师傅是个贼,他的声名十里八乡都知道的。他如果出现在圩场上,就会引起人的惶恐,就像黄鼠狼出现在鸡群里鸡一定会紧张和警惕一样。

我们在圩场的出现,果然没有引起人们的注意,像几只小黄鳝钻进了鱼塘一样。

收购站在街的西侧,在邮电所和食品站的中间。那是人流密集的区域,也是现金收支最多的地方,我如今用金融中心来形容它。我们到达收购站的时间是上午九时许,韦有权柜台上的座钟有指示。我们选择在这个时间到达,是因为这个时段人开始多,而韦有权掌握的钱还有大部分没有支付出去。这是我们的可乘之机。

在这之前一个小时,我跟踪韦有权去信用社取款。他住在公社的宿舍,这是师傅告诉我的。公社就是后来的乡政府。我认得韦有权,我拿松鼠皮卖给过他。一张松鼠皮收购标价是一角钱,但他通常给我五分,最多八分。他克扣的原因是品相不好,就是看不顺眼,总之是他说了算。我听很多人说他们卖给

我们的师傅

收购站的货物，都被韦有权克扣，没有得过全价。收购站就是韦有权一个人的，他大权独揽，为所欲为，被人们背地称为南霸天。

更早的时候，我就在公社宿舍守候了。而我出门的时间还要早，鸡叫就出门了。我悄悄离开家，来到河边。师傅已经在竹排上等我们。我、黄狗、野兔、老猫和花卷到齐了，他便把我们渡过河去。我们六个人站在四根竹子连接的竹排上，光着脚。因为超重，竹排没在了水里，河水也漫过我们的脚踝。我感觉到刺骨的冷，因为这是岁末冬天。我相信其他人的感觉也和我一样。但我们都站得很稳，像已经抽穗的水稻一样。竹排渡达河对岸，师傅先上岸，然后一个一个地接我们上岸。他一句话都不说，似乎嘱咐都含在牵着我们的手里了。然后我们穿鞋。等我们穿好鞋，发现师傅已经不见了。他和竹排消失在清晨的河雾中。

岸边是公路，沿着公路往西走五公里，便是菁盛的圩场。我、黄狗、野兔、老猫和花卷离圩场还有一公里的时候，便分开了，各行其是。

盯梢是我的工作。

公社宿舍有两排平房，韦有权住在后面一排右数过来第二间。这也是师傅事先告诉我的。他虽然没来，却什么情况都懂。我爬到两排房子靠右侧的一棵树上，开始俯瞰。

韦有权的房门开了。他先出来刷牙，披着一件棉衣。然后他再进去，过了一会儿出来，还穿着那件棉衣，却比先前光鲜齐整多了。他的头发油油亮亮,全往后翻,像一边倒的草丛。他关门而不锁门,说明屋里还有人。一个带绳的包拎在他手上,随意地轻飘晃荡,说明包里现在没钱。他一边走一边吹着口哨,说明他昨晚上睡得或过得很舒服。过后我知道他有一个比他年轻二十岁的妻子。

等他走到一定远,我从树上下来,随在他身后,保持不被他发现的距离。

他走到位于街中心的信用社,进去,一定是取钱。出来的时候,他原来拎的包变成挂着了,而且还搭上了一只手,像加了一把锁。

他往收购站去。收购站已经有卖货的人在那里排队了。其中就有我们的人,他是老猫。老猫的手里拎着一个麻袋。我知道麻袋里是一条蛇。黄狗、花卷和野兔我虽然没有看见,但我知道他们就在附近,在相应的时机才会出现。

韦有权一到收购站,所有人整排地让开,给他通过。他拔出别在裤腰带的钥匙开门。开门后他一点也不着急收购,而是先检查收购站里尚未运走的动物,看看有没有死的。果然有一只死的,那是一只果子狸。他不慌不忙、不痛不痒把果子狸从笼里拿出来,放进一个桶里。然后他给活着的动物食物和水。罢了,他搓搓手,像是把气味搓掉一样。他终于坐到了柜台边,打开抽屉,把算盘拿出来摆上,把笔和笔记本摆上,还给钟上链。做完这些事情,他才把挂包从身上拿下来,放进抽屉里,目光也跟随进了抽屉,手在抽屉里还有动作,像是拉开拉链和区分大钱和零钱。

第一个收购是卖蛇的。是一条眼镜蛇，是一个五十岁左右的男人。排队的时候他就一直拿着，双手拿捏得十分老到，像是个专业捕蛇者。韦有权也像跟他很熟，看了蛇一眼，就示意他自己将蛇拿到一边的蛇笼去放。等他回来，韦有权给了他四元钱。他满意地走了。我看了看墙上眼镜蛇的收购价格，是一斤一元。那条蛇目测也是四斤。说明韦有权也不是每个人都克扣的。

第二个收购是卖金银花的。是个老婆婆。老婆婆的金银花装在一个背篓里，满满当当的，已经晒干，我估摸有五斤左右。韦有权将金银花过秤，扣除背篓的重量，果然是五斤。但是韦有权以金银花未干为由，扣掉了一斤的水分，只付了四斤的钱。老婆婆不服，央求韦有权再给三毛钱。她举着手里的一只空瓶子，说再给我三毛钱买煤油吧。但韦有权就是不给。老婆婆只能走了。

接着轮到老猫了。老猫摸索麻袋将蛇头摁住，然后一只手伸进袋子里，捏住蛇头，将蛇拖出来。这也是一条眼镜蛇，有两斤重，半米长。老猫一手抓蛇头，一手握蛇的尾部，像捧着一把剑，战战兢兢正要交给韦有权的时候，蛇忽然滑出老猫的手，掉落在地。

一声尖利的喊叫，在这个时候及时发出：毒蛇咬人了！

喊叫者是花卷，我知道是她。制造混乱策应老猫是她的任务。

收购站果然乱作一团，顿时像炸开的锅。人们四散躲逃，我推你，你推他，像电影里遇到轰炸的平民。

地上的蛇爬到墙根，走投无路。它昂起头，面向人，吐着蛇芯子，威吓着观望它的人。

韦有权坐不住了。他站起来，离开柜台。他操起一把摄叉子，独自并且从容不迫地向蛇走去，像个孤胆英雄。他手里的摄叉子一下夹住了蛇的七寸，将蛇控制。他回身看见了当事人老猫，看着足有两斤的蛇，恶狠狠地说：一斤半。老猫没有异议。韦有权将蛇直接拿到蛇笼去放，然后返回柜台。

他拉开抽屉，准备掏钱付给老猫。发现包不在了。

但我在，花卷在，加上老猫，我们都还留在现场，像三个诚实、勇敢的孩子。

公社公安很快就来了，就一个。我们认得他，叫谭公安。谭公安原本不认得我们，但现在认得了。他问了我们的姓名，还问了我们之间是什么关系。老猫说我们是同一个村的人，那条蛇是我们三人共同捕获的，一起拿来卖，然后一起分钱。谭公安让我们把身上的东西都掏出来。我们掏出身上所有的东西，就是没有钱。韦有权又一一搜我们的身，见不到一分钱。谭公安相信我们，把我们放了。我们开始还不走，因为韦有权还没有把钱给我们。韦有权骂咧咧说他妈的，你们没看见我的钱都被偷光了吗？要钱没有，要不你们把蛇拿回去！

我们选择了把蛇拿回去。在回去的半路，老猫把蛇放生了。这条蛇没有牙齿，是师傅事先亲自拔掉的，他不想因为谋财而闹出人命。而我们选择把蛇拿回,是不想让韦有权和公安过后发现蛇的秘密或真相。

我、老猫和花卷见到师傅,黄狗和野兔已经在师傅身边了。看到黄狗和野兔,我知道韦有权的钱,已经变成了我们的钱。按照计划,我负责侦察,老猫负责演戏,花卷负责助演,黄狗负责技术,野兔负责接应。所谓的技术和接应,就是黄狗趁乱偷走了钱,再交给在外面的野兔转移。

师傅当场给我们五个人每人一元钱。

那趟偷的钱我至今不懂具体的数额,但至少上百元。我问黄狗和野兔,黄狗说我看都不看就交给了野兔。野兔说师傅教育我们不该问的不要问,你问了不该问的问题。

有一段时间我对师傅耿耿于怀,觉得他是在剥削我们,压榨我们,像资本家和地主老财。我甚至还诅咒过他死。直到若干年后我考上大学,从第一学期第一个月起,我每个月都收到十元的汇款,汇款人没有留名,但我知道是师傅寄的。在大学时期,他没有中断过汇款。我相信他给我寄,同样也会给老猫寄,给黄狗寄,给野兔寄。花卷虽然没读大学,但师傅肯定没少资助她。她是女孩,是师傅最疼的人。

"小弟,我们走吧。"大哥在说话。

大哥看见我在圩场上站得太久,又什么东西都没买,知道我只是在回忆。

我第一次行窃那天,回到家,大哥问我一天都去了哪里。我说我去赶街了。大哥从我身上搜出了一元钱,问钱是从哪来的，是不是偷的？我当然说不是。我说我和蓝上杰韦燎他们抓得一条蛇，拿到收购站去卖，分得的。大哥当时信了。但是很快，收购站的钱被偷的事情传到大哥那里，我被大哥狠狠揍了一顿，要我承认钱是我偷的，是韦建邦教唆的。我当时想打死都不能说。大哥见我被痛打都不认，才觉得冤枉了我。他大概也认为，假如收购站的钱是我偷的，我的身上不可能只有一元钱。在这一点上，师傅的确是保护了我，也保护了他自己，因为那天，师傅一天都在村里晃悠，他有足够多的收购站失窃事件不在场的人证。

陈年往事，大哥是不可能追究了，甚至都不记得了。此刻站在他身边的弟弟，已然是人五人六、社会名流，纵使有可耻的过去，那都是可以忽略和谅解的。就像韦建邦，他如今人已死，一生和一身的罪业，都可以宽恕，并将归于尘土。

我继续开车，去送别我师傅。

师傅的家在上岭村的东头，我家在西头。红水河从上岭村流过，师傅家在下游，我家在上游。在不通桥梁之前，行人要从码头过，进出村庄，是从上游过。如今有了桥梁，建在东边，车辆进出村庄，则变成从下游走了。

临近村庄，大哥说，我们坐船过去吧，把车留在河这边。

我说为什么。

大哥说避讳。你的车是新车好车，不宜经停丧家。另外，你现在的身份，也不便过于张扬。

我接受了大哥的建议。

我坐船渡河。天色已黑，所有的景物都只是一种颜色，家乡的山峦和河流两岸的竹林，像是一幅涂上焦墨的图画。河面上是有一些波光，但不足以映照那庞大的山水。

摆渡的艄公是我小学同学，叫潘得康。他的家离我家也就是十米远。小时他去学校上学，要路过我家，而我从码头外出和回家，则必须经过他家门前。他在我们班上，是最守规矩的老实人，却只读到小学毕业就辍学了。他要接他爸爸的班。他家祖孙三代都是艄公。摆渡是他们家的专属，甚至码头也是。码头现在叫得康码头，但原先不是，而是以得康爷爷的名字命名的，得康的爷爷死后，就以得康父亲的名字命名，现在以得康的名字命名码头，意味着得康的父亲也死了。他的父亲在他十二岁的时候就死了。他十二岁开始接班，意味着他已经当了四十三年的艄公，因为他与我同龄。得康码头原来陡峭和窄小，有一百年以上的历史了，它是由先人踏出来的，而非开凿而成。它在十年前得到修建，我是做了贡献的，或者说跟我师傅有关。

十几年前，师傅与得康忽然到南宁找到我。他们的到访就是与码头有关，具体地说就是来找钱修建码头的。得康开宗明义，说码头虽然是以我家的人命名的，但所有权属于集体，属于上岭村，也就是说属于国家。他言外之意，是国家能给钱修建码头就好了。而我是领国家工资的人，帮助找到国家的钱来修建上岭村的码头是我的责任。

关于码头的事，师傅一言不发。但他的到来和在得康身边、我身边的存在，却胜似千言万语。我从前的、偷窃的师傅，已经断了联系二十年、回村也不再见面的师傅，突然出现在我的眼前，让我十分激动和害怕。他或许是自愿来的，或许被得康"绑架"来的。得康为码头的事，为什么要带上韦建邦？说明他知道我和韦建邦曾经的师徒关系，不可能不知道。他要挟韦建邦，再用韦建邦来要挟我？

师傅已经是老人了。他那年应该已近七十岁。头发已经基本掉光，剩下没几十根，发白和细软，像荒漠中残存的草，也维持不了多久。我招待他们吃饭的时候，发现他的牙倒是结实和齐整，咬得动我夹给他的鸡胸脯，应该是装了假牙。

我满口答应：你们放心，修建码头的钱，包在我的身上。

我找到修建码头的二十万元钱，已经是两年后。两年来，码头成为我的一块心病，为了找钱治病，我不遗余力，多方求告。终于，自治区财政厅专项拨款二十万，层层下放到市里、县里、乡里，由乡里实施修建。码头修建好了，我药到病除。

船只向对岸的码头驶去，我的同学潘得康驾轻就熟。因为我的归来，他兴奋地说个不停。他肯定知道我这次为什么回来，为谁而来。他说，你坐船过河是对的。我早已经在这里等你了。我晓得你一定回来。我说，现在有桥了，还有人坐船渡河吗？这个我以为老实的同学幽默地说，你就是。

船只靠上码头。我和大哥上岸。大哥问我要不要先回家，休息到天亮再去。

我说，我自己去就好，你休息。

师傅的家灯火通明，人声鼎沸。周边的人家也被灯火照亮，被不眠的人激活，仿佛一个夜市。

我像一名不速之客，进入灯火和人群中。我本想在房屋外边先找个角落，默默观望和缅怀我的师傅，但我肥胖的身躯和独有的光头特征，很快引起了人们的注意。一个司仪过来，引领我去上香。

我走进师傅的家。在灵堂前，我首先看见师傅的遗像，像一个粗藤盘结的树根，在等候我。我瞻仰师傅，他沧桑、黑黄、浮肿，脸上满是皱褶和斑点。这应该是他晚年的照片。师傅年轻的时候可不是这样。他英俊潇洒，红光满面，像电影里的好人。从某种意义上说，我拜他为师，是被他的相貌所吸引。他的长相和气质的确和村里人不同，他一点都不委琐，也不粗鄙，尽管他是个贼。他为什么是个贼？或者说他为什么成为贼？他的经历让我好奇，为此我接近他。我走近他之后，发现他有满肚子的故事和满身的本事。他字写得好，画画得更好。总之，他令我着迷，也令蓝上杰、韦燎、覃红色和韦卫鸾着迷。严格来说，我们拜他为师，是为了成为有本领的人，而不是为了做贼。后来我们果然都不再做贼，或者说我们除了贼的本领不再使用，师傅教给我们的其他本领，我们各有专长，都用到了极致。

我接过司仪递来的香，跪拜我曾经敬爱也曾经怨恨和疏离的师傅。我一边跪拜一边默念：师傅，请走好。谢谢您，师傅。师傅，对不起。

师傅的众亲属在给我鞠躬回礼。他们守在棺材的两旁，披麻戴孝。我知道师傅没有子女，所谓的亲属，应该只是叔侄、堂、表、外甥的关系。师傅的房子，在几年前进行了重建，十八米宽三十米深、四层的楼房，在村里算是上好。师傅在人生接近终点的时候，为什么还要起新房？我想无非是为了给他埋怨一生的亲属们有个交代或回报吧。毫无疑问，师傅如今死了，他的丧事无比隆重，因为天明出殡之后，这幢房子就不再是师傅的了。他的亲属将继承或分掉他的房子。

法事已经在进行。在屋外新搭起的帐篷，菁盛乡最著名的道公和风水师樊光良，正率领他的团队，敲锣打鼓念唱经文。他们专心投入、精神抖擞，像一支不辞辛苦、敬业为民的文艺轻骑兵。

发现我来了，樊光良离开他的团队，走过来和我打招呼。招呼过后，他仍没有归队，继续和我说话，变成聊天了。樊光良是我高中同学，他的学历也止于高中，但他的道行神通，非我作家兼大学教授所能比。

老同学，你来了，就是对师傅最好的超度。樊光良说。

你凭什么认为他是我的师傅？我说。我对樊光良的指认感到吃惊，因为我上高中时已经不做贼了。

我晓得，他是你师傅。我也有师傅，这没什么。樊光良说，他摸着他的胡须，像抓着什么把柄一样。

我们的师傅 ∥ 341

人非圣贤孰能无过,逝者为大,这你应该懂吧?我说。我的意思是让樊光良不要纠缠我和韦建邦的师徒关系。

对的,我对你讲的就是这个意思呀。

我说,你是大师。

樊光良说,可是你比我有出息。

那可能是因为我们的师傅不一样。

你凭什么认为我们不是同一个师傅呢?樊光良说。

我吃惊,是吗?

我比你晚些年拜他为师,只是你不晓得而已。樊光良说,他点烟抽,也递给我一支。我不是你那批学徒和那个团队的。

那为什么我不知道你,你却知道我?

所以我成了道公,你成了作家和教授呀。

我心里骂了句狗日的,嘴上却说你才是人类灵魂的工程师,因为你天天和灵魂打交道。

没错,他边说边笑,我们的师傅,该为我们骄傲。

就像你那帮正在做念唱打的徒弟们一样,他们也应该为你这个师傅感到骄傲。

我和樊光良表面轻松和谐其实针锋相对地聊着,反正我打算在这里一直待着,直到出殡。有樊光良在,正好可以解闷和解乏。他陪我聊个把小时,再过去念一会儿经,又过来和我聊,像是两边开会或应酬的领导。我说你这么不用心,不专心,不怕师傅收拾你吗?樊光良说我与师傅通灵了,照顾好你,正是他的意思呀。

我竟然莫名地感动。

半夜三更,吊唁的人大多已经散去,或已经睡着,忽然来了一个人。

她穿着黑色皮衣,挂白围巾,沉重而急速地向房屋走来,径直朝灵堂进去。我在屋外看见她朝逝者跪拜,上香、斟酒。虽然她背对我,身影也不熟悉,但我心里仍跳出一个永不能忘的名字:花卷。

等她出来,我迎上前去。她也看见了我,认出了我。

她叫我的学名:樊一平!

我说,你怎么知道是我?

她说你太好认了,电视上也见过你。

我这个样子的确是不能犯罪了,因为不好逃。

那我是谁?认出来吗?

我说花卷。

她不生气,说,真名呢?

韦卫鸾。

韦卫鸾

韦卫鸾是村里韦庆雷和农妹花的大女儿。她八岁的时候,她家里就有四个姐妹和一个弟弟。可想而知,她家的境况会有多惨,她的日子会有多难。

我和她是小学到初中的同学。

拜韦建邦为师傅，是我拉她加入的，或者说是我引见她接触了韦建邦，拜师是她的自愿。

小学一年级暑假放假那天，我追上在赶回家的韦卫鸾，说我带你去见一个人。韦卫鸾说不去，我要回家干活。我说那个人很好很好玩的，他可以教我们玩。韦卫鸾说是谁呀。我说韦建邦。她一听，吓了一跳，说不不，韦建邦是坏人，我爸晓得我跟他玩，会打死我。我说我跟他玩都有半个学期了，我大哥到现在都不晓得。她不答应，继续走。她垂在背后的辫子一甩一甩的，像抽人的鞭子。我以为愿望落空了，没想到她在离我十五步的地方停下，忽然回头，说，你讲的都是真的？

我领衣不蔽体的韦卫鸾去见韦建邦。我们在韦建邦家门外的时候，听见他在拉二胡。那旋律相当的特别，和我们平时听到和唱的歌曲不一样。后来我知道他那天拉的是《二泉映月》。

我和韦卫鸾顿时被音乐吸引，但为了不打扰他，我们就在门外站着听，直到音乐停止。我们进去。

韦燎、覃红色和和蓝上杰已经在房屋里了。原来刚才的曲子，是韦建邦拉给他们听的。

韦卫鸾的到来，让韦燎、覃红色和蓝上杰很惊讶，也很兴奋。他们围着韦卫鸾团团转，像是一群黑猫围着一只白猫。我很得意，因为他们想做而做不到的事情，我做到了。

韦建邦却不高兴，他训斥我：你带她来干什么？

我脑子飞转，找到一个理由，说她会唱歌。

韦建邦看着瘦不拉几的韦卫鸾，说唱一个我听听。

韦卫鸾也不怯场,唱了起来。她唱的是《红灯记》的选段《我家的表叔数不清》——我家的表叔数不清,没有大事不登门,虽说是亲眷又不相认,可他比亲眷还要亲,爹爹和奶奶齐声唤亲人,这里的奥妙我也能猜出几分,他们和爹爹都一样,都有一颗红亮的心。

韦卫鸾的嗓门把我们镇住了,我们目瞪口呆,像一群面对鲜草嘴巴却套上了笼子的羊。

韦建邦微微点了点头,说:但是需要调教。

这句话一下子把韦卫鸾控制住了。她像迷途中遇到了一个领路的人,决心跟这个人走。她眼巴巴看着韦建邦,生怕他不教她。

一个星期后,我们正式拜韦建邦为师傅。我们的初衷,是要学他身上所有的本事。

师傅说首先,我要教会你们活下去的本领和方法。

这个本领就是偷窃。

我们起初都很惶恐,是不愿意的。韦卫鸾最不愿意,她央求师傅:我可以不学这个吗?

师傅说:我不养不能自食其力的人,你走吧。

韦卫鸾没有走,那时师傅刚教她学会了简谱,五线谱正开始学。她舍不得孜孜以求的音乐本领,最终留了下来。

在师傅的教导下,经过一段时间刻苦的体能和技能训练,我们学会了偷窃的本领。在实际行窃的前一天,师傅制定一条行窃的准则。

师傅说：你们要牢记一条，穷人和亲戚的东西不能偷。

师傅没有解释为什么穷人和亲戚的东西不能偷，但我们大致能懂。穷人本来就穷，东西再被偷走的话，就更难活了。亲戚的东西为什么不能偷，因为那是亲戚。

所以第一次行窃的对象，我们选择了既不是穷人也不是我们大家亲戚的收购站的韦有权。

行窃之前，一对一的时候，我问韦卫鸾，你害怕吗？

韦卫鸾上下牙齿打架，哆嗦得说不出话来。

我说到时你要喊的，你现在就开始喊。喊出来就不害怕了。

她说，朝什么地方喊？朝谁喊？

我说朝着高山喊，朝着河喊，朝着我喊。

喊什么？

就按师傅吩咐的。

于是，韦卫鸾朝着高山，朝着河，朝着我，连喊了三句：毒蛇咬人了——毒蛇咬人了——毒、蛇、咬、人、了！

喊完她就哭了。

等她哭完，我说：还害怕吗？

她说：万一我被抓了，你会不会救我？

我说：我拼小命都会救你。

她笑了。

首次行窃成功之后，韦卫鸾换上了一套新衣裳。我知道一定是师傅给她买的，至少是悄悄多给了她一套做衣服的钱。那时候买布还需要布票，她家有的是剩余的布票。穿上新衣裳的韦卫鸾越发的好看，真正的像一朵花。她那套印花的衣裳，随着身体和岁数的发育增长，像击鼓传花一样。我后来看见她二妹穿，她三妹穿，四妹穿。她们四姐妹，像山冈上的四棵树，所有的风都为她们吹，所有的日子都为她们破碎。后面四句，是我多年后读到的海子的诗，用来形容多年前的韦卫鸾四姐妹。我觉得海子的这几句诗，就是为她们写的。

师傅认真地教韦卫鸾音乐。到小学五年级的时候，他忽然说：我教不了你了。

韦卫鸾以为师傅不喜欢她了，伤心难过地说：师傅，我什么地方做错了，我一定改。

师傅说：你想继续进步，就需要更好的老师。

韦卫鸾说：谁呀？

师傅写出来：克里斯蒂娜·迪乌特科姆、维多利亚·德·洛斯·安赫莱斯、安娜·莫芙、泽弗里德、琼·萨瑟兰。

看着一串长条的名字，我们都蒙了。

师傅说：这是世界五位最著名的女高音歌唱家，她们可以做卫鸾的老师。

师傅改口不叫韦卫鸾花卷，而叫真名。

韦卫鸾说：我上哪里找她们呀？就算找到她们也不肯教我呀。

师傅说：我知道在哪里能找到她们。只要找到她们，她们肯定教你。

我们用怀疑的眼光看着师傅。

师傅说：她们在菁盛中学黄盖云老师的房间里。他藏有这几位歌唱家的唱片。你们去把唱片偷来。唱机就不用偷了，我有。

我们兴高采烈自告奋勇地进行分工。花卷韦卫鸾唱主角，老猫覃红色演配角，黄狗蓝上杰负责技术开锁，野兔韦燎负责接应，我老鼠还是负责侦察。

但是花卷说：我要老鼠配合我，有他在身边，我不害怕。

于是我和老猫换了工作。

那天是星期三，老猫侦察到黄盖云老师一天都有课。我们决定那天行动。但是那天我们也有课呀，怎么办？头一天晚上，野兔给第二天的科任老师韦先老师下了泻药，第二天一早我们便得到了放假的通知。韦先老师是野兔的叔叔，是我们上岭小学两个教师之一。另一位老师是苏满洲老师，他上个月腿断在家休养，所有的课都由韦先老师来上。

我们潜入菁盛中学。这也是我们下学期将就读的学校，我们等于先来看看，熟悉环境。假如遇到有人发问，我们计划就这么搪塞。由于师傅明示，又经过老猫事先踩过点，黄盖云老师的房间很快就找到了。黄狗不到十秒钟就把房锁打开。我和花卷溜进去。

房间很小。一张床，一张桌子，一箩筐书，房间基本上就满了。桌子上有一台唱机，唱机和唱机边有唱片，唱片都是当时革命样板戏的歌曲。我们也知道我们想要的唱片不可能在这里摆放着。那么在哪里呢?

床底。只能在床底。

我钻进床底。在床底最里边,我搜出一只箱子,并把它拖出来,像老鼠拖出油瓶一样。

这是只皮箱。皮箱灰尘不是很多,说明上次打开的时间不是很长。皮箱的按锁已经坏了,一摁就开。

箱子里果然有唱片,还有书。花卷按师傅提供的名单,迫不及待找她想要的唱片,找着四张,维多利亚·德·洛斯·安赫莱斯的没有。花卷说可以了,示意我把箱子原封放回去。我没动。我被箱子里的书吸引着。《安娜·卡列尼娜》《复活》《巴黎圣母院》《包法利夫人》等等,它们像花生吸引老鼠一样,让我不舍。我看了看花卷,花卷说你想看就拿呗。我就拿了那四本书。

我们回到村里,进师傅家。师傅的唱机已经搬出来擦拭干净和弄好了。师傅放上唱片。歌声响起。我们听完克里斯蒂娜·迪乌特科姆唱,听安娜·莫芙唱,然后听泽弗里德唱,听琼·萨瑟兰唱。她们的歌词我们听不懂,但她们的唱腔圆润高亢,好听。花卷自然是听得比我们投入和着迷,过后她肯定还要反复地听。

师傅发现了我多偷来的书,他没有怪我。他看了看封面,说:托尔斯泰,雨果,福楼拜,以后就是你老师,如果你想将来当一名作家的话。然后他还点了书里好多人物的名字和细节。说明这些书,师傅都看过。

就在那年，1975年，我们小学读完后升初中。在菁盛中学，我和韦卫鸾分在同一个班，初19班。班主任兼语文老师、音乐老师都是黄盖云。当他自我介绍报出自己大名和任课任职情况的时候，我和邻桌的韦卫鸾面面相觑，只见她目瞪口呆，我则是暗自庆幸。我觉得能做黄盖云老师的学生，真是缘分呀。韦卫鸾可能跟我想的不一样，她可能想的是做黄盖云老师的学生，却偷了他的东西，心里有愧。黄盖云老师那年三十出头这样，不是本地人，却来菁盛中学七年了。未婚。他的普通话字正腔圆，真是好呀，如果他不是老师，我们这些讲普通话夹壮的壮族孩子听了，会以为是他讲得不标准。后来韦卫鸾说得一口流利的普通话，跟北京人似的。我也马马虎虎，让别人猜不出我是壮族人。这都是黄盖云老师的功劳。当然他的功劳不只这些。

语文期末考试的时候，作文题是《我的家》。交完卷的当天晚上，黄盖云老师突然通知我去他的房间。我去到他房间里的时候，发现韦卫鸾已经在那里了。她畏畏葸葸站在墙边，黄盖云也指示我站墙边，与韦卫鸾并排。他表情严肃，我觉得大事不妙。

他先拿出我的试卷，问我：你的作文《我的家》，第一句话，幸福的家庭都是相似的，不幸的家庭各有各的不幸。我问你，这句话是怎么得到的？怎么来的？

我一愕，知道坏了。写作的时候光顾显摆，却忘了保护自己。这句话的出处就是《安娜·卡列尼娜》。这本书是我从黄盖云老师这里偷来的。我当时还下意识地看了看床底，而且黄盖云老师也注意到我看床底了，这简直是不打自招。

我说不记得了，但肯定不是我的话，是引用的。

引用谁的？

托尔斯泰《安娜·卡列尼娜》里面。

好了。他说。他转而拿出另一份试卷，看着韦卫鸾。

韦卫鸾，你在《我的家》作文里，写到你的母亲。你这样写：我的母亲喜欢唱山歌，她的歌声虽然没有克里斯蒂娜·迪乌特科姆嘹亮，也没有琼·萨瑟兰多情，她不懂舒伯特，也不懂施特劳斯，但是她的歌声纯朴、清甜，像我家后面的山泉。好啦，我的问题是，你是怎么知道克里斯蒂娜·迪乌特科姆，还有舒伯特、施特劳斯？

韦卫鸾已经慌乱得不行，几乎就要瘫下了。她模仿我，也看了看床底。我想这下彻底完了。

没想到黄盖云老师说：好啦，我知道了。你们回去吧。

那天晚上，我辗转反侧，彻夜难眠。我想到了被示众和开除的结局。

黄盖云老师评卷和宣布分数。

我和韦卫鸾的作文是满分，并被当作范文，由各自来宣读。

我念我的作文《我的家》。当我一念"幸福的家庭都是相似的，不幸的家庭各有各的不幸"这句剽窃而来的话时，情不自禁地看着黄盖云老师，他像一座沉默、挺拔的青山，让我仰止。

轮到韦卫鸾念时,韦卫鸾看着黄盖云老师,说我不念。我想唱作文里写到的琼·萨瑟兰唱的歌,行吗?

黄盖云老师说行。

韦卫鸾说琼·萨瑟兰是澳大利亚女歌唱家,我唱的是她唱的歌剧《拉美莫尔的露契亚》选段。

然后她开始唱。她的唱词我们同学全听不懂,但是她唱得好不好,我们还是听得出来的。她很出色。那是她第一次在四十人以上的观众面前演唱。她的歌声征服了全班,并不胫而走,传遍全校。整个菁盛中学很快知道,初19班有一位了不起的歌唱达人,她叫韦卫鸾,上岭村人。

过后,我们把事情告诉师傅韦建邦。师傅缄默了半天,然后说:我不做你们师傅了。从今年往后,我们断绝一切来往。

我们如晴天霹雳,问为什么。

师傅说:为了你们的将来。本来,我就有这个打算,等你们初中毕业,我们就脱离师徒关系。现在,黄盖云的行为,把我的计划提前了。

我们又问为什么。

师傅说:你们以后会懂的。我只能告诉你们的是,好日子就快来了。只要和我这个师傅断绝关系,你们的好日子就来了。

好日子最先降落在韦卫鸾的生命中。

1977年,十三岁的韦卫鸾初中毕业,被县文工团特招,成为演员。这是黄盖云老师推荐的结果。

也在那一年,黄盖云老师调去县中学。他的才华和韦卫鸾的天赋一样,最终没有被埋没在寂静寥落的乡村。

临别的时候,黄盖云老师把我单独叫到房间。他打开那只皮箱,说:这里面剩下的书,都送给你。好好读吧。

我说:老师,我错了。

他摇摇头,说:你师傅是不是韦建邦?

我说:他已经不是我师傅了。

但是将来,你们有成就的时候,希望不要忘记他。

我说:我会永远记得你,老师。

与黄盖云老师一别,我再也没有见过他。我在菁盛乡中学念高中,并在那考上大学。大学毕业,我分回菁盛乡中学当教师。一年后我调到县文化馆,当创作员。

黄盖云老师在县中学,照理,我们是可以见面或来往的。但是,我们就是没有。

这和韦卫鸾有关。

我考上大学以后,第一封信是写给韦卫鸾的。我在信里向她示爱。

但是,韦卫鸾没有回信。

一封不回,再写一封。在大学头两年里,我坚持写了十八封信。

韦卫鸾一封也没有回。

我听老猫覃红色说,她爱上了老师黄盖云。

这便是原因。

我调到县文化馆以后，与还在县文工团的韦卫鸾也只见过一面。那次见面我只说一句话：你是不是爱上了黄盖云老师？她的回答也是一句：是的。

然后我们就再也不见面了。

我和韦卫鸾的再次见面，居然是三十多年后了，在师傅韦建邦葬礼的前夕。

此时此刻，这个雍容华贵的半老徐娘，正落落大方地和我这名光头老汉闲聊，在我们相继为师傅寄托哀思之后。我们同坐在一长条椅上，靠得很近，让村里人以为我们是天生的一对，或曾经的鸳鸯。

在醒着的村人的目光中，我问韦卫鸾：你最后为什么没有嫁给黄盖云老师？

韦卫鸾说：他不要我。

为什么？

不该问的不要问，她搬出师傅曾对我们的告诫对我说，更何况现在才问这个问题，有意义吗？有意思吗？

我说有意义，但没意思。

我后来嫁到了柳州，她说，嫁给一个当官的。他的官越当越大，后来就不要我了，离了。但给了我一大笔钱，现在都还给，因为我们有一个女儿。女儿在意大利，也是学声乐的，美声。

这就有意思了。我说。你未竟的事业，后继有人了。

黄老师结婚了吗？后来。

我说这个问题怎么是你问我，应该是我问你。

韦卫鸾说，黄老师不要我，不娶我，他说那不是爱，是感恩。

我认为也是。

好吧，你说是就是。无所谓了。她仰脸看着有星星的苍穹，给我一支烟。

我给她一支烟，并为她点燃。

你怎么样？老婆退休没有？女儿像她妈漂亮，还是像你？她边吞云吐雾边对我说。

我生男生女你也清楚？

都一个村里的人嘛，她说，我回家的时候，村里人没少说你，自然知道一些啦。

我困了。我说，还打着哈欠。

我真困了。

我靠在椅子上睡。樊光良们在对面的铜锣声也阻挡不了我进入梦乡。在梦乡里，年轻貌美的韦卫鸾，她站在一朵云上，向我飘来，并为我歌唱。

我忽然醒了。睁眼一看，一拨人呼啦啦向马路那边涌去，像是来了什么大人物。天已经放亮，马路上停着一辆加长版的劳斯莱斯幻影。从车上下来四个男人。四个男人都派头十足，尤其走在前面的两个。这走在前面的两个，烧成灰我也能记得,他们是黄狗蓝上杰和野兔韦燎。

蓝上杰、韦燎

　　蓝上杰和韦燎,曾是我的生死兄弟,这毫无疑问、不可否认。加上老猫覃红色,我们四兄弟,智勇果敢、默契配合,像《加里森敢死队》里那伙恶贯满盈、身怀绝技、上阵杀敌以功抵罪的囚徒。

　　在我们这个团伙里,黄狗蓝上杰最专业,他干的都是技术活。从别人的口袋里掏钱包、开门锁,那都不在话下,轻而易举。他的绝活是开保险柜。

　　我们小学四年级寒假的时候,去了一趟县城。那是我们第一次出远门,也是第一次做大生意。菁盛乡太小了,有钱人不多。隔壁金钗乡稍大一点,但一来二去,已满足不了我们的胃口。县城必然成为我们的目标,像经常考九十分的人一百分必然是他的目标一样。

　　都安县城无疑是我们见过的第一个城市。有好多条街,不像菁盛和金钗,只有一条街。每条街上,人头攒动、熙熙攘攘,像蜂窝一样密集和喧闹。我们像几只小蜜蜂钻进蜂窝里,却要干惊天动地的事情。

　　我们先在县城考察、侦查、踩点,并因地制宜计划了两天,决定对食品公司屏北店下手。

　　临近春节,买肉的人自然多了起来。那天我们盯上的店面卖了足有四头猪的肉,并且卖得很晚。店面工作人员有两个人,一人割肉称肉,另一人收钱。到下午五点钟的时候,收钱的说不卖了,割肉的也说不卖了。收钱的要赶在银行停止营业之前存钱,割肉的确确实实太累了。老猫和花卷这时出现了,他们手里都有肉票和钱。肉票当然是偷来的,好多。两人一前一后,磨磨蹭蹭、啰啰唆唆,开口说要五花肉,完了又改口说不要了,要拿来包粽子的猪颈肉,总之磨蹭到银行停止营业的时间为止。收钱的看时间过了,只好把钱放在了店铺的保险柜里。

店铺锁上了。两把巨大的锁,像两个老虎头挂在绷紧的锁链上,收钱的和割肉的各拿一把锁的钥匙。这都没问题。问题是进去后保险柜能开吗?黄狗是询问过师傅保险柜的知识和开保险柜的诀窍的,师傅也辅导过他,但都是在口头上,或纸上。真正的保险柜,黄狗是没见过的呀,今天第一次见。他能行吗?当然我们也做好了撬保险柜的准备,甚至是端走整个保险柜的准备,但这都是迫不得已的事情,是下策。

夜深人静,黄狗和我进入店铺。花卷、野兔和老猫在外面放哨,分一哨、二哨和三哨,像电影里重要战事的警备一样。面对像水缸一样大花岗岩一样坚硬沉重的保险柜,我是头皮发麻,束手无策,只能袖手旁观。黄狗也琢磨或盯了半天不动。他像是努力地回忆和遵循师傅的教导,也像是思考如何灵活运用科学技术破解锁码。就在我觉得黄狗不行的时候,只见他触碰了保险柜。他屏息静气,左耳朵贴在柜面,像医生听孕妇的胎音,右手拇指和食指捏着柜面的旋钮,轻轻地来回扭动。只听一小声"嗒"响,他一扯柜门,开了。

剩下的事,就我来做了。我把柜里的钱都拿出来,装进口袋里。然后关上柜门,用布擦掉指纹和脚印。

然后我们溜之大吉,逃之夭夭。

这趟行动收获不小,足有四百六十元之多。

黄狗在这次行动中功高至伟,也令师傅刮目相看。他摸了摸黄狗的脑袋,又抚摸他的手,说你这家伙,脑瓜子活泛,耳聪目明,心灵手巧,了不得。

师傅难得表扬人,我们对黄狗羡慕得不得了。

但是师傅又说:将来,你的智慧如果用在正道上,一定非富即贵,并且福运长久。你将来赚了钱,一定要多做善事,积累功德,抵消现在的罪业。

师傅看着我们其他人,接着说:包括你们,将来都要走正道。跟着我走不远也走不久的,因为你们现在跟我走的是歪门邪道。你们是不会饿死了,但是完全有可能被打死呀。所以读书才是根本,是正道和王道。

黄狗蓝上杰领会师傅的教导最积极,也最到位。他读书用功,成绩优异。高中毕业他成为菁盛中学的高考状元,被上海财经学院录取,学的是金融专业。大学毕业他先留在上海一家大型国企,当会计师。然后,他辞职南下,去深圳创业。但发达是近几年的事情。如今的身家已过百亿。他发达后果然不忘初心和师傅教诲,行善积德。光上岭村这座桥,耗资八千万,他捐了五千万。师傅家翻建的这幢楼，想必也是蓝上杰捐助的，他有这个心，也有这个能力。他和野兔韦燎本来就是臭味相投，现在又走到一起。

野兔韦燎是我们这个团伙里反应最快的人，什么都快：学得快，跑得快，想得更快、更远。总之什么事情或任务到他那里，不可能完成的都能完成。他是我们团伙的智多星或参谋长。

去县城干大生意便是他的主意，或者说他是策划或导演。

开始我、老猫和花卷都以为不可能，简直是异想天开。黄狗不置可否，他保持中立，像是野兔与他商量过了。

我、老猫和花卷认为，一帮连县城都没去过的人，竟要到县城去大显身手，就像小学没毕业的人要跳级升高中一样，成功的把握或概率微乎其微。

况且师傅并不知道这件事情。

野兔说：第一，成功之前，绝对不能让师傅晓得我们的行动和计划，否则失败无疑。因为师傅历来把安全和保险放在第一位，他决不会允许和同意这么危险的行动计划。第二，万一行动失败，所有的罪过，我一个人扛。

有了野兔的分析和保证，我们的态度松和些了。其实，我们都很想去县城，见大世面。黄狗的中立态度有了倾向，鲜明地站在了野兔一边。

野兔又说：你们一定要一切行动听指挥，严格按照计划的步骤走，做好每个人该做的事情，就能成功。

野兔的意思，按现在影视行业的说法，就是听导演的，按剧本演，演好自己扮演的角色，影片就能成功大卖。

在那次行动中，我们都听野兔的指挥和按他的计划行事，果然成功了。

那次先斩后奏的行动，师傅表面上是对野兔进行了严厉的惩罚，罚他在一里长的河滩来回跑半天。这对长跑健将的野兔来说算得了什么呢？不过像是给一个敏捷好学的学生加几道练习题罢了。

现如今的野兔韦燎，是一名电影导演。这我肯定知道。多年前他看上我的一部小说，想拍成电影，但没钱买版权。他在北京，是通过电话跟我联络的。我说电影是你导的话，我版权送给你。然后我们还签了版权赠送的合同，是通过邮寄签的文件。后来电影拍成上映了，导演却不是他，编剧是他。我打电话给他，说你是不是把我的小说版权转卖了。他说没有，哪有。我说韦燎，别骗我，影视这行业，我虽然涉得不深，但也是略懂的。于是他在电话里跟我诉苦，说兄弟，我在北京混得不好，我想当导演，但影视界的水太深了，我没资历，更没资本，只能通过编好本子，先赚点钱，换取人气、人脉，导演我是肯定要当的，请相信我。看在之前我们是同门同学和同行的份上，这件事情，请不要声张。

我没有声张，因为我不敢。韦燎一句"同门同学和同行"，像紧箍咒，震慑了我。同门是什么？是名贼韦建邦的门徒，也是同村的同学。同行是什么？就是我们都是贼，或曾经是贼。

我们这几个贼,为什么那么多年没有来往,没有见面,不就是为了回避和隐瞒"同门同学和同行"这一可耻和可怕的事实吗?

况且我们还有约定。

大学录取通知书下来了。黄狗蓝上杰考上上海财经学院,老猫覃红色考上广西民族学院,野兔韦燎考上广西艺术学院(他一毕业便北漂),我考上河池师专。我们这个团伙中的四名男生,全部金榜题名,成为天之骄子。

只剩下我们五个人(没有考大学的花卷也特地来了)的庆贺聚会上,野兔说:我有个建议,或者说我们来个约定吧。第一,从今往后,我们互相之间,不能叫外号了。因为我们都不再是贼,师傅也早已和我们断绝关系,我们不再有师傅了。第二,从今往后,我们不要有过多的来往,最好是不再有来往。因为,我们都已是天之骄子,前途光明。但我们却有不光彩的过去。并且我们都清楚你、你、我、他,过去是什么货色。我们自己清楚就罢了,但如果我们经常聚首的话,别人就会晓得我们是一个团伙,我们的过去,就会像埋在地下的尸骨被翻出来,臭不可闻,遗臭万年。

韦燎的建议得到我们其他人的认同,成为约定。花卷后来不理会我的示爱,我认为除了她爱上黄盖云老师是一个原因,另一个原因,便是与约定有关。

我们足足将近四十年,大多能遵守约定,没有来往,没有见面。

但如今我们破坏了约定，因为师傅韦建邦的死。我们不约而同地来到师傅身边，祭祀逝去的师傅，像一坛尘封几十年的酒，被我们故意或不顾一切端出来，昭告世人和天下。曾经叱咤十里八乡的盗窃团伙，只剩下老猫覃红色暂时没来。

蓝上杰和韦燎看见我和韦卫鸾了。但是他俩顾不上与我和韦卫鸾打招呼，而是径直去拜祭师傅。他们捧着香，朝着师傅的遗像和棺材，跪下去，一叩首、二叩首、三叩首。然后他们起立，把香插在香炉里，再半跪着，分别在师傅前方的三个酒杯，斟了三道酒。这一切他们都做得中规中矩、不减不增，像是十分守道和守德的人。那两个跟随来的人，也和他俩一起、一样，看上去一个是蓝上杰的保镖，另一个是韦燎的助理。

蓝上杰和韦燎终于来到我和韦卫鸾跟前，大家互相招呼和寒暄。我原以为大家会叙旧。但是没有。谁万一或不经意提到小时候的事情，就会有另一个人打断或岔开，提及的是近来并且是光彩的事。

比如蓝上杰近些年风生水起的事业——金融投资。深圳赫赫有名的上杰金融投资集团，便是蓝上杰的王国。他当董事长就是当王。房地产、人工智能、物流、影视业等等，什么都干。他 003**3 的股票，在 2008 年我就买了，后来越跌越买，越买越跌。2015 年，在股价从 96 元跌到 7 元的时候，被我斩仓。我投入的写作挣来的血汗钱，几乎全都喂了股海里不知哪条鳄鱼。但这个剧痛，我没有跟蓝上杰说，此刻我也不打算说。此刻蓝上杰就在炫耀他的股票，已经飙升到 110 元了，昨天还拉了个涨停,而且封板了,今天应该还要板一个。他的目光朝师傅的灵堂那边转移,补充说:这是师傅在保佑我,善有善报。

看着蓝上杰眉飞色舞、志得意满的样子,我把已涌到嘴边的咒骂和血水,又咽回去,像把打落的牙齿吞进肚子里。

韦燎的事业也是水涨船高。他终于当上了电影导演,刚拍完一部暂名《幸运的酒徒》的电影,投资全部来自蓝上杰的集团,两个亿,请的全是明星。这也就解释了韦燎为什么跟蓝上杰一道来,为师傅送别。因为如今他俩是同盟,又成为一条战壕里的战友,或一根绳子上的两只蚂蚱。

这两只自以为是英雄豪杰的蚂蚱,此刻不忘调侃我和奚落我——

蓝上杰:老鼠,你现在混得还不错嘛,虽然是大学专科文凭,也当作家,又当教授了。

我说:约好不叫外号了的。你叫我老鼠,那我是不是叫你黄狗呢?

蓝上杰马上说:不叫,不叫了。樊作家樊教授,您现在写一千字多少稿费呀?上一节课领多少钱?

我说:在你眼里肯定是不多,但已足够让我过上有尊严的生活。

蓝上杰说:你还有几年退休?应该快了吧?

我说:您是组织部的人,我就告诉你。

我的意思是,等你退休了,可以聘请你到我集团公司去干,专门负责集团公司的文化建设。年薪三十万,或者你大胆和有远见的话,我送你百分之零点零一的股份,年薪三十万应该不止。

我说谢谢,就怕到时候你又改主意或变卦。所有的预定都是捉摸不定的,尤其是提前好几年预定,就像预定的婚姻或接班人,越提前越不牢靠。现在的私营企业,要么越发达,要么越没落。还是等我退休后视你集团公司的具体情况再定吧。

蓝上杰说:我的企业只会越来越好。我预定的接班人是我大儿子,是我和前妻生的,他是留美的金融管理学博士,比我强。

言外之意,你还有二儿子,甚至三儿子?

没错,和现在的妻子生的。一个五岁,一个三岁,都比较小,因为妻子年纪小嘛。

韦燎一旁补充:蓝总夫人比蓝总小二十八岁。

我说:这我就放心了。

蓝上杰把手搭在我肩上,像用一根戒尺或一颗试金石衡量我的品德一样,他语重心长地说:一平,我家族的事情,让你操心了。

韦燎延续蓝上杰的火力,接着调侃和奚落我:大作家一平,你现在的小说版权,如果我还看上的话,是不会再亏待你了。有钱!

我说:我的小说,你肯定是不会再看上了。

为什么?

我看着早晨戴着墨镜的韦燎,说:因为你看不见,发现不了呀。

他把墨镜摘下来,我看见他两眼通红,是连续通宵达旦的结果,但此时此刻,却像悲伤所致。我还是火眼金睛的,他说,小说的优劣,就像人的好坏,我仍然是看得出来的。

我说:这样就对了。你不把眼镜摘下来,我还以为你瞎了。

韦燎和蓝上杰见从我这里,得不到太多奚落和调侃人的快感,把目标转向了韦卫鸾。

卫鸾,亲爱的韦卫鸾同学,韦燎说,他张开双臂,我多想拥抱你呀,你曾经那么美,从你现在依然保持的肤色和气质,还可以想象你当年有多美!他突然把双臂收回来,让打算投怀送抱的韦卫鸾扑了个空。可惜现在不是拥抱的时候,也不是拥抱的地方。

韦卫鸾似乎感觉到了被耍弄,但是她不生气,依然笑眯眯,低三下四地说:韦燎,你当电影导演了,可惜我老了,主角我是不敢想了,你就让我演个三号、四号,我也就心满意足了。

韦燎摆手,说不,哪能委屈你呢?你要演我就给你演主角。

真的?

当然是真的,韦燎说,你演一个老女人,坐在轮椅上,在回忆她年轻时候苦难而甜蜜的生活和爱情。

可是我年轻不回去了呀,我这么老了,怎么化妆也像不了我年轻的时候。韦卫鸾信以为真,忧伤地说,年轻的我怎么演?

用替身呀。韦燎说。

那……我老年的戏多,还是替身的戏多?

替身的戏多。韦燎说。

多多少?

很多。老年的你只有两场戏,开头和结尾,占时一分钟。

有台词没?

没有。

那还是主角呀?

这个问题要辩证地看,替身戏再多,演的还是你呀,对不对?我也想让你演年轻时候的自己呀,可是你演得了吗?演不了了吧?谁让你老了呢?

谁让你老了呢?这句话才是韦燎最终要表达的意图。他在嘲弄、蔑视韦卫鸾年轻时候对爱情和生活的好高骛远,以及对身边伙伴们爱意的忽视。年轻貌美,心高气傲,把潜力股当垃圾,这是短视和势利。人老珠黄,无爱寡欢,悔不当初,这是因果和报应。韦燎的这句话虽言简意赅,却像一颗恶毒的子弹,射向可怜的韦卫鸾。

但韦卫鸾居然承受得了,她像沙丘或一块海绵,把冲击力吸收了。那替身能不能让我女儿来演呀?她跟我年轻的时候一模一样。她说。

这个可以有!蓝上杰抢着表态说,母亲做不到的事情,可以用女儿来弥补。

我看不下去也忍不下去了,说蓝上杰,韦燎,你们是回来吊唁师傅的,而不是回来摆阔和挑选演员的。良善之心,天地可鉴,何况师傅在听着,也在看着呢。

这句话把蓝上杰和韦燎慑住了,像笼子罩住了两条轻佻的蛇。我了解蓝上杰和韦燎的性情,他们信天地,更信师傅。

他们忙不迭给韦卫鸾赔不是,也给我赔不是,然后面朝师傅灵寝的方向,抱拳说:师傅,对不起。

太阳东升,初冬的上岭村变得明亮和暖和。留在家里的村民,打算送韦建邦出殡的,正陆续过来。睡了一个晚上的我大哥,也来了。他换上了一件灰色的羽绒服,这是他衣服中最素的。他先把礼金交给司仪,再过去给韦建邦上香,才过来见我。

大哥见到了我身边的蓝上杰、韦燎和韦卫鸾,这些他弟弟小时候的伙伴或团伙成员,衣着光鲜、道貌岸然地站在他跟前,像是披了人皮的畜生。他曾经认为是这些畜生把他弟弟带坏或拖上贼船的,也变成了畜生。如今他应该不是这么看待了,因为在村庄的人们眼里和议论中,他们都比他弟弟强。稍差一点的韦卫鸾,虽然当大官的丈夫变成了前夫,但是有花不完的钱呀。最坏的人如今变成了最强最好的人,看见了吧?

大哥显然发现少了一个人,他东张西望,然后问道:覃红色呢?怎么没看见?

我们中有人回答说:他还没有来到。

大哥通过手机看时间,说:还有十分钟,就要出殡了。

我们四人神情乱了起来,像是一个山体发生了动摇。

韦卫鸾说:他可能是不知道师傅去世的消息,没人通知他。

韦燎说:不会,我刚才还看见他弟弟了。

蓝上杰说:他明显是比我都忙。

我说:看来,覃红色是我们这五个人里,唯一遵守约定的人。

韦卫鸾、韦燎和蓝上杰愣怔,然后释然,像恍然觉悟或明白什么事理的样子。

我们清楚地明白,官至副厅级领导的覃红色,这个时候不来,是不会来了。

这个时候,择定的吉时已近。樊光良和他团队的法事,已达到了高潮。他们移师到了灵柩边,指挥和引导亲属们向即将出殡的亲人告别。

我、蓝上杰、韦燎、韦卫鸾,主动加入了亲属的行列里,没人拦得了我们,也没人拦我们。我们绕着灵柩走,一圈一圈又一圈。在樊光良团队凄楚吟唱的煽动下,有的人抽泣了,有的人哭了。所有的人根据与韦建邦的关系,来称呼他并祝他走好。叔叔,走好。伯父,走好。舅舅,走好。韦建邦,走好哦。

而我的称呼是:师傅。

师　傅

师傅韦建邦从一个名校的高才生变成贼的过程，对很多人来说是个谜。在我作为他徒弟期间，我其实很想了解，但始终无从了解或没有真实地了解，尽管他沦为贼的原因众说纷纭。有的人说韦建邦在校的时候赌博输了一屁股债，因此走上了偷窃的道路。有的人说韦建邦的学业成绩都是靠偷题取得的，继而扩大到偷钱财。还有的人说韦建邦的祖上就是贼，做贼是隔代传。

这几种说法或版本，我知道只是猜测或传说，是不真实的。师傅一开始就教育我们不要相信运气，如果说有运气的话，那也是建立在扎实的技术和能力的基础上。师傅博古通今，他的才学方圆几十里无人能及，偷题或作弊成就不了他浑身的本领。他常挂在嘴边的一句话是：王侯将相宁有种乎？意思是说没有人天生就是帝王、元帅、丞相。他用这句话来激励我们，并延伸到省长县长也是没有种的，同样，科学家、文学家、艺术家、金融家也是没有种的。人不要在乎自己的出身和环境，只要付出努力，并善于把握时机，一定能在自己志向的行业里有大作为。根据师傅的这些言论，那几种说法或版本，肯定不是他做贼的原因或理由。

那是因为什么呢？

师傅不主动说，我们当然也是不敢问的。

我去宜山读大学,是了解师傅的机会。因为我就读的河池师专,与师傅的母校宜山高中,是同城,且一河之隔。

那条河对岸的中学,却直到二十年后,我才走进去。

我去宜山高中讲课并参加宜山高中八十年校庆。这所古老的中学在我一踏入时便让我震撼。它古木参天,湖光山色,小桥流水,曲径通幽,更像是一个公园。这么优雅的环境怎么居然把韦建邦变成贼呢?而我为什么居然用了二十年的时间才进入这个学校?

究其原因,是我对师傅不感兴趣,或者说我正试图忘了他。

我已经以师傅韦建邦为耻。

就这么简单。

多少次,我在我的学校这边河岸散步,望着河那边岸上的学校,我的目光的确是软弱和羞耻的,因为那所学校出了个韦建邦。他是个贼,是我的贼师傅。我虽然不是贼了,但是贼的历史却难以磨灭,就像人身上深刻的伤疤。是那个从那所学校出来的人,伤害或带坏的我。我之所以没有被毁掉,我的命运之所以逆转,是因为那个人良知未泯,也是我努力抗争的结果。我一定要忘掉过去,忘掉韦建邦,必须忘掉。两所学校之间的这条河,就像两个国家的界河,这边的国民和那边的国民曾经相濡以沫、情深意长,但如今已断绝往来、势不两立。因此,没有必要再过界,除非我疯了。

我之所以接受宜山高中的邀请,是因为校长廖梦宜是我大学同班同宿舍的同学，他报出的讲课费是我在别的学校讲课费的三倍。况且过了二十年，我功成名就，身上有了很多的光环。我不担心也不再惧怕可耻的伤疤被揭露，就像一辆博物馆里战果辉煌的老坦克，我不担心和害怕它漏油。

我跟校长同学说我跟你打听一个人，是二十世纪五十年代末或六十年代初你校的学生。你帮我查一查，他在学校的经历和表现。他叫韦建邦。

校长同学问我：韦建邦是你什么人？

我说：他是我师傅。

什么师傅？

偷窃的师傅。

校长同学一愣，然后笑笑，像一棵铁树开花，开心地说：我一定帮你查个水落石出。

三个月后，校长同学来南宁开会。吃喝之前，他给我一份用信封装的材料，说你师傅韦建邦的奇闻轶事，或者说兴衰荣辱史，都在里面。我取出材料看起来，发现既模糊又凌乱，是一些旧档案的复印件和知情人的回忆片段。校长同学就说还是我来概括和讲述吧，都在我脑子里。

于是，校长同学讲述我师傅——

韦建邦是国立宜山高中41班的学生。这个班级序号是从1950年宜山解放后重新排序的。如果从解放前建校之初算起，肯定是不止这个序数。他是1957年9月至1958年12月，在宜山高中就读。1939年生人，被学校开除时十九岁。

韦建邦是怎样被学校开除的？的确是因为偷窃。

但他偷的不是钱财，偷的是人心。

具体地说他偷了一个女人的心。

这个女人叫覃天玉。是宜山高中的老师，大韦建邦六岁。

覃天玉上韦建邦这个班的语文。她上课的时候，全部的男生或部分女生几乎都无法专心听课，因为她太漂亮了。光漂亮也就算了，她还有一种特别的气质，优雅、温柔和高贵，像一朵开在高山顶上的花，让人感觉遥不可及。

总之，欣赏她的美貌和气质，以及聆听她温润、纯正的声音，是最高级的享受。至于她讲课的内容，那就无所谓了。

反正，韦建邦是彻底地迷上了她。这个来自都安县上岭村的十八岁的壮族小伙子，是对她一见钟情、不能自拔。他全然不顾自己浑身土里土气，普通话还说不好，老夹带壮音，但是他有勇气呀，还有智慧。他一开始在课堂上画她，后来背地里也能把她画出来，而且越画越好。他还给她写信，先是把信夹在作业里，后来也通过邮局寄。他的字迹隽永飘逸，文笔优美洗练，散发着王羲之、黄庭坚的韵味，以及弥漫着托尔斯泰、普希金的气息。

覃天玉对韦建邦接近疯狂的爱慕和表白，一开始是置之不理的。这位绝代佳人、名门闺秀，见过和接触的爱慕者实在是太多了，而且不乏佼佼者。韦建邦算什么呢？一个土包子，而且年纪比她小，还是她的学生。为这样的人冲动、心动，这怎么可能？一万个不可能。

但是后来，渐渐地，她发现或感觉到了他的可爱和优秀。他的画其实很不一般，他画她不仅仅是相貌逼真，而且通过神态画出了她的内心：孤独和忧郁。他的书信其实也不是模仿名家，他有自己独特的表达和思想。他的语文成绩进步迅猛，上了第一后再没有落后。他的普通话也不夹壮了。

她回信了。有了第一封，便有第二封。

然后她和他有了约会。在龙江边和北山，夜深人静和假日。

自然而然，他们的非常关系，被发现了。不可能不被发现。

于是学校找他们谈话，他们认了。学校接着搜出了他们往来的信件。

严重的问题出现在信件上。

在韦建邦写给覃天玉的信中，存在着右倾思想。那是1958年，反右斗争如火如荼的时候。

韦建邦理所当然被开除，遣送回乡。

覃天玉被取消教师资格，到图书馆当管理员。

韦建邦在宜山高中的经历和表现，大致就是这样。

我听了校长同学的讲述，难过了半天。覃天玉后来呢？我说。

四十岁的时候嫁给了一个丧偶的军人。

现在还在吗？

在。退休了。

意思是她在韦建邦被开除十五年后才出嫁。我推断说。

这十五年里,他们肯定是有联系。有人曾见到过他们在一起。

我明白了。

明白什么?

韦建邦为什么会做贼,我说。他被遣送回了上岭,心还在覃天玉身上。他不停地给她写信,一封信是八分钱,超重的话再加八分,挂号的话还要更多。如果跑去宜山和覃天玉相会,负担更重。这都需要钱。可是后来他连买一张邮票都困难,甚至一分钱都没有了。那年月的上岭村,劳动是工分制,缺地短粮,又没有集体经济,是不可能有现金分配的。怎么办?只好偷。韦建邦是什么时候开始做贼的?不知道。但他因为做贼被抓,村里人说,是1966年,是在宜山被抓的,然后被公安遣送回来。以后他再也没有被抓过,或许他金盆洗手了,也或许他成贼精或贼王了。

上述的后面一段,是我的推测和判断。我没有对校长同学说。

校长同学看着肥头大耳、红光满面的我,说:你居然也做过贼?而且贼师傅是我校培养的高才生。

都说名师出高徒,我说,但是论及智商和情商,我远远不及我师傅。

如今师傅死了,眼看就要出殡。黄土一埋,我从此便看不见师傅了。

我要求抬师傅的棺材,得到师傅亲属的同意。蓝上杰、韦燎也参与进来,站在了棺材的一头。韦卫鸾说,那我为师傅打伞吧。我们上岭的殡葬风俗,是女儿为父亲的遗像打伞。师傅没有女儿,韦卫鸾在最后一刻,做了他的女儿。

随着一声起柩的号令,棺材被抬了起来,架在了抬棺人的肩上。我在棺材中间的一边,人也不够高,其实不怎么被棺材压着,但我却感觉到师傅和我贴得最近。他无声无息与我亲近,像阳光温暖土地、肥营养禾苗。我睿智、痴情、淡泊和苦难的师傅,在他走完八十岁人生的时候,此时此刻,我才感觉情深至骨、恩重如山。

我们将师傅抬到大路。我们走在大路上。然后我们上山,把师傅埋在山上。

我们回到已经没有师傅的师傅家。师傅的一个亲属把一幅画交给我们。画面上是我、蓝上杰、韦燎、覃红色和韦卫鸾。肯定不新,但也不是太旧,是三十来年的画作。画面上是师傅强烈地与我们断绝关系后分别时的情景——

我们都回头望。

那个脸圆圆、红扑扑的矮个子少年,是我;

挥手的少年是韦燎;

戴帽的少年是覃红色;

最高个的少年是蓝上杰;

唯一的、哭鼻子的少女,是韦卫鸾。

画面上没有师傅。他隐身了,在相当长的岁月里,天天看我们,想念我们。

2019 年

两个世纪的牌友

二十世纪

我赌博输掉古敏华的第二天,韦春龙从监狱里出来。他像一头从磨坊里脱逃的公牛,在广阔的天底下奔跑。四年的囚禁或劳役使他迷失了方向。他站在一条笔直的公路上,找不着北。他望着公路的一头,心想前面如果是北的话,那么后面就是南。这样他将拦住从前方开来的车。但如果前面是南呢?甚至是西?晕头转向的韦春龙手脚盲动。他像一只笨重的陀螺缭乱地旋转。东西南北在他心目中像容貌相似的四胞胎难以分辨。最后他决定哪辆车先开过来,不管是往东还是往西、往北或者往南,他都要把它拦住。

韦春龙抵达南宁的时候,我输掉古敏华算起来已经四个月了。这四个月的时间里,一些事情的发生不可避免,它们就像厨房里的鸡鸭必然挨宰一样不出所料。

首先,我被迫把古敏华许给了陈国富。

陈国富，你狠。古敏华现在是你的了。你们爱怎样就怎么样，我不管了。我对翻出三张 A 和一对 Q 的陈国富说。

五张红黑和数目分明的扑克牌像一份庄严缜密的文告摆放或出示在陈国富胸前的桌面上，相比之下我胸前桌面的五张牌逊色弱小，像一封轻浮松散的书信。我的牌势比不过陈国富的牌势，就是说我的运气不如陈国富的运气好。他三张 A 带一对 Q，而我是一对 K 一对 5 和一张 J。我斗不过陈国富，我输了。愿赌服输，那么我就得把古敏华许给他，因为古敏华是我的赌注和筹码。我没有钱了。我口袋里的三万块钱全没有了，它们是我干了许多个日日夜夜挣来的，却在一夜之间输了个精光。它们像一军血气方刚的战士，被我亲手送上前线，去和陈国富等的兵团作战。然后我眼睁睁看着它们一营一营、一团一团地被陈国富等俘虏和吃掉。它们在残酷无情的战场上全部叛变投敌。

天快亮的时候，我已身无分文，像一个光杆司令。这时候赌桌边只剩下三个人：陈国富、梁迪和我。其他人都走了。吴宏一是凌晨走的，他老婆见他那时候还不回家，就猛呼他，况且那时候他赢着钱。赢着钱的吴宏一当然懂得怕老婆，他一副坐立不安和心烦意乱的样子，不再继续下注。田平见他谨慎保守的阵势，知道从他身上夺回损失已没有希望，就说你走吧，你走了说不定我运气会好起来。吴宏一一听，像小学生听到老师喊下课或放学似的，拔腿就走。他走后，田平真的时来运转，连连得手。半夜三更，他点了点回收到口袋里的钱，一边点一边喘气。点完，他说不打了。再打下去我的心脏受不了。梁迪说屌，赢了钱都想走。田平说，我赢什么钱？他拍了拍装钱的袋子，我带了两万块钱来，现在也是两万，打平。梁迪说打平你不会走的。田平说我就是打平，不信你可以点。梁迪说好好好，你打平，打平。田平我主要是心脏受不了，再打下去我肯定会心肌梗死。梁迪说我输了那么多，早就心肌梗死了。田平说你和我不同，我有心脏病，而你没有。你就是有心脏病，输多少也不会有事，因为你有钱。梁迪说以后我赢钱，也说自己有心脏病。田平说骗你我不姓田。他掏出一个药瓶，说这是地奥心血康，你看！陈国富这时候说让他走吧。以后我们要规定时间，比如说三点，到三点谁想走就可以走。我说输的可以提前走，赢的到规定时间才能走。梁迪说输了谁想走，你现在想走吗？陈国富说别怄了，现在是我赢，我陪你们玩到天亮，行了吧？你们不就是想从我口袋里捞钱吗？我给你们机会。田平捂着胸口站起来，说那我告辞了。没人愿搭理他。他离开赌桌或陈国富的窝。

田平出门时顺便把门关上的声音扰醒了伏在我肩膀后昏睡的古敏华。她撑着我的腰把头抬起，慵懒地说，还赌呀？都什么时候了？我说别吱声，睡你的。古敏华说，还要赌到什么时候？我说天亮。古敏华说哎哟，那我不难受死了？我说，谁叫你来？叫你不来，你偏要来。到沙发上去睡吧。陈国富立刻说这哪成，到床上去睡。古敏华说，你没听见让我睡沙发呀？我不耐烦地说去吧去吧，你想上床上去睡就去吧。古敏华说那我去睡了。哥,你小心点,别输光了。我突然怒狠狠地说,你嘴巴怎么这么臭?古敏华顿悟她说了赌徒忌讳说的话,吓得便跑了。

我妹妹古敏华去了陈国富的床上睡觉。我、陈国富和梁迪又继续赌。那时候我只剩下不到一万元钱,另外的两万元已像鲜肉被如狼似虎的吴宏一、陈国富、田平生吞活剥。他们不仅吞我的钱,还吞梁迪的。梁迪说他带了五万块钱来,现在只剩下不到五千了,这群鳄鱼!他酸楚地说。陈国富说输了你不能怪别人,只能怨自己倒霉。梁迪说我会要你吐出来的。陈国富说那么来吧。

我们三人用摸牌的方式重新选定座位。我摸到的牌最大,于是我指定坐陈国富原先的位置。陈国富居第二,坐到梁迪的位置上。我原先的位置,非梁迪莫属,但是他不乐意。他说我申请坐刚才田平的位置行吗。陈国富说可以。我说随你便。我们像部队换防或士兵换岗一样在新位置上坐定。又一轮战斗打响。

不到一个小时,梁迪屡屡受挫,剩下的五千块钱,像国民党留在大陆企图颠覆新政权或幻想复辟的涣散兵匪,很快就被清剿殆尽。他再也没有力量或资本赌。而我所剩无几的资本也像负隅顽抗的小股武装一样苟延残喘,危在旦夕。满脸沮丧的梁迪像一个痛失金牌而含恨从竞技场退下来的运动员,无心观战。但是他叫我顶住。他又像一个难得糊涂的教练一样,明知道大势已去或败局已定,也要鼓励队员拼搏到底。古天明,他直呼我的名字，坚持住，天无绝人之路。陈国富说对。他们的话煽起我的欲火。我说陈国富，你下注吧。陈国富说我只能下两千了，因为你只有两千。他把两千压在牌桌上，我把两千扔出去。

这一扔扔尽了我的所有，像拿最后一个肉包子打狗一样。我垂头丧气地靠在椅子上，像一只自投罗网或在劫难逃的食肉动物，在食肉的捕食者的陷阱里流尽了最后一滴血。

陈国富掂了掂膨胀爆满的一口袋现钱，然后顾视我和梁迪，说你们知道你们输在哪吗。不等我们回答，他就说你们输就输在位置上。上半夜你们的位置不好，但下半夜运气转到你们的位置上，你们又换了。尤其古天明，你不该和我换位。我说我才不信这个邪。陈国富说，那还赌不赌？我说没有钱了，拿什么赌？陈国富说你虽然没有钱了，但是你还有古敏华。我说去你妈的，你不是人我还是人。陈国富说有话好好说，骂人不解决问题。我说我宁可拿我的命做赌注，也不拿古敏华做赌注。陈国富说你的命值个屁钱，我才不要你的命。我只要古敏华。我说你做梦吧你。长期以来你勾引我妹妹我还没警告你。陈国富说我喜欢你妹妹，真心喜欢。你妹妹也喜欢我。我赢钱她比我还高兴，难道你看不出来？我希望你不反对古敏华嫁给我。我说不行。陈国富说我们再赌一把，我拿三万块钱，你拿古敏华。我输了，对古敏华死心，三万块钱还让你拿走。我赢了，你同意古敏华嫁给我。怎么样？我说不行。陈国富说，五万？我摇头。七万？陈国富涨价。我还是摇头。陈国富说

两个世纪的牌友

十万，行了吧？我说这不是钱多钱少的问题。梁迪就说干吧，十万块钱还不干？你赢了，没话说，天意。万一你不赢，也是天意，说明古敏华该嫁给陈国富。陈国富说其实我除了离过婚这点缺憾外，有哪方面配不上你妹妹？我说你就是有几个钱，还有什么？陈国富说这就够了。我心一横，说操，你以为你准赢吗？你赢不了。陈国富说那来吧。他收拾起扑克牌，利索地整理。那唰啦啦翻动的扑克牌像钞票在点钞机上运转一样。然后他把扑克牌递给梁迪，说你来发牌吧。

梁迪即将发牌的时候，我说去把古敏华叫出来吧，万一怎么样，她要愿意才行。陈国富说这个你放心，如果她不愿意，就算我赢了，我决不勉强她。现在的问题是你。我说那好，来吧。

我输了。

古敏华从陈国富的床上起来后，我对她说敏华，哥哥全输光了，连你也输进去了。古敏华揉着惺忪的睡眼，说，你把我输给谁了？我说陈国富。古敏华说是吗。她的眼睛忽然清澈透亮，睡意一扫而光。我说从现在开始，你解放了，爱跟谁跟谁，我不管了。

古敏华说是真的吗。

我说是真的。

古敏华喜出望外，像一个已被判处徒刑的人犯忽然被改判无罪释放一样。她扑进陈国富怀里。

韦春龙从监狱出来，一百多天才到达南宁。他像一只蜗牛或乌龟，慢慢地缩短和我们这座城市的距离。从他开始拦第一辆车到那辆满载山羊的汽车出现或经过，没有任何一种车肯为他停下来。他的招手像乞丐的跪拜毫无作用。事实上，乞丐的跪拜时不时还有人驻足停留，偶尔还有零碎的钱币投在浅薄的碗里。但是韦春龙的待遇不如乞丐。后来他终于觉悟是什么原因阻碍了他。他光秃秃的脑袋和灰溜溜的囚服像一堆硬屎和一团皱纸，使洁身自好或明哲保身的人们见而生畏，避之唯恐不及。

那辆满载山羊的汽车开过来的时候，韦春龙已藏在树后。他像一只懂得人性的猴子一样对人隐避。他从树后盯着愈来愈近的汽车。当车头从树前一过，他蹿了出来，纵身一跃，抓住了车厢尾部的栏杆，然后蹬足。他的跳跃飞快轻巧，使车头的人无所察觉，像一只飞蚁落在腾动的马屁股上。

韦春龙脚跟未稳，他看见了山羊。密集或坚强的山羊，被围困在车厢里，像难民营里的难民。韦春龙钻进车厢，成为一只山羊。

山羊们为韦春龙让开或挤出了一块地方，它们就像公共汽车上为老弱病残让座的优秀乘客或市民一样，使韦春龙能够坐下来。他感动地看着默默为他奉献的羊群，像多年以前他看见银幕上数以百计的民众为保护一名干部的安全而舍生忘死、惨遭迫害。

汽车像一名马拉松运动员，在公路上长跑。它从遥远的山区出发,说不定来自我的家乡上岭村,然后经过了无数的村庄和城镇,终于抵达它的目的地。它跑进一个杀气腾腾的地方,那是一个屠宰场。它的大门像虎口吃进汽车山羊后立即关闭。韦春龙看见长着利牙的铁门封锁了出路。他来不及跳车脱逃。

几个手上沾满鲜血的屠夫把韦春龙像拽猪一样拽下来。因为他不像山羊一样有角,他们就揪住了他的耳朵和肢体,还有一个人在后面踢他的屁股。那些一路上与韦春龙唇齿相依的山羊已一只接一只被拽下车。它们的稀疏和减少使韦春龙无法藏匿,身体暴露。

一阵拳打脚踢之后,韦春龙才有解释说明的机会。一个一手插在裤袋一手拿着手机的男人来到他的跟前。韦春龙开始向这个男人解释。他说对不起,我错了,不该扒车。但是我扒车不是想干坏事。我只是想回家。他一说话,从鼻孔里流出来的血,就从他嘴巴里进去。我是个劳改犯,他继续坦白地说,但是已经释放。是提前释放的,因为我表现好。我在监狱里只待了四年,判的是五年。我有证明。韦春龙从内衣的口袋里掏出证明,还有一百元钱。钱是夹在证明里,连带着出来的。他索性都递过去:我补票,这是监狱发给我的路费,我补票。拿手机的男人抽出裤袋里的那只手接证明和钱。他看了后说,刚出狱就犯事,你胆子不小呀?韦春龙说我承认我错了,老板,我补票。老板说,补票?没这么简单!你弄死了我几只羊,知道吗?他的手机指着车厢:你看看!韦春龙没有转头去看车厢,因为他知道里面有几只死羊。它们不是我弄死的!他声辩道,我上车之前它们就死了。它们是被闷死的。老板说是被你闷死的。你要赔,不赔就别想从这里出去。韦春龙说我赔,一百块钱全给你。老板一听就笑,说,你在监狱里才待多久?一只羊现在值多少钱?装蒜还是怎的?韦春龙说可是它们真不是我弄死的呀。老板说你还抵赖!他的手机快点到韦春龙的额头上。我宰了你!他说。不,不,我不宰你,我把你送去当地派出所,说你劫车,让你再进监狱。韦春龙说我认了,等我回到家把钱寄给你。老板说你以为我是傻子呀。韦春龙说我把释放证押在你这。老板说不行。韦春龙说那怎么办。老板说你留在这里给我干活。一只羊五百块算,四只羊就是两千块。你至少得干满四个月。韦春龙说好,我干。老板说你答应这么干脆,我知道你想跑。我警告你别跑,释放证在我这,我不怕你跑。韦春龙说我不跑。

　　做了一段时间副手后,韦春龙拿起屠刀。第一个死在他刀口下的是一只生病的山羊。韦春龙敢杀它是因为看中了这只羊的软弱。它被连拖带抬架在一长条凳上的时候居然不反抗和挣扎。一直劝韦春龙开杀戒的兰焕德说这只羊你再不杀,我就报告老板说你偷懒,让他叫你干五个月。他把屠刀交给韦春龙,像一名长官把武器发给新兵一样。韦春龙拿刀在手,像士兵被推上前线一样站到羊的前头。他扎好马步,单手抓住羊角,然后把刀尖抵在羊的咽喉。用身手在压制羊的兰焕德说,对,就这样,用力捅下去,然后扭转一下刀柄,再拔出来。韦春龙在捅刀之前,看了一下羊的眼睛。他发现羊的眼睛阴冷哀伤,像无可救药的绝望病人，指望医生的帮助安乐地死去。韦春龙这才下了狠心，用力一捅。锐利的刀刺进羊的咽喉，只剩下刀柄在外。他依照兰焕德的指教，扭转刀柄，才把刀拔出来。鲜红的血迅速从豁口喷出来，像石油从井口喷射一样。一只塑料大盆在两步以外接受热乎乎的羊血，像酒店里的锅头，在为享用美食的人煮汤。

没有多久，韦春龙已和其他屠夫一样，手法熟练，技高胆大。他像是他们的高徒，很快学会和掌握了畜生的屠宰技术。在这个私立的屠宰场，所有的宰杀，都是人工。刀便成为宰杀畜生的主要工具。那些肥嫩的牛羊和猪狗，在韦春龙的刀下像农场的庄稼被收割得干净利落。

屠宰场的老板姓宋，叫宋桂生。但他的名字就像许多在职领导或顶头上司一样，没人敢叫。韦春龙当然也不会叫他宋桂生。这天韦春龙见到宋桂生。他在心里骂"日你妈的宋桂生！"，但是他嘴里却说，宋老板，我求你，能不能现在放我出去？我已经在你这干了三个月了，而且我是很卖力地干的。宋桂生说不行，我这里又不是监狱，表现好就可以减刑，提前出去。我是做生意的，说四个月就是四个月。韦春龙摆头，说你看，我的头发都像羊胡子一样长了，你给我去理个发吧。宋桂生说你又想跑。韦春龙说要跑我早就跑了。再说我身上没有钱，释放证又在你手里扣着，南宁离这里还那么远。我怎么会跑呢？宋桂生说那就干够四个月。我这里总比你关在监狱里强吧？餐餐有肉吃，而且你又学会了一门技术。

当韦春龙在与我们相距二百公里的另一座城市屠宰牲畜的时候,我妹妹古敏华做了新娘。她像一个生怕嫁不出去的老姑娘一样,迫不及待嫁给了陈国富。而事实上,我妹妹古敏华如花似玉,年龄只有二十三岁。如果不是年轻貌美,陈国富怎么会娶她呢?就像如果陈国富没有钱,我妹妹又怎么会嫁给他一样。陈国富是离过两次婚的男人。两次离婚分别在富了之前和富了之后,或者说一次是老婆抛弃他另一次是他抛弃了老婆。他的婚姻像一部导不好拍不完的戏,扮演女一号的演员一再更换,不是演员觉得认错导演拂袖而去,就是导演觉得选错演员好生辞退,于是又选新的演员从头开始。那么我妹妹古敏华就像是新选定的女演员,怀着纯真而远大的梦想,进入导演的剧组,和导演上床。

婚后不几天,陈国富把那天我赌博输掉的钱如数退给我。他一手抓钱一手揽着蜜月里的妻子,说我们现在是一家人了,怎么好意思要你的钱。我说这是你劳动所得,有什么不好意思。常言道赌桌上无父子,何况我们的关系比父子隔远着呢。愿赌服输,这点赌德我还是有。陈国富说不行,我必须退给你。古敏华说哥,拿去吧,本来这就是你的。我一边接钱一边说,这好像没道理,钱本来是我的,这么多,没错,但是我已经输掉了,怎么又是我的了呢?古敏华说,怎么没道理?这就好像我本来是你妹妹,现在我嫁给他做妻子了,但我还是你的妹妹呀。陈国富马上说,好!他兴味盎然地看着他怀里的女人，像收藏家欣赏自己的一幅藏画。

几万元赌资回到手上，我当然高兴，就像失窃的财物回归原主肯定会让失主喜出望外一样。

我决定和朋友乐一乐。

在南宁我其实就几个朋友：陈国富、韦春龙、吴宏一、田平和梁迪。陈国富成为妹夫后不能算了，韦春龙在坐牢，那么就剩下吴宏一、田平和梁迪了。

我先给田平打电话，说今晚我请。田平说，赢啦？我说鸟，一定要赢才请？你什么时候见我赢过？田平我以为我不在的时候，你又和他们干。我刚出差回来。我说算为你洗尘。田平说还有谁。我说梁迪。田平说，吴宏一呢？我说算了，他那个老婆。要叫你叫。田平说我叫他。另外，我可能还带一个人去。我说带吧。他说什么地方。我说富龙城，就是上次你请客的那个地方，六点。田平说六点。

接着，我找梁迪。先打他手机，竟然关机。而他平常是不关机的，除了赌博和做爱以外。我想梁迪肯定不在赌博，而是做爱。那么这个时候和他做爱的必定不是他老婆。为了证实我的判断，我往他家打电话。我知道他老婆在家，因为他老婆是我们医院的护士，上的全是夜班。电话只"嘟——"响一下，我就听到了他老婆的声音。我说小钟吗，我是古天明。今晚我请梁迪吃饭呀，他在吗？小钟说他不在，你打他手机吧。我说好的。然后我又把电话打到梁迪的公司。我知道他不在公司，因为他从不坐班，但我还是多此一举。接电话的是一位小姐。

我说你好，请找梁副经理。小姐说梁副经理不在，请你打他手机吧。我说好的。

于是，只有呼他一条路了。我通过人工台呼他。我对呼台小姐说请呼 8181508，我姓古。

打完呼机，我心里想我等半个小时。半个小时总该完事了吧？

等了半个小时，我的呼机响了。我的呼机显示出梁迪手机的号码。我打他的手机，一拨就通。古大夫吗？梁迪开口先说，我知道他这么称呼我，其实是说给身边的人听的。于是我模仿他的口吻，说梁先生吗。梁迪说古大夫，你好呀。我说你在哪呀。梁迪说外面啦。我说你在外面干什么呀。梁迪说我跑业务啦。我说跑什么业务呀。梁迪说当然是公司的业务啦。我说我知道是什么业务啦。梁迪说找我有什么事吗。我终止调侃的语气，说请你吃饭。梁迪说你也想出国吗。我说富龙城，你来不来？梁迪说新加坡，好呀，那里的医院最需要像你这样的大夫啦。我说六点。梁迪说好，这事我一定给你办。马上。

六点，我准时等来田平。他带着一个陌生的秀气女子。这女子就像一种我不知名的花朵，把像瘦木一样的田平衬出些许阳气。田平先向这名女子介绍我，他说我的朋友古天明，第一人民医院主治医师。竺竺，他说出花朵的名字，女诗人，文坛新秀。梁迪呢？他紧接着说。我说还没来。他说吴宏一说要晚一个小时到。

话音刚落，吴宏一到了。他匆匆忙忙、脚步生风，一到来就说，为了吃这顿饭，我把最后一节课给停了。学校离市区太TM远了。我说为了你重视友情而不讲师德的行为，我再点一个好菜。吴宏一说田平说今晚喝茅台，我是冲茅台来的。我说没问题。我招呼一旁的服务员，说你听见这位先生讲的酒了吗。

然后田平对面面相觑的竺竺和吴宏一说，等梁迪到了，我一并介绍。

十几分钟后，我们等来了梁迪。他只身一人，一脸惬意的神情。我说，出国手续给人办完了？梁迪一笑。田平说，这次去多少人？我说你看他那表情，一副吃饱饭的样子，少不了。吴宏一说，这里面有没有我的学生？梁迪说一般般，可有可无。

然后，田平对竺竺、吴宏一和梁迪相互介绍。他仿佛是根据先来后到的原则，先介绍竺竺：竺竺，女诗人，文坛新秀。然后他指吴宏一：吴宏一，桂邕大学青年才俊，中文系讲师。最后介绍梁迪：梁迪，国际劳务输出及人才交流公司副经理。

三个被介绍的人互相致意。竺竺说吴老师，你好，以后请多多关照。梁经理，你好，很高兴认识你。吴宏一说有田平关照你，我就放心了。梁迪说女作家长得漂亮的，还真少见。

服务员，上菜！我插嘴说道。

我们坐在富龙城酒店食客满堂的大厅里，像一个好逸恶劳的小团伙，接受侍者殷勤的服务。我们吃上我们叫唤的酒菜，扯着滞留在肚子里的话。几日不见，如隔三秋，谁都有话要说。田平说天明,我出差去了,没能参加你妹妹的婚礼,不介意吧?我说跟我无关,介什么意?她的婚礼,我都没有参加。田平说可能吗。我说是不可能,但是……梁迪说古天明在婚宴上待得不久就走了。我看见他走的。吴宏一说我证明,他心绞痛。田平说,何必这样?生米都已经煮成熟饭了。我说吃饱喝足就走,这有什么?田平说你这种态度不好。梁迪说要有个过程,慢慢接受。吴宏一说强扭的瓜也有甜的,何况我看不像强扭。竺竺这时候看着田平,用会说话的眼睛问为什么。田平说他妹妹嫁了个大款。我看见竺竺奇异的眼神像一道雨天的彩虹。我说不谈这个,喝酒!我端起装茅台酒的酒杯。田平端起酒杯。竺竺端起酒杯。吴宏一和梁迪端起酒杯。几只酒杯组合一起,像一簇飘香的花。

四男一女共同干杯之后,四个男人又连干了几杯。田平的脑袋从耳朵红到脸,像一个成熟的苹果挂在树上。竺竺就对他说,还行不行?田平说没事。吴宏一说田平的红脸具有极大的迷惑性和欺骗性,看起来不得,其实是得的。梁迪说田平,这段干什么去了?田平说东奔西跑,组稿呗。出版社今年经济指标划到个人,重得像苛捐杂税,累得没个人样。我应该取个名字叫东西才对,可惜田代琳已经抢先一步叫东西了。吴宏一说那你在东西前面加个狗字呗,和正宗的东西有个区别。梁迪说再重再累也压不倒你,你能耐大,张贤亮的稿子你都能组到。田平抬手做了个赶的动作,说,嗨,现在还组张贤亮的稿子?不组啦。梁迪说名作家的稿你不组,组谁?田平说演员、节目主持人。梁迪一愣,说演员、节目主持人,他们也……会写作?田平说哎,这些人一写起书来,一出版,不光作家,什么家的书统统都得往后靠,摆一边去,大折价!梁迪说我×,如此说来,写作天才全埋藏在影视或娱乐圈里,只要笔头一冒,全惊天地、泣鬼神?

吴宏一就说梁迪,这你就不懂了。你以为演员、节目主持人写书是为了当作家?你以为出版社出演员、节目主持人的书是以为他们是写作天才?你以为他们的书要有艺术性和思想性才能畅销?你以为读者读他们的书是为了欣赏文笔和接受教育?他瞪着梁迪,就像你,你以为你千方百计把别人弄出国去,是为国家培养栋梁之材,而不是为了牟利?

吴宏一连续的"你以为"或反问,把梁迪弄得莫名其妙和尴尬,说我问的是田平,又没有问你。

田平说,吴宏一问得没错,我来回答。他顿了顿,夹起一块鸟肉咬后咽下,说隐私,隐私懂吗?广大观众想了解他们熟悉或者喜欢、崇拜的演员、节目主持人的内心世界、幕后生活,实际上就是隐私。当观众看到写明星的书尤其是亲自撰写或口述的书,你说能不买来看一看吗?那么这样具有广阔市场和前景的书稿或选题,出版社能不开发吗?就像现在发现山中有金矿,哪能不挖?难道现在有哪个出版社不想赚钱?所以演员、节目主持人等这些大众偶像的隐秘世界或私人生活,可都是金子啊!隐私,归根结底就是这个,懂了没有?

梁迪说我懂了。

田平又说，至于吴宏一反问你的最后一个问题，你自己来回答。

梁迪笑笑说我拒绝回答。

竺竺闪着清纯的眼睛说，我不太懂，一个人怎么能把隐私暴露给别人看呢？这多不好意思，谁愿呀？我们普通人都不愿，明星们难道愿吗？

田平说用钱买呀，你说他们愿不愿？十万不愿，二十万。二十万不愿，四十万五十万。

梁迪说，我操，值那么多吗？谁给我两千元我保证就把我的隐私卖了。

田平说，你？你的隐私除了你老婆想知道以外，谁都不想知道。这主要是看谁。名人不同呀，名气越大，隐私就越值钱。黄某某那本还没写呢，就先炒，抬到一百零八万，愿了吧？卖了吧？这人我想你们各位是知道的。

我们都表示知道。

另外一些大名鼎鼎的演员、节目主持人，要价也不低啊。田平又吃了一块鸟肉后说。或一次买断，或吃版税，都是狮子大开口。我数几个给你们听。田平说着举起一只手掌，五根手指像树木竖在我们眼前。李某某、杨某、黄某某、周某、廖某。田平每说一个名字，就扳下一根手指，像伐倒一棵树。我看见五棵树木全倒下了，田平的手掌变成拳头，像光秃秃的山峦。然后他举起另一只手掌，周某某、刘某某、梁某、唐某某，我看见所有的树木，只剩下一棵不倒。它残留在山上，像一个坚守阵地的英雄。田平举着他的一根拇指说，都是这个呀。他的这根拇指，像是表示夸奖，又像是表示数目。就是这样，我们搞出版的，还互相打抢，田平说，争先恐后，害怕抢不到。我这次出差，就是去打抢呀。抢到了吗？梁迪问。我的眼睛也在问。

抢到了，田平说，不过只是签了协议。稿子还没拿到，正在写。

吴宏一说，你信协议这东西呀？稿子没拿到，什么都是空的、假的，就像你不把女人明媒正娶抬进家里，你就不敢说她是你老婆。

田平说但是订金已经付了呀。订金已经付了。

多少？我和梁迪的问题。

三十万。这只是一半，田平说，交稿时付另一半。

你去哪弄这么多订金？

筹呀，田平说，出版社垫一部分，我借一部分。

说老半天，这人到底是谁呀？又是我和梁迪共同的问题。

黄某某，田平说，你们应该懂得的啦，他演过什么电影你们可能记不得，但他是谁的前情人，哪个不懂？黄某某，号称中国影后的前情人啊！我这么一说，你们就知道这书有写头，出版后有看头，作者和出版者更有赚头了啦！

那这书将来出版了，你能拿多少呢？我说。

田平说反正以后我看见你妹夫陈国富，我不会再感到很自卑就是。

一百万,六十万,梁迪摇头,表示不可思议。通奸不付费,奸情抵万金,风流不作罢,还过出书瘾。梁迪信口吟出一首五言绝句。

竺竺扑哧一笑。

我举手,说,我有个问题,问田平。

田平说,你问。

我说,既然现在作家不吃香了,演员、节目主持人吃香,我看了看田平身边还哧哧笑的竺竺,那么你为什么还和作家形影不离呢?

我看见竺竺的脸唰地变得绯红。

我和田老师只是普通关系,她说。

我说,我知道,看出来了,目前是。

竺竺的脸还是红的,说,我有男朋友的。

我说,田平还有老婆呢。

竺竺说,我见过师母,她很漂亮。

吴宏一说,你的意思是说家猫一旦养尊处优或锦衣玉食,就不会在外面偷腥了?

竺竺说,田老师才不是那种人。

梁迪说我了解田老师,对田老师最有发言权,他一不偷二不抢,他守株待兔,等女人投怀送抱,愿者上钩。

竺竺的脸变黑了,被我们几个毒辣的话抹的。

田平敲了一下桌子,说,你们几个能不能不以小人之心度君子之腹?我是个出版人,虽然逐利,但依然是有情怀的,对好作家的好作品，还是要出，赔本也要出。他转而对生气的竺竺，说等黄某某的书出版赚了钱，我就帮你把诗集给出了。

竺竺的脸又开朗起来。

我们又来了兴味。新鲜的欢快，是开始表演的模特掀起的。她们像一群下凡的天使，披挂着用森林的树枝、树叶编结的帽子和裙子，向着广大的食客走来。她们走过食客身边，在像石林一样的桌椅间绕来绕去。她们用性感的嘴唇、乳房、臀部和大腿吸引食客的目光，使食客放下筷子、杯子，停止进食，就像鸟用生动美丽的翅膀、羽毛和鸣啭，使猛兽目瞪口呆。她们越来越裸露地走着，像流水洗涤山丘和风卷残云，使食客轻浮的时间和金钱得到消耗和消遣。

我前妻把儿子从幼儿园骗走的那天，我遇见韦春龙。

我去派出所报案，而韦春龙去派出所报到。我们的重逢像戏剧中的巧合。

我从派出所的门走进，而他则从派出所的门走出。我们像两部进出关卡的车辆，迎面相撞。

韦春龙？

古天明？

我们彼此称呼对方，带着疑问，尽管我们明知既不会认错人，也不会叫错名字。尽管我们隔了四年多不见。我们的疑问是，事情怎么会这么巧？

于是我认为，我儿子在这一天被前妻骗走，是上天或命运的有意安排，用意是为了让我与韦春龙重逢，而不是为了使我失去儿子，就像我和陈国富的那场赌博，最终目的不是要我输钱，而是迫使我同意古敏华嫁给陈国富。

我来派出所报到，韦春龙说，我放出来了。

好，我说。我没有马上告诉韦春龙我为什么来派出所。你等一会儿，我说，我进去就出来。

在派出所值班室，我对值班的警察说我的儿子不见了。值班警察说你的儿子为什么不见了。我说他被我的前妻骗走了。值班警察放下手中的报纸，说既然你都知道你儿子被谁骗走了，为什么还来报案。我说我和前妻离婚的时候，儿子判给我。如今她擅自把儿子要走，就是侵犯了我的合法权益。所以我来派出所报案，请求帮助，把我儿子追回来。值班警察说你前妻把儿子带去哪里。我说深圳。她现在带着儿子正在去深圳的路上。值班警察说这事你应该上法院，不该来派出所。我说为什么。值班警察说因为我们职责有限，力不能及，就像人生病就应该上医院诊治而仅向单位报告不起多大作用一样。我不明白值班警察所说的话，但是我说我明白了。我立马告辞，因为我知道韦春龙在派出所门外等我，他似乎比我儿子更牵动我的心。

我拉着韦春龙的手，像明目的人拉着盲人，在车水马龙的街市行走。他被动地跟着我，任由我的牵引。他先是跟着我进商店，从上至下，当即换上我为他购买的衣服和鞋袜。再跟我进发廊，洗发剪发。然后我们进酒楼。

春龙，你受苦了。我说。这时候我和韦春龙是在酒楼里。吃喝的过程中，我们彼此把分隔后的经历告诉对方。一千多个日子，像一百两粮酿成一斤烈酒，浓缩成一个小时，高度地概括和表达。我们彼此沉浸在对方的经历中。我感受着韦春龙的痛苦和磨难。感念他没有出卖我，使我免于牢狱之灾。吃药品供应商的回扣，我也是有份的，科室的其他人也有份，但最后都是韦春龙一个人扛了。他感受着我的放浪和迷乱。我们动荡肺腑地吸纳和倾吐，像酩酊烂醉的酒徒。

春龙，我又说，从现在开始，我要你好好生活。我会想尽一切办法，为你找份好工作。

谢谢，韦春龙说，工作我自己找好了。

什么工作？

我打算去屠宰场应聘，当一名屠夫。等条件成熟，我自己开一家屠宰场。

为什么？我诧异地看着这名前大夫说，哪怕你去私人诊所应聘也行呀！

我喜欢上了屠宰，韦春龙说，我觉得当一名屠夫，比当大夫强。

那……你现在直接开一家屠宰场，行不行？

我现在资金不够。

我给你筹，我们这帮朋友一起帮你筹。

谢谢，我以为时隔了这么些年，你们已经不再把我当朋友了。

你永远是我们的朋友。我说。

田平还好吗？韦春龙说。

好，我说，他像狐狸一样刁钻狡猾灵活精明。眼下正在策划出版明星的书，快发了。

梁迪呢？也好吧？

是的，我说，他现在是公司的副经理了，源源不断地送人出国旅游和务工，像野猫一样逍遥快活。

吴宏一怎么样？

他还是讲师，始终评不上副教授。

你离婚之后，又物色上新对象没有？

没有。其实独身挺好的。

川萍又嫁人了吗？韦春龙说。川萍是我的前妻。

嫁了。

嫁给谁？

一个港佬，但住在深圳。

真好，韦春龙说。他举起酒杯，邀请我和他干杯。

接下来，我想韦春龙该问及古敏华了。因为装在他心里的几个人，我知道还有古敏华没说出来。她埋在韦春龙的心底，像枪膛里的最后一颗子弹。

我等着韦春龙问及古敏华，像在劫难逃的人等着终结的子弹射向自己。但是韦春龙就是不问。

古敏华，她嫁人了。我忍不住说，嫁给了一个有钱人，像水往低处流一样。我没有拦住。

是吗？韦春龙说。他努力地举起酒杯。抖动的酒杯刚举到额眉却很快搁下来，像运动员抓举的杠铃没有举过头顶就从手里失落一样。

春龙，对不起。我说。

二十一世纪

韦春龙送我一辆奔驰的这天，陈国富的检查结果出来了。我这位刚满五十五岁、比我大一岁的妹夫，患了肝癌。他像一所破落的房子，又被巨大的滚石砸中，真是太不幸了。

中午一点左右，我将奔驰S400从4S店开出来，在城里兜风。崭新霸气的车辆开在路上，在涌动的车海里，出类拔萃，像一只傲娇的海豚。手挡上已套上的手串，发放着黄花梨的幽香和佛光。它是经过西山龙华寺的湛空法师开光的，并且用已故虚云大师的舍利进行了加持，庇佑我五年了，现在我用它来庇佑车。我觉得车更重要，没有行驶的安全哪来生命的安全。何况，这是韦春龙送我的车，配上珍贵的手串，方显得我对友情的重视和珍惜。

车里的副座坐着我的儿子。这个我最终从前妻那里夺回来的儿子，此刻看着我这个有隔阂和代沟的父亲，眼睛里浮现着惊异和狐疑的神情。他问我，韦叔叔为什么要送你车？而且还是奔驰。我说因为我们是朋友呀，好朋友。儿子说我也有好朋友，就从没送我东西，吃饭都是AA。我说那就不是好朋友。

儿子说那是什么。我说不知道。

二十八岁仍游手好闲的儿子继续看着我,说爸,我们能不能成为好朋友?

我想都没想,毫不犹豫地说可以。

儿子打了个响指,看出来十分的激动,就好像埋藏或隐蔽多年的愿望终于实现。事实上我何尝不是如此,我与儿子息息相通、亲密无间的愿望也已经好多年了。自从我通过法律,把儿子从他母亲那里夺回来,他极少喊过我一声爸,只有跟我要钱或我主动给钱的时候才喊。我多么想他多喊我爸。

我把车开到路边停下,对儿子说:我们换个位置。儿子迟疑着,像是没听清,或等我更明确的表态。我说:这车从现在开始,是你的了。

儿子大呼一声"耶",迅速打开门,然后迫不及待地和我换了位置。

奔驰的驾驶员变成了我儿子,准确地说,是奔驰车的车主变成了我儿子。我的好朋友韦春龙送给我的车,不到十分钟,我就把他转送给了我儿子。原因很简单,因为儿子是我儿子,儿子想和我做好朋友。

儿子一面开车一面和我说话,内容和语气十分亲切、融洽、温柔又大方。他不时看望我的眼神,充满了真情和信任。于是我相信,我们已经是好朋友了。

儿子把车开进一家酒楼,请我吃饭。因为我们还没吃饭。儿子点了很多菜,我随便他点,一切听从他的安排。我好享受和他在一起的亲密的时光，忘了下午还要上班。

但是儿子没忘，离上班还有二十分钟。儿子说爸，我送你去上班。

儿子的时间掐得很准，离上班还有五分钟，我就到了医院大门口。儿子边朝我挥手边说老爸，下班我来接你！拜拜。

我刚看完一个病人，陈国富的检查结果便到了我的手上。检查结果是综合内科的刘群主任带过来的，因为陈国富目前在他那住院。我事先交代过刘群主任，陈国富的检查结果，出来先告诉我。

刘群主任带来的检查结果，果然证实了我的预感，陈国富得的是肝癌。

  姓名：陈国富　性别：男　年龄：55

  方法：上腹部 CT 平扫及增强。

  表现：肝右叶前后两缘和左叶前后两缘见团块状高密度影，大小约 $12cm \times 10cm \times 9.5cm$；边界欠清，增强后其内重度硬化；静脉期及延迟期低于肝实质密度；肝内见多发圆形高密度影，全部高度强化；胰腺及脾脏无肿大，其内未见异常密度影，双肾盂内见小点状高密度影，腹腔内未见明显肿大淋巴结及积液征象。诊断，肝癌。

检查的种类和方法还有好几样，结果都是一致：肝癌。

刘群主任说，古主任，这情况，我们综合内科是无能为力了。那么，就转到你肝脏外科来咯？

我说，好的。

诊断的结果是我们来告诉呢，还是你来告诉？

好的。

你先做做思想工作吧，铺垫一下，我们再告诉他。

好的。

好吧。刘群主任见我态度和神情麻木，走了。

我把诊室外余下的病人打发给了其他医生，关闭了诊室。我对其他病人和医生说，我接到一个紧急的会议通知，要去开会。我是肝脏外科的主任，开会要多于看病。病人们表示理解，而医生们肯定是服从和相信的。

我在工作中第二次撒谎，没有去开会。上一次撒谎是二十七年前，调查组问我有没有拿药品回扣，我说没有。

我去见妹妹古敏华。她还是陈国富的妻子，至于她还爱不爱陈国富，那是另一回事。

我在妹妹家里见到妹妹古敏华。古敏华穿着睡衣，揉着眼睛接待我，刚起床的样子。看来昨晚是她看护的陈国富。

妹妹住的是别墅，枫林南岸的别墅是南宁区位最好的，在凤岭新区的中心，妹妹和妹夫就住在这里。除了别墅，他们还有很多套房子，但都已经卖了还债。别墅是他们最后的堡垒。尽管仍然欠着很多债，估计卖了这栋别墅都还不够；但我妹妹宁可当老赖夫人，也坚决不卖这栋别墅。因为这栋别墅是陈国富和古敏华爱的物证，是陈国富对古敏华承诺的兑现，购置于

2000年新世纪来临之际，陈国富生意的顶峰时期。然而住进别墅没几年，陈国富的生意就开始走下坡路，他买卖计划指标和投机倒把的营生，已经萧条和退出了市场。他开始吃老本，然后把剩余的钱投进股市。开始是赚了一些钱，在六千点的时候据说赚了五千万。但是后来跌到一千六百点的时候，五千万没有了，还亏本五百万。他借钱捞底，企图东山再起。的确慢慢有些起色，他融资做杠杆，眼看到2015年，他已资本过亿。在官方媒体"四千点是起步，一万点是目标"的鼓动下，他继续融资炒股。没想到股市在五千二百点的时候急遽狂泻，跌到两千点，他的融资盘被平仓，剩余的也割肉还债。债主还源源不断上门，他只好卖房。除了别墅，房子都卖完了，债依然还欠一千多万。他之所以没有被法院视为老赖，是因为这一千多万欠债，是欠韦春龙的。韦春龙没有告他。韦春龙为什么没有告他，是因为古敏华。尽管借据上借款人写着陈国富，却是古敏华开口朝韦春龙借的。因为古敏华，陈国富的信誉还有人尊重。但是他的身体却每况愈下，乏力、消瘦、腹胀、食欲缺乏，伴有肝区疼痛，我劝他来我医院检查，他不来，而去了别的医院，说没事，是焦虑引起的虚弱症。这次终于来我医院，是因为医科大一附院没有病床了，进的还是综合内科。他拒绝与我及我的专业发生关系，因为他知道我对他没有好感。

我对妹妹说，知道我今天为什么来吗？而且还是上班的时候来。

妹妹没有惊慌，像是已经知道或有所准备。是癌吗？

她说。

是癌。

晚期？

晚期。

还有多长时间可活？不治疗的话。

三个月。

治疗呢？

那要看怎么治。他这种情况，化疗已经不起作用了，白花钱和活受罪。如果做肝移植，并且成功，可以活五到七年，甚至更久。

做肝移植。妹妹毫不犹豫地说。

你想好了？我对妹妹说。

这有什么好想的，什么方法能让他活着，就用什么方法。

肝移植的费用……

大不了卖别墅，妹妹打断我的话说。

而且供肝是个问题。

我可以把我的肝给他，要左叶或者右叶，都行。

左叶右叶都要，我说，那你就死了。他需要整体肝移植。

妹妹这才软下来，不再干脆和强硬。那怎么办？她说。

我说，既然你希望他活下去，那我们就共同努力吧。费用的问题，你多努力，供肝的问题，我多努力。

妹妹含泪望着我，她很少这么望着我。谢谢你，哥哥。

我说：我们一起去跟他说吧。

我给儿子打电话,叫他到姑姑家来接我和姑姑。

我妹妹看见我儿子开着崭新的奔驰来接我们,不敢相信自己的眼睛。她问我儿子这是谁的车。我儿子说我的。古敏华不敢相信自己的耳朵,说你再说一遍。我儿子说:我的!古敏华看着我,说是你爸给你买的吧。我儿子说是我爸送我的。古敏华继续看着我,说你真舍得。我说不用我花钱,有什么舍不得的。古敏华说谁送的。我说韦春龙。

听到韦春龙的名字,古敏华便不吭声了。她沉默在车后座上,像一个心事重重或追悔莫及的寡妇。事实上她离当寡妇的日子已经不太远了。她的丈夫患了癌症,在患癌症之前又已经破产。她真是个不幸的女人,谁想到一个富有和刚强的丈夫最后是贫病交加的样子。而另一个本可以成为她丈夫的男人,当初怎么就不看好他呢?这个即使丈夫死了也不可能成为她丈夫的男人,现在真是富得流油呀,拥有五家肉联厂和两家超市,年利润至少一千万以上。他随手送给她哥哥的礼物就是一辆一百多万的奔驰,当然他借给她的一千多万目前情况也相当于送了,因为无论如何她都还不起。她还要救她的丈夫。

我、儿子和妹妹在综合内科住院部见了陈国富。他穿着病号服,骨瘦如柴,像一个独手完全可以拎起来的包袱。见我们三个亲人同时到来,并且表情凝重,他的脸色更加煞白,像是一个死囚看见法官、牧师和行刑官出现在面前便知死到临头一样。

未等我开口,陈国富就说:该来的还是来了。那就来吧。

我已经做好准备了。

我说你准备好了什么。

陈国富笑笑说，不就是死吗？死就死呗，反正我今天这个样子，还不如死。

我说如果给你换肝，你就可能活下去。

陈富国眼睛一亮，说真的吗。

我说理论上是真的。

理论上是什么意思？

就是说肝移植是终末期肝病患者肝功能得到良好恢复的一种外科治疗手段。

实际上呢？

比较难。难在哪里呢？第一，供肝稀缺。第二，费用昂贵。

陈国富眼睛里的亮点消失了不少，像是夜晚中萤火虫飞散的田野。

这时妹妹古敏华对她丈夫说，这些都不要你管，我和我哥想办法。

陈国富说，你们有什么办法？办法在哪里？

古敏华说，我说了，这些都不要你管。

第一，别墅不能卖。第二，你的肝不能给我。陈国富抓着他妻子的手说，要动这两样东西，我宁可死。

我竟然莫名地感动，向对妻子情深意切的妹夫说：我掘地三尺、海枯石烂，也要救你。

我召集田平、吴宏一、梁迪和韦春龙来商议。在韦春龙开的鼎丰茶庄，我们五位老男友，加上已成田平正室的诗人竺竺、我的妹妹古敏华，围在一根巨木制成的茶桌边，商议救治陈国富的事情。古木幽香，茶水芬芳，七张人脸却愁苦不堪。

我们不是为钱发愁，因为韦春龙已经表示，陈国富所有的治疗费用，都由他负责。

我们发愁的是供肝。

肝移植首先要找到供源肝，而且还要配型成功。供源肝本来就短缺，比稀土要稀缺很多倍，这很多人都知道。如果有公开的买卖，还好办。但供肝不能买卖，只能捐助。这就难了。到哪里去找愿意把自己的整个肝捐给陈国富的人呢？他或她必须是不治之症或注定要死的人。虽然注定要死，但他或她的肝是健康的，这样的人倒是比比皆是。关键是，他或她愿意在死后，立即把自己的肝摘除，奉献给需要的人。这样的捐献者也是有的，就是太少了。医院有大量需要肝移植的患者，在排着队，等着捐助者配型成功的供肝。就算陈国富不需要排队，配型又是个问题。最容易配型成功的是近亲属的肝，就是说捐肝的人和接受肝脏的人之间有血缘关系，是最容易配型成功的，叫亲体肝移植。但亲体肝移植已经被我们否决了，或者说不适用于陈国富。他父母双亡，兄弟反目有仇。唯一有血缘关系的儿子，就是我的外甥，正在国外留学，他父亲的病症还被我们刻意隐瞒，让他供肝就是要全家人的命。他的妻子也就是我的妹妹古敏华,如果供肝就是死路一条,也是不可能的。怎么办?

如果只要一叶,而不是全部,我倒是愿意把我的一叶肝捐给国富兄。田平说。这位现任出版社社长,喝着自己携带的保温杯里泡着红枣加枸杞的药水,在没有征求身边结婚没几年的妻子竺竺的同意下,最先表态。但是全部就难了,他继续说,我是一社之长,全社二百多号人靠我养活。我小儿子年幼,他看了看竺竺,竺竺身体欠佳。我得活下去呀!

竺竺说,我有乙肝。

我上个月组织部安排优秀专家例行体检,各项指标正常,健健康康。吴宏一说。这位知名学者和大学教授,两边手抻了抻唐装的胸襟,也发话了。我如果有病,没治了,肝是好的,我是愿意把肝奉献给国富的,谁让我们是好朋友和老朋友呢?可是……他把胸襟上的手摊开,像赌桌上摊开自己的底牌,我没病。

我们看着梁迪,似乎是该轮到他表态了。

梁迪在使用手机,业务很忙的样子。的确很忙,他已主政的公司业务已经不仅仅是劳务输出,而重点是输入了——如今遍布南方的几十万黑人大军,合法的少说有一万是他引进的。发现我们都注视他,他关上手机的保护皮套,顿了顿,说:人种不一样的供肝行不行?比如黑人?

这其实是在问我,因为我是医生。

我说只要配型成功,什么人种都行。

梁迪说：我知道南方的黑人中，有贩卖人体器官的组织。但是是非法的哦。

我们面面相觑，像是在一个艰难的抉择前，互相鼓气。

田平说：我看可以。签一个表面上是捐献的合同，私下照样交易。

吴宏一说：这跟某些大学里买卖文凭也一个样。有些在职读硕读博的人，一节课都没有去学校上，只要交学费，找人帮写论文，到时间答辩一下，走一走程序，就能拿到文凭。拿着这文凭去提拔和评职称，照样管用。

我反对。沉默许久的韦春龙说话了，他捋着长在右脸痣上的几根毛，像爱护荒漠中一丛草。非法的事情不能做，我是坐过牢的人。我不希望我们在座的人，做违法的事。

田平说：买肝的钱，我、宏一、梁迪和天明来凑，你负责手术费用就行。

韦春龙说：这不是钱的问题。我不是在乎钱的人。只要用途合法，我一分钱都不要你们出。何况我今天有钱，是当年你们几个朋友凑钱，支持我办的肉联厂。你们是体制内的人，生活现在非常好，既功成名就，又妻贤子孝。所以，我不希望因为违法买肝这件事情，把美好的生活给毁了。

吴宏一说：说到底，或准确地说，梁迪、天明、田平和我，才是你的朋友。但陈国富不是，他是你的情敌。

我们都愕了，因为吴宏一突如其来的这句话，尽管他说的是事实，或合乎情理。

韦春龙说：所以，你以为我巴望他早点死，是吗？

吴宏一说：那你是希望他活着咯？

韦春龙说：是的。

为什么？

韦春龙看都不看古敏华，说：因为古敏华希望他活着，他是她的丈夫。

吴宏一说：那就应该全力以赴救治敏华的丈夫，哪怕不择手段。

韦春龙这才看着古敏华，他对陈国富的妻子说：你来决定。

一直被冷落一边的古敏华成为大家关注的焦点或重心，她忽然像海上的冰山一样突出，被人重视。只见她冷眼看着面前的一杯冷茶，冷冷地说：

让他死吧。

陈国富没有死。

我们在努力让他活着。

那天在鼎丰茶庄的茶话会，虽然不欢而散，但是我们谁都没有放弃努力。寻找供肝的捐献者，成为我们每个人的当务之急。我们人人快马加鞭，仿佛与死神赛跑，一定要赶在死神夺走陈国富的生命之前，找到捐献并且配型成功的活肝，给他换上。

不到半个月，竟然找到了七个捐献者。

田平找到一个。那是他远在湖南省湘西土家族苗族自治州凤凰县的亲戚，准确地说是他表弟。田平的表弟在两个月前被诊断患了肺癌，他居然不知道，直到数天前他打电话给父亲询问家乡有没有患不治之症者时，才知道。父亲说你表弟就是呀。放下电话，田平立马就朝凤凰赶去，在表弟家见到了已放弃治疗回家等死的表弟。他先向表弟表示歉意，然后给表弟一笔钱，希望他重回医院继续治疗。表弟没有同意，表弟的家人也没有同意。他们认为决不能在医院花那个冤枉钱了，之前已经在医院花掉了十三万，这是自费的部分，加上国家支付那部分，是将近五十万。他们想给家庭减负，也给国家减负，一死了之。这是给家庭做贡献，也是给国家做贡献。表弟和表弟一家视死如归的态度和无我为公的精神，让田平感觉到了捐肝的可能。他在表弟家足足住了三天，不失时机地给表弟和表弟家人畅谈人生的价值和意义，甚至谈及了佛教的生死轮回。一天早晨，田平在电话里跟我说，我表弟和表弟家人都同意了。我说先稳住，往后的关键是配型。

竺竺找到一个。这个我二十世纪就认识的女诗人，我原以为只是貌美，二十一世纪才发现还心灵美。田平抛弃前妻娶了她，看来是值得的。她找到的捐献者是她某女同学的丈夫，是直肠癌。当她兴冲冲报告我的时候，我说某些直肠癌患者的生存期比肝癌患者要长很多，不过谢谢您。

吴宏一找到两个。这两个都是他所在大学的大学生，一个是淋巴癌，一个是十二指肠癌。淋巴癌者到了晚期，十二指肠癌患者病情不断反复。为这两位捐献者，吴宏一可没少费心和费神。淋巴癌者是吴宏一的崇拜者,正在美国治疗。吴宏一通过加他微信,昼夜颠倒地和他聊,直聊到他同意并征得家长的同意,而吴宏一因为昼夜颠倒,患了失眠症,已十天睡不着觉了。我看到他的时候,他浮肿的黑眼圈,像是被捉奸的男人暴打了一顿。十二指肠癌患者是吴宏一与学工处处长吃饭的时候无意中听到的。学工处处长跟同事聊着这个学生的病情。说者无心,听者有意。吴宏一像踏遍铁鞋无觅处得来全不费功夫的情报人员一样,要求学工处处长把这个患者联系方式提供给他。学工处处长摇头,说保密,保护患者的隐私和权益,这是规定。吴宏一不再问,只是一个劲地给学工处处长敬酒。末了他还亲自把醉了的学工处处长送回家。在家门口,学工处处长把学生联系方式给了吴宏一。这个学生是河南人,是吴宏一的老乡。老乡见老乡,两眼泪汪汪。在老乡后悔不迭的哭诉中,吴宏一把他的演讲天才发挥到了极致。两人从抱头痛哭到开怀大笑。最后,学生说:老师,需要肝移植者是什么人?坏人我是不捐的。吴宏一说:是我的好朋友、老朋友,我发誓,是个好人,是一个菩萨心肠的大慈善家。当吴宏一把他找捐献者的经过告诉我之后,我说,这个情况,你要亲自跟陈国富说,尤其你对他是一个菩萨心肠的大慈善家的评价,一定要说,不要漏了。

梁迪找到两个。一个黑人一个黄种人。这两个捐献者需要打双引号。地下人体器官组织表示,表面签捐献合同可以,但私下必须按价码付钱。他话音未落,就被我毙了。

韦春龙找到一个。其实不用找，捐献者是他的员工。他在签署员工重大疾病报销单的时候发现，有一名员工的报销单背面，写有一段话：

敬爱的春龙老板，这是我最后一次报销医药费了。我知道我的病已经治不好了，请您帮个忙，就是我打算在我死后，把我的其他健康器官，比如眼角膜、肝、心脏，捐献给需要的人，以报答社会对我和我家庭的恩情。我小孩小，老婆没文化，请您帮我办手续。

李洪敬上　2019年6月13日

真是瞌睡遇到送枕头的，走到断崖来了搭桥的人，这不是活该陈国富命不该死吗？韦春龙立刻去医院看望了打算捐献器官的李洪，他握着李洪的双手问寒问暖，当得知李洪还欠着银行七十万的房贷时，立刻说，明天，我给你把房贷全部还清。

这七个其实是五个合法和有意向的捐献者，没有一个是我找的。我也没有找。我忙着准备肝移植手术的前期工作，比如将配合我做手术的三名医生、六名护士，我要选好并进行集训。我们医院肝脏外科已经有小半年没有做肝移植手术了，因为没有供肝。而且本医院能做肝移植手术的主刀医师只有我一个人，肝移植对象又是我妹夫，说实话我有些小紧张。我曾经想从上海请一个专家来做主刀医师，陈国富知道后却不答应，非要我来做。他这么做不是信任我，而是考验我和锻炼我，因为他知道我爱我的妹妹，我给妹夫做手术要比别的人来做更保险。除了集训，我还得给陈国富做各种检查——测量身高、体重；备皮、清洁灌肠、消毒液洗澡；置胃管、导尿管；血液检查，如血常规＋血型鉴定、凝血机制、肝肾功能、血糖、电解质、血气分析、病毒全项、血氨和血乳酸等；肿瘤标志物检查；血、尿、痰等体液细菌，真菌培养＋药物敏感实验；胸片、心电图和肝……我时刻准备着一旦有了配型成功的供肝，捐献者宣布死亡，随时手术。

经过对捐献者逐个进行检查，最后与受捐者陈国富配型成功的，只有一个。他是李洪。

我第一时间又去看望了李洪，和李洪的老板韦春龙一起。三十五岁的南宁琅东肉联厂职工李洪，得知五个捐献者中只有他一个人与受捐者配型成功，十分高兴，就像众多的彩民唯独他中奖一样。他当着我和韦春龙的面在流泪，迫切地想知道什么时候把肝捐出去。我说你生命自然终止的那一刻。但是，你要顽强地活下去，我希望你活得越久越好。他说为什么，早点让受捐者活命不好吗？我说不好。他说为什么。我说，因为人的生命是平等的。他更加不明白了，说生命是平等的吗。韦春龙就说是的，你是人，不是猪牛羊。

然后我去看了陈国富，韦春龙没去。韦春龙不去的原因他没说，就说我不去。

陈国富这次看见我，可能看见了我脸上刻意掩藏但还是流露出来的喜色，知道生的希望来了，他的眼睛活泛，像是吹进了春风。成了吗？他说。

成了。我说。

什么时候手术？

捐献者去世那一刻。

他什么时候……去世呀？

不知道。

陈国富的眼睛又变呆了，像是刚出土的禾苗被霜打了一样。

快了，日子不多了。我说。

快是什么时候？一周？

不止一周。

两周？

也不止两周。

一个月？

不知道，难说。

陈国富彻底蔫了，说一个月我就死在他前面了。

我说所以你要挺住，祈祷奇迹发生。

陈国富摇摇头，说，这恐怕比摸到三张一样的牌都难。

为了稳定陈国富的情绪和化解他对死亡的恐惧，田平和竺竺、梁迪、吴宏一，周末或下班后，便来看望和安慰陈国富，总之每天都有人来到他身边。我是每天早晚都要看他的，因为他既是我的病人，又是我的妹夫。

周六这天，看望陈国富的人非常多，不仅田平和竺竺、梁迪、吴宏一来，连韦春龙都来了。陈国富一看这阵势，非常害怕，吓得浑身哆嗦，以为是临终关怀。我对他说你不要胡思乱想，今天是周末，大家都有空，所以人来得比较齐。陈国富还是不相信，说连春龙都来看我了，这不是什么好事。韦春龙说我应该早点来看你，对不起来晚了。陈国富歉意地看着向他表示歉意的人，悲伤地说我欠你的钱，只有下辈子才能还了。韦春龙从手包里掏出一张折叠的纸，将纸展开。这是你写给我的借据，他说，现在我把它撕了。

我们目瞪口呆看着韦春龙，当众把陈国富写给韦春龙的一千三百万借据给撕了。撕碎的纸片，合拢在韦春龙的手上，像冰雪，他转身丢进了垃圾桶里。

为什么？陈国富说。

因为钱和命相比，我觉得还是命重要。韦春龙说。

陈国富笑笑说，我钱早没了，命也快没了。

一旁的古敏华便瞪着她无比悲观和沮丧的丈夫，说，那么多人为了你这条命，全力以赴，慷慨解囊，你应该感到三生有幸。

陈国富说，如果有来生……

古敏华打断说，你闭嘴！

吴宏一说，今天难得人凑这么齐，不如打牌吧？！

田平说，对呀，几十年的老牌友，一个不少。

梁迪说，大家年纪都大了，打一次就少一次。

韦春龙说，我加入。

我说，想打的话，我们医院有棋牌室。

那我观战吧。陈国富说。他坐了起来。

吴宏一说，你参战呀！什么观战？缺你哪成！

陈国富看着我，说，我行吗？

我说，你只能打一个小时，最多两小时。

我们前呼后拥去了医院的棋牌室。棋牌室有四个身穿病号服的老干部气质的人，在搓麻将，每人的前面都放着现钱，多少不同而已。见我们来了，急忙把钱收起来。干脆不打了，走掉。

棋牌室被我们专用或独享。我索性去把门锁死。我回头的时候，田平、梁迪、吴宏一、陈国富、韦春龙已经各就各位。古敏华和竺竺在烧水和备茶。

打什么？田平边拆解着扑克牌边说，梭哈还是三公？

梭哈是你的强项，你肯定想打梭哈。吴宏一说。

田平说，强中更有强中手，国富兄才是强中手，是梭哈王。

梁迪说，我少数服从多数。

韦春龙说，我随便，重在参与。

我说，听我妹夫的，他是病号，要迁就他。

陈国富说，梭哈充满了尔虞我诈，既伤神又伤感情。还是三公吧，三公比较公平、简单和放松，主要看运气。

三公。我们每人依次表态。

我们商定：轮流坐庄；押注封顶二百元；八点翻倍，九点翻三倍，小三公翻四倍，大三公翻五倍；统一微信支付。

最重要的决定是，输钱就是输了。赢的人赢的钱不能归己，而是当公益金或爱心款留给陈国富做抚慰金。陈国富输的钱不收，赢了要给他钱。

陈国富说，这输赢规则不公平。那我不打。

于是其他人做了部分妥协，陈国富如果输钱，赢的人还是照收。

我们开战。

摸牌、翻牌、比点数、支付、收款，周而复始，有输有赢，有说有笑，不亦乐乎。

想当年，我们年轻的时候，打牌，国富兄是最大的赢家。赢了钱，还赢得了夫人。田平说，他的话既像调侃，也像是活跃气氛。

陈国富看了看倒水的古敏华，回过头来说，但最后的赢家却是你们。

吴宏一说，爱拼才会赢，你要拼。

陈国富说，我再怎么拼，也拼不过你们了。

梁迪说，现在你是庄家，你先翻牌，几点？

陈国富翻他的牌，六点。

梁迪偷偷看了看自己手中的牌，说比我大。他直接把牌塞进了桌上剩余的牌中。然后微信付款。

田平、吴宏一、韦春龙和我也相继表示比陈国富的牌小，不翻牌就微信付款。

  陈国富通吃，赢了所有人的钱。

  牌局结束，陈国富的微信账上，多了五万块钱。

  其他人不服，表示下周再来。

  陈国富说，我活到下周的话，来就来。

  他果然又活到了下周，而且又赢了五万多。

  古敏华发现了问题或者说识破了陈国富赢钱的奥秘。在她家里，她问我，哥，当陈国富坐庄的时候，我发现了，其实很多时候你们的牌都比他大，但你们都说比他小，然后把牌扔了搅乱，谁也不许看。为什么？

  我说，油腻的男人都这样。

2019 年

附录

献给上岭村男人的
一曲悲歌，或一杯甜酒

《蝉声唱》完成了，我跨时两年的小说，在秋风萧瑟中休止键盘，像一台揪心的戏剧落下帷幕。

失去父亲的悲伤，仍淤积在我的心房。他是在我未完成这部小说时去世的。他的骨灰至今仍寄存在青龙岗。在他未入土为安之前，我的哀思也无处安放。他的魂灵或许已到达天堂，或许还在我身边。怎样都可以，总之父亲在我心中是永久的存在。如今我越是看不见他，他的音容在我心目中却愈加清晰。

小说还是要写，就像生活还要继续。

更何况我的这部小说，父亲差点是全程的见证者。事实上初稿完成的时候，他还活着。可是我还要改，改了还要再改。父亲没有等我改完这部小说就走了。他走时像是很安详，或许因为他能和所有的子女都见最后一面，也或许是因为医院给他使用了镇定的药。谁知道他有没有痛苦呢？父亲一生都是坚强和达观的人，即使大半辈子都病魔缠身，但我从没见他喊痛。

这个上岭村的男人，是上岭村最伟大的男人。

《蝉声唱》正是献给上岭村的男人的，是献给上岭村男人的一曲悲歌，或一杯甜酒。虽然故事里没有我的父亲，甚至真实的上岭村的男人也没有在故事里。唯一真名实姓在故事里的樊家宁，他的故事大半是虚构的。但是这部小说的后记，我必须要讲真实和真正的上岭村的男人。他们其实也是小说的一部分。不讲他们，这部小说的意义达不到最大。

我要讲三个男人。

第一个男人是樊家宁。他是我的本家，扯远一点我可以叫他堂哥。我读高一的时候，他读高二。那年月高中是两年制。樊家宁高中毕业不久就当兵去了。那是一九七八年十二月，樊家宁应征入伍，是我们上岭村唯独的一个。我们菁盛乡跟他一起入伍的还有两个人，一个叫罗梦迁，另一个我记不住姓名了。他们三个人入伍的欢送会，我去了。他们胸前的大红花，戴在各自往日穿的衣服上。我插在敲锣打鼓的人群中，羡慕的眼光看着他们，因为看上去他们的确很光荣。在那个年代，只有政审和身体都合格的人才能有那样的荣光。那时候我还想，如果一年后我报名参军，政审一定是存疑的，因为我父亲和母亲的原因（什么原因我后面会提到）。所以他们能参军，我羡慕是有道理的。我以欢喜和凝重两种心情送走他们，回学校继续念书。那年的雪居然下到山下的学校里来，被我们触摸。而往年的雪都停留在山顶上，白白的一片，让我们观望而已。那时我并不觉得这是什么不好的兆头，恰恰相反，我觉得来年我一定能考上一所学校，至少是技工学校。

之后不久的一天，我在家，忽然望见河对岸的公路，驶过几辆解放牌的汽车。车上站满了人，所有人都兴奋地呼叫。后来我知道那是隔壁金钗乡支前的民兵。

再不久，自卫反击战打响了。我天天看报纸，都是胜利的消息和英雄的事迹。我记得最深的一位英雄，他叫岩龙，是个普通的战士，却是神枪手。他一下子干掉了几十个敌人。但是有一天，他胸前挂着一副缴获的望远镜，被敌人以为是指挥官，不幸中弹牺牲。我开始为我的堂哥樊家宁担心。

过了些天，乡里通知学校师生去参加追悼会。在乡政府的操场，我看到的两张遗像，并不是我的堂哥樊家宁，而是另两个与他一同参军的我菁中的校友。他们的遗像还是穿着便服，说明他们连军装照还来不及拍就上了战场。我还记得名字的罗梦迁，给我印象最深的是他有一副好嗓子，他的歌喉我认为后来的刘欢、孙楠也比不上。但是他牺牲了，不到二十岁。

又过了些天，几辆解放牌汽车又从我家河对岸的公路驶过。是支前的隔壁金钗乡民兵回来了，他们悄无声息，人数也比去的时候少了。我继续担心我的堂哥樊家宁。

又过了一段时间，我的堂哥樊家宁活着回来了。他只是负了伤，臀部被弹片削去了一块，因此复员后被安排在乡供销社，当工人。他上班时我见过他一面，他在卖酒。我上前和他打招呼，他没有理我。他对待其他人话也很少，非说不可才说的样子。我估摸他还在被战争的硝烟笼罩着。我问他至亲的人,他在战场上都经历了什么?他们说他什么都没告诉,只知道他在的部队是战地救护运输队,他是专门收尸的。我顿时毛骨悚然,再不敢去见他。

后来我考上了大学。大学毕业我先分回菁盛乡中学工作。我在菁盛乡工作的一年,只远远见过他一次。他跟跟跄跄,像是喝醉的样子。但是我听说他结婚了,生了孩子。

后来我调走了,十多年没有回乡,也没有回上岭村。我每年都回上岭村是2007年以后的事情。我每次回上岭村,也没有见樊家宁,因为他在另外一个屯,而且那个屯在高山的峛场里,我不上去,他不下来。我只是知道他下岗了,妻子还和他离了婚。就在2014年,我回上岭过清明节的时候,才知道他不在了。他从山上下来,就在我们上岭村的码头,跳河死了。

我难受了好几年。一直到现在,每次回上岭村过河,我就会想起他,仿佛看见他在码头边的石崖上站立然后往下跳,河水迸溅出巨大的浪花,像是一颗炸弹在爆炸。他的生命和命运就终结或沉没在那波浪滚滚的河水里。我真想写这个男人的生命和命运。

《蝉声唱》写作的初衷、动机或灵感,的确和樊家宁有关或灵感来自他。我把他单独构思了很久,迟迟没有开始写。我觉得光写他一个人还不够,或者说光写人的苦难还不够,我还得在小说中,倾注足够的温情。

就在2016年,我的叔叔樊宝明去世了。我十分的悲伤,他是我二十年来去世的至亲的人。二十年前去世的我至亲的人是我的外婆，再往前是我的爷爷。他们的去世也让我悲伤，但过了那么多年，我的悲伤已变成了思念。如今叔叔去世，悲伤再次袭击了我，让我猝不及防。

叔叔樊宝明是我要讲的第二个上岭村的男人。

我在叔叔去世的当晚，在殡仪馆，用手机写了一段文字，复制如下——

叔叔，在这个夜深人静时刻，在望州路308号——所有活着的人惧怕来的地方。安灵厅6，我静静地守您，怀念您。几天后，我还是在这里，送您起飞，去往没有疾病、倾轧、贫困、欺凌的天国。您在人世遭受的疾病、倾轧、贫困、欺凌的折磨，终于摆脱给源源不断步您后尘的人，像辛劳一辈子的牛，卸掉了沉重的轭。

您是我的恩人，叔叔。在我十五岁那年高考落榜后，我在建筑工地卸水泥搬砖五个月后，您找到了我，把我带来南宁，在您服务的高校高考补习班补习。

在和您居住的半年里，您比我父亲严厉，却比我父亲更疼我。我第一次吃苹果、雪梨，是您买给我的，虽然一周只有一个。没有高考补习那半年，我肯定考不上大学。没有您，我肯定是另外一种我不愿意的命运。

您是我们家族的骄傲，叔叔。您不用作弊、不走后门考上大学，是我们家族第一代也是您那一代唯一的大学生。大学毕业直接留校，官至人事处长。但您的大儿子至今是农民,小儿子依然下岗。他们现在正守在您身边,无怨无悔地披麻戴孝。

您不仅是我们家族唯一的共产党员,也是我见识的对党最忠心的人。在您的告别会上,我希望能看到您所在的单位党委,送的花圈。

八十四岁的叔叔,您现在已经确定比您八十八岁的哥哥先行来到望州路308号。你们两兄弟从小失去母亲,相依为命。如今您先走一步,我们还没敢把消息告诉您哥哥——我的父亲,因为我们不知道他是否承受得了失去您的打击。如果我们决定欺骗他,请您原谅,叔叔。

夜更深更静了,望州路308号阴沉闷热,我却不感到害怕。您众多的亲人在守着你,他们大多来自上岭,那是您出生的地方,也将是您永生的地方。"一个士兵不战死沙场,便要回到故乡"。您不是士兵,您是孺子牛,更要回到家乡!上岭青青的草地和洁净的河流,等待您的归去。

叔叔火化后,我们将他的骨灰接回了上岭安葬。他的坟就在我们祖屋后面的半山腰上。从那里往下望,可以望见祖屋、田地和田地里亲人的坟墓,还可以望见长长的河流和河流两岸青翠的竹林。人们见了都说,那是上岭村最好的风水。我信。

安葬好叔叔回到南宁,我蒙在鼓里的父亲像是有兄弟间的感应,忽然问:你叔叔怎么样?我很惊愕,差点忍不住把叔叔去世的消息告诉了他。但我最终没有。接下来父亲的举动变得奇异——他常拿起座机的话筒然后拨号,但他是不会打电话的,怎么都不通。我母亲问他干什么。他说我给宝明打电话。母亲说宝明这个时间休息了,不要打扰他。后来父亲要求我送他去师院看望叔叔,我又骗他说叔叔已经接回上岭疗养了,那里信号不好,也打不了电话。叔叔去世后,叔叔的子女常来看望我父亲,父亲开口必问叔叔的情况,得到的答案跟我说的一样。父亲似乎相信了他的弟弟仍然健在,沉寂下来。

在叔叔去世半年后,父亲的身体忽然衰弱得十分厉害。他像一台不停使用了八十多年的机器,已经无法正常地生活。开始还能用拐杖走一走,很快拐杖也不起作用了,只能躺床或坐在轮椅上。然后是部分失忆和意识模糊,常常把看望他的这人误认为那人。但是父亲对上岭的记忆却非常清楚,一提起上岭的人,许多人四十年六十年都没再见过面,他却还记得,并说出他们的往事。

父亲卧床不起后的2017年夏天,我开始写作《蝉声唱》。生命的无常和时间的流逝,让我有了紧迫感。最主要的是,我的构思成熟了,就像井里已经蓄满了水或油,我要让它流出来或喷出来。

在我写作的过程中,父亲的病情日益严重,频频住院。病情稍微稳定,再把他接出来,居家照顾。

在父亲生命接近尾声的时光,姐姐时常从防城港过来,悉心照顾他。我在美国的哥哥、嫂子和侄子也轮流回来看望他。

我们兄姐弟自小因为分散读书、工作，聚少离多，因为照顾和看望父亲，这居然是我们共同在一起时间最长、较亲密的日子。有哥姐的照顾和关怀，我的写作得以断断续续地进行。

接着我该讲上岭村的第三个男人了。实际上我已经在讲了，他就是我的父亲樊宝宗。

关于我的父亲，这个给我生命和这个人世间最爱我、我也最爱的男人，在1996年，我曾经写过一篇以他姓名命题的文章，复制如下——

樊宝宗

现在，我请求尊敬的编辑，不要删改文章的题目，因为这是以我父亲的名字命名的。我的父亲今年七十岁，他桃李芬芳，但他的名字却从来没上过报纸。他不像他的儿子，年纪不及父亲的一半，就有了许多的虚荣。这些年来，我写过许多的人物，但父亲的名字却从未出现在我的任何文章里。如今回头一想，我真是很傻。我的父亲当了一辈子的教师，教过的学生成千上万，而他的名声却远远小过他的学生、他的儿子，更小过他的奉献和价值。对比我写过的诸多人物，我其实早应该或最应该以父亲为题写一篇文章，为父亲扬名，尽管我的父亲早已越过功名利禄的欲望和年龄。

父亲的一生厚重、高尚，如他教过的书，又普通渺小如一支粉笔，或如他儿子的名字。

就像我是父亲的亲生骨肉一样，我的名字是父亲所赐。我先后有过两个名字。樊益平——这是我父亲为我起的第一个名字，它像一份零乱芜杂的自留地，为我耕用，直到我中学毕业。

一九八〇年的那场高考，是父亲为我填报的志愿。在填写志愿之前，他首先修改我的名字。凡一平——父亲在为儿子修改名字的时候，是多有勇气啊！他居然敢于把祖宗的"樊"姓给革了。而在这之前，他已把我哥哥的名字改为凡平。从"樊"到"凡"，父亲用心深长，而寓意、愿望又显而易见。而河池师范专科学校，我父亲的选择，成为我至今感念不忘的母校。那年，我十六岁，我还理解不了父亲，然而我的血液决定我无法像很多人一样鄙视教师的职业。我进了这所学校，是这所学校焕发了我的真情。我从未如此强烈地感受着教师的荣辱在我心灵的回旋喷薄。

我正式用父亲亲手为我修改的新名开始发表作品。我记得当我把在《诗刊》发表的处女作《一个小学教师之死》寄给父亲时，我附信中说：爸爸，我正在理解你为什么叫我做凡一平。

从此"凡一平"一直被我使用着，它像一盏普通的灯放出的光，为我照明。这些年以来，不知有多少人煽动我，把名字给改了，改换一个稀奇古怪的名字，没准能在文坛出大名,我说,我不改,因为我的名字是我父亲给我的。

此刻,我写这篇短文的时候,父亲就在我的身边。但是他看不见我写的东西,因为他弱视严重得几近失明——父亲弱视到无法批改学生的作业才离开山村小学的。他告别煤油灯和手电筒,被我接来南宁居住。然而不论城市的灯火如何灿烂,都不会使父亲的眼睛感到刺激或受到影响。他看不清书和电视。时常有亲友来访,他屡屡将我误看成他人,与我握手。现在,就算我把他的名字写得再大,他也看不见。也正因为如此,我才敢将父亲的名字登报。

1996 年

之后的 2009 年,我又写了一首关于父亲的诗,准确地说,是关于我家族的一组诗,整组诗是这样写的——

家族(组诗)

> 我家族的每一个人
> 都是一首诗
> 如果不是诗
> 就是我的春天
> ——题记

樊光耀

我没见过哪个男人能像我的祖父

没有女人也可以活得下去

他是红水河上的船夫美男子

不信你们看看我的父亲和叔父

他们年轻时候的照片

帅得我不认识

1928—1932年间

两颗星星呱呱坠地

把承载他们的草屋

照耀得一穷二白

然后祖母扔下她和祖父共同创造的作品

去了天堂

三十二岁的祖父

直到八十一岁去世的那天

没有一丝绯闻

多么可怜的男人

打着光棍

抚养两个小男人

不让他们上山砍柴下河打鱼

却送他们上学读书

这在七十年前的上岭村

蠢得出奇绝无仅有

连祖父也不知道

他在当年就拥有了两只股票

每年都在涨　涨到如今

已经非常非常地宝贵了

祖父同样不知道

他用来卷烟剩下的半本书

传到我这个孙子的手上

像一双翅膀或千里眼

我在想象的世界里飞翔

放眼人生

得益于这本书的开发和启蒙

那是半本《红岩》

祖父你临死的前一天晚上

如果不误把煤油当酒喝了一瓶

就不会死

就会继续把那半本《红岩》当卷烟纸

撕到最后一页　那么

你的孙子就得不到你的遗产了

祖父又一次做了蠢事

上次是为儿子

然后为孙子

樊宝宗

一个陌生的男人

在我十四岁的时候见到我

他在大庭广众惊呼

"长得很像樊宝宗你是不是樊宝宗的儿子?"

我愤怒地捡起了一块石头因为

他竟敢直呼我爸爸的名字

我心目中的父亲就像圣上

他的名字,儿子不能叫

我以为别人也不能叫

父亲是上岭小学的一名老师

他用粉笔写圣旨

也用红笔批奏折

他受人尊敬、拥戴只不过

他的领土就上岭小学那么点大

他在那里当王当到

双目几近失明不能再当

身患疾病的父亲所吃过的药

有一吨还多

把一个家压扁了

但是没有垮

因为有一个女人撑着
那是我的母亲
从1996年开始奇迹
像铁树开花
父亲不再是医院里的常客
现年八十一岁的父亲
乐呵呵地生活着
每天爬一次到两次七层楼
最关心天气预报
最担心的是我的肥胖
对我生病的母亲俯首帖耳
反过来悉心照顾她
他们的婚姻已经镀上了金子
让许多人望其项背

潘丽琨

我发现我身上的基因
母亲的要多一些
这个进入樊氏家族的女人
浑身是艺术的细胞
我确定这一点的时候
母亲已近八十岁了

她开始写小说、散文

使用我淘汰的 IBM 电脑

每天可以敲三千字

至今已发表中篇小说一部

短篇若干

因为年近八十而被作家东西誉为

80 后作家

她文笔优美描写生动

以至于东西怀疑我所有的作品

出自母亲之手

母亲特别珍惜她所得的稿费

因为她穷了一辈子

有一次我和朋友打牌输了

母亲的稿费在我的口袋里蠢蠢欲动

过后母亲语重心长说

儿啊，别打那么多牌了，我怕我写不及呀

这故事是东西编的但的确是

母亲的心愿

通过母亲的作品我才揭开

母亲和父亲结合的秘密

她是地主的女儿

唯一享受的好处是读书读到中专

那是在解放前

解放后的母亲

像在石头缝中求存的草

母亲这根草

嫁接到雇农的父亲家里

得到保护

母亲在樊家没有享福

她像丫鬟一样为樊家服务

伺候我长年患病的父亲

抚育姓樊的儿女

母亲写得一手好字的手

腐蚀在水深火热的年代里

但是母亲爱丈夫

更爱她的儿女

她的爱静寂深远

像一条大河

2009年11月3日

　　这组诗里的"樊光耀"是我爷爷,"潘丽琨"是我的母亲。说到我的母亲,她和我父亲的结合,在诗里已有表述。因为母亲的成分不好,当年嫁给父亲是最好的选择。也因为父亲娶了个成分不好的妻子,在他正值大好前程的年纪,一直不被重用,甚至被批斗。1969年,父亲母亲被下放回到上岭村,在上岭小学当着拿生产队工分的教师。因为母亲成分的关系,我们哥姐弟在上学期间的待遇也有别于他人。1977年，我哥哥考上武汉大学的录取通知书到了乡里，还被乡党委书记扣押，差点误了升学的机会。我在中学时强烈申请加入红卫兵都不被批准，乃至我读大学时也是班里唯一没有获准加入共青团的人。或许因为歉疚，母亲把她的儿女和丈夫照顾得特别好，尤其体现在照顾从三十岁就开始患慢性病的丈夫上。

我现在清楚记得小时候父亲每每被送往医院的情景。他被人从另一教学点抬下山来，常常是在深夜，那时我从睡梦中惊醒，父亲哮喘的声音灌满家门。这时候母亲便去找摆渡的船工。父亲需要渡河，才能被送往公社的医院。船工终于被母亲请来，父亲被抬到河边，上了船。凄凉的夜晚，风吹水紧，我站在漆黑的岸边，望着明明灭灭的零星船火，谛听漂摇的桨声，将我父亲送到对岸……

父亲被母亲照顾了整整六十年，直到他今年九十岁去世。

2018年11月1日10时29分，这注定是我们全家悲伤的日子和时分。在医院ICU病床，父亲停止了呼吸。在他停止呼吸之前的半小时，我们兄姐弟集中在床边，告诉父亲他的弟弟我们的叔叔已经先他两年去世的消息。父亲一定是听见了，他的喉结狠狠地蠕动了一下，又蠕动了一下。那时刻我的眼泪哗哗直流，正如我此刻写这段文字的时候。父亲，对不起！

在父亲去世的那张床上，我们哥姐弟为父亲擦身、穿上衣裳、鞋袜，为他盖上寿被。父亲干干净净地走了，正如他干干净净地在人间。

父亲重病的晚期,已气弱不能大声说话。为了晚间他需要方便的时候人能听见,我们给他一个铃铛,拴在他的手上。父亲不断地摇着铃铛,有时候真的是为了方便。更多时候是想摇就摇,我在写作的时候听到铃声过去,什么事都没有,弄得我有些不耐烦。我现在知道,父亲是希望有人陪着他。可现在知道已经晚了。我再也听不到父亲摇曳的铃铛声,再也不能陪父亲了。

父亲被送往殡仪馆。我们在殡仪馆设了灵堂。父亲去世的消息传到上岭,上岭村的人们纷纷从上岭或异地前来吊唁,并与我们亲属一同守灵。在守灵的两天两夜,我看到上岭村人对父亲的尊重和敬爱,这让我没有料到。父亲离开上岭村二十八年,再也没有回去过。可居然还有那么多人不忘记他,怀念他。更让我没料到的是告别会上,一下子又涌来了二百多人。他们是父亲的学生们,最小的起码都四十多岁了。当然还有我的朋友们,他们与其说是来慰问我,不如说是来悼念一个值得尊敬的小学教师。

父亲火化前后,我们殷勤甚至拼命地为他烧纸钱、别墅、麻将、扑克牌,因为这是他生前最缺的东西,所以我们希望他死后拥有。父亲一辈子的收入,都花在了治病上,交给了医院。父亲这下好了,烧给他的钱足够花了,随便花,因为天堂没有病痛,也就没有医院。

还有,父亲生前最爱戴的一块手表,是我在北欧给他买的,他非常喜欢,即使眼睛看不见也要戴着。父亲心跳停止了，这块表还在走。当手表被放进骨灰盒的时候，还是在走。

父亲去世的时间比金庸晚了一天。他追赶金庸并不晚，一定能赶上。尽管他不认识金庸，金庸也不认得他。但愿父亲在天堂能加入金庸的江湖，因为父亲一生侠义、仁厚、忠良，金庸一定会收留他。

父亲和叔叔，这两兄弟，终于在天堂相会，继续做兄弟了。

几天前，我画了一幅画，画的是两只仙鹤，在山峦上空飞向天堂。那是上岭的山峦。父亲和叔叔两兄弟曾在那里相依为命，如今也从那里如鹤杳去。

2019 年

重返阳间的父亲(10首)

1. 重返阳间的父亲

昨夜,我梦见父亲

在上岭村复活

他从山上的密林中出来

银装素裹,从容不迫

像一只洁净的果子狸

他来到以他名字命名的地里

收获成熟的玉米

重返阳间的父亲

年轻了七十岁,回到

他二十岁的时候

以父亲名字命名的土地

郁郁葱葱

他在劳动中等待

还要在风雨中寻找,然后

才能遇见我的母亲

我一定是他身体最强壮的精子

像奋勇当先的箭镞,或者尖刀

我五十六岁了,烦恼和疾病

在我身上从不超过一天

就像雷鸣和阵雨

我的快乐和爱,远远超过我的体魄

像父亲长眠的青山

重大而无法估量

2. 我每天摇着铃铛

好的,断了就断了吧

没什么大不了的,大不了

像鱼离开水

我一定是水

大不了像子弹飞离枪

我一定是有前程或目标的子弹

大不了像父亲离开我

这个天大地大,父亲

请你回来,求你回来

我每天摇着铃铛

呼唤你

就像你在世时摇着铃铛

呼唤我

或者我去上岭村敲钟

上岭小学第一口钟还在

你曾经敲了它几十年

那么我把钟敲响之后

你听到熟悉的钟声之后

你就回来，就像

月亮出现在水中

3. 我认为父亲是藤的概率更大

亲爱的，我知道你爱我

但我知道你的爱超不过

我母亲对我父亲的爱

亲爱的，你知道我爱你

但我知道我的爱超不过

我父亲对我母亲的爱

他们的爱很纯粹

他一条被子，她一条床单

合在一起，就成了

我的父亲母亲

他们相爱了六十年

像藤缠树

我认为父亲是藤的概率更大

因为父亲临死也舍不得

松开握住母亲的手

你以为父亲经常在我梦里出现

是因为担心母亲不再有爱吗

他其实是在警告我，一定

要像他爱母亲一样

爱你

4. 那么多在葬礼上冒出来的人

把归葬故土的人算上

上岭村的人口没有减少，只有增多

就像安葬父亲的那天

祭奠的人络绎不绝

像溶洞中飞出的蝙蝠

几乎没人认识我的父亲

他过了三十年的城市生活，而且

与父亲同辈的人都死在了父亲之前

那么多在葬礼上冒出来的人

跟突然匍匐在坟前的一条狗是一样的

通灵和感应是他们最重要的特点
上岭小学多年已经没有好老师了
实际上是有好老师的，只不过
死了的老师才让人迷信
父亲的墓碑是一块传神的黑板
它读、写、算、记，多功能
一句顶一万句

5. 四座坟茔一座挨着一座

父亲和他的弟弟
以及他们的父母亲
终于团聚在上岭村了
他们不再分居。从空中看
四座坟茔一座挨着一座
像四条拴在一起的船
爷爷在捕鱼，奶奶在织网
叔叔在读书，父亲也在读书
河水里浸着他们的身影
像一锅在炖着的骨头
飘散着亲情的香味
阳间他们各过各的
阴间多好呀，他们

是幸福的一家人

6. 红水河

一定是先有这条河，才有
如此活泛、灵性的村庄
就像先有鸡才有蛋
红水河这只鸡，下了很多的蛋
上岭村一定是最精华的那个蛋
因为它孵化了我的祖辈、父辈，又
哺育我
饥饿、贫穷、疾病、灾祸……
在我们家族屡屡发生，一代接一代
像接二连三流产的妇女
庆幸的是我的家族没有消亡，它和村庄
与河同在
活着，这就是幸福呀
何况偶尔还有富贵，就像赌场上
少有的赢家
2018 年 11 月 28 日，建了十年的桥梁
通车了，仿佛阴翳的天空出现了彩虹
我抱着父亲的骨灰经过桥梁
那天云蒸霞蔚，烟花绚烂

我分明看见父亲如神

朝着阔别多年的村庄

奔跑

像河归大海

7. 渡口

桥梁一通,渡口就无人问津了

就像一个姑娘嫁作人妇,或变老了

被忽视和冷落是平常的事

连郁闷的艄公都不经常来了

拴在岸边的船,落满了鸟屎

鱼儿一窝蜂集聚,把越来越破的船

当临终的亲人一样关怀和陪伴

它们重的七八斤,轻的二三两

活像渡口健康时的熙熙攘攘,老老少少

8. 三十个寡妇

数来数去上岭村

已经有三十个寡妇了

她们的寿命,都比她们的男人

寿命长

她们的男人以各种各样的方式死去

比如病死、车祸死、淹死、烧死、打死……

一个老死的都没有

她们当寡妇的年纪

都在二十岁到三十岁之间

三十个寡妇

三十幢被滚石砸中的房屋

三十棵被雷劈的树

三十亩被洪水淹没的玉米

没有男人再娶她们

没有男人敢娶她们

更没有男人温存她们　她们

独立、坚强、寂寞地活着像

山中的白鹤

地上的乌鸦

水里的花朵

三十个寡妇太多了

看上岭村有没有地方，容得下

三十座牌坊

9. 瞎子韦景五

他有眼睛

却什么都看不见就像

屋里挂着灯泡,从不光明

四十岁的时候,他的五个兄弟

凑钱为他娶了个老婆

他从此清楚地知道,除了看不见

他和其他男人是一样的

快活,或为了快活

快活的时间一般都是晚上

老婆不在的时间是白天

她上山砍柴、下地干活

像鸟一样飞得很远,也要归巢

因为看不见,老婆在他心中就是

最美的女人

有一次他忽然听到别人说,韦景五的老婆

长得像一只兔子

他由此坚信这个世界上最美的

是老婆和兔子

10. 烈士墓

不要以为村子小,就不出人物

我很小就知道我们村的两位烈士

长大了又增加一位

前两位一位抗日一位抗美

都牺牲得光荣

后一位是我的老师,他

为了救一名溺水的学生

献出了生命,三座

不同年代的烈士墓,像

三座大山

三个百宝箱

三部电影

因为有烈士墓的存在

我们村的故事到处传扬

好人多过坏人

长寿的人也不少

长寿的人为什么长寿,那是因为

烈士把他们的寿命,匀给或赠予

善良、仁慈、勤劳和刚强的人

就像上天的阳光雨露,垂怜或钟情

大地上健康成长的万物